성자 프란체스코

성자 프란체스코

❶

니코스 카잔차키스 장편소설 | 김영신 옮김

열린책들

일러두기

1. 번역은 모두 영어판을 대본으로 했다. 번역 대본의 서지 사항은 각 권의 〈옮긴이의 말〉에 밝혀 두었다.

2. 그리스 여성의 성(姓)은 남성과 어미가 다르다. 엘레니가 결혼 후 취득한 성 〈카잔차키〉는 〈카잔차키스〉 집안의 여인임을 뜻한다. 〈알렉시우〉나 〈사미우〉도 마찬가지로, 〈알렉시오스〉와 〈사미오스〉 집안에 속함을 뜻하는 것이다. 외국 독자들을 배려하여 여성의 성을 남성과 일치시키는 관례는 영어판에서 흔히 찾아볼 수 있으나 여기서는 그리스식에 따랐다.

3. 그리스어의 로마자 표기와 우리말 표기는 그리스어 발음대로 적되 관용적으로 굳어진 일부 용어는 예외를 두었다. 고대 그리스, 신화상의 인명 및 지명 표기는 열린책들의 『그리스·로마 신화 사전』을 따랐다.

이 책은 실로 꿰매어 제본하는 정통적인 사철 방식으로 만들어졌습니다.
사철 방식으로 제본된 책은 오랫동안 보관해도 손상되지 않습니다.

이 책을 우리 시대의 성 프란체스코
알베르트 슈바이처 박사에게 바친다

머리말

내가 혹시 프란체스코의 말이나 행동의 많은 부분을 빠뜨렸거
나, 어떤 부분을 실제와 다르게 썼거나, 혹은 실제로는 일어나지
않았지만 일어났음 직한 일을 덧붙였다 해도 그것은 무지나 오만
이나 불경의 소치가 아니라 그에 관해 전해 내려오는 신화적 이야
기의 본질과 그의 삶이 최대한 일치할 필요가 있었기 때문이다.

예술은 그럴 권리가 있다. 아니, 본질을 살리기 위해 모든 것을
종속시키는 것은 예술의 권리일 뿐만 아니라 의무이기도 하다.
본질을 위해 이야기를 만들고 그것을 천천히, 교묘하게 동화시켜
하나의 전설로 바꾸어 놓아야 하는 것이다.

진실보다 더 진실된 이 전설적 이야기를 써 나가면서 나는 우
리의 영웅이며 위대한 순교자인 프란체스코에 대한 사랑과 존경
과 감탄으로 완전히 압도되었다. 굵은 눈물이 떨어져 원고지를
적신 적이 한두 번이 아니다. 때로는 영원히 아물지 않는 상처를
지닌 손이 내 눈앞의 허공을 떠다니기도 했다. 누군가가 그 손에
못질을 한 것 같았다. 아니, 영원히 계속해서 못질을 하고 있는
것 같았다.

이 작품을 쓰는 동안 주변 어디에서나 눈에 보이지 않는 성인

의 존재를 느낄 수 있었다. 나에게 있어 성 프란체스코는 끊이지 않는 처절한 투쟁을 통해 도덕성이나 진리나 아름다움보다 훨씬 더 숭고한 그 어떤 의무를 충실히 이행하는 성실한 인간의 표상이기 때문이다. 그것은 하느님께서 우리에게 맡겨 주신 물질적 존재를 갈고 다듬어 영적 존재로 승화시켜야 하는 의무이다.

니코스 카잔차키스

프란체스코 사부님, 저는 오늘 비록 그럴 자격은 없지만 당신의 생애와 시대에 대한 글을 쓰고자 펜을 들었습니다. 기억하시다시피, 당신을 처음 만났을 때 저는 얼굴이며 머리가 온통 털로 뒤덮인 미천하고 볼품없는 거지 신세였습니다. 저는 잔뜩 겁먹은 듯한 순진한 눈에다 양처럼 우는소리를 하며 말까지 더듬었죠. 당신은 저의 그런 추한 모습과 미천한 신분을 놀리기라도 하듯 저에게 〈레오 형제〉라는 이름을 붙여 주셨습니다. 사자라는 뜻이지요! 그렇지만 그때까지 제가 살아온 인생 이야기를 듣고 나서 당신은 울기 시작하셨습니다. 두 팔로 저를 끌어안고 입 맞추시며 이렇게 말씀하셨습니다. 「레오 형제여, 나를 용서해 주시오. 나는 당신을 놀려 주려고 사자라 불렀는데 이제 보니 진정한 사자로군요. 오로지 사자만이 자신이 찾고자 하는 것을 찾아 나설 수 있는 용기를 지니고 있기 때문이오.」

　나는 여기저기 수도원을 전전하고 이 마을 저 마을로 떠돌아다니고 들판을 헤매면서 하느님을 찾아다니고 있었습니다. 하느님을 찾아 헤매느라 결혼도 안 했고 아이들도 없었습니다. 가끔씩 빵 한 조각에 올리브 한 줌 먹는 것이 고작이었고 늘 굶주렸지만 먹는 것조차 잊고 돌아다녔습니다. 하느님을 찾기 위해서였습니다.

정처 없이 헤매느라 발은 퉁퉁 부어올랐고, 똑같은 질문을 반복하며 돌아다녀 혓바늘이 돋을 지경이었습니다. 마침내, 우선은 먹을 것을 얻기 위해서, 다음에는 친절한 위로의 말을 들으려고, 그런 다음에는 구원받기 위해서 집집마다 돌아다니며 문을 두드리고 손을 내미는 것도 지겨웠습니다. 사람들은 나를 미친놈이라 비웃으며 내쫓았고 벼랑 끝에 이를 때까지 밀고 또 밀어냈습니다. 완전히 지쳐 버린 나는 하느님께 불경을 저지르기 시작했습니다. 나는 결국 나약한 인간일 뿐이기 때문입니다. 걷기에도 지쳤고, 헐벗고 굶주린 채 돌아다니기도 지겹고, 아무리 두드려 봐도 열리지 않는 천국의 문을 보는 것도 지겨웠습니다. 그렇게 내가 절망의 가장자리에 서 있던 어느 날 밤, 하느님께선 내 손을 잡으셨습니다. 그리고 프란체스코 사부님 당신의 손도 잡아 우리 두 사람이 서로 만나게 하셨습니다.

나는 지금 수도원의 내 방에 앉아 조그만 창문으로 봄 하늘의 구름을 쳐다보고 있습니다. 하늘이 수도원 안마당까지 내려와 있습니다. 가느다란 보슬비가 내리고 흙냄새가 향기롭습니다. 과수원의 레몬나무들은 꽃을 피웠고 멀리서 뻐꾸기 우는 소리가 들립니다. 나뭇잎들이 환하게 웃습니다. 하느님께서 비가 되어 온 세상에 내리고 있기 때문입니다. 오, 주님, 이 얼마나 큰 기쁨인지요! 이 얼마나 큰 행복인지요! 보세요, 비 내리는 대지와 거름 냄새와 레몬 향기가 모두 어떻게 우리 인간의 마음과 어우러지는가를! 그렇습니다, 인간이야말로 흙입니다. 때문에 우리도 대지의 흙처럼, 조용히 어루만져 주는 봄비의 손길을 그토록 좋아하는 것입니다. 내 마음에 비가 내리고 있습니다. 내 마음이 열리면서 새싹을 틔웁니다. 그러자 프란체스코 사부님 당신이 나타난 것입니다.

프란체스코 사부님, 내 마음속의 모든 흙들이 꽃을 피웠습니다. 시간의 수레바퀴가 뒤로 돌아가면서 수많은 기억들이 떠오릅니다. 대지의 얼굴을 누비며 당신과 함께 여행하던 거룩한 시간들이 생생하게 살아납니다. 앞서 가는 당신의 발꿈치에서 겁먹은 듯 뒤쫓아 가던 기억이 납니다. 우리가 어디서 처음 만났는지 당신은 기억하십니까? 그날 밤 나는 허기에 지쳐 비틀거리는 걸음으로 그 유명한 도시 아시시로 들어가고 있었습니다. 달빛 찬란한 8월의 밤이었습니다. 나는 이미 그 거룩한 도시를 여러 번 가본 적이 있었지만, 주님께 감사! 그날 밤의 아시시는 완전히 달랐습니다. 전혀 알아볼 수가 없었습니다. 이 무슨 조홧속인가? 여기가 어딘가? 집들이며 성채며, 교회와 탑들이 모두 보랏빛 하늘 아래 펼쳐진 순백의 바다 위를 떠다니고 있었습니다. 새로 지은 산페드로 성당의 문을 지나 아시시로 들어간 것은 저녁때였습니다. 불그스름하고 환한 보름달이 막 떠오르고 있었습니다. 달빛은 너무 부드러워 온화한 햇살 같았습니다. 저 멀리 높이 솟아 있는 〈로카〉라 불리는 성채로부터 조용한 폭포가 되어 쏟아져 내리는 달빛이 종탑이며 지붕들 위로 흐르고, 우유를 부어 놓은 듯 하얗게 빛나는 수로들을 흘러넘쳐 골목길을 채우고 작은 시내가 되어 흘러갔습니다. 달빛 아래 사람들의 얼굴은 너무나도 환히 빛나 모든 사람이 하느님을 생각하고 있는 것처럼 보였습니다. 나는 눈앞의 장면에 압도되어 걸음을 멈췄습니다. 여기가 아시시란 말인가? 나는 성호를 그으며 자꾸만 스스로에게 물어보았습니다. 이것들이 정말 집이며 사람이며 종탑들인가, 아니면 내가 아직 죽지도 않았는데 벌써 천국에 온 것인가? 손을 내미니 손바닥

가득 달빛이 고였습니다. 꿀처럼 끈끈하고 달콤한 달빛이었습니다. 내 입술과 이마 위로 하느님의 은총이 흘러내리는 것을 느꼈습니다. 그때 불현듯 깨달았습니다. 그리고 외쳤습니다. 아, 그렇습니다. 어떤 성자가, 틀림없이 어떤 성자가 여기를 지나간 것입니다. 공기 속에서 그의 향기가 느껴집니다!

달빛을 헤치며 구불구불한 길을 올라가자 산조르조 광장이 나왔다. 토요일 밤이었으므로 많은 사람들이 모여 있었다. 노랫소리와 왁자지껄 떠드는 소리 속에 만돌린 소리가 뒤엉켜 들려왔고, 생선 튀김 냄새와 재스민과 장미향, 그리고 숯불 위에서 지글대는 케이밥 냄새가 나를 취하게 만들었다. 나는 더 이상 허기를 참을 수 없었다.

「이봐요, 선한 기독교도들이여.」 나는 흥겨워하는 무리 속의 사람에게 다가가면서 말했다. 「이 유명한 도시 아시시에서 누가 나에게 자비를 좀 베풀겠소? 오늘 밤만 먹여 주고 재워 주면, 내일 아침에는 떠날 것이오.」

그들은 나를 머리부터 발끝까지 훑어보더니 웃음을 터뜨렸다.

「이보시오, 당신은 도대체 뉘시오? 어디 자세히 좀 봅시다, 미남 양반.」 그들은 낄낄거리며 놀려 댔다.

「내가 예수일지도 모르잖소.」 그들에게 겁을 주기 위해 내가 말했다. 「그분은 때때로 이렇게 거지 차림으로 세상에 나타난다오.」

「쯧쯧, 딱하기도 해라, 그따위 헛소리는 두 번 다시 하지 않는 게 신상에 좋을 거요.」 그들 중 한 사람이 말했다. 「당신 때문에 파티를 망치고 싶지 않으니, 썩 꺼져 버려, 어서! 우리가 전부 달려들어 당신을 십자가에 매달아 버리기 전에!」

그들은 또다시 폭소를 터뜨렸지만, 그중에서 가장 젊은 사람이 나를 불쌍히 여기는 것 같았다.

「하긴, 피에트로 베르나르도네의 아들 프란체스코라면 당신에게 적선할 거요. 〈줄줄 새는 손바닥〉으로 유명하니까요. 운 좋은 줄이나 아슈. 마침 어제 그가 코가 석 자나 빠져 스폴레토에서 돌아왔으니, 어서 가서 만나 보슈.」

그때 아주 못생기고 얼빠진 듯 보이는 거구의 사나이가 앞으로 불쑥 나왔다. 황달이라도 걸린 듯한 누런 안색에 생쥐 같은 얼굴을 한 사바티노라는 사람이었다. 그로부터 몇 년 후 그를 다시 만났을 때 우리는 성 프란체스코의 동료가 되어 온 세계 구석구석을 함께 여행했다. 하지만 그날 밤 그는 프란체스코라는 이름에 악의를 가득 품고 비웃었다.

「도대체 그자가 왜 번쩍번쩍하는 화려한 복장에 멋진 깃털까지 세우고 스폴레토로 갔는지 알기나 하시오? 큰 공을 세우고 스스로 기사 작위를 받은 다음 여기로 와서 한껏 뽐낼 셈이 아니었겠소? 그렇지만 전능하신 하느님께서는 그런 속셈을 다 알고 뒤통수를 치셨고, 잘난 척하던 그자는 꽁지 빠진 수탉 신세가 되어 돌아온 거요.」

그가 공중으로 펄쩍 뛰어오르며 손뼉을 쳤다.

「우리는 그 친구에 대한 노래까지 만들었지.」 그 사람이 낄낄거리며 말했다. 「자, 여러분, 다 같이 시작!」

갑자기 그들이 다 같이 손뼉을 치며 소리 높여 노래를 부르기 시작했다.

그 친구 스폴레토에 갔다네, 랄라, 랄라
혹 떼러 스폴레토에 갔다네,
그 친구 스폴레토에 갔다네, 타라, 타라
그런데 혹을 잔뜩 붙여 왔다네!

술과 안주들을 보니 미칠 것만 같았다. 겨우 문기둥에 기대서서 숨을 헐떡이며 물었다.

「그 〈줄줄 새는 손바닥〉인지 프란체스콘지 하는 사람을 어디 가면 만날 수 있소? 하느님 그를 보호하소서! 그 사람을 만나면 발아래 엎드리기라도 할 참이오, 어디에 있소?」

「저 위쪽으로 가보시오.」 그 젊은이가 대답했다. 「아마 어떤 집 창문 아래서 여자의 마음을 사기 위해 세레나데를 바치고 있을 거요.」

나는 허기에 지쳐 쓰러지기 일보 직전이었지만 좁은 골목길을 오르내리며 그를 찾아 나섰다. 사람들이 밥을 짓고 있는 듯 굴뚝에서 연기가 피어오르고 있었다. 그게 정상적인 삶이지. 구수한 냄새가 코끝을 스쳤다. 배 속의 창자는 새들이 뜯어 먹고 생쥐가 파 먹은 앙상한 포도나무 줄기처럼 말라비틀어져 도저히 더 이상 참을 수 없을 지경이었다. 나도 모르게 불경스러운 말을 내뱉기 시작했다. 「아, 차라리 하느님을 찾아 나서지 말걸.」 나는 화가 나서 중얼거렸다. 「하느님을 찾아다니지만 않는다면 얼마든지 빈둥거리며 편하게 살 수 있을 텐데! 그렇다면 얼마나 좋을까! 그러면 커다란 흰 빵도 얼마든지 먹고, 내가 그토록 좋아하는 구운 돼지고기도, 골파와 월계수 잎과 미나리를 곁들여 볶은 훈제 토끼고기도 얼마든지 먹을 텐데. 게다가 움브리아산(産) 붉은 포도주를 한 잔 가득 들이켜고 나서 과부를 찾아가 그녀의 따뜻한 품에 안길 수도 있을 텐데. 이 세상에서 가장 달콤한 것이 과부의 품이라 하지 않았던가. 아마 웬만한 화로는 비교도 안 되게 뜨거울 거야……. 그러나 이렇게 하느님이나 찾아다니고 있는 내가 뭘 어찌할 수 있단 말인가!」

나는 추위를 이기기 위해 가능한 한 빨리 걸었다. 그러다가 갑자기 뛰고 싶은 충동을 느꼈다. 신선한 공기를 마시면서 구수한 음식 냄새와 과부에 대한 유혹을 스스로 뿌리쳐 버리고 싶었기 때문이다. 드디어 높이 솟아 있는 성채, 그 유명한 로카에 도달했다. 웅장한 성벽은 허물어지고 문들은 불타 버렸다. 남아 있는 것이라곤 깊게 틈이 벌어져 있는 두 개의 망루뿐이었다. 잡초들이 성벽을 기어올라가 돌 틈마다 삐져나와 있었다. 몇 년 전에 영주들의 횡포를 도저히 견딜 수 없었던 주민들이 반란을 일으켜 그 본거지인 이곳을 습격하여 파괴해 버렸던 것이다. 나는 주지육림에 빠져 방탕한 생활을 하던(반란이 있기까지) 지배자들의 비참한 말로를 음미하며 폐허를 한 바퀴 돌아보고 싶었지만 살을 에는 매서운 칼바람 때문에 서둘러 뛰어 내려왔다. 집집마다 불이 꺼지고 사람들은 곤한 잠에 빠져 있다. 모두들 잘 먹고 잘 마시고 이제는 코를 골며 단잠을 자고 있다. 이 훌륭한 집주인들은 자신들이 찾고 있는 하느님을 이미 찾은 것이다. 이 세상에서 자신들이 원하는 하느님, 아이들과 아내와 인생의 좋은 것들을 모두 갖춘 자기 분수에 맞는 하느님을 찾은 사람들이다. 그런데 환상에 사로잡혀 있는 나는 맨발로 헐벗고 굶주린 채 추위에 떨며 아시시 거리를 헤매고 있다. 방금 저주를 퍼붓다가도 추위를 잊기 위해 곧바로 〈주여, 자비를 베푸소서〉를 열심히 외워 대며 천국의 문들을 두드리고 있다.

　자정이 가까워 올 무렵 주교의 교회 근처로부터 기타 소리와 류트 소리가 들려왔다. 아마도 몇몇 젊은이들이 연인에게 세레나데를 바치고 있는 것 같았다. 한 사람이 노래를 부르고 있었다. 나는 발꿈치를 들고 살그머니 문간 쪽으로 다가가 벽에 달라붙어 몸을 숨겼다. 청년 대여섯 명이 시피 백작의 저택 바깥쪽에 모여 있었는데 그중에서도 유난히 키가 작은 한 청년은 모자에 깃털을 꽂고 팔짱을 낀 채 머리를 뒤로 젖히고 쇠창살이 박혀 있는 창문을 뚫어지게 쳐다보고 있었다. 그는 노래를 부르고 있었고 그를 둘러싸고 있는 청년들은 그 목소리에 넋을 잃은 채 기타와 류트를 두드리고 있었다. 기가 막히게 아름다운 목소리였다. 오, 하느님, 얼마나 달콤하고, 얼마나 정열적이고, 얼마나 간절하면서도 절제력이 있던지요! 나는 그 노래를 기억하지 못하기 때문에 후세 사람들을 위해 여기에 기록할 수가 없다. 하지만 그것이 매에게 쫓기고 있는 흰 비둘기에 관한 내용이었던 것만은 확실히 기억하고 있으며 그 청년은 비둘기가 매를 피해 자기 품속으로 날아오기를 호소하고 있었다. 그는 쇠창살이 박힌 그 창문 안에서 잠자고 있을 소녀가 행여 잠이라도 깰까 봐 걱정하는 듯, 부드럽고 조용하게 노래를 불렀다. 잠들어 있는 그 소녀의 육신을 위해서가 아니라 틀림없이 깨어 있을 그녀의 영혼을 향해 노래를 부르고 있는 것 같았다. 내 눈 가득 눈물이 고였다. 마음이 괴로웠다. 저토록 감미롭고, 애절하고, 호소력 있는 목소리를 들어 본 적이 있었던가? 나는 언제 어디서 나를 불러 주는 소리를 들어 본 적이 있었던가. 매는 사납게 달려들고 비둘기는 겁에 질려 파드득거리고, 머나먼 곳으로부터 들려오는 나를 이끄는 감미로운 구원의 목소리를 들어 본 적이 있었던가?

젊은이들이 기타와 류트를 어깨에 둘러메고 자리를 뜨려는 참이었다.

「이제 가세, 프란체스코.」 그들이 비웃는 듯 노래를 부른 청년에게 말했다.「자넨 도대체 뭘 바라는 건가? 그 귀여운 백작 아가씨가 장미꽃이라도 던져 주길 기다리는 건가? 지금까지 창문조차 한 번도 연 적이 없잖은가. 오늘 밤도 마찬가지일 게 뻔하다고!」

노래를 부른 젊은이는 아무 대답 없이 다른 청년들보다 앞서서 모퉁이를 돌아 광장으로 내려갔다. 그곳의 노천 술집들에서는 아직도 노랫소리가 들려오고 있었다. 바로 그 순간 나는 그 젊은이에게 뛰어들었다. 갑자기 그를 놓치면 안 될 것 같은 느낌이 들었기 때문이다. 나는 비둘기이고 매는 사탄이므로 그 청년의 가슴이 바로 나의 피난처라는 생각이 들었다. 나는 너덜너덜하게 해진 누더기 옷을 벗어 그 젊은이가 밟고 가도록 그의 발 앞에 깔았다. 그의 몸에서 향기가 느껴졌다. 꿀 냄새, 밀랍 냄새, 장미 향기처럼 감미로웠다. 나는 그것이 성자의 냄새라는 걸 알 수 있었다. 은으로 된 성골(聖骨) 함을 열었을 때 성자의 유골에서 나는 그런 냄새였다.

젊은이가 나를 쳐다보고 미소 지었다.

「왜 이러십니까?」 그가 나지막이 물었다.

「나도 모르겠소. 젊은 양반, 그걸 내가 어찌 알 수 있겠소. 내 옷이 스스로 벗겨져 당신이 밟고 가도록 당신 앞에 펼쳐진 것이오.」

그는 발걸음을 떼지 않고 그 자리에 서 있었다. 그러더니 그의 얼굴에서 미소가 사라졌다.

「공중에서 무슨 표시라도 보셨소?」 그가 고심하는 표정으로 몸을 앞으로 굽혀 내게 물었다.

「모르겠소, 젊은 양반, 나에겐 모든 것이 어떤 전조처럼 느껴져요. 나의 굶주림도, 달빛도, 당신의 목소리도…… 제발 더 이상 묻지 마시오. 울어 버릴 것만 같소.」

「모든 것이 어떤 전조라니요.」 그가 중얼거리며 불안한 듯 주변을 둘러봤다.

그가 손을 내밀었다. 묻고 싶은 말이 있지만 물어봐야 할지 말아야 할지 아직 마음을 정하지 못한 듯 두터운 입술만 달싹거렸다. 강렬한 달빛 아래서 그의 얼굴은 녹아내리는 듯했고 그의 손은 투명했다. 그가 내 앞으로 한 발짝 가까이 다가왔다. 내가 그의 말을 들으려고 몸을 숙이자 그에게서 술 냄새가 풍겼다.

「날 그렇게 쳐다보지 마세요.」 그가 화를 내며 속삭였다. 「난 당신에게 아무 할 말이 없어요. 전혀요!」

그가 다시 걷기 시작하더니, 이내 발걸음을 재촉하면서 나에게 따라오라는 표시를 했다.

나는 달빛 속에서 그를 따라가며 살펴보았다. 실크 옷을 입고 벨벳 모자에는 기다란 붉은 깃털을 꽂고 귀에는 카네이션을 달고 있었다. 이 사람은 절대로 하느님을 찾고 있는 사람이 아니야. 나는 혼자 중얼거렸다. 그의 영혼은 육욕에 빠져 있어.

갑자기 그가 불쌍하게 여겨졌다. 나는 손을 뻗어 그의 팔꿈치를 잡았다.

「이보시오, 젊은 양반, 한 가지 물어보고 싶은 게 있소.」 내가 말했다. 「당신은 호의호식하고, 창문 아래서 노래를 바치고, 매일매일의 생활 자체가 계속되는 파티와 같소. 그러면 당신에게는 부족한 것이 하나도 없다는 뜻인가요?」

젊은이가 갑자기 돌아서더니 행여 내 손이 닿기라도 할세라 팔을 세게 뿌리쳤다.

「그렇소, 아무것도 부족함이 없소.」 그가 신경질적으로 대답했다. 「근데 그런 걸 왜 묻는 거요? 난 사람들이 나에게 뭘 묻는 게 싫소.」

「당신이 불쌍하게 느껴지기 때문이오, 젊은 양반.」 나는 각오를 단단히 하고 대답했다.

「맙소사, 〈당신〉 주제에 〈내가〉 불쌍하다고!」

그는 비웃었다. 그렇지만 곧 차분하고 다급한 목소리로 나에게 물었다. 「도대체 왜 내가 불쌍하다는 거요? 그 이유가 뭐요?」

나는 아무 대답도 하지 않았다.

　「이유가 뭐냐고요?」그는 몸을 굽혀 내 눈을 뚫어지게 들여다보면서 다시 물었다. 「도대체, 그런 거지 같은 몰골을 한 당신은 뉘시오? 한밤중에 아시시의 거리에서 나를 찾아내도록 당신을 보낸 사람이 대체 누구요?」

　그는 점점 더 화를 냈다. 「진실을 고백하시오! 도대체 누가 당신을 보냈소. 그가 누구요?」

　내가 아무 대꾸도 않자 그는 발을 쾅쾅 구르며 화를 냈다.

　「난 부족한 것이 하나도 없소. 남의 동정을 받을 이유가 없단 말이오. 난 부러움의 대상이 되고 싶소…… 똑바로 들으시오! 나에게 부족한 것은 하나도 없소!」

　「부족함이 없다고?」내가 물었다. 「천국조차도?」

　그는 머리를 떨구고 아무 말도 하지 않더니 잠시 후 이렇게 말했다.

　「나에게 천국은 너무 높아요. 난 이 세상이 좋아요, 아주 좋아요, 나에게 가까이 있으니까요!」

　「우리에게 천국보다 더 가까운 곳은 없소. 이 세상은 우리들의 발아래 있어 우리가 밟고 다니지만, 천국은 우리들 마음속에 있소.」

　달이 지기 시작했고, 하늘에는 별이 드문드문 떠 있었다. 멀리 이웃 마을에서 정열적인 세레나데가 희미하게 들려왔다. 아래쪽 광장은 아직도 시끌벅적했다. 한여름 밤의 공기는 온갖 향기와 사랑으로 가득 차 있었다.

　「천국은 우리들 마음속에 있소, 젊은 양반.」내가 다시 말했다.

　「그걸 당신이 어떻게 알죠?」그가 화들짝 놀라는 표정으로 물었다.

「굶주림과 목마름과 고통을 통해 터득했소.」

그가 나의 팔을 잡았다. 「우리 집으로 같이 가시죠. 먹을 것과 잠잘 곳을 마련해 드리리다. 그렇지만 천국에 관한 얘기만은 하지 마십시오. 당신의 마음속에는 천국이 있는지 몰라도 나에게는 없소.」

그의 눈에 고뇌의 빛이 어리고 그의 목소리가 거칠어졌다.

우리는 시장 쪽으로 내려갔다. 선술집들은 아직도 흥청거리고 있었다. 문간에 작은 홍등을 걸어 놓은 야트막한 집으로 술에 취한 젊은이들이 연방 들락날락했다. 마을로부터 야채와 과일들을 잔뜩 실은 당나귀들이 도착하기 시작했다. 남자들이 탁자 위에 와인이며 브랜디, 럼주 같은 술병들을 즐비하게 차려 놓고 있었다. 줄타기 곡예사 두 명은 말뚝을 박고 밧줄을 팽팽히 당기기 시작했다…… 일요일의 장날 준비가 벌써부터 시작되고 있었다.

주정뱅이 두 사람이 달빛 속에서도 프란체스코를 알아보고 은밀하게 웃기 시작했다. 그중 한 사람이 어깨에 둘러멨던 기타를 내리더니 비웃는 듯이 프란체스코를 쏘아보면서 노래를 부르기 시작했다.

자네는 쓸데없이 너무 높은 곳에 둥지를 틀려 하지.
그러면 나뭇가지가 부러지고,
새를 잃게 마련 아닌가,
남는 건 오로지 고통뿐인 것을.

프란체스코는 머리를 숙인 채 꼼짝도 하지 않고 그 노래를 들었다.

「그 말이 맞아.」 그가 중얼거렸다. 「그 말이 맞다고.」

예의상 아무 말도 하지 말아야겠지만 교양과는 거리가 먼 내가 물어보았다. 「무슨 새 말입니까?」

프란체스코가 나를 돌아다보았다. 그의 눈빛 가득 고통이 실려 있었다. 나는 그의 손을 덥석 끌어 잡고 입을 맞추며 말했다. 「나를 용서하시오.」

그의 표정이 밝아졌다. 「무슨 새냐고요? 그걸 내가 어찌 알겠소?」 그는 깊은 한숨을 내쉬었다.

「몰라요, 난 몰라요.」 그가 신음하듯 말했다. 「제발 나에게 묻지 마세요……. 자, 갑시다!」

그는 마치 내가 그의 곁을 떠날까 봐 걱정되는 듯이 나의 팔을 꽉 잡았다.

*

그렇지만, 내가 어떻게 그를 떠날 수 있었겠는가, 내가 갈 곳이 어디 있단 말인가? 그때 이후 나는 항상 그의 곁에 있었다. 프란체스코 사부님, 내가 그토록 오랫동안 찾아 헤매던 사람이 당신이었나요? 내가 태어난 것도 당신을 따라다니고 당신의 말씀을 듣기 위해서였나요? 나에겐 귀는 있었지만 혀는 없었습니다. 그래서 듣기만 했습니다. 당신은 다른 누구에게도 말하지 않은 것을 나에게는 말씀하셨습니다. 당신은 내 손을 잡았습니다. 우리는 함께 숲 속으로 들어가기도 하고 산으로 올라가기도 하면서 당신은 말씀하셨습니다.

당신은 늘 이렇게 말씀하셨습니다. 「레오 형제여, 당신이 내 곁에 없었다면 나는 이 모든 것을 돌멩이에게 말하거나, 개미에게 말하거나, 부드러운 올리브나무 잎사귀에 대고 말했을 거요. 내 마음이 넘쳐흐르므로 그것을 열어서 흘려보내지 않는다면 내 가슴은 터져서 산산조각이 났을 거요.」

때문에 나는 당신에 대해 다른 사람들이 모르는 것을 많이 알고 있습니다. 당신은 사람들이 생각하는 것보다 더 많은 죄를 저질렀고, 그들이 믿고 있는 것보다 더 많은 기적을 일으켰습니다. 당신은 지옥을 발판 삼아 천국으로 올라가기 위한 추진력을 얻었던 것입니다. 〈낮게 내려갈수록 더 큰 추진력을 얻어 더 높이 오를 수 있다〉라고 말씀하시곤 했습니다. 「투쟁적인 기독교도의 진가는 그가 지닌 미덕에 있는 것이 아니라 내면에 도사리고 있는 오만과 불경과 불충과 악의 같은 것을 미덕으로 바꾸려는 치열한 투쟁으로부터 나오는 것입니다. 언젠가는 미카엘, 가브리엘, 라파엘 같은 천사들이 아니라 타락한 천사 루시페르가 영광스러운 대천사의 자격으로 하느님 옆을 지키게 될 것입니다. 그 끔찍한 암흑을 마침내 광명으로 승화시켜 놓은 루시페르가 말입니다.」

나는 입을 다물지 못한 채 당신의 말에 귀 기울였습니다. 너무나도 달콤한 말씀에 감탄하면서 내 자신에게 물어보았습니다. 그렇다면 죄를 짓는 것조차 우리를 하느님께로 인도해 주는 방편이 될 수 있단 말인가? 그렇기 때문에 죄를 지은 자까지도 구원의 희망을 지닐 수 있는 것인가?

나는 또한 당신이 파바로네 시피 백작의 딸 클라라에게 바쳤던 육신적 사랑에 대해 알고 있는 유일한 사람입니다. 다른 모든 사람들은 자기 자신의 그림자가 두려운 나머지 당신이 그녀의 영혼만을 사랑했을 것이라고 생각합니다. 그렇지만 당신이 애초부터 탐했던 것은 그녀의 육신이었습니다. 그것이 시작이었고 출발점이었습니다. 그러나 당신은 사탄의 올가미를 벗어던지는 혹독한 투쟁을 거쳐 하느님의 도움을 받아 그녀의 영혼에 도달할 수 있었습니다. 당신은 그녀의 육신을 결코 거부하지도 않고 또한 육신에 접촉하지도 않으면서 그녀의 영혼을 사랑한 것입니다. 더구나 클라라에 대한 당신의 육체적 사랑은 당신이 하느님께 도달하는 데 방해가 되지 않았을 뿐만 아니라, 실제로는 오히려 큰 도움이 되었습니다. 그런 사랑을 통해서 위대한 비밀에 눈을 떴기 때문입니다. 어떤 방식으로, 어떤 종류의 투쟁을 통해서 육욕이 정신적인 사랑으로 바뀌는지를 알게 되었던 것입니다. 모든 사랑은 한가지입니다. 아내에 대한 사랑이나, 아들, 어머니, 조국, 혹은 어떤 이념이나 하느님에 대한 사랑이나 모두 똑같은 것입니다. 비록 사랑의 가장 낮은 차원에서 얻은 승리일지라도 우리가 하느님께로 향하는 길을 만드는 데 도움이 된다는 것입니다. 그러니까 당신은 육욕과 싸우며 그것을 완전히 정복하고, 게다가 피눈물을 뿌리게 만드는 고통스러운 투쟁을 몇 년이나 계속한 후 드디어 그것을 정신적인 사랑으로 탈바꿈시켰습니다. 당신은 그 어떤 미덕에 대해서도, 그 어떤 악덕에 대해서도 똑같이 그렇게 하지 않았습니까. 그 모든 것이 육욕이었고, 클라라였습니다. 울고, 웃고, 가슴을 찢으면서 당신은 그것을 정신적인 것으로 승화시켜 놓았습니다. 그것이 길입니다. 다른 길은 없습니다. 당신은 그 길을 앞장서서 가고 나는 숨을 헐떡이며 뒤따라갔습니다.

언젠가 당신이 신음 소리를 내며 피로 물든 바위에서 몸을 일으키는 것을 보았습니다. 몸 전체가 상처투성이가 된 당신을 보고 내 가슴에는 연민의 정이 몰려왔습니다. 나는 달려가 당신의 무릎을 감싸 안으며 울부짖었습니다. 「프란체스코 형제여, 왜 자신의 몸을 그렇게 학대합니까? 당신의 육신 역시 하느님의 피조물로서 소중한 것입니다. 이렇게 철철 흐르는 피를 보는 것이 미안하지도 않으십니까?」

그러나 당신은 머리를 저으며 이렇게 대답했습니다. 「레오 형제여, 오늘날과 같은 세상에서 덕이 높은 사람이라면 그는 성인의 경지에 이르렀거나 그 이상으로 고결한 사람이 틀림없습니다. 그리고 죄를 지은 사람이라면 짐승만도 못하거나 그 이하의 인간일 것입니다. 오늘날에는 중도라는 것이 없습니다.」

한번은 당신이 절망감에 빠져 있을 때, 땅을 내려다보면 땅이 당신을 잡아먹을 것 같고 하늘을 보면 하늘이 당신을 돕지 않으려 한다면서 다시 한 번 나를 쳐다보았고, 나는 당신의 말에 전율을 느꼈습니다.

「들어 보시오, 레오 형제.」당신은 말했습니다.「이제부터 내가 아주 중대한 말을 할 텐데 그걸 받아들일 수 없다면 그냥 잊어버리시오, 하느님의 어린 양이여, 듣고 있소?」

「듣고 있습니다, 프란체스코 사부님.」이렇게 대답하면서 나는 이미 덜덜 떨고 있었습니다. 당신은 마치 나를 진정시키고 내가 쓰러지지 않게 하려는 듯 내 어깨에 손을 얹으셨습니다.

「레오 형제여, 성자가 된다는 것은 세속적인 모든 것을 버릴 뿐만 아니라 신성이 부여한 모든 것까지도 다 버려야 한다는 뜻입니다.」

그런 불경스러운 말을 내뱉고는 당신도 스스로 놀랐습니다. 땅에 엎드려 흙 한 줌을 움켜쥐어 입에 털어 넣었습니다. 그러고는 입술에 손가락을 얹고 겁에 질린 표정으로 나를 뚫어지게 쳐다보더니 이내 울부짖기 시작했습니다.

「내가 지금 무슨 말을 했소? 뭐라고 말했어요? ……아니, 대답하지 말아요!」

그리고 당신은 울음을 터뜨렸습니다.

*

나는 밤마다 등불 아래서 당신의 모든 말씀과 모든 행동을 기억해 내고 그것이 사라져 없어지지 않도록 꼼꼼히 기록했습니다. 당신의 입에서 나온 말 한마디가 어떤 영혼을 구할지도 모른다고 혼잣말을 하곤 했습니다. 혹시라도 내가 기록에서 한마디라도 빠뜨린다면, 그래서 그것을 사람들에게 전해 주지 못함으로써 구원받을 영혼이 구원받지 못한다면 그것은 내 책임이라고 생각했습니다.

　나는 이전에 여러 번 글을 쓰기 위해 펜을 든 적이 있었다. 그렇지만 번번이 곧 포기하고 말았다. 극도의 두려움 때문이었다. 그렇다, 알파벳의 글자들이 너무도 두려웠기 때문이다. 하느님 용서해 주시길! 글자들은 교활하고 파렴치한 악마들이다. 게다가 위험하기 짝이 없다. 잉크병 뚜껑을 열고 그놈들을 풀어놓아 보아라. 그것들은 멋대로 도망갈 것이다. 그다음에는 도저히 마음대로 통제할 수 없다. 그놈들은 생명을 얻어 서로 합치고 나뉘면서, 뿔 달리고 꼬리 달린 검은 악마들이 되어 당신의 명령을 무시하고 종이 위에서 자기 마음대로 줄 서고 배열된다. 당신이 아무리 울부짖으며 애원해도 헛수고일 뿐이다. 그놈들은 자기들이 원하는 길을 간다. 당신의 눈앞에서 뻔뻔스럽게 날뛰고 작당하면서 당신이 내심 밝히고 싶지 않았던 것을 폭로하기도 하고, 당신의 내면 깊은 곳에서 사람들에게 말하고자 애쓰는 것에게는 결코 목소리를 허용하지 않는다.

　그렇지만 지난 일요일 교회에서 돌아오는 길에 나는 용기를 되찾았다. 하느님께서는 그 악마들이 원하든 원치 않든 어쨌거나 그것들을 제자리에 맞춰 넣어 결과적으로 복음서가 쓰이도록 하지 않으셨던가. 그래, 그러니까 나도 용기를 내자! 무서워할 것 하나도 없다! 펜대를 잡고 써라……. 그렇지만 금세 또다시 마음이 약해졌다. 복음서들은 거룩한 사도들에 의해 쓰였다. 어떤 사도에게는 천사가 있었고, 다른 사도에게는 사자가 있었고, 또 다른 사도에게는 황소, 그리고 마지막 사도에게는 독수리가 있었다. 사도들은 그것들이 불러 주는 대로 썼을 뿐이다. 그렇지만 나는……?

　나는 이런 식으로 몇 년을 망설이고 또 망설이면서 당신의 말씀을 열심히 양피지와 종잇조각과 나무껍질에 써서 가지고 다녔습니다. 그리고 항상 자문했습니다. 오, 나는 언제나 늙으려나? 프란체스코 사부님, 언제쯤 되어야 내가 더 이상 활동할 수 없게 되어 수도원에 정착해 지내면서 조용한 나의 방에서 당신의 말과 행동을 기록하여 세상 사람들의 구원을 위한 〈성인전〉을 엮어 내도록 하느님께서 능력을 주시겠습니까!

　나는 서둘렀다. 양피지 조각이나 종이쪽지, 혹은 나무껍질에 적어 놓은 말들이 살아나서 꿈틀거리는 것을 느꼈기 때문이다. 오랫동안 갇혀 있던 그놈들이 탈출하려고 반란을 일으키고 있었다. 나 역시 프란체스코를 느꼈다. 집도 없이 지칠 대로 지친 그분이 거지처럼 손을 내민 채 수도원의 내 방 밖에서 서성이는 것 같았다. 그러고는 미끄러지듯 회랑을 지나 나 이외에는 아무도 알아채지 못하게 내 방으로 들어오는 것을 느꼈다. 엊그제 밤에는 오래된 양피지에 쓰인 성인들에 대한 기록을 열심히 읽고 있는데 내 등 뒤에 누군가가 있는 것 같았다. 북풍이 몰아치는 추운 날씨였기 때문에 방 안에는 화로에 불을 지펴 놓았었다. 나는 너무 늙어 추위를 견디기 힘들었으므로 수도원장의 허락을 받아 방 안에서 화로를 쓸 수 있었다. 성인들이 체험한 수많은 기적들은 나를 완전히 사로잡았고 마치 뜨거운 불길처럼 나를 휩쌌다. 나는 이미 바닥에 있지 않고 공중에 떠 있었다. 바로 그 순간 등 뒤에 누군가가 있다는 느낌이 들었다. 뒤를 돌아보자 화로 앞에 프란체스코가 웅크리고 있었다.

「프란체스코 사부님, 천국을 버리셨습니까?」 나는 후다닥 일어나며 물었다.

「나는 춥고 배가 고파요. 편히 쉴 곳이 아무 데도 없어요.」 그가 대답했다.

방에는 빵과 꿀이 있었다. 그것으로 배고픔을 달래 드리려고 나는 그것을 가지러 갔다. 그러나 가지고 와 보니 아무도 없었다.

그것은 하느님의 계시였다. 눈으로 볼 수 있는 메시지를 보내신 것이다. 「프란체스코가 집도 없이 지상을 떠돌고 있다. 그에게 집을 지어 주어라……!」 하지만 나는 또다시 두려움에 사로잡혔다. 오랫동안 내면의 갈등을 겪으며 지쳐 있던 나는 양피지에 머리를 대고 깜빡 잠이 들었다가 꿈을 꾸었다. 나는 꽃이 만발한 나무 밑에 누워 있었고 그 위로 향기로운 미풍처럼 하느님이 머물러 계심을 느꼈다. 그 나무는 낙원의 나무였고 꽃이 피어 있었다! 꽃이 피어 있는 나뭇가지 사이로 하늘을 쳐다보니 갑자기 알파벳 글자들처럼 생긴 조그만 새들이 한 무리 날아와 나뭇가지마다 한 마리씩 앉더니 쩍쩍거리기 시작했다. 처음에는 한 마리가 혼자서, 다음에는 두 마리가, 그다음에는 세 마리가 함께. 그러다가는 이 가지 저 가지로 깡충깡충 뛰어다니며 삼삼오오 무리를 짓더니 황홀경에 빠져 노래를 부르는 것이었다. 그 나무는 통째로 하나의 노래가 되었다. 정열과 욕망과 괴로움으로 가득 찬, 달콤하고 부드러운 노래였다. 그것은 마치 내가 두 팔을 가슴에 얹은 채 이미 땅속에 묻혀 있는데 나의 배로부터 나무가 자라나 내 몸 전체에 뿌리를 박고 나를 빨아 먹고 꽃을 피우고 있는 것 같았다. 그리고 내 생의 모든 기쁨과 슬픔이 새들이 되어 노래하고 있는 것 같았다.

　내가 잠을 깨었을 때, 아직도 내 몸속에서 지저귀고 있는 새들의 노랫소리가 들렸다. 그리고 하느님은 아직도 바람이 되어 내 위에서 불고 계셨다.

　이미 새벽이었다. 밤새도록 양피지 위에 엎드려 잠을 잤던 것이다. 나는 일어나 세수를 하고 깨끗한 옷으로 갈아입었다. 새벽 기도 시간을 알리는 종이 울렸다. 나는 성호를 긋고 예배당으로 가서 이마와 입술과 가슴을 바닥에 대고 엎드렸다. 그리고 성체를 영접했다. 미사가 끝나자 나는 급히 방으로 돌아왔다. 누구에겐가 말을 건넴으로써 성스러운 기운이 누설되는 것을 막기 위해서였다. 나는 날아왔다. 천사들이 나를 떠받쳐 주었기 때문이다. 천사들을 눈으로 직접 보지는 못했지만 나의 양옆에서 날개가 파드득거리는 소리를 들을 수 있었다. 나는 펜을 들고 성호를 그었다.

　프란체스코 사부님, 이렇게 해서 나는 당신의 생애와 시대에 대해 기록하기 시작했습니다.

　하느님의 도우심과 인도하심이 있기를 빌면서!

나는 진실을 말할 것을 맹세합니다. 주님, 내가 기억해 낼 수 있도록 도와주시고, 정신을 깨우쳐 주시고, 혹시라도 나중에 후회하게 될지도 모르는 말은 단 한마디도 허락하지 마시옵소서. 움브리아의 산과 평야여, 일어나 증언하라. 순교자의 피가 뿌려진 돌들이여, 흙먼지투성이인 이탈리아의 길들이여, 어두운 동굴들과 눈 덮인 산봉우리들이여, 일어나라. 그를 미개한 동방으로 실어다 주었던 배여, 일어나라. 문둥이들과 늑대와 악한들이여, 일어나라. 그리고 그의 설교를 들었던 새들, 너희들도 일어나라. 레오 형제에게는 너희들이 필요하다. 어서 달려와 나의 오른쪽과 왼쪽에 서서 내가 진실을, 온전한 진실을 말하도록 도와주려무나. 이 일에 내 영혼의 구원이 달려 있다.

나는 떨었다. 사실과 거짓을 구분할 수 없는 경우가 많았기 때문이다. 프란체스코가 내 마음속에서 물처럼 흘러가며 계속 얼굴을 바꾼다. 나는 그를 꼭 집어 설명할 수가 없다. 그는 키가 작았던가, 아니면 키가 엄청나게 컸던가. 아무리 해도 가슴에 손을 얹고 확실하게 말할 수가 없다. 그는 종종 가난이 절로 배어 나오는 얼굴에 뼈와 가죽만 남은 몰골로 웅크리고 있는 듯이 보였다. 성

긴 밤색 수염에 튀어나온 두꺼운 입술, 토끼처럼 온통 털로 뒤덮인 커다란 귀를 높이 세우고 눈에 보이는 세상과 보이지 않는 세상 모두에 열심히 귀를 기울이고 있는 것 같았다. 그렇지만 섬세한 손과 가느다란 손가락은 지체 높은 가문 출신임을 말해 주고 있었다……. 하지만 그가 말하거나 기도하거나 혹은 혼자 생각하고 있을 때는 언제나 그의 웅크린 몸에서 하늘까지 닿는 불길이 뻗쳤고, 그는 공중에서 붉은 날개를 치는 대천사가 되었다. 만일 불길이 눈에 잘 보이는 밤중에 이런 일이 일어난다면 사람들은 겁에 질려 불길을 피했을 것이다.

「프란체스코 형제여, 당신 몸의 불길을 끄세요.」 나는 이렇게 외치곤 했다. 「온 세상을 다 태워 버리기 전에 어서 당신의 불길을 끄세요.」

그리고 나서 눈을 들어 보면 그가 여전히 인간의 기쁨과 괴로움과 가난이라는 특징을 드러내는 얼굴에 평온한 웃음을 띠고 똑바로 나를 향해 오는 것이 보이곤 했다…….

한번은 그에게 이렇게 물어본 적이 있었다. 「프란체스코 형제여, 당신이 어둠 속에 혼자 있을 때 하느님은 당신에게 어떻게 그 존재를 드러내십니까?」

그는 이렇게 대답했다. 「시원한 냉수 한 잔과도 같다오, 레오 형제, 영원한 젊음의 샘으로부터 솟아 나오는 물 말입니다. 목이 마를 때 그 물을 마시면 영원히 갈증이 풀리지요.」

「하느님이 한 잔의 시원한 물 같다고요?」 나는 놀라 소리쳤다.

「레오 형제여, 왜 그렇게 놀랍니까? 그럼 당신에겐 무엇과 같습니까? 이 세상에 하느님보다 더 단순하고, 상쾌하고, 마시기 좋은 것은 없습니다.」

그러나 몇 년 후 프란체스코가 살은 다 빠지고 털과 뼈만 남아 거의 마지막 숨을 몰아 쉬고 있을 때, 그는 다른 수도사들에게 들리지 않도록 내 쪽으로 몸을 굽히더니 떨면서 이렇게 말했다. 「하느님은 불길이에요, 레오 형제. 그분은 불타고 있고, 우리도 그분과 함께 불타죠…….」

내가 마음속으로 그의 키를 가늠해 보건대, 확실히 말할 수 있는 것은 그가 밟았던 땅으로부터 머리까지의 육신의 키는 작았던 것이 틀림없다. 그러나 그의 머리 위쪽의 키는 엄청나게 컸다.

하지만 그의 신체에서 내가 더할 나위 없이 선명하게 기억하고 있는 곳이 두 부분 있다. 그의 발과 눈이다. 나는 거지였기 때문에 평생을 거지들과 지내면서 하루하루를 연명하기 위해 매일같이 맨발로 바위며 흙이며 진흙탕과 눈길을 헤매고 다니는 발들을 수없이 보았다. 그렇지만 내 평생 그의 발처럼 비참하고, 암울하고, 연약하고, 여행으로 닳아 빠지고, 벌어진 상처투성이인 발은 본 적이 없다. 때때로 프란체스코 사부님이 잠을 자고 있을 때면 나는 몰래 다가가 그의 발에 입을 맞추곤 했다. 그러면 마치 내가 인류의 모든 고통에 입을 맞추고 있는 듯이 느껴졌다.

그리고 그의 눈을 한 번이라도 본 사람이라면 어떻게 그 눈을 잊을 수 있겠는가? 커다란 아몬드 모양의 새까만 눈이었다. 그 눈은 보는 사람들로 하여금 그렇게도 유순하고 벨벳처럼 부드러운 눈을 본 적이 없다고 감탄하게 만들다가도, 그런 생각을 하기 무섭게 곧바로 그의 생명 유지 기관인 심장이며 콩팥이며 허파 등을 들여다보게 해주는 두 개의 열려 있는 함정이 되고 사람들은 곧 그의 눈이 불타고 있음을 알게 된다. 그는 종종 사람을 쳐다보지만 실제로는 보는 것이 아니었다. 그럼 무엇을 보았던 것인가? 피부나 살이나 머리를 보는 것이 아니라 머릿속을 보는 것이다. 하루는 그가 손바닥으로 천천히 나의 얼굴을 쓰다듬었다.

연민의 정과 온화함이 가득 담긴 눈으로 나를 쳐다보며 말했다. 「레오 형제, 나는 당신이 좋습니다. 벌레들이 당신의 입술이며 귀 위로 마음대로 돌아다니게 놔두기 때문에 좋습니다. 그 벌레들을 쫓아 버리지 않아서 좋습니다.」

「벌레들이라니요, 프란체스코 사부님? 나에게는 벌레들이 보이지 않는데요.」

「기도드리고 있을 때나 잠을 잘 때, 혹은 천국에 관해 꿈을 꾸고 있을 때 틀림없이 볼 겁니다. 그렇지만 레오 형제, 당신은 그 벌레들이 위대한 왕이신 하느님의 사자들이라는 것을 너무나 잘 알기 때문에 쫓아 버리지 않는 것입니다. 하느님께서는 천국에서 결혼식을 거행하시면서 그들을 통해 우리에게 초대장을 보내신 것입니다. 〈위대한 왕이 너희를 기다리고 있노라, 어서 오라!〉」

사람들과 어울릴 때 프란체스코는 잘 웃고 떠들며 놀았다. 갑자기 껑충 뛰어오르며 춤을 추거나 막대기 두 개를 잡고 〈비올〉 연주 흉내를 내며 자신이 지은 성스러운 찬가들을 부르기도 했다. 그가 그렇게 한 것은 물론 동료들의 용기를 북돋아 주기 위해서였다. 영혼은 고통받고, 육신은 배고프고, 인간에겐 인내심이 없다는 것을 잘 알고 있었기 때문이다. 하지만 그 자신이 홀로 있을 때는 눈물을 흘렸다. 가슴을 치고, 가시밭 속을 뒹굴고, 하늘을 향해 팔을 뻗치며 외치곤 했다. 「하느님, 저는 온종일 간절하게 당신을 찾아 헤맸습니다. 그리고 제가 잠들어 있을 때 당신은 밤새도록 저를 찾았습니다. 오, 주여, 언제, 그 언제, 밤이 물러가고 날이 밝듯이, 우리가 서로 만나게 되겠습니까?」

또 한번은 그가 하늘을 뚫어지게 쳐다보며 이렇게 외치는 것을 들은 적이 있다. 「저는 이제 더 이상 살고 싶지 않습니다. 주여, 저의 옷을 벗겨 주십시오. 육신으로부터 저를 구원해 주십시오.

저를 데려가 주십시오!」

새들이 다시 노래하기 시작하는 새벽마다, 혹은 한낮에 숲 속의 나무 그늘 속으로 뛰어들 때, 혹은 밤에 달빛과 별빛 아래 앉아 있을 때, 그는 형언할 수 없는 기쁨에 몸을 떨면서 눈에는 눈물이 가득 고인 채 나를 쳐다보곤 했다.「이 얼마나 기적 같은 일입니까, 레오 형제! 그리고 이런 아름다운 것을 창조하신 분, 그분은 어떤 분일까요? 우리는 그분을 어떻게 불러야 할까요?」

「하느님이죠, 프란체스코 형제.」내가 대답했다.

「아뇨, 하느님이 아니에요, 하느님이 아니에요.」그가 외쳤다.「그 이름은 너무 무거워서 뼈를 으스러뜨릴 것 같아요……. 하느님이 아니라……. 아버지예요!」

어느 날 밤 프란체스코가 아시시의 거리를 배회하고 있었다. 둥근 보름달이 두둥실 하늘 한가운데 떠 있었다. 온 세상이 공중에 떠서 흘러가고 있었다. 그런데 아무리 둘러봐도 문밖으로 나와서 그 위대한 기적을 즐기는 사람이 하나도 없었다. 그는 교회로 달려가서 종탑으로 올라갔다. 마치 무슨 큰일이라도 난 것처럼 종을 울리기 시작했다. 깜짝 놀라 잠에서 깬 사람들은 불이라도 난 줄 알고 옷도 제대로 못 입은 채 산루피노 성당으로 달려갔고, 거기서 프란체스코가 맹렬히 종을 치고 있는 것을 보았다.

「도대체 왜 종을 치는 거요? 무슨 일이라도 났소?」사람들이 화가 나서 소리를 질렀다.

「여러분, 고개를 들어 하늘을 보세요.」종탑 꼭대기에서 프란체스코가 대답했다.「하늘에 떠 있는 저 달 좀 보시라고요!」

복되신 프란체스코는 바로 그런 사람이었다. 적어도 그는 나에겐 그렇게 보였다. 내가 이렇게 말은 하지만, 사실은 확신할 수 없다. 내가 어찌 그가 어떤 사람인지, 그가 누군지를 알 수 있단 말인가? 아니, 프란체스코 자신도 자기를 모르지 않았을까? 나는 그가 어느 겨울날 포르티운쿨라의 오두막 입구에 앉아 햇빛을 쬐고 있던 때를 기억하고 있다. 그때 한 젊은이가 허겁지겁 다가와 그 앞에서 멈췄다.

「프란체스코가 어디 있습니까? 베르나르도네의 아들 말입니다.」 젊은이가 가쁜 숨을 몰아 쉬며 물었다. 「어디로 가면 그 새로운 성자를 만나뵙고 발밑에 엎드려 절을 올릴 수 있겠습니까? 나는 지금까지 몇 달 동안이나 그분을 찾아 거리를 헤맸습니다. 형제여, 그리스도의 사랑으로 제발 가르쳐 주십시오.」

「베르나르도네의 아들 프란체스코가 어디 있냐고요?」 프란체스코가 머리를 저으며 대답했다. 「베르나르도네의 아들 프란체스코가 어디 있냐고요……? 그 프란체스코는 무엇 하는 사람입니까? 그가 누구입니까? 형제여, 나 역시 그 사람을 찾고 있습니다. 벌써 몇 년 동안이나 찾아다니고 있습니다. 자, 우리 손 잡고 함께 그를 찾으러 갑시다!」

그는 일어서서 젊은이의 손을 잡고 같이 나갔다.

*

우리가 아시시에서 처음 만났던 그날 밤에는 모자에 기다란 붉은 깃털을 꽂고 사랑하는 여인에게 세레나데를 바치고 있던 그 청년이 나중에 무엇이 될 사람이었는지를 내가 어떻게 알 수 있었겠는가? 그 청년은 내 팔을 꽉 잡고 시내를 가로질러 베르나르도네의 집으로 데리고 갔다.

우리는 행여 귀신에게 들키기라도 할세라 숨을 죽이며 집 안으로 들어갔다. 프란체스코가 음식을 갖다주어 나는 먹었고, 잠자리를 마련해 주어 잠을 잤다. 새벽녘에 나는 조용히 현관문을 열고 밖으로 나왔다. 그날은 일요일이었다. 산루피노 성당에서 장엄 미사를 올리는 날이기 때문에 구걸하기 위해 그곳으로 갔다.

나는 교회를 마주 보고 섰을 때 왼쪽에 있는 사자 석상 위에 자리를 잡고 앉아 신자들이 나타나기를 기다렸다. 그들에게는 주일날의 영혼이 있다. 그들의 마음속에서는 천국과 지옥이 왔다 갔다 하고 있다. 그들은 두려운 마음과 동시에 기대감을 안고 가난한 자를 위해 지갑을 열곤 했다.

나는 모자를 벗었다. 가끔씩 동전이 짤그랑 소리를 내며 모자 속으로 떨어졌다. 반쯤 미친 듯한 늙은 귀부인이 허리를 굽히고 내가 누군지, 어디서 왔는지, 혹시 자기 아들을 봤는지 물어 댔다. 전쟁 통에 몹쓸 놈의 시에나 기병대가 와서 아들을 잡아갔다는 것이다.

대답을 하려고 막 입을 열려는데, 내 앞에 프란체스코의 아버지인 베르나르도네 씨가 나타났다. 나는 몇 년 전부터 그 사람을 알고 있었지만 한 번도 나에게 무엇을 준 적이 없었다. 오히려 호통만 치곤 했다. 「팔다리가 멀쩡한데 이게 뭔가. 가서 일이나 하라고!」

「저는 하느님을 찾고 있습니다.」 어느 날 나는 이렇게 대답했다.

「악마에게 잡혀가기나 하지!」 그는 고함을 쳤고, 그의 점원들은 박장대소했다.

그가 아내인 피카 부인과 함께 미사 참례를 위해 천천히 위엄 있게 성당으로 걸어오고 있는 중이었다. 하느님 맙소사, 사나운 짐승 같기도 해라! 그는 은색 테두리를 두른 어두운 붉은색의 긴 실크 옷을 입고, 검은색 벨벳 모자를 쓰고 길고 뾰족한 코의 검은 구두를 신고 있었다. 그의 왼손은 가슴 위에서 섬세한 황금 줄에 매달려 있는 십자가를 만지작거렸다. 그는 건장하고, 원기 왕성

했으며, 뼈대가 크고, 천장에 닿을 듯 키가 컸고, 커다란 턱뼈에 두 턱이 졌고, 뭉툭하고 휘어진 코, 매의 눈처럼 차가운 회색 눈을 가지고 있었다.

나는 그를 보자마자 그가 나를 보지 못하도록 몸을 둥글게 말아 웅크렸다. 그의 뒤에는 무거워 주저앉을 정도로 실크며 벨벳, 황금색 장식, 멋있는 자수품 등 값비싼 물건을 잔뜩 실은 노새 다섯 마리가 따라오고 있었다. 노새를 끄는 마부들은 무장을 하고 있었다. 오가는 길에 산적들이 많았기 때문이다. 다시 말하자면, 베르나르도네는 그의 물건들도 같이 교회로 와서 함께 미사에 참석토록 하고, 성 루피노 상(像)에게 그것들을 보임으로써 혹시라도 위험한 일이 생기지 않도록 성인의 가호를 바라는 것이었다. 길을 떠날 때마다 늘 그렇게 하듯이 베르나르도네는 성 루피노 상 앞에 무릎을 꿇고 앉아 흥정을 한다. 당신이 나에게 이러이러하게 해주신다면 나도 당신에게 이러이러한 것으로 보답하겠습니다. 당신이 나의 물건을 보호해 주신다면 나는 당신에게 피렌체에서 정교한 조각이 가득 들어 있는 은 램프를 사다 드리겠습니다. 그러면 조그만 유리 램프밖에 없는 다른 성인들이 당신을 부러워할 것입니다.

그 옆에서 두 손을 배 위로 모으고, 시선을 내리고, 머리에는 바다처럼 푸른색의 실크 베일을 쓰고 자랑스럽게 걷고 있는 사람은 프랑스 출신의 그의 아내 피카 부인이었다. 그녀는 아름답고 명랑했으며, 친절함 그 자체였다. 그녀의 얼굴은 자비심을 베푸는 얼굴이었다. 나는 손을 내밀었지만 그녀는 나를 보지 못했다. 나를 보지 못했거나, 아니면 옆에 있는 괴물이 무서워 나에게 아무것도 줄 수 없었는지도 모른다. 그 부부는 입구를 지나 가운데 있는 커다란 문을 통해 교회로 들어가 버렸다.

몇 년 후, 우리가 마을들을 찾아다니며 사랑에 대한 설교를 하기 위해 여행을 떠나려던 어느 날 아침, 프란체스코는 부모님을 회상하며 한숨을 지었다. 「슬프게도, 나는 아직도 그들을 화해시키지 못했습니다.」

　「누구요? 지금 누구에 대해 말하는 겁니까, 프란체스코 형제?」

　「나의 아버지와 어머니 말입니다, 레오 형제. 그 두 분은 오랫동안 나의 내면에서 싸우고 계십니다. 그 투쟁이 평생 계속되고 있다는 걸 당신이 알아주면 좋겠어요. 아마 그분들을 다른 이름으로 불러도 좋을 것입니다. 하느님과 악마, 영혼과 육신, 선과 악, 빛과 어두움. 그러나 그분들은 여전히 나의 어머니와 아버지로 남아 계십니다. 나의 아버지는 내 안에서 이렇게 외칩니다. 〈돈을 벌어라, 부자가 되어라, 황금을 주고 문장(紋章)을 사들여 귀족이 되어라. 부자와 귀족만이 이 세상을 살아갈 자격이 있다. 착하게 살지 마라. 일단 착해지면 너는 끝장이다!〉 누가 너의 이빨에 금이 가게 만들면, 너는 그의 턱을 통째로 날려 버려라. 사람들에게 사랑받을 생각은 하지 마라. 사람들이 너를 무서워하게 만들어라. 용서하지 말고, 싸워라……!〉 한편으로는, 나의 내면에서 어머니가 떨리는 목소리로, 아버지가 듣지 못하도록 부드럽게, 겁먹은 듯이 말합니다. 〈착하게 살아야 한다. 사랑하는 프란체스코야. 그러면 너에게 축복이 내릴 거야. 가난하고, 미천하고, 압박받는 사람을 사랑해야 한다. 누군가가 너에게 상처를 주어도 그 사람을 용서해라!〉 나의 아버지와 어머니는 내 안에서 싸우고, 나는 평생 그들을 화해시키려고 애를 썼습니다. 하지만 그분들은 화해를 거부합니다. 화해를 거부해요, 레오 형제. 그 때문에 나는 괴롭습니다.」

　실제로 베르나르도네 씨와 피카 부인은 프란체스코의 가슴속에서 합세하여 그를 괴롭히고 있었다. 그러나 아들의 가슴 밖에서 그들 각자는 별도의 육신을 가지고, 일요일인 오늘은 둘이서 나란히 미사를 드리기 위해 방금 교회로 들어갔다.

나는 눈을 감았다. 교회 안에 높이 설치되어 있는 성가대석으로부터 오르간 소리에 맞춰 부르는 성가대의 신선한 노랫소리가 공기 속으로 울려 퍼졌다. 나는 그것이 하느님의 음성이라고 생각했다. 하느님의 음성, 그리고 사람들의 힘찬 목소리……. 나는 계속 귀를 기울였고, 행복에 겨워 눈을 감았다. 비록 대리석 사자 석상에 올라앉아 있지만, 마치 말을 타고 천국으로 들어가고 있는 것처럼 느껴졌다. 부드러운 찬송가와 감미로운 향내와 자루에 가득한 빵과 올리브와 포도주, 이것이야말로 천국이 아니겠는가? 이런 것이 아니라면 무엇이 천국인가……. 하느님, 이렇게 말하는 저를 용서하소서! 나는 현명한 신학자들이 날개니 성령이니, 육신 없는 영혼이니 하며 논하는 것이 무엇인지를 이해하지 못하기 때문이다. 혹시 빵 부스러기라도 땅에 떨어지면 나는 허리를 굽혀 그것을 줍고 입을 맞춘다. 그 빵 부스러기가 천국의 일부라는 것을 확실히 알기 때문이다. 그러나 거지들만이 이것을 이해할 수 있다. 그리고 내가 말하고 있는 것도 거지들을 위해서다.

*

내가 대리석 사자 석상 위에 앉아 천국을 거닐고 있을 때, 그림자 하나가 앞을 가로막았다. 눈을 떠 보니 프란체스코가 내 앞에 서 있었다. 미사가 끝났던 것이다. 깜빡 잠이 들었던 모양이다. 값비싼 물건을 잔뜩 싣고 교회 앞 광장에 서 있던 노새들도 이미 사라지고 없었다.

프란체스코가 겁에 질린 어두운 얼굴로 입술을 떨면서 내 앞에서 있었다. 그의 눈은 환상에 사로잡혀 있는 듯했다. 쉰 목소리로 그가 말했다.

「가십시다. 나에겐 당신이 필요해요.」

그는 상아 손잡이가 달린 지팡이에 몸을 의지하고 앞장서서 가며 가끔씩 다리가 휘청거리는 듯 벽에 기대서곤 했다.

「나는 건강이 나빠요.」 그가 돌아보며 말했다. 「내가 집까지 가서 누울 수 있도록 나를 부축해 주세요. 그리고 이리 가까이 오세요. 당신에게 물어보고 싶은 것이 있습니다.」

광장의 줄타기 곡예사들은 말뚝을 박고 밧줄도 이미 팽팽히 당겨 놓았다. 그들은 알록달록한 옷을 입고 방울 달린 빨간 고깔모자를 쓰고 있었다. 오늘은 일요일이므로 자신들의 묘기를 보여 주고 모자를 돌릴 준비를 하고 있었다. 늙은이들과 소박한 시골 아낙들이 바닥에 주저앉아 무릎에 바구니를 올려놓고 병아리, 달걀, 치즈, 약초, 상처에 바르는 연고, 악마를 물리치는 부적 등을 팔고 있었다. 허연 수염을 기른 약삭빠른 노인 하나가 새장 속의 흰 생쥐로 점을 쳐주겠다고 떠들었다.

「잠깐, 저기서 운수를 점쳐 보세요, 프란체스코.」 내가 말했다. 「저 생쥐는 낙원으로부터 온 것이라던데요. 아시다시피 낙원에도 생쥐는 있잖아요. 그래서 색깔이 하얀 거예요. 그들은 많은 비밀을 알고 있지요.」

그러나 프란체스코는 그 말뚝들 중 하나를 움켜잡은 채 가쁜 숨을 몰아 쉬고 있었다. 나는 그를 부축해 베르나르도네 씨의 집에 도착했다.

맙소사, 이러니 부자들이 어떻게 죽을 수가 있겠나! 이런 대리석 계단에, 방마다 황금빛 천장에, 리넨과 실크 이부자리를 두고! 내가 그를 침대에 눕히자마자 그는 기진맥진한 듯 눈을 감았다.

몸을 굽혀 그를 보았을 때 그의 창백한 얼굴엔 빛의 섬광과 그림자가 번갈아 교차하고 있었다. 마치 강렬한 빛에 상처라도 입은 듯 그의 눈꺼풀은 계속 떨리고 있었다. 무언가 무섭고 눈에 보이는 어떤 존재가 그의 위에 있다는 예감이 들었다.

　마침내 그가 소리를 지르며 눈을 뜨더니 공포에 질려 침대에서 일어나 앉았다. 나는 얼른 깃털 베개를 집어 그의 등 뒤에 받쳐 주었다. 내가 그에게 도대체 무엇이 잘못되었는지, 무엇이 그를 그토록 무섭게 했는지 물어보려고 입을 떼려는 순간, 그가 손을 뻗어 내 입을 막았다.

　「아무 말 마세요.」그가 속삭이며 깃털 베개에 와락 몸을 던졌다. 그는 떨고 있었다. 눈에서 눈동자가 사라지고 눈알을 아래쪽으로 굴려 두려운 듯 자신의 배를 쳐다보고 있었다. 턱은 덜덜 떨고 있었다.

　그 순간 나는 알아챘다. 「하느님을 봤군요, 하느님을 봤어요!」 내가 외쳤다.

　그는 내 팔을 잡더니 괴로운 듯 숨을 헐떡였다. 「어떻게 알았습니까? 누가 말했습니까?」

　「아무도 말하지 않았지만, 당신이 떠는 것을 보고 알았어요. 사람이 그렇게 떨 때는 눈앞에 사자를 봤거나, 아니면 하느님을 봤다는 뜻이지요.」

　그는 베개에서 머리를 들어 힘차게 일어나더니 이렇게 중얼거렸다. 「아뇨, 나는 하느님을 본 게 아니에요. 그분의 목소리를 들었어요.」

　그는 놀란 눈으로 주변을 둘러보다가 나에게 말했다. 「앉으세요. 내 몸에 손대지 마세요. 나를 만지지 마세요!」

　「손대지 않았어요. 당신을 만지기가 겁이 나요. 만일 그 순간에 내가 당신을 만졌더라면 아마 내 손은 불타서 재가 되어 버렸을 거예요.」

그는 머리를 저으며 미소 지었다. 비로소 그의 눈동자가 다시 돌아왔다. 「당신께 물어볼 것이 있습니다.」 그가 말했다. 「나의 어머니가 미사에서 돌아오셨나요?」

「아직 안 오셨습니다. 아마 친구들과 함께 얘기를 나누고 계시 겠지요.」

「그럼 더 잘됐군요. 문 좀 닫아 주세요.」 그러더니 잠시 침묵한 후 그가 다시 말했다. 「당신에게 물어볼 것이 있습니다.」

「듣고 있습니다. 말씀하세요.」

「당신은 평생 동안 하느님을 찾아다니고 있다고 말했죠. 그래 서 어떻게 했습니까? 불렀나요, 울었나요, 노래를 했나요. 아니면 단식을 했나요? 사람마다 스스로 하느님께 다가가는 나름대로의 특별한 방법이 있을 것입니다. 당신은 어떤 길을 택했나요……? 그걸 물어보고 싶었습니다.」

나는 고개를 떨구고 생각해 보았다. 이런 말을 해야 하나 말아 야 하나? 나는 그 문제에 대해 많은 생각을 해왔고 그것이 어떤 길인지 이미 알고 있었지만 그것을 밝히기에는 부끄러웠다. 확실 히 그 당시 나는 아직 하느님 앞에서의 부끄러움을 몰랐기 때문 에 사람들 앞에서 여전히 부끄러워했었다.

「왜 대답하지 않습니까?」 프란체스코가 불만스러운 듯이 말했 다. 「나는 지금 어려움을 겪고 있으므로 당신 도움이 필요합니다. 도와주십시오!」

그가 딱하다는 생각이 들었다. 그래서 마음은 편치 않지만 그 에게 모든 것을 말하기로 결심했다.

「나의 방법이 뭐냐고요, 프란체스코 씨, 내 말을 듣고 제발 놀라지 마십시오. 내가 하느님을 찾는 방법은……, 게으름이었습니다. 그렇습니다, 게으름뱅이가 되는 것이죠. 게으르지 않았다면 나도 존경받는 훌륭한 사람이 되었을 것입니다. 다른 사람들처럼 기술을 배워 가구 기술자가 되거나 직조공이나 석공이 되어 가게를 열었을 것입니다. 그러면 하루 종일 일해야 할 텐데 언제 하느님을 찾을 시간이 있겠습니까? 그보다는 차라리 건초 더미에서 바늘을 찾는 것이 나을지도 모른다고 내 자신에게 말하며 살았겠죠. 나의 마음과 생각은 온통 어떻게 밥벌이를 하고, 애들을 먹여 살리고, 아내를 거느리는가에 사로잡혀 있었을 것입니다. 그렇게 걱정거리가 많아서야, 제기랄, 어떻게 전능하신 하느님을 생각할 수 있는 시간을 내고, 순수한 마음으로 하느님을 지향할 수 있었겠습니까?

그렇지만 하느님의 은총으로 나는 게으르게 태어났습니다. 일하고, 결혼하고, 아이들을 낳고, 스스로 문젯거리를 만드는 것은 너무 골치 아픈 일입니다. 나는 그저 겨울에는 양지쪽에 앉아 있고 여름이면 그늘에 들어가 앉아 있고, 밤에는 나의 집 지붕 위에 다리를 쭉 뻗고 드러누워 달과 별을 바라보지요. 그렇게 달과 별을 바라보면서 하느님에 대해 곰곰이 생각하지 않는 사람이 어디 있겠습니까? 나는 잠을 이룰 수 없었습니다. 이 모든 것을 누가 만들었을까? 나 혼자 묻곤 했지요. 그리고 왜 만들었을까……? 도대체 누가 나를 만들었을까? 왜 만들었을까? 어디로 가야 하느님을 찾아서 그분께 물어볼 수 있을까……? 그러니까 하느님을 공경하자면 게을러야 합니다. 여유가 있어야죠. 다른 사람이 말하는 것은 들을 필요가 없습니다. 하루 벌어 하루 먹고사는 노동자들은 매일 밤 기진맥진하고 허기져 집으로 돌아옵니다. 그러곤 허겁지겁 식사를 하고, 단지 자신이 피곤하고 짜증나기 때문에 아무 이유도 없이 아내와 다투고 애들을 때리고, 그러고 나서는 다시 주먹을 불끈 쥐고 잠에 떨어지죠. 자다가 잠시 깨었을 때 옆에 아내가 있음을 발견하고는 부부 관계를 하고 또다시 주먹을 불끈 쥐고 잠에 곯아떨어집니다……. 그런데 언제 하느님을 찾을 시간이 있겠습니까? 그렇지만 직업도 없고 애들도 아내도 없는 사람은 하느님에 대해 생각할 수 있습니다. 처음에는 단지 호기심으로 시작하지만 점점 고민하게 됩니다. 프란체스코 씨, 그렇게 머리를 젓지 마십시오. 나는 당신이 물어봐서 대답한 것뿐입니다. 용서하십시오.」

「계속하세요. 멈추지 말고 계속 말하세요, 레오 형제. 그렇다면 악마가 하느님을 눈가림하고, 게으름이 하느님을 눈가림하는 것이 사실이군요, 그렇죠? 아주 고무적인 말이에요, 레오 형제, 계속 말해 보세요.」

「내가 무슨 할 말이 더 있겠습니까, 프란체스코 씨? 나머지는 말 안 해도 아시잖아요. 우리 부모는 나에게 약간의 재산을 남겨 주었는데 나는 그것을 다 써버렸어요. 그러고는 자루 하나를 메고 거리로 나서서 이 집 저 집으로, 이 수도원에서 저 수도원으로, 이 마을 저 마을로 하느님을 찾아다녔습니다. 나는 〈하느님이 어디 있습니까……?〉 〈그분을 본 사람 있습니까……?〉 〈어디 가면 그분을 찾을 수 있습니까?〉라고 물으며 마치 맹수를 잡으려고 작정한 사냥꾼처럼 하느님을 찾아다녔습니다. 어떤 이들은 웃었고, 어떤 사람들은 돌을 던졌고, 또 다른 사람들은 나를 때려눕혀 녹초로 만들었어요. 그래도 그때마다 나는 다시 일어나 또다시 하느님을 찾으러 길을 떠났습니다.」

「그래서 하느님을 찾았나요? 그분을 찾았습니까?」 프란체스코는 숨을 헐떡이며 물었고, 그의 뜨거운 입김이 나의 살갗에 닿는 것이 느껴졌다.

「내가 어떻게 그분을 찾을 수 있겠습니까? 현자, 성자, 미치광이, 성직자, 떠돌이 음유 시인, 백 살이 넘은 노인들, 이처럼 온갖 사람에게 물어봤습니다. 그들은 나름대로 조언을 해주고, 〈이리로 가면 하느님을 찾을 수 있을 거요〉 하면서 길을 가르쳐 주기도 했습니다. 그렇지만 사람마다 가르쳐 주는 길이 모두 달랐습니다. 도대체 어디로 가야 한단 말인가? 도무지 정신을 차릴 수가 없었습니다. 볼로냐의 어떤 현자는 이렇게 말했습니다. 〈하느님께 이르는 길은 아내와 아이들에게 있네. 결혼하게.〉 구비오의 미치광이 성자인 또 다른 사람은 이렇게 말했습니다. 〈만일 당신이 하느님을 찾고 싶다면, 그분을 찾아다니지 마시오. 그분을 보고 싶다면 눈을 감으시오. 그리고 그분의 목소리를 듣고 싶다면 귀를 막으시오. 나는 그렇게 하지요.〉 이렇게 말하더니 그 사람은 눈을 감고, 귀를 막고, 손을 모으고 울기 시작했습니다……. 그리고 숲 속에서 은둔 생활을 하고 있는 어떤 여인은 벌거벗고 소나무 아래로 뛰어가 가슴을 치면서 외쳐 댔어요. 〈사랑하라! 사랑하라! 사랑하라!〉 그녀는 오로지 그 대답만을 해주었습니다.

하루는 동굴에서 성자 한 분을 만났습니다. 그 사람은 눈물을 너무 흘려서 눈이 멀었고, 성스러움과 불결함의 결과로 살갗은 온통 비늘투성이였습니다. 그가 나에게 해준 충고는 가장 정확하면서도 가장 무서운 것이었습니다. 그의 말에 대해 곰곰이 생각해 보면 머리카락이 곤두섭니다.」

「무슨 충고였습니까? 말해 주십시오!」 프란체스코는 내 손을 붙잡고 말했다. 그는 떨고 있었다.

「나는 그분께 절을 하고 엎드려 말했습니다. 〈거룩한 고행자님, 저는 하느님을 찾아 나섰습니다. 저에게 길을 가르쳐 주십시오.〉

그분은 지팡이로 땅을 치며 〈길 같은 건 없소〉라고 대답했어요.

나는 겁에 질려서 〈그럼 무엇이 있습니까〉라고 물었습니다.

〈지옥이 있소. 뛰어내리시오!〉

〈지옥이라고요?〉 나는 비명을 질렀습니다. 〈그게 길입니까?〉

〈그렇소, 지옥이오. 모든 길은 땅으로 이어질 뿐이오. 지옥은 하느님께로 이끌어 줄 것이오. 뛰어내리시오!〉

〈저는 그렇게 할 수 없습니다, 고행자님.〉

〈그럼 결혼이나 하고 모든 걱정을 잊으시오.〉 그가 말했어요. 그러곤 뼈만 앙상하게 남은 팔을 뻗쳐 나에게 가라는 손짓을 했습니다. 내가 떠나자 멀리서 그의 탄식하는 소리가 들리더군요.」

「그들 모두가 울던가요?」 프란체스코가 두려워하며 중얼거렸다. 「하느님을 찾은 사람이나 찾지 못한 사람이나 모두가요?」

「네, 모두요.」

「이유가 뭐죠, 레오 형제?」

「나도 몰라요. 하여튼 모두 울었습니다.」

우리는 서로 침묵했다. 프란체스코는 베개에 얼굴을 묻고 거친 숨을 몰아 쉬고 있었다.

「들어 보세요, 프란체스코 씨, 나도 한두 번 정도는 하느님의 흔적을 봤던 것 같아요.」 그를 위로하기 위해 내가 말했다. 「한번은 술에 취했을 때 잠깐 그분의 뒷모습을 보았어요. 내가 주막에서 친구들과 함께 한창 재미있게 놀고 있는데 그분이 문을 열고 나갔어요. 또 한번은 숲 속을 지나가고 있었는데 비가 오고 번개가 쳤어요. 번쩍, 하며 섬광이 비치는 순간 그분의 옷자락 끝을 어렴풋이 볼 수 있었어요. 그런데 번개가 끝나자 옷자락도 사라졌어요. 혹시 섬광 자체가 그분의 옷자락이었을 수도 있을까요……? 또 한번은 지난겨울이었는데, 높은 산꼭대기의 눈 속에서 그분의 발자국을 보았어요. 양치기 목동이 지나가기에 〈여기 봐, 하느님의 발자국이야〉라고 말했더니 그 목동은 웃음을 터뜨리며 이렇게 대답했어요. 〈제정신이 아니군요, 딱한 양반. 그건 늑대 발자국이에요. 여기에 늑대들이 다니거든요.〉 나는 아무 말 안 했어요. 머릿속에 온통 양과 늑대 생각밖에 없는 그런 어리석은 촌놈한테 무슨 말을 하겠습니까? 그 녀석이 그 이상의 무엇을 이해할 수 있겠습니까? 나로서는 눈 위의 그것이 하느님의 발자국이었다고 확신합니다…… 나는 12년째 하느님을 찾아다니고 있어요, 프란체스코 씨, 그렇지만 내가 발견한 그분의 흔적이라곤 지금 말한 것이 전부예요. 용서하세요.」

프란체스코는 고개를 떨구고 깊은 생각에 빠져 있더니 잠시 후 이렇게 중얼거렸다.「그렇게 탄식하지 마세요, 레오 형제, 아마도 하느님을 찾는 행위 자체가 하느님일지도 모르잖아요.」

그 말에 나는 깜짝 놀랐다. 프란체스코 역시 놀란 나머지 두 손으로 얼굴을 감싸 버렸다.

「나의 내면에서 말하고 있는 게 어떤 악마일까요?」 그는 절망에 빠져 한탄했다.

나는 한마디도 못 하고 그 자리에 서서 떨고 있었다. 하느님을 찾는 것, 그것이 하느님이란 말인가? 만일 그렇다면, 정말 슬프도다!

우리는 둘 다 아무 말도 하지 않았다. 프란체스코의 눈동자가 다시 뒤집혀 흰자위만 보였다. 얼굴이 빨개지고 이를 덜덜 떨고 있었다. 내가 그에게 두툼한 모포를 덮어 주자 그것을 내던지더니 이렇게 말했다.「난 추운 게 좋아요. 날 내버려 두세요! 날 그렇게 쳐다보지 말아요. 쳐다보려거든 다른 곳을 쳐다보라구요!」

나는 떠나려고 일어섰다. 그러자 그의 표정이 더욱 일그러졌다.「어디로 가는 거요?」 그가 물었다.「여기 앉아요! 당신은 지금 내가 이렇게 위험에 빠져 있는데 날 혼자 내버려 두고 떠날 셈이오? 당신은 말을 했으니 후련하겠지요. 이제는 내가 말을 하고 마음이 편해지고 싶어요. 당신은 무얼 생각하고 있습니까? 먹을 것입니까? 그럼 먹어요. 부엌에 가서 실컷 먹어요. 포도주도 마셔요. 내가 지금 말하려는 것은 아주 불쾌한 말이에요. 각오를 단단히 해야 들을 수 있을 거예요. 날 버리지 마세요!」

「먹을 필요도, 마실 필요도 없습니다.」 기분이 상해서 내가 대답했다. 「당신은 날 뭘로 보는 겁니까? 그저 먹을 것밖에 모르는 사람으로 생각합니까? 귀 기울여 듣는 것, 난 그걸 위해 태어난 사람이라는 것을 당신이 알아줬으면 좋겠습니다. 바로 듣기 위해 태어난 사람이에요. 그러니 어서 말하세요. 나는 당신이 무슨 말을 해도 다 견딜 수 있습니다.」

「물 한 잔 주세요. 갈증이 나는군요.」

그는 물을 마시고 나서 베개에 기대더니, 귀를 쫑긋 세우고 입은 반쯤 벌린 채 뭔가를 열심히 듣는 것이었다. 집은 조용하고 텅 비어 있었다. 안마당에서 수탉이 울었다.

「나는 이 세상에 오로지 우리 둘만 있다는 생각이 들어요, 레오 형제. 집 안이나 밖에서 어떤 인기척이라도 들립니까? 세상은 멸망했고 이제 우리 둘만 남아 있습니다.」

잠시 말이 없더니 이윽고 그가 말했다. 「하느님께 영광을.」 그는 성호를 그으며 나를 쳐다보았다. 그의 시선이 내 영혼을 깊이 꿰뚫는 것 같았다. 다시 침묵이 흐른 뒤, 그가 손을 뻗어 내 무릎을 붙잡고 말했다. 「나를 축복해 주시오, 레오 신부님, 당신은 나의 고해 신부예요. 이제부터 나의 고백을 들어 주시오.」

내가 망설이자 그는 명령조로 말했다. 「당신의 손을 내 머리에 얹으시오, 레오 신부님, 그리고 이렇게 말하세요. 〈베르나르도네의 아들 프란체스코, 너는 죄를 지었다. 하느님의 이름으로 고백하라. 너의 마음은 죄악으로 가득 차 있노라. 이제 그것을 모두 비우고 구원을 얻으라!〉」

나는 아무 말 안 했다.

「내가 말한 대로 하세요!」 그가 화를 내며 말했다.

나는 그의 머리에 손을 얹었다. 그것은 불붙은 석탄처럼 뜨겁게 타오르고 있었다.

「베르나르도네의 아들 프란체스코, 너는 죄를 지었다. 하느님의 이름으로 고백하라. 너의 마음은 죄악으로 가득 차 있노라. 이제 그것을 모두 비우고 구원을 얻으라!」

처음에는 조용하던 그가 시간이 흐르면서 점점 마음의 동요를 일으키더니 마침내 숨을 가쁘게 몰아 쉬면서 고백하기 시작했다.

「지금까지 저의 인생은 오로지 파티와 음주와 류트, 붉은 깃털, 실크 옷뿐이었습니다. 나는 하루 종일 돈을 벌었습니다. 자의 눈금을 줄여 먹고, 고객을 속이고, 돈을 긁어모아 흥청망청 썼습니다. 그래서 〈줄줄 새는 손바닥〉이라는 별명을 얻었습니다. 낮에는 돈을 벌고, 밤에는 술 마시고 노래 불렀습니다. 그것이 나의 인생이었습니다.

그렇지만 어제 한밤중에 우리가 집으로 와서 당신이 침대에 들어가 잠든 후 나는 엄청난 중압감에 눌리기 시작했습니다. 집이 점점 좁아지면서 나는 숨이 막힐 것 같았어요. 조용히 아래층으로 내려가 정원을 지나 도둑놈처럼 살그머니 대문을 열고 거리로 달려 나갔습니다. 달이 막 지고 있었고 달빛이 이미 사그라졌습니다. 주변은 적막했습니다. 가로등도 모두 꺼졌고, 도시는 하느님의 품속에 잠들어 있었습니다.

나는 팔을 펴고 심호흡을 했습니다. 그러니까 기분이 좀 나아지더군요. 그런 다음 길을 걷고 또 걸어 계속 올라갔습니다. 산루피노 성당에 도착했을 때는 너무 지치고 피곤해서 성당 입구를 지키고 있는 대리석 사자 석상에 올라앉았습니다. 내가 오늘 아침에 당신을 만났을 때 당신이 앉아서 구걸하던 그 자리였습니다. 나는 손바닥으로 사자 석상을 천천히 쓰다듬다가 사자의 입에 이르자 그놈이 아주 작은 사람을 잡아먹고 있는 것을 발견했습니다.

나는 겁이 났습니다. 이 사자가 도대체 무엇일까? 나는 자문했습니다. 왜 사자를 여기에 세워 교회 입구를 지키도록 했을까? 사자가 잡아먹고 있는 사람은 도대체 누구일까? 하느님일까, 사탄일까……? 내가 그것을 어떻게 알 수 있겠습니까? 그것이 하느님인지 사탄인지 누가 알 수 있겠습니까……? 그런데 갑자기 오른쪽 땅이 깊이 갈라지는 것을 느꼈습니다. 그리고 왼쪽도 갈라졌습니다. 나는 두 개의 낭떠러지 사이에 겨우 발바닥 넓이만 한 땅 조각 위에 서 있었습니다. 나는 현기증을 느꼈습니다. 나를 둘러싼 세상이 소용돌이치기 시작했고, 내 인생이 소용돌이치고 있었습니다. 나는 소리를 질렀습니다. 〈거기 내 말을 들어 줄 사람이 아무도 없습니까? 이 세상에 나 혼자뿐입니까? 하느님은 어디 있습니까? 그분은 듣지 못하나요? 그분이 내 머리 위로 손을 뻗쳐 줄 수 없나요? 나는 어지러워요. 떨어질 것만 같아요!〉」

프란체스코는 말하면서 점점 더 팔을 넓게 벌렸습니다. 그리고 질식할 듯 숨이 막히는 것 같았다. 그리고 눈을 들어 올리더니 창밖으로 하늘을 쳐다보았다. 나는 그를 진정시키기 위해 손을 잡으려 했지만 그는 뒤로 확 물러서며 흥분한 목소리로 으르렁거렸다. 「날 내버려 두세요. 난 나를 달래 주는 것을 원치 않아요.」 그러고 나서는 침대 구석에 웅크리고 앉아 헐떡거렸다. 그의 목소리는 잔뜩 쉬어 있었다.

「난 처음에는 하느님을 부르고, 그다음엔 사탄을 불렀어요. 어느 쪽이 나타나든 상관없었어요. 그저 내가 혼자가 아니라는 것만 확인하고 싶었으니까요. 왜 그렇게 갑자기 고독에 대한 공포가 나를 엄습했을까요? 그 순간 나는 어느 쪽에든 나의 영혼을 맡길 준비가 되어 있었어요. 어느 쪽이라도 상관없었어요. 내가 원하는 것은 오로지 홀로 있지 않고 누군가와 함께 있는 것이었습니다. 그렇게 절박한 심정으로 하늘을 쳐다보며 기다리고 있을 때 어떤 목소리가 들려왔습니다.」

그는 숨이 차는 듯 잠시 말을 멈췄다.

「목소리가 들려왔어요.」 그는 반복했고, 갑자기 얼굴에 굵은 땀방울이 줄줄 흐르기 시작했다.

「목소리라뇨?」 나는 물었다. 「무슨 목소리요, 프란체스코? 뭐라고 말했습니까?」

「그 말을 알아들을 수가 없었어요. 아니, 그건 사람의 목소리가 아니라 사자 같은 맹수가 으르렁거리는 소리였어요. 그것이 내가 올라앉아 있던 사람을 잡아먹는 대리석 사자였을까요……? 나는 벌떡 일어났어요. 첫새벽의 부드러운 빛이 비추기 시작했습니다. 그 소리는 여전히 내 안에서 퍼져 나갔고, 마치 천둥소리처럼 심장에서 콩팥으로, 그리고 창자 구석구석으로 울려 퍼졌어요. 새벽 기도 시간을 알리는 종이 울리기 시작했습니다. 나는 성채 꼭대기를 향해 계속 올라갔습니다. 나는 뛰어가기 시작했고, 뛰어가면서 식은땀에 푹 젖어 있는 나를 발견했습니다. 그리고 누군가가 뒤에서 나를 부르는 소리를 들었습니다. 〈프란체스코야, 너는 지금 어디로 달려가고 있느냐? 프란체스코야, 너는 지금 어디로 달려가고 있느냐? 너는 절대 도망칠 수 없어!〉 뒤를 돌아다보니 아무도 없었어요. 나는 다시 뛰기 시작했고, 잠시 후 또다시 그 목소리가 들렸어요. 〈프란체스코야, 프란체스코야, 너는 이렇게 살려고 태어났니? 노래하고, 즐기고, 여자나 꾀려고?〉

이번에는 너무나 무서워서 뒤를 돌아다볼 수가 없었어요. 나는 그 목소리를 피하기 위해 계속 달렸습니다. 그런데 이번에는 내 앞에 있는 돌이 소리치기 시작했습니다. 〈프란체스코야, 프란체스코야, 너는 이렇게 살려고 태어났니? 노래하고, 즐기고, 여자나 꾀려고?〉

머리카락이 곤두섰어요. 나는 달리고, 또 달렸지만 그 목소리도 나와 함께 달리는 것이었어요. 그때서야 확실히 깨달았습니다. 그 목소리는 나의 외부에서 나는 소리가 아니었습니다. 내가 아무리 달려도 절대 피할 수 없었을 것입니다. 나의 내면으로부터 들려오는 소리였기 때문이죠. 내 안에서 누군가가 소리치고 있는 것이었습니다. 그것은 베르나르도네의 방탕한 아들이 아니었습니다. 내가 아닌, 누군가 다른 사람이었습니다. 나의 내면에 있는, 나보다 나은 사람, 누구일까요? 나는 모릅니다. 내가 어떻게 알겠습니까? 그저 누군가 다른 사람이라는 것뿐……

나는 숨을 헐떡이며 드디어 성채에 도착했습니다. 바로 그때 산 위로 해가 떠올랐고 몸이 훈훈해졌습니다. 주변이 밝아졌고 역시 따뜻해졌습니다. 내 안에서 누군가가 또다시 말하기 시작했지만, 이번에는 아주 부드럽게 속삭였습니다. 마치 나에게 무슨 비밀을 털어놓는 듯했습니다. 나는 머리를 숙이고 열심히 들었습니다. 레오 신부님, 당신께 맹세합니다. 나는 지금 진실을, 온전한 진실을 말하고 있습니다. 〈프란체스코야, 프란체스코야〉 하고 부르는 소리가 들렸습니다. 〈너의 영혼은 비둘기, 너를 쫓고 있는 매는 사탄이란다. 이리 와서 내 품에 안기렴.〉 이것은 바로 류트에 맞춰 내 자신이 작곡했던 노래였습니다. 매일 밤 나는 창문 아래서 그 노래를 불렀었죠. 그러나 이제 생전 처음으로, 레오 형제, 내가 왜 그 노래를 작곡했는지, 거기에 숨어 있는 의미가 무엇인지를 알게 되었어요.」

그는 미소만 띤 채 잠시 말이 없었다. 그러더니 마치 황홀경에 빠진 듯 머리를 숙이고 속삭이듯 반복했다.「〈프란체스코야, 프란체스코야, 너의 영혼은 비둘기. 너를 쫓고 있는 매는 사탄이란다. 이리 와서 내 품에 안기렴.〉

그는 다시 침묵했다. 그리고 조용해졌다. 이제는 그를 만져도 뜨겁지 않을 것 같았다. 나는 몸을 구부려 그의 손을 잡고 입을 맞췄다.「프란체스코 형제여.」나는 말했다.「모든 사람은 제아무리 철저한 무신론자일지라도 가슴속 저 깊은 곳에 살과 비계로 겹겹이 싸여 있는 하느님을 가지고 있습니다. 그 살과 비계를 밀어내고 당신을 부른 사람은 바로 당신 안에 있는 하느님입니다.」

프란체스코가 눈을 감았다. 밤새도록 깨어 있었기 때문에 졸린 것 같았다.

「이제 좀 자요, 프란체스코.」나는 부드럽게 말했다.「잠은 하느님의 천사예요. 그 천사를 믿고 몸을 맡기세요.」

그러나 그가 깜짝 놀라 벌떡 일어났다.「이제 나는 어떻게 해야 됩니까? 말해 주십시오.」그가 숨죽인 목소리로 나에게 물었다. 그의 눈동자는 튀어나올 것 같았다.

나는 그가 불쌍하다는 생각이 들었다. 나야말로 수년 동안이나 똑같은 방식으로 조언을 구하며 떠돌아다니지 않았던가?

「머리를 숙여 가슴에 대고 마음의 소리를 들으십시오.」내가 대답했다.「당신의 내면에 있는 〈누군가 다른 사람〉이 틀림없이 다시 말해 줄 것입니다. 그러면 그분이 시키는 대로 하세요.」

그때 대문 열리는 소리가 나더니 안마당에서 쿵쿵대는 발소리가 들렸다. 피카 부인이 미사를 마치고 홀로 돌아왔다. 나는 안도의 한숨을 쉬었다. 베르나르도네 씨는 틀림없이 말을 타고 아마도 피렌체를 향해 가고 있을 것이다. 나는 말했다. 「프란체스코, 어머니가 돌아오셨어요. 이제 주무세요. 나는 떠나겠습니다.」

　　「가지 마세요. 아버지는 안 계세요. 여기서 머무세요. 나를 혼자 내버려 두지 말라고 내가 말했잖아요!」

　　그는 내 손을 잡더니 이렇게 외쳤다. 「나를 위험 속에 혼자 내버려 두지 마세요!」

　　「프란체스코, 당신은 이제 혼자가 아닙니다. 잘 아시잖아요! 당신의 내면에 막강한 친구를 가지고 있습니다. 당신은 이미 그분의 목소리를 들었어요. 무엇을 두려워하십니까?」

　　「정말 모르겠습니까, 레오 형제, 내가 두려워하는 사람이 바로 그분이라는 것을. 제발 가지 마세요.」

　　나는 그의 이마를 짚어 보았다. 펄펄 끓고 있었다. 그의 어머니가 상냥하게 웃으며 들어왔다.

　　「얘야, 내가 너를 위해 성모상의 축복을 가져왔단다. 너의 영혼에 위안을 주고 강건하게 해줄 거야.」

　　이렇게 말하면서 그녀는 바질 나뭇가지를 아들의 손바닥에 올려놓았다.

며칠 낮 며칠 밤 동안이나 프란체스코의 병이 계속되었을까? 나는 모든 것을 가늠할 수 있지만 시간만은 알 수가 없다. 내가 기억할 수 있는 것은 오로지 달이 기울었다가 차고, 다시 기울기를 반복했다는 것뿐이다. 그러나 프란체스코는 여전히 자리에서 일어나지 못했다. 그는 잠을 자면서도 누군가와 씨름하는 것 같았다. 어떤 순간에는 광분해서 소리를 지르며 벌떡 일어나기도 하고, 다음 순간에는 침대 한구석에 웅크리고 앉아 덜덜 떨기도 했다. 후에 그가 병이 나았을 때 들려준 바에 의하면, 그렇게 앓는 동안 계속해서 싸움을 했다고 한다. 처음에는 사라센 사람들과 싸웠다. 그는 성십자가를 어깨에 메고 예루살렘에 들어가는 자신의 모습을 보았다고 했다. 그다음에는 땅에서 솟아나거나, 나무에서 내려오거나, 밤의 어둠 속에서 튀어나와 자신을 쫓아다니는 마귀들과 싸웠다고 한다.

　그의 어머니와 나만 그의 병석을 지켰다. 피카 부인은 가끔씩 일어나 구석으로 가서 혼자 울곤 했다. 그런 다음에는 조그만 흰 손수건으로 눈물을 닦아 내고 다시 앉아 공작 깃털로 만든 부채를 부쳐 열이 펄펄 끓는 아들을 식혀 주곤 했다.

어느 날 밤 그 환자가 꿈을 꾸었다. 그는 다음 날 우리에게 자신의 꿈 얘기를 했다. 그러나 아침에는 여전히 마음이 혼란스러웠기 때문에, 시원한 어둠이 깔리고 청동 램프에 불이 켜지고 주변 세상이 평온해진 저녁때가 되어서야 꿈 얘기를 했다. 그는 자신이 죽어 가고 있는 꿈을 꾸었다고 했다. 그가 임종의 마지막 고통을 겪으며 몸부림치고 있을 때 문이 열리면서 죽음의 신이 들어왔다. 그러나 프란체스코가 그림 속에서 보았던 것처럼 낫을 들고 있지는 않았다. 대신 파수꾼들이 미친개를 잡을 때 사용하는 것과 같은 쇠로 만든 긴 집게 한 쌍을 들고 있었다. 죽음의 신은 침대로 다가오면서 외쳤다. 「자, 일어나거라, 베르나르도네의 아들아, 같이 가자!」

  「어딜 가요?」

  「어디냐고? 그걸 물어봐야만 알겠니? 너는 충분한 시간이 있었지만 파티를 즐기고, 사치스러운 옷을 입고 세레나데를 부르느라 그 시간을 탕진했다. 이제 최후의 심판의 시간이 왔다.」

  죽음의 신은 집게를 치켜들었다. 프란체스코는 부들부들 떨며 베개를 끌어안고 몸부림쳤다. 「1년만 더 주세요.」 그는 흐느꼈다. 「딱 1년만요! 회개할 시간을 주세요.」

  죽음의 신은 껄껄 웃었고, 그의 이빨들이 몽땅 빠져 리넨과 실크 이불 위로 떨어졌다. 「이미 너무 늦었다. 너는 오로지 하나밖에 없는 네 생을 다 살았다. 너는 네 생을 걸어 도박을 했고 이제 다 잃었다. 어서 가자!」

  「제발 석 달만요……, 아니 한 달……, 사흘……, 단 하루만이라도!」

  그러나 죽음의 신은 이번에는 대답하지 않고 집게를 꺼내 프란체스코의 목을 집었다. 바로 그때 가슴이 찢어지는 듯한 비명을 지르며 프란체스코는 꿈에서 깨어났다.

그는 주변을 둘러보았다. 피카 부인이 병든 아들을 벗해 주도록 자기 방에서 갖다 놓은 카나리아가 창가의 새장 속에서 하늘을 향해 부리를 쳐들고 노래를 부르기 시작했다.

「하느님께 영광을!」 프란체스코가 행복에 겨워 외쳤다. 그의 이마에 땀이 흐르고 있었다. 그는 이불을 만져 보고, 철제 침대도 만져 보고 그러더니 어머니의 무릎을 어루만졌다.

「지금 이게 생시죠?」 그는 중얼거리면서 나를 돌아다보았다. 그의 눈이 빛나고 있었다. 「정말이죠? 내가 살아 있는 거죠?」

「아무 걱정 마세요, 젊은 주인 양반, 이렇게 건강하게 살아 있잖아요.」 내가 대답했다.

손뼉을 치며 좋아하는 그의 얼굴이 환하게 빛났다.

「그러니까 이제 시간을 얻은 거예요. 주님께 감사!」 그는 웃음을 터뜨리며 어머니의 손에 입을 맞추었다.

「애야, 너 꿈을 꾼 거니?」 그의 어머니가 물었다. 「좋은 징조였으면 좋겠구나.」

「이제는 시간이 있어요.」 그가 감격해서 다시 중얼거렸다. 「주님께 찬미! 나에게 시간이 주어졌어요!」

그날 내내, 저녁때가 되도록 그는 한마디도 말을 하지 않았다. 눈을 감고 깊은 잠에 빠져 있었다. 그의 목과 얼굴 가득 환한 빛이 넘쳐흘렀다.

피카 부인은 공작 깃털 부채로 계속 아들을 부쳐 주었다. 그녀가 갑자기 괴로운 듯이 꾹 다물고 있던 입을 열었다. 아들이 어렸을 때 잠을 재우면서 불러 주었던 자장가를 기억하고는 모국어인 프랑스어로 부르기 시작했다. 부드럽게……, 감미롭게…….

아기들을 데려가는 잠아,

어서 와서 우리 아기도 데려가렴.

너는 작고 작은 아기를 데려가지만,

나에게 데려다 줄 때는 자라 있겠지.

그녀는 아들에게 계속 부채질을 해주며 오랫동안 그렇게 부드럽게 노래를 불렀다. 그동안 나는 몸을 구부려 프란체스코의 얼굴을 지켜보았다. 그 얼굴이 얼마나 환하게 빛났던가! 그의 입가와 미간에 있던 주름들이 차츰 없어지더니 그의 살갗이 아기 피부처럼 팽팽해졌다. 그의 얼굴 전체가 시원하고 잔잔한 바닷물에 씻긴 돌멩이처럼 광채가 났다.

저녁때쯤 그가 눈을 떴다. 그는 푹 쉰 듯 평온했다. 침대에 일어나 앉더니 마치 모든 것을 생전 처음 보는 것처럼 주변을 둘러보았다. 시선이 우리에게 닿자 그는 미소를 짓더니 꿈 얘기를 하기 시작했다. 그러나 꿈 얘기를 하다가도 또다시 예전의 공포에 사로잡혀 눈에 어두운 빛이 가득 차곤 했다. 어머니가 손을 잡고 어루만져 주자 그는 평온을 되찾았다.

「어머니.」 프란체스코가 말했다. 「조금 아까 잠들었을 때 나는 다시 아기가 되고 어머니께서 요람을 흔들며 자장가를 불러 주는 것 같았어요. 마치 어머니께서 나를 완전히 다시 낳아 주신 것 같았어요!」 그는 어머니의 손을 잡고 입을 맞췄다. 그의 목소리는 어머니의 손길에 굶주려 있는 어린애의 목소리 같았다.

「엄마, 사랑스러운 엄마, 옛날얘기 해주세요.」

그가 혀 짧은 소리로 어리광을 부리기 시작했다. 갑자기 그의 얼굴이 아기 얼굴을 닮아 갔다. 피카 부인은 가슴이 덜컥 내려앉았다. 아비뇽의 유명한 떠돌이 음유 시인이며 프란체스코처럼 씀씀이가 헤픈 미식가였던 그녀의 오빠 하나가 술과 노래에 빠져 살다 미쳐 버렸기 때문이다. 그는 자기가 어린 양이라는 망상에 빠져 꼴사납게 네 발로 기어 다니고, 양의 울음소리를 내고, 들판으로 나가 풀을 뜯어 먹었다……. 그런데 아들이 갑자기 어린애가 되어 옛날애기를 해달라는 것이 아닌가! 혹시 그런 것일까? 그녀는 하느님께 자기가 너무 엉뚱한 추측을 하는 것에 대해 용서를 빌면서 스스로 되물었다. 혹시 그런 것이 아닐까? 그녀의 피가 더러워지고 머리가 흐려진 것이 아닐까?

「애야, 무슨 얘기 해줄까?」 열을 식혀 주기 위해 아들의 이마를 짚으면서 그녀가 물었다.

「아무 얘기든지 엄마 맘대로요. 엄마 나라의 옛날얘기요. 그 야생마 같은 맨발의 수도사 피터 얘기요.」

「어떤 피터 말이니?」

「리옹의 그 이교도 두목 있잖아요.」

「하지만 그건 옛날얘기가 아니라, 실제로 있었던 일이란다!」

「내가 어렸을 때 엄마는 종종 그 얘기를 해주셨고 난 언제나 그것이 옛날얘기라고 생각했어요. 나는 그 성스러운 괴물이 도깨비만큼이나 무서웠어요. 기억하시죠? 내가 무언가 잘못을 하면 엄마는 언제나 〈이제 그 수도사가 와서 잡아갈 거다〉라고 말하면서 겁을 주셨어요. 그러면 나는 정말 그 사람이 와서 나를 잡아갈까봐 안락의자 속에 웅크리고 앉아 숨을 죽이곤 했어요.」

「부인께서 그 유명한 리옹의 수도사 피터 얘기를 해주셨습니까?」 그때 내가 끼어들어 물었다. 「피카 부인, 그 사람을 아십니까? 그 사람에 관해서는 도저히 믿을 수 없고 놀라운 많은 이야기들이 전해지고 있어요. 부인, 제가 비록 미천한 거지의 신분이지만 제발 말씀해 주십시오. 그 사람을 보거나 만난 적이 있으십니까? 어떤 사람이었습니까? 저도 그를 찾아 나선 적이 있었는데 너무 늦었었어요. 그가 이미 죽은 후였으니까요.」

프란체스코는 미소 지었다.「어머니는 신발을 벗어던졌대요.」그가 어머니를 놀려 주려고 말했다.「맨발로 그 사람을 따라가고 싶었던 것이 틀림없지만, 사람들이 그냥 놔두지 않았어요. 오히려 어머니를 집 안에 가두고, 결혼을 시켰어요. 그래서 아들을 낳았고 모든 것을 잊어버렸어요. 그러니까 어머니가 원했던 것은 아들이었지 하느님이 아니었어요.」

그는 크게 웃었다. 하지만 피카 부인은 화가 나 있었다.

「나는 그 사람을 잊은 적이 없어. 다만 지금은 다른 걱정이 더 많기 때문이지.」그녀가 한숨을 쉬며 말했다.「그 사람을 어떻게 잊을 수 있겠니? 요즘도 종종 그 사람 꿈을 꾼단다.」

「그 사람을 처음에 어떻게 만나게 되었는지 말해 주세요. 어머니.」등에 베개를 받치고 앉아 프란체스코가 말했다. 그는 하루 종일 잠을 잤기 때문에 몸이 아주 상쾌했다. 그는 눈을 감았다.

「어서 말씀하세요……」

피카 부인의 얼굴이 불타는 듯 새빨개졌다. 그녀는 고개를 가슴에 묻고 한동안 말을 하지 않았다. 마치 상처 입은 새의 날개처럼 눈꺼풀이 파르르 떨렸다. 그 수도사는 그녀의 마음속 어두움에 파묻힌 채 그녀의 내면 깊숙한 곳에 자리 잡고 있는 것이 틀림없었다. 하지만 그녀는 그를 감히 밝은 곳으로 끌어올릴 수도 없고 그렇게 하고 싶지도 않은 것 같았다. 이윽고 그녀가 아들에게 애원이라도 하듯이 물었다.「애야, 내가 진짜 옛날얘기를 해주면 어떻겠니?」

프란체스코가 눈을 떴다.

「아뇨, 피터에 대해서 얘기해 주세요.」그가 얼굴을 찌푸리며 말했다. 「다른 얘기는 듣고 싶지 않아요! 어떻게 그 사람을 처음 만나셨는지, 언제, 어디서였는지, 그리고 그가 뭐라고 말했는지, 어머니가 어떻게 도망쳤는지 말해 주세요. 나는 그 사람에 대해 많은 얘기를 들었지만 믿을 수가 없어요. 이제 때가 되었어요. 진실을 알고 싶어요!」

그가 나를 돌아다보았다.

「누구든지 인생에서 숨겨진 시절이 있게 마련이죠. 우리 어머니에게는 그 시절이 바로 이 얘기예요.」 그가 말했다.

「그래 좋다, 애야, 모든 것을 말해 주마.」 피카 부인이 동요하는 기색을 감추지 못하고 말했다. 「이제 좀 조용히 하렴.」

그녀는 무릎 위에 손을 올려놓았다. 아들의 손가락과 마찬가지로 가늘고 우아한 그녀의 손가락들이 안절부절못하며 손에 들고 있는 흰 손수건을 만지작거렸다.

「저녁때였어, 토요일 저녁이었지.」 그녀가 애써 기억을 더듬기라도 하는 듯 천천히 말하기 시작했다. 「나는 우리 집 정원에 있는 바질, 마저럼, 마리골드 등에 한가롭게 물을 주고 있었어. 그날 오후에 빨간색 제라늄꽃이 피었기 때문에 그걸 보며 감탄하고 있는데 갑자기 대문을 세차게 밀어젖히며 누군가가 들어왔어. 깜짝 놀라서 돌아다보니 인상 험악한 수도사가 내 앞에 서 있었어. 옷은 너덜너덜한 누더기였고 굵은 밧줄을 허리띠처럼 두르고 맨발이었어.

나는 소리를 지르려고 입을 열었지만 그의 손바닥이 내 입을 막았어. 그러더니 손을 들어 올려 〈이 집에 평화를〉 하며 우리 집을 축복해 주었어. 그의 목소리는 무겁고 거칠었지만, 그 속의 어딘가에서 말할 수 없는 부드러움이 느껴졌어. 나는 그 사람이 누군지, 무엇을 원하는지, 왜 그렇게 숨을 헐떡이는지, 누가 쫓아오기라도 하는지 물어보려고 했지만 목이 꽉 막혀서 목소리가 전혀 나오지 않았어.

그는 〈그렇소, 나는 지금 쫓기고 있소〉라고 대답하더구나. 내 입술의 움직임만 보고도 내가 뭘 물어보려고 하는지를 알았던 거야. 〈나는 그리스도의 적들에게 쫓기고 있소. 나에 대해 들어 본 적이 없소? 나는 피터 수사요. 흰 백합이 그려진 찢어져 너덜거리는 깃발, 그리스도의 깃발을 든 사람이오. 나는 굶주린 채 맨발로 도시와 마을을 돌아다니며 예수님에게 받은 채찍으로 간음하는 자와 거짓말쟁이와 사기꾼들을 쳐서 하느님의 성전에서 쫓아내는 사람이오.〉

그가 계속 말하고 있는데 거리에서 왁자지껄 몹시 소란한 소리가 들려왔다. 큰 무리의 군중이 대문을 두드리고, 야유하고, 협박하면서 지나가고 있었어. 그때 우리 구역의 교회 종소리가 맹렬하게 울리기 시작했단다.

그 수도사가 주먹을 불끈 쥐고 대문 쪽을 돌아다보더니 입술을 실룩거리며 빈정대듯 말하더구나. 〈놈들이 그분의 냄새를 맡은 겁니다.〉 그는 화가 나서 으르렁거렸단다. 〈그들의 숙적인 그리스도의 냄새를 맡았으니 이제 또다시 그분을 십자가에 매달려고 저렇게 미쳐 날뛰고 있는 겁니다. 야, 이 빌라도 같은 놈들아, 가야파 같은 놈들아, 그분이 오시고 있어. 그분이 오시고 있단 말야. 심판의 날이 다가오고 있다고!〉

폭도들은 지나갔어. 감히 우리 집 대문은 두드리지 못하고 다리 쪽으로 향하더니 멀리 사라졌단다. 그리고 우리 집 정원에는 그 사람과 나만 남았어. 그가 나를 빤히 쳐다보았어. 그 시선에는 이상한 분노와 함께 온화함이 깃들어 있었어. 겁이 나서 벌벌 떨며 나는 빨간 제라늄꽃만 뚫어져라 쳐다보고 있었단다. 야만인 같은 수도사가 뿜어내는 그 어떤 힘을 나는 도저히 견딜 수가 없었어. 그런데 그 사람이 갑자기 제라늄을 움켜잡고 비틀어 꽃잎이 몽땅 땅에 떨어졌단다. 나는 소리를 질렀고 눈에는 눈물이 가득 고였지만 그 사람은 그저 투박하게 눈살을 찌푸릴 뿐이었어.

〈당신은 창조주보다 피조물을 중요하게 여김으로써 당신의 영혼을 잃어버리는 것이 부끄럽지도 않소? 우리가 눈에 보이지 않는 존재를 찾는 데 방해가 되는 지상의 모든 아름다운 것들은 없애 버려야 하오.〉」

그때까지 머리를 숙이고 가만히 듣고 있던 프란체스코가 갑자기 머리를 들었다. 그의 볼이 빨갛게 달아오르고 있었다.

「아뇨, 아뇨, 아니에요.」 그가 외쳤다.

그는 나를 향해 물었다.

「레오 형제, 당신은 어떻게 생각하세요?」

「내가 뭘 알겠요? 나같이 우둔한 놈은 무엇이든지 직접 보고, 듣고, 만져 봐야만 믿을 수 있답니다. 눈에 보이는 것을 보고 나서야 눈에 보이지 않는 존재가 무엇일지를 상상해 볼 수 있습니다. 만일 눈에 보이는 것이 하나도 없다면 나는 죽을 겁니다.」

「아름다움은 하느님의 딸이에요.」 열려 있는 창문을 통해 정원의 포도나무를 보고 하늘을 유유히 떠도는 흰 구름도 바라보며 프란체스코가 말했다. 「아름다움은 하느님의 딸이에요. 난 확실히 그렇게 믿어요. 우리가 하느님의 얼굴이 어떤 모습일지를 짐작할 수 있는 유일한 방법은 아름다운 사물을 보는 것입니다. 어머니의 수도사로 인해 꽃잎이 몽땅 떨어진 제라늄은 그를 지옥으로 내던져 버릴 거예요.」

「하지만 그 사람은 나의 영혼을 구하기 위해서 그렇게 했어.」 피카 부인이 이의를 제기했다. 「인간의 영혼에 비하면 그까짓 제라늄이 뭐 그리 중요하겠니? 그래, 네가 그를 그렇게 부르니까 말인데, 나의 수도사는 내 영혼을 구해 주었다는 것만으로 그 빨간 제라늄꽃을 들고 천국에 들어갈 거야.」

「뭐라고요? 그가 어머니의 영혼을 구해 주었다고요?」 프란체스코가 놀란 표정으로 어머니를 쳐다보며 말했다. 「그렇지만 외할아버지가 나타나서 그를 내쫓는 바람에 모든 것이 끝장났다고 말했었잖아요? 전에는 그렇게 말씀하셨는데, 이제 와서……. 전에는 왜 사실대로 말하지 않으셨어요?」

「네가 어렸을 때는 이해하지 못할 것 같았기 때문이지. 그리고 좀 더 컸을 때 그런 얘기를 들었다면 너는 웃었을 거야. 그러나 지금은 네가 앓아누워 있고 육신의 열정도 좀 가라앉아 있으므로 웃지 않고 하느님의 은밀한 메시지를 들을 수 있을 것 같구나. 그래서 이제는 사실대로 말해 주기로 마음먹었단다.」

「말해 주세요, 어머니, 제발요.」 프란체스코가 들뜬 목소리로 말했다. 「아뇨, 절대로 안 웃을 거예요. 아니, 오히려 울게 될지도 몰라요. 이제 때가 되었어요. 네, 어머니 말씀이 맞아요, 난 이제 들을 준비가 되어 있어요.」

말을 마치자마자 그가 울음을 터뜨렸다.

「애야, 왜 우는 거니? 왜 그렇게 떨고 있는 거니?」 어머니가 놀라서 아들을 껴안으며 말했다.

「내 안에 당신의 피가 흐르고 있음을 느꼈기 때문이에요, 어머니, 당신의 피가…….」

피카 부인은 손수건을 집어 들고 아들의 이마와 뺨에 흐르는 땀을 닦아 주었다. 그녀가 나를 쳐다보았다. 왠지 내가 있는 데서 말하고 싶지 않은 듯 망설이는 눈치였으므로 나는 일어섰다.

「제가 자리를 비켜 드리는 편이 좋으시겠지요, 부인? 제가 나가겠습니다.」

프란체스코가 손을 뻗으며 명령하듯 말했다.

「여기 있어요. 아무 데도 가지 말아요……! 어머니, 부끄러워하지 말고 말씀하세요.」

나는 피카 부인을 쳐다보았다. 그녀의 눈썹이 떨렸다. 그녀는 날카로운 눈빛으로 나를 쳐다보며 마음속에서 무언가 저울질을 해보는 것 같았다.

「그냥 있어요.」 이윽고 그녀가 말했다. 「난 부끄러울 게 하나도 없어요. 내 마음은 깨끗해요. 이제 말하겠어요.」

「그래서요……?」 프란체스코가 재촉하듯 어머니를 쳐다보았다.

「그 수도사가 내 머리에 손을 얹자, 불길이 내 머릿속으로 들어와 목을 타고 내려가 창자를 태워 버리는 것 같았어. 그 불길이 무엇이었을까? 그것은 갑자기 나를 울고 싶게 만들고, 마당 한가운데서 춤추고 싶게 만들고, 또한 거리로 뛰쳐나가고 싶게 만들고, 다시는 아버지의 집으로 돌아오지 않을 작정으로 샌들을 벗어던지고 어디론가 떠나고 싶게 만들었어. 나는 활활 타오르고 있었어. 그 불길이 무엇이었을까? 아, 하느님이 틀림없어. 하느님이 틀림없어. 나는 혼자 소리쳤어. 이것이 바로 하느님이 인간에게 들어오시는 방법이구나.」

피카 부인의 두 볼과 목이 뜨겁게 달아올랐다. 그녀는 일어서더니 창문턱에 놓여 있는 크리스털 물병을 가져다 컵에 물을 따라 마셨다. 그러더니 마치 그녀 안에서 타오르고 있는 불길을 끄려는 듯이 다시 한 컵을 가득 채워 또 마셨다.

「그래서요?」 프란체스코가 더 이상 참지 못하고 물었다.

피카 부인은 머리를 숙였다.

「그런 다음에는, 애야, 난 제정신이 아니었단다. 이제는 아버지의 집이 좁아 보이면서 그 수도사가 대문을 열고 서서 나에게 따라오라는 손짓을 하자 나는 마당 한가운데 샌들을 벗어던지고 그 사람 뒤를 따라나섰단다.」

프란체스코는 눈이 빠지도록 어머니를 쳐다보았다. 그는 무슨 말인가 하려 했지만 하지를 못했다. 나는 무엇이 그를 그렇게 흥분시키고 얼굴이 일그러지게 만드는지를 알아채려고 열심히 그를 쳐다보았지만 알 수가 없었다. 두려움일까, 기쁨일까, 경멸일까, 아니면 세 가지 감정 모두를 차례로 느낀 것일까? 아니면 세 가지 감정이 동시에 몰려와 순간적으로 그를 화나게 만들었다가, 불길이 꺼졌다가, 다음 순간에 다시 불타고, 꺼지고, 뻘겋게 달아오르게 만들었을까?

드디어 그가 겨우 입을 열었다. 「어머니가 떠나셨다고요? 그 사람을 따라갔어요? 집을 버리고요?」

「그래.」 피카 부인이 차분하고 편안한 목소리로 대답했다. 「그 당시 나는 열여섯 살이었어. 내 마음은 열려 있었고, 모든 기적을 받아들일 준비가 되어 있었어. 그날 저녁에 하느님께서 나에게 나타나신 거야, 자신이 원하는 모습으로 나타나신 거지. 어떤 소녀들에게는 잘생긴 귀족 청년의 모습으로 나타나시지만, 나에게는 야만적인 맨발의 탁발 수도사로 나타나신 거였어. 나는 그의 뒤를 따라 마을들을 둘러봤어. 그는 나에게 가난과 정결, 천국과 지옥에 대해 말해 주었어. 그리고 맨발인 내 발바닥 아래에 있던 땅이 떨어져 나가는 것 같았어. 내가 땅바닥을 발로 힘껏 차자 그 수도사와 함께 하늘로 솟아올라 갔단다.

우리는 산을 올라가기도 하고 내려가기도 했어. 우리 두 사람은 위대한 정복자처럼 마을로 들어갔어. 그는 마을 광장으로 가서, 돌 위로 껑충 뛰어올라 팔을 높이 쳐들고는 믿음이 없는 자들, 사기꾼들과 이 세상의 지배자들 머리에 저주를 퍼붓곤 했어. 그리고 밤이 되면 나는 그 사람 앞에서 횃불을 들고 그의 무서운 얼굴을 비춰 주었어. 마을 사람들이 그의 얼굴을 보고 두려움을 느끼도록 하기 위해서였지.

그사이 아버지는 기사들을 보내 모든 마을이며 산들을 샅샅이 뒤져 결국 나를 찾아내셨어. 기사들 속에는 오빠도 끼어 있었단다. 오빠는 나를 붙잡아 자기의 말에 태워 집으로 데리고 왔어.」

피카 부인이 잠시 멈추고 아들을 쳐다보고 미소 지었다.

「그로부터 며칠 후 나는 결혼했단다.」

프란체스코는 눈을 감았다. 우리들 중 누구도 말을 안 했다. 그렇게 적막한 침묵이 흐르고 있을 때 카나리아가 하늘을 향해 목을 젖히고 황홀경에 빠진 듯 노래하는 소리가 들렸다. 틀림없이 그 새는 주인마님이 이야기하고 있는 동안 내내 지저귀고 있었을 텐데 우리는 그것을 듣지 못했다. 우리가 숨을 헐떡이며 맨발로 야만적인 수도사의 뒤를 따라나선 소녀에게 온 정신을 집중하고 있었기 때문이다.

프란체스코가 갑자기 눈을 떴다.

「이제 나가 주세요, 두 분 모두요! 혼자 있고 싶어요.」 그의 목소리는 거칠게 쉬어 있었다.

그의 어머니와 나는 아무 말 없이 일어나 문을 열고 나왔다.

*

프란체스코는 그날 밤 내내 자기 방에 아무도 들어오지 못하게 했다. 우리는 그가 탄식하는 소리와, 이따금 일어나 창문을 열어 환기하는 소리를 들을 수 있었다.

아침에 그가 나를 불렀다.「레오 형제!」

내가 달려갔을 때 그는 침대 시트 위에 벌렁 드러누워 있었다. 맥박은 발작적으로 고동치고 있었고, 그의 얼굴은 창백했다.

「나는 죽을 거예요, 레오 형제.」 그는 나를 돌아다보지도 않고 말했다. 「내 오른쪽으로는 하느님의 낭떠러지가 있고, 왼쪽에는 사탄의 낭떠러지가 있어요. 나에게 날개라도 돋아나지 않는 한 나는 죽을 거예요. 떨어져 죽을 거예요!」

「프란체스코, 도대체 왜 이러는 겁니까?」 내가 그를 팔로 끌어안으며 물었다. 「왜 이렇게 덜덜 떨고 있습니까?」

「내 어머니의 피 때문이오.」 그가 중얼거렸다. 「내 어머니의 피…… 당신도 들었잖아요, 그건 광기(狂氣)예요!」

「프란체스코, 어머님을 그렇게 만든 건 광기가 아니라, 하느님이었어요.」

「광기예요! 어젯밤 내내 나 역시 우리 집 정원에서 신발을 벗고 낭떠러지 아래로 떨어지는 꿈을 꾸었어요. 아무거라도 잡으려고 손을 뻗었지만 허공만 잡힐 뿐이었어요!」

그가 갑자기 머리 위쪽으로 팔을 뻗더니 팔을 닫았다 열었다 휘저으며 공기를 끌어안았다.

나는 그의 이마를 어루만지며 천천히 문질러 주었다. 그는 차츰 조용해지더니 상처 입은 새처럼 가슴에 머리를 파묻었다. 그리곤 곧 잠들었다.

*

나는 그를 지켜보며, 잠으로 인해 모든 문이 열려 있는 그의 가슴속에서 지금 어떤 일들이 줄줄이 벌어지고 있을까 알아내려고 애썼다. 순간순간 얼굴 표정이 달라지는 이유가 무엇일까? 어떤 때는 놀란 듯이 눈썹을 치켜올리고, 어떤 때는 말할 수 없이 괴로운 표정으로 입술을 실룩거리고, 또 어떤 때는 얼굴 가득 광채를 발하면서 마치 그런 눈부심이 견디기 어려운 듯 눈꺼풀을 떨기도 했다.

그가 겁에 질린 듯이 갑자기 손을 뻗어 내 팔을 붙잡았다.

「레오 형제, 거기 있죠? 그를 보았나요?」

「누구 말입니까?」

「그가 방금 허공 속으로 사라졌어요. 아직도 이 방 안에 있어요!」

「그런데, 누구 말입니까? 아마 꿈이었을 겁니다.」

「아니, 아니에요. 절대로 꿈이 아니에요. 레오 형제. 이 세상에 진실보다 더 진실된 그 어떤 것이 존재할까요? 그건 바로 그런 존재였어요!」

그는 침대에 일어나 앉아 두 눈을 비비기 시작했다.

「당신은 내가 자고 있다고 생각했지요, 그렇죠? 나는 자지 않았어요. 방문이 닫혀 있는데도 그가 장님처럼 팔을 앞으로 뻗어 손으로 더듬으며 들어왔어요. 그는 수천 조각으로 너덜너덜한 누더기를 걸치고 있었어요. 그리고 살이 썩는 냄새를 풍겼어요. 그가 침대로 다가와 더듬다가 나를 찾아냈어요.

〈네가 베르나르도네 씨의 방탕한 아들이냐?〉

〈그렇습니다.〉 나는 벌벌 떨며 대답했어요.

〈그렇다면 일어나서 내 옷을 벗기고, 나를 씻기고, 내가 먹을 것을 가져오너라.〉 그는 간청을 하는 것이 아니라 명령하고 있었습니다.

〈당신은 누구십니까?〉

〈먼저 내 옷을 벗기고 나를 씻기고, 먹을 것을 가져오너라.〉

나는 일어나서 그의 옷을 벗기기 시작했습니다. 그 누더기라니, 하느님 맙소사, 그 깁고 또 기운 넝마 조각들, 그 지독한 냄

70

새! 그리고 옷을 벗겨 놓으니 비로소 볼 수 있었던 그의 몸은 얼마나 엉망진창이었는지! 게다가 수백 군데의 상처로 뒤덮여 퉁퉁 부어올라 있던 발! 머리를 덮고 있던 두건을 벗기자 하얗게 달군 쇠붙이로 지진 흔적이 줄지어 있는 관자놀이가 드러났습니다. 그리고 이마에는 십자가 모양의 붉은 상처가 있었습니다. 하지만 나를 가장 무섭게 만든 것은 그의 손과 발에 난, 피가 흐르는 큰 구멍들이었습니다. 〈당신은 누구십니까?〉 나는 혐오감과 두려움으로 그를 쳐다보면서 다시 물었습니다. 〈나를 씻겨라〉라고 그가 대답했습니다. 나는 나가서 물을 데워다 그를 씻겼습니다. 그러자 그는 지금 당신이 앉아 있는 그 트렁크 위에 앉더니 이렇게 말했습니다. 〈이젠 뭘 좀 먹고 싶구나!〉 나는 큰 접시 가득 음식을 담아다 주었습니다. 그는 몸을 구부리더니 난로에서 재를 한 줌 갖다가 음식 위에 뿌리고 나서 먹기 시작했습니다. 그는 음식을 다 먹고 일어나더니 내 손을 잡았습니다. 그의 얼굴은 평온했고, 온화한 긍휼지심으로 나를 쳐다보면서 말했습니다. 〈이제 너는 나의 형제가 되었다. 네가 나를 내려다보면 너는 자신의 얼굴을 볼 것이다. 그리고 내가 너를 내려다보면 나는 내 자신의 얼굴을 보게 될 것이다. 너는 나의 형제다. 잘 있거라.〉

〈어디로 가시는 겁니까?〉

〈어디든 네가 가는 곳으로! 잘 있거라, 우리가 다시 만날 때까지!〉

이 말을 하자마자 그는 허공 속으로 사라져 버렸습니다. 그의 냄새가 아직도 방 안에 남아 있습니다! 그는 누구였을까요? 누구일까요……? 레오 형제, 당신은 어떻게 생각합니까?」

나는 아무 대답 없이 트렁크에서 일어나 자리를 옮겼다. 혹시라도 눈에 보이지 않는 그 방문객을 건드릴까 봐 두려웠기 때문이다. 그 사람은 누구였을까? 어둠의 악마들이 보낸 사자였을까, 광채를 발하는 권능의 사자였을까? 하여튼 한 가지 확실한 것은, 이 유복한 청년을 둘러싸고 큰 싸움이 벌어지고 있다는 사실이었다.

*

사흘이 더 지나갔다. 프란체스코의 창백한 두 뺨에 혈색이 돌기 시작하고, 팔다리에 힘이 붙고, 입술이 붉어지고, 몸이 비로소 허기를 느끼는지 음식을 찾았다. 그의 육신이 기운을 되찾아 두 다리로 일어서자, 그의 영혼도 다시 살아나고, 그와 함께 세상도 제대로 돌아갔다. 마당이며 우물, 포도나무, 방 안의 집기들, 거리에서 들려오는 목소리들, 밤하늘의 별자리들, 그 모든 것이 시간의 흐름과 하느님이 정해 준 위치에 다시 나타나 스스로 자리를 잡았다. 프란체스코의 새로운 피와 함께 이 세상도 정상적인 질서를 되찾고 있었다.

나흘째 되던 날 새벽녘에 산루피노 성당의 종소리가 울리기 시작했다. 피카 부인은 늙은 유모를 대동하고 교회를 향했다. 베르나르도네 씨는 여행에서 아직 돌아오지 않았다. 이날따라 종소리가 유난히 즐겁게 들렸다. 그날, 9월 23일은 아시시가 사랑하는 성인 성 다미아노 축일이었기 때문이다. 그를 기념하는 작은 교회는 도시 외곽의 평원으로 이어지는 비탈길에 자리 잡고 있었다. 지금은 퇴락해 가고 있지만 한때 전성기에는 해마다 그날이면 흥겨운 축제가 벌어지고 성인의 조상(彫像)은 금과 은의 봉헌물로 뒤덮이곤 했다. 이제 벽에는 커다란 틈이 벌어지고 구멍이 뚫려 금세 허물어질 듯했다. 온전하게 남아 있는 유일한 것은 피를 흘리는 창백한 모습의 예수가 매달려 있는 커다란 비잔틴식 십자가 상이었다. 그 예수의 상에는 묘한 매력이 있었는데, 신성한 슬픔이 아니라 인간적인 슬픔을 담고 있었다. 보는 사람으로 하여금 그분이 인간처럼 죽어 가며 울고 있다고 느끼게 만드는 것이었다. 그래서 그 앞에 무릎 꿇고 앉은 신자들은 그 모습을 보고 두려움에 떨었다. 십자가에 매달려 고통에 몸부림치고 있는 것이 바로 자신들의 모습이라고 느꼈기 때문이다.

나는 아침 일찍 프란체스코의 방으로 들어갔다. 피카 부인은 남편이 멀리 떠나 있는 동안 나에게 작은 방 하나를 내주어 자기 아들 가까이서 머물 수 있도록 해주었다. 프란체스코가 앓아누워 있는 동안 계속 나를 찾았기 때문에 내가 그에게서 멀리 떨어지는 걸 원치 않았다. 오늘 아침에 그는 침대에 앉아 있었다. 그리고 행복해 보였다. 방문을 계속 쳐다보며 나를 기다리고 있었다.

「들어오세요, 어서요, 하느님의 사자여.」 그가 나를 보자마자 이렇게 불렀다. 「오늘 아침에는 갈기에 빗질을 하고 콧수염도 사자 같은 모습으로 꼬았군요. 게다가 입맛을 다시는 걸 보니 벌써 식사를 했군요. 난 알아요.」

「당신의 어머님께서, 하느님의 축복이 내리시길! 아침에 교회로 가시기 전에 유모를 시켜 나에게 빵과 치즈와 우유를 보내셨더군요……. 맞아요, 젊은 주인 양반, 글쎄 그 느낌을 어떻게 당신께 설명할 수 있겠어요? 나는 지금 사자로 변하고 있는 중이라고요, 오, 주여!」

그는 크게 웃었다.

「앉으세요.」 그가 침대 옆에 있는 정교하게 조각된 트렁크를 가리키며 말했다.

카나리아가 다시 노래를 부르기 시작했다. 햇빛을 받은 그 새의 목과 가슴은 노래로 가득 차 있었다. 프란체스코는 아무 말 없이, 입을 반쯤 벌리고 눈에는 눈물이 고인 채 그 새를 한참 동안 쳐다보았다.

「카나리아는 인간의 영혼과도 같아요.」 마침내 그가 속삭였다. 「창살이 둘러쳐진 새장 속에서도 절망하기보다는 노래를 불러요. 노래를 부르죠, 두고 보세요, 레오 형제, 언젠가는 그 노래가 창살을 부숴 버릴 거예요.」

나는 조용히 웃었다. 창살이 그렇게 쉽게 부서질 리가 있을까!

그렇지만 프란체스코는 내가 웃는 것을 보고 언짢아했다. 「뭐예요? 내 말을 믿지 않는 거예요?」 그가 말했다. 「그렇다면 당신은 육신이라는 것이, 즉 뼈와 머리카락과 살 같은 것이 정말로 존재하는지, 혹은 모든 것이 영혼에 의한 것은 아닌지를 자기 자신에게 물어본 적이 없다는 말이죠?」

「없었어요, 프란체스코, 절대로요. 나를 용서하세요. 정말 나는 우둔한 놈이에요, 그리고 나는 정말로 머리도 아주 나빠요.」

「나도 지금까지, 그리고 앓아누워 있던 동안에도, 그런 생각을 해본 적이 없어요, 레오 형제. 하느님은 게으름을 통해 당신을 이끌고 하느님 가까이로 인도하셨어요. 내 생각으로는 나의 경우에는 병을 통해 그렇게 하신 것 같아요. 그것도 낮 동안이 아니라 내가 잠이 들어 그분께 저항할 수 없는 밤 동안에요. 나는 꿈속에서 계속 스스로에게 물었습니다. 혹시 육신이라는 것은 없는 것이 아닌지, 혹시 오로지 영혼만이 존재하는 것이며 육신이란 영혼 중에서 우리가 보고 느낄 수 있는 부분을 일컫는 것은 아닌지 자문했습니다. 매일 밤 잠 속에서 앓고 있는 동안, 나는 내 영혼이 고요하고 경쾌하게 침대 위로 떠돌아다니는 것을 느꼈습니다. 그러곤 가끔씩 창문으로 빠져나가 정원을 거닐기도 하고, 포도나무 위에 앉기도 하고, 나중에는 아시시의 지붕들 위를 이리저리 오락가락하며 허공에 머물기도 했습니다. 그러던 중에 갑자기 나는 큰 비밀을 발견하게 되었습니다. 육신은 존재하지 않는다는 것입니다! 틀림없어요, 레오 형제, 이 세상에 육신 같은 것은 없습니다. 오직 영혼만이 있을 뿐입니다!」

그는 침대에서 벌떡 일어났다. 그의 얼굴이 환하게 빛났다.

「그러니까 만일 영혼만이 존재한다면.」 그가 행복에 겨워 소리쳤다. 「만일 오직 영혼만이 존재한다면, 레오 형제, 우리가 얼마나 멀리 갈 수 있을지 생각해 보세요! 우리를 가로막는 육신이 없다면 우리는 단숨에 천국까지 뛰어 올라갈 수 있을 거예요!」

나는 잠자코 있었다. 내 머리로는 그가 무슨 말을 하는지 이해할 수가 없었지만, 마음으로는 모든 것을 이해할 수 있었다. 그는 계속해서 말했다.

「그리고 꿈속에서 나는 이렇게 뛰어올랐어요. 보세요, 이렇게요!」 그는 마치 날개를 펴듯이 하늘을 향해 두 팔을 힘껏 뻗쳤다. 「꿈속에서는 이보다 더 간단하고 쉬운 것이 없어요. 그렇지만 또 그렇게 해볼게요. 자, 보세요. 나는 결심했어요. 내 안에서는 우리 어머니의 피가 끓고 있어요. 지금 이렇게 깨어 있을 때도 그렇게 해볼게요. 아마 어렵겠지요. 어려울 거예요, 레오 형제, 그러니 날 좀 도와주세요!」

「프란체스코 형제, 나도 당신을 도와주고 싶어요. 기꺼이 돕고 싶어요. 그렇지만 어떻게 해야 되나요? 난 배운 것도 없고, 머리도 나빠요. 내가 가진 것이라곤 마음뿐인데 그것만으로 무엇을 할 수 있겠어요? 딱하게도, 나는 원래가 시원찮게 태어난 데다 자존심만 강한 불쌍한 거지랍니다! 그러니 기대하지 마세요……. 아시다시피, 내가 어떻게 당신을 도울 수가 있겠어요?」

「할 수 있어요. 날 도와줄 수 있다고요. 아마 곧 그렇게 될 거예요. 자, 내 말을 들어 보세요. 내일이면 나는 일어날 수 있을 거예요. 그러면 당신이 나의 팔을 붙잡고 내가 떨어지지 않도록 떠받쳐 주세요. 우리는 산다미아노 성당으로 갈 거예요.」

「산다미아노 성당이라고요!」 나는 깜짝 놀라 소리쳤다. 아시다시피, 오늘이 성 다미아노 축일이에요. 종소리 못 들으셨어요?

「오늘이라고요!」 프란체스코가 손뼉을 치며 외쳤다.「아, 그래서였군요…….」

「무슨 말씀이십니까?」

「내가 꿈을 꾸었는데, 꿈속에서 그분을 뵈었어요. 어젯밤에 자고 있는 나에게 그분이 오셨어요. 누더기를 걸치고 맨발로 지팡이에 의지해 울고 있었어요. 나는 깜짝 놀라 달려가 그를 부축하며 말했지요.〈울지 마세요, 하느님의 성자여〉라고 말하며 그의 손에 입을 맞췄습니다.〈어찌 된 일입니까? 당신은 천국에 계시잖아요, 그렇죠? 그럼 천국에도 눈물이 있다는 말입니까?〉그분은 고개를 끄덕이며 대답했어요.〈그래, 천국에도 눈물이 있다네. 하지만 그것은 아직도 지상에서 헤매고 있는 사람들을 위한 눈물이지. 나는 자네가 포근한 침대 위에 누워서 평화롭게 자는 모습을 보고 딱하다는 생각이 들었다네. 왜 잠만 자는가, 프란체스코! 부끄러운 줄 알게! 교회가 위험에 처해 있다네.〉

〈교회가 위험에 처해 있다니요? 그렇지만 제가 무얼 할 수 있겠습니까? 제가 어떻게 하기를 바라십니까?〉

〈손을 뻗치게. 자네의 어깨로 교회를 받쳐서 그것이 쓰러지지 않도록 하게!〉

〈제가요? 베르나르도네의 아들인 제가요?〉

〈자네, 아시시의 프란체스코여. 온 세상이 무너져 내리고 있네. 그리스도께서 위험에 처해 있으니 어서 일어나게. 세상이 무너지지 않도록 자네의 등으로 떠받치게. 온 교회가 나의 작은 예배당

처럼 퇴락하고 무너져 내려 폐허가 되고 있다네. 교회를 일으켜 세우게!〉

그는 나의 어깨를 잡고 세게 밀었어요. 그 바람에 깜짝 놀라 잠에서 깨었어요.」

프란체스코는 등을 벗어 보였다.

「보세요.」 그가 말했다. 「내 어깨에 아직도 그분의 손자국이 남아 있는 것이 보일 거예요. 가까이 와서 보세요.」

나는 그에게 다가갔다. 그러나 순간적으로 너무 놀라 뒤로 물러서며 성호를 그었다.

「하느님의 천사들이여, 우리를 지켜 주소서!」 나는 덜덜 떨며 중얼거렸다. 프란체스코의 어깨에 시퍼렇게 멍든 손자국 같은 것이 여러 개 확실히 보였다.

「성 다미아노의 손자국이에요, 두려워할 것 없어요.」 프란체스코가 말했다.

그러더니, 곧이어 이렇게 말했다.

「이제 왜 우리가 산다미아노 성당으로 가야 하는지를 아시겠죠? 그 성당은 무너져 내리고 있어요. 우리 둘이서, 레오 형제, 돌과 진흙으로 다시 쌓아 올려야 해요. 그리고 불 꺼진 성전의 램프에 기름을 채워 다시 한 번 성인의 얼굴이 환히 빛나게 해야 돼요.」

「그분이 원하신 것이 그게 전부입니까, 프란체스코, 그분이 지시한 것이 그게 전부입니까? 아니면 혹시라도…….」

「아니에요, 그게 전부예요!」 마치 내가 더 이상 말할까 봐 겁이라도 나는 듯이 프란체스코가 손으로 내 입을 막으며 말했다. 「쉿, 그만 하세요! 우선 그것부터 시작합시다.」

나는 잠자코 있었다. 그러나 내 가슴은 두근거리고 있었다. 그

꿈은 하느님에 의한 것이며 그 속에는 무서운 메시지가 숨어 있음을 느꼈기 때문이다. 나는 전능하신 하느님께서 누군가를 일단 선택하면 그 후로는 그 사람이 산산조각이 나는 한이 있어도 이 산봉우리에서 저 산봉우리로 인정사정 볼 것 없이 내친다는 사실을 잘 알고 있었다. 프란체스코가 기쁜 마음으로 일어나는 것을 보고 내가 두려움에 사로잡혔던 이유가 바로 그것이다.

*

다음 날 아침 프란체스코는 벌써 일어나 있었다. 어머니의 팔에 의지해 조심스럽게 집 안 이곳저곳을 걸어 다니고 있었다. 기쁨으로 가득한 눈을 크게 뜨고 마치 생전 처음 보는 사람처럼 넓은 방 안을 둘러보고 있었다. 조각이 되어 있는 트렁크들과 세 폭짜리 성인화를 보고 나서, 그때는 마침 정원으로 통하는 현관에 서서, 대문 바로 옆 구석에 세워 놓은, 팔에 아기 예수를 안고 있는 아비뇽의 동정녀 석상을 감탄스럽게 쳐다보고 있었다. 대리석으로 테두리를 두른 우물 주변에는 바질나무, 마저럼과 마리골드 등의 향기로운 화분들이 놓여 있는 것이 보였다. 그것들을 본 피카 부인은 햇빛 쏟아지는 그리운 고향 땅을 떠올렸다.

「어서 오세요, 하느님의 사자.」 그는 나를 보자마자 웃으며 반겼다. 「이분은 사자이지만 어린 양들을 잡아먹기는커녕 오히려 그들에게 자선을 구할 사람이에요.」

그는 자기 어머니를 돌아다보았다.

「어머니, 복음 전파자들 중에서 사자를 데리고 다닌 사람이 누구였죠? 루가였나요?」

「아니다, 얘야, 마르코였단다.」 피카 부인이 한숨을 쉬며 대답했다. 「교회에도 잘 안 나가는 네가 그걸 알 리 있겠니!」

「그럼 이제 나는 마르코이고, 여기는 마르코의 사자예요.」프란체스코가 내 옆으로 와서 나에게 기대며 말했다.「자, 갑시다!」

「애야, 어딜 간단 말이니?」그의 어머니가 외쳤다.「지금 너의 건강이 두 발로 서 있기도 힘든 정도라는 걸 모르니?」

「어머니, 걱정할 필요 없어요. 보세요, 이렇게 사자와 같이 가잖아요.」

그는 나의 팔을 잡아끌었다.「하느님의 이름으로!」그가 성호를 그으며 말했고 벌써 대문 앞까지 가 있었다.

「어머니, 오늘이 무슨 요일이죠?」

「일요일이란다. 애야.」

「몇 월 며칠이죠?」

「9월 24일이란다. 애야, 근데 왜 묻는 거니?」

「어머니 집으로 들어가서 세 폭짜리 성인화 뒤에다 이렇게 써 넣으세요.〈우리 주님 탄생 후 1206년의 9월 24일 주일날, 나의 아들 프란체스코가 다시 태어나다.〉」

그날 아침의 출발은 얼마나 좋았던지! 아시시의 비좁은 골목들을 우리는 날개 돋친 듯 얼마나 달려갔던지! 우리는 산조르조 광장에 도착한 후 성채의 문을 통과하여 평원을 향해 뻗어 있는 길을 따라 내려가기 시작했다.

전형적인 가을 아침의 날씨였다. 올리브나무와 포도밭 위로 엷은 안개가 흐르고 있었다. 주렁주렁 달린 포도송이들은 수확을 기다리고 있었고 어떤 것들은 땅에 닿을 정도로 축 늘어져 있었다. 끝물의 무화과 열매가 꿀처럼 익어 가고 있는 나무 위로 황금빛 꾀꼬리들이 먹이를 찾아 맴돌고 있었다. 올리브나무에는 열매가 가득 달려 있고 조그만 잎새들은 햇빛을 받아 반짝이고 있었다. 저 아래쪽의 평원은 아직 잠들어 있었다. 포근한 아침 안개도 아직 걷히지 않았다. 들판은 베어 놓은 밀로 황금 벌판을 이루고, 그루터기들 사이로 뒤늦게 핀 양귀비꽃들이 저마다 한가운데 검은 십자가를 달고 여왕처럼 자주색 옷을 입고 반짝이고 있었다.

얼마나 큰 기쁨이었던지! 우리의 가슴은 얼마나 뛰었던지! 우리의 가슴뿐만 아니라 온 세상의 가슴이 모두 뛰었다.

프란체스코는 몰라보게 달라졌다. 어디서 그런 힘을 얻고 그런 기쁨을 맛보게 되었을까! 그는 이제 나의 부축이 필요 없었다. 그의 어머니 나라의 모국어로 음유 시인의 노래를 흥얼거리며 오히려 앞장서 길을 가고 있었다. 천사처럼 나긋나긋하고 가뿐하게 그는 생전 처음으로 주변의 세상을 보고 있었다.

두 마리의 신성한 황소가 수줍은 듯이 윤기 흐르는 목을 이쪽 저쪽으로 흔들며 거친 혓바닥으로 축축하게 젖어 있는 콧구멍을 핥고 지나갔다. 얼룩 하나 없는 흰색에 두껍고 힘센 목을 가진 그 소들은 머리에 곡식 이삭들을 왕관처럼 쓰고 있었다. 프란체스코는 놀라서 걸음을 멈추고 감탄을 자아내면서 인사하듯 손을 내밀었다.

「얼마나 고귀한 존재들인가!」 그는 중얼거렸다. 「하느님의 동료 일꾼인 이 소들은 얼마나 위대한 전사들인가!」

그는 소들에게 다가가 눈처럼 희고 넓은 엉덩이를 가볍게 두드려 주었다. 소들은 고개를 돌리더니 마치 사람처럼 부드럽고 인자하게 그를 쳐다보았다.

「내가 만일 전능하신 하느님이라면.」 그는 웃으며 나에게 말했다. 「성인들과 함께 소들도 천국에 들어가게 할 텐데. 당나귀나 황소나 새들이 없는 천국을 생각할 수 있겠어요, 레오 형제? 난 아니에요. 천사들과 성인들만으론 충분치 못해요. 천국에도 당나귀며 황소며 새들이 반드시 있어야 해요!」

나는 웃었다.

「그리고 사자도 있어야 해요. 당신 말이에요, 레오 형제!」

「그리고 음유 시인도요. 당신 말이에요, 프란체스코.」 내가 말했다. 그리고 그의 어깨 위로 흘러내린 긴 머리카락을 쓰다듬었다.

우리는 다시 걷기 시작했다. 내리막의 도움을 받아 우리는 달리기 시작했다.

그러다 갑자기 프란체스코가 멈춰 섰다. 「우리가 지금 어디로 가고 있는 거죠?」 그가 놀라서 물었다. 「우리가 어디로 달려가고 있는 겁니까?」

「무슨 말씀입니까, 젊은 주인 양반, 산다미아노 성당으로 가고 있잖아요, 잊어버리셨어요?」

프란체스코는 머리를 저었다. 이제 그의 목소리는 비통하고 암울했다.

「그런데 나는 우리가 성묘(聖墓)를 구하기 위해 달려가고 있다고 생각했어요.」

「우리 단둘이서요?」 나는 장난스럽게 물었다.

「우리는 둘이 아니에요.」 프란체스코가 갑자기 얼굴이 빨개지며 이의를 제기했다. 「우리는 둘이 아니라 셋이에요.」

나는 전율을 느꼈다. 그건 사실이었다. 우리는 셋이었다. 그것이 바로 우리가 그토록 기쁨을 느끼고 확신을 가질 수 있었던 이유였다. 그리고 또한 우리가 이렇게 진격하는 이유를 설명해 주는 것이었다. 왜냐하면, 하느님 도와주소서! 이 원정은 평화로운 것이 아니었다. 오히려 전쟁이 일어난 것과 마찬가지였으며 부유한 젊은 도련님과 거지인 우리 두 사람은 군대와도 같았다. 그래서 우리는 하느님의 인도를 받아 공격하기 위해 달려가고 있는 것이었다.

그 후 몇 년이 지나갔던가! 프란체스코는 천국으로 올라갔지만 나는 아직도 이 세상의 삶을 버릴 자격을 얻지 못했다. 나는 늙어가고 있다. 머리카락과 이빨은 빠지고 무릎은 부어오르고 혈관은 막대기처럼 굳어졌다. 지금 이 순간에도 펜을 든 내 손은 떨리고 있다. 하염없이 흘러내리는 눈물로 종이는 온통 젖어 얼룩졌다. 그럼에도 불구하고 그날 아침의 출발을 생각하면 지금도 나는 두

발로 일어서서 지팡이를 짚고 언덕으로 올라가 종을 울려 이 세상을 일깨우고 싶다……. 프란체스코 사부님, 정말로 당신 말씀이 옳습니다. 육신 같은 것은 없습니다. 오로지 영혼만이 존재합니다. 영혼이 모든 것을 지배합니다. 일어나거라, 나의 영혼아, 우리가 산다미아노 성당을 향해 날아가던 그날 아침을 기억하라. 그리고 비겁한 불신자들을 두려워하지 말고 모든 것을 상세히 말하라. 모든 것을……!

우리가 달려가고 있을 때 갑자기 어린 소녀들의 떠드는 소리와 웃음소리가 들려왔다. 우리는 더욱 속도를 내서 폐허가 된 산다미아노 성당에 도착했다. 벽들이 바깥쪽으로 기운 채 쓰러지고 있었다. 노란 국화 종류가 이미 돌들을 뒤덮어 밀어내고 있었다. 조그만 종탑은 무너져 내려 벽돌이 땅바닥에 뒹굴고 그 옆에 소리 없는 조그만 종이 있었다. 사방에서 웃음소리와 날카로운 목소리들이 들려오고 있었지만 아무리 봐도 사람의 흔적은 없었다. 프란체스코가 나를 돌아다보며 놀라는 표정을 지었다.

「폐허 전체가 웃고 있어요. 여기에 천사들이 있는 게 틀림없어요.」

「그런데 그게 악마들이라면 어떡하죠?」 내가 물었다. 나는 불안해지기 시작했다. 「이제 그만 돌아갑시다.」

「악마들은 저렇게 웃지 않아요, 레오 형제, 저건 천사들이에요. 당신은 여기서 기다리고 있어요. 당신이 무섭다면 나 혼자 성당으로 들어갈게요.」

「아뇨, 같이 갈게요, 레오 형제는 무서워하지 않아요!」 부끄러운 나머지 내가 말했다.

*

문의 경첩은 빠져 있었다. 우리는 문턱을 넘어 안으로 들어갔다. 비둘기 두 마리가 작은 창문을 통해 쏜살같이 사라졌다. 어두컴컴한 가운데 처음에는 아무것도 보이지 않았지만, 곧 제단 위로 크고 오래된 십자가가 달려 있는 것이 보였고, 십자가 위에는 잘 보이지는 않지만 창백한 몸이 마치 유령처럼 가볍게 매달려 있는 것 같았다. 그 발치에는 성 다미아노 상과 불이 꺼져 있는 유리 램프가 있었다.

우리는 천천히, 힘들게 앞으로 나아갔다. 공기 중에는 날개들이 가득 차 있는 것 같았다.

「성 다미아노가 이제 지팡이를 짚고 나타날 것입니다.」 프란체스코가 부드럽게 말했다. 그는 대담하게 보이려 했지만 그의 목소리는 떨리고 있었다.

우리는 좀 더 앞으로 나아갔다. 성전의 좁은 채광창을 통해 푸른 잎들이 보였다. 그것은 분명 성당의 작은 정원이었다. 로즈마리와 인동덩굴 냄새가 풍겨 왔다.

「저 정원으로 나가봅시다.」 프란체스코가 말했다. 「여기에 있다가는 숨이 막혀 죽겠어요.」

그렇지만 우리가 문턱을 넘어가려는 순간, 제단 뒤에서 숨을 헐떡이는 소리와 실크 옷 스치는 소리가 들렸다. 아니면, 날개 치는 소리 같기도 했다. 프란체스코가 내 팔을 잡았다.

「들었어요? 들었어요? 내가 보기에는……」

그렇지만 그가 자기 생각을 말하기도 전에 성전 뒤쪽에서 흰옷을 입은 어린 소녀 셋이 튀어나왔다. 그들은 그곳에 숨어 있다가 세 줄기의 섬광처럼 갑자기 우리 앞에 나타나더니 문간으로 뛰어올라 시끄러운 소리를 내며 정원 속으로 날아가 버렸다.

거기서 셋은 웃기 시작했다. 그들은 우리가 얼마나 두려워하고 있는지를 알아채고 우리를 놀려 주려고 그러는 것 같았다.

그것은 프란체스코를 혼란스럽게 만들었다. 갑자기 그 역시 정원으로 날아갔다. 나도 그를 따라 뛰어갔다.

소녀들은 우리를 보았지만 놀라지 않았다. 그들은 프란체스코를 알고 있는 것이 틀림없었다. 그중 가장 나이 많은 소녀가 얼굴을 붉혔다……. 프란체스코는 문기둥에 기대서서 얼굴에 흐르는 땀을 닦기 시작했다.

그 소녀가 그에게 계속 다가왔다. 그녀는 명랑하고 정열이 넘쳤다. 열매가 달려 있는 올리브나무 가지를 왕관처럼 머리에 쓰고 있었다.

프란체스코는 한 걸음 뒤로 물러났다. 그는 겁먹고 있는 것 같았다.

「저 소녀를 아십니까?」 내가 속삭이며 물었다.

「조용히!」 그가 대답했다. 그는 화가 나 있었다.

소녀는 용기를 내어 놀리듯이 말했다. 「우리들의 누추한 집에 오신 걸 환영합니다. 프란체스코 님.」

프란체스코는 아무 대답도 하지 않고 그녀를 쳐다보았으나 그의 아래턱이 떨리기 시작했다.

「여기는 성 다미아노의 집입니다. 아가씨.」 프란체스코의 침묵을 대신해서 내가 대답했다. 「언제부터 여기에 머물렀습니까?」

나머지 두 소녀가 천천히 다가왔다. 그들은 웃음을 참으려고 손바닥으로 입을 막고 있었다. 그들은 조금 더 어렸다. 열세 살이나 열네 살쯤 된 것 같았다.

「오늘 아침부터요.」 가장 나이 많은 소녀가 대답했다. 「우리는 하루 종일 여기에 있으려고 해요. 얘는 나의 여동생 아녜스이고, 얘는 이웃에 사는 에르멜린다예요. 우리는 음식을 한 바구니 가져왔어요, 약간의 과일도 함께요.」

그녀는 다시 프란체스코를 보고 말했다.

「혹시 프란체스코 님께서 친절하게도 우리와 함께 드시겠다면 환영합니다. 그분이 우리들의 집에 오셨으니 환대해 드릴 것입니다.」

「이렇게 만나서 반가워요, 클라라.」 프란체스코가 부드럽게 말했다. 그의 목소리에는 장난기도 없고 웃음기도 없었다. 그의 가슴속 깊고 깊은 곳으로부터 나온 목소리였지만 어린 소녀는 난처해했다.

「우리는 놀러 왔어요.」 그녀는 마치 프란체스코가 자기들이 즐겁게 노는 것을 망치기 위해서 온 것처럼 나무라는 듯한 어투로 말했다.

「나는 놀러 온 것이 아니오. 나는 꿈을 꾸었기 때문에 왔소.」

「병이 났었나요?」 그 소녀가 물었다. 이번에는 그녀의 목소리에 부드러움이 가득 숨어 있었다.

「나는 앓아눕기 전부터 병들어 있었어요.」 프란체스코가 대답했다.

「무슨 말인지 모르겠군요.」

「하느님께서 언젠가는 당신이 이해하게 해주시길.」

「당신이 노래 부르는 것을 들은 적이 있어요. 밤이었죠.」 그 소녀는, 더 이상 무슨 말을 해야 할지 모르겠다는 듯, 아니면 그 우연한 만남을 오래 끌기 위한 구실을 찾으려는 듯 계속해서 말했다.

「당신은 매일 밤 내 노래를 들었죠, 클라라, 그렇지만 앞으로 다시는 듣지 못할 것이오.」

소녀가 갑자기 머리를 쳐들었다. 그녀의 긴 머리가 어깨 위에 부딪치며 머리를 묶었던 리본이 풀어졌다.

「왜요?」 그녀가 시선을 땅에 고정한 채 물었다.

「아직은 잘 모르겠어요, 클라라. 나에게 묻지 말아요. 아마 다른 집 창문 아래서 노래하게 될지도 모르죠.」

「다른 집 창문이라뇨……? 어디요? 누구네요?」

프란체스코는 머리를 숙였다. 「하느님의 집…….」 그는 중얼거렸다. 하지만 너무 작게 말해서 소녀는 듣지 못했다.

그녀가 한 걸음 더 가까이 다가오며 다시 물었다. 「누구네 집이오? 어느 집 창문이오?」

그러나 프란체스코는 이번에는 아무 대답도 하지 않았다.

「클라라, 이리 와, 저기 가서 놀자.」 한 소녀가 말했다. 「그 사람하고 말하지 마. 왜 그 사람하고 말하는 거야?」 두 소녀가 클라라의 손을 잡아끌며 가자고 졸랐다.

그러나 클라라는 머리카락에서 풀어진 녹색 리본을 만지작거리며 그 자리에 서 있었다. 그녀의 몸은 날씬하고 유연했으며 아주 하얀 옷을 입고 있었다. 목에 걸고 있는 세례 기념으로 받은 조그만 황금 십자가와, 아직 덜 성숙한 듯 약간 봉곳하게 솟아오른 젖가슴 사이에 부적처럼 달고 있는 은으로 만든 백합꽃 외에 다른 장식품은 하나도 없었다. 클라라에 대해서 가장 놀라운 부분은 그녀의 눈썹이었다. 눈 위쪽으로 마치 화살처럼 가늘고 곧은 선을 그리다가 끝에 가서 갑자기 위로 치켜올라갔기 때문에 아몬드 모양의 검은 눈은 항상 날카롭고 화가 나 있는 듯 보였다.

마치 풀어진 머리 때문에 화가 난 듯 그녀는 머리카락을 움켜잡고 비틀어 녹색 실크 리본으로 단단하게 다시 묶었다. 그러고 나서는 친구들을 향해 화가 난 듯이 말했다. 「이제 가자, 우리는 저 아래로 더 내려가 다른 교회로 갈 거야. 포르티운쿨라로 가자.

프란체스코 님은 여기에 남아 자기 맘대로 하라고 해. 그 사람은 무슨 꿈을 꾼 것 같으니까!」

에르멜린다가 바구니를 집어 들며 투덜거렸다. 더 어린 소녀 아녜스는 조그만 과일 바구니를 들고 있었고 클라라가 앞장을 서고 세 소녀는 올리브나무 숲을 지나 아래쪽 평원을 향해 떠났다.

「휴, 살았다…….」 프란체스코가 중얼거렸다. 그는 엄청난 위험에서 겨우 빠져나온 듯이 숨을 깊이 들이쉬었다.

*

그는 쓰러지다시피 문턱에 주저앉더니 올리브나무 숲을 지나가는 세 소녀를 바라보고 있었다. 햇빛 사이로 잠깐씩 보였다 안 보였다 하던 소녀들은 결국 사라졌다.

「이제 살았다…….」 그가 반복해서 말하며 일어섰다.

거의 정오쯤 되었을 때였다. 그가 나를 쳐다보았다. 그의 얼굴에서 두려움의 기색은 완전히 사라지고 없었다.

「레오 형제.」 그의 목소리도 달라져 있었다. 진지함과 굳은 결심이 느껴졌다. 「레오 형제, 우리 두 사람이 군대가 되어 그리스도의 성묘를 구하러 간다고 하지 않았던가요? 웃지 마세요. 나는 당신이 믿어 주기를 바라요! 우선 작고 쉬운 일부터 시작해서 조금씩 조금씩 큰일을 시작하게 될 거예요. 그다음에는, 큰일도 모두 완수하고 나면 우리는 불가능해 보이는 일도 하게 될 겁니다. 내가 무슨 말을 하고 있는지 이해하시겠습니까, 아니면 내가 아직도 베르나르도네의 집 침대에 누워 헛소리나 하고 있다고 생각하는 겁니까?」

「불가능한 일을 하게 되다니요, 프란체스코 형제?」 내가 겁에 질려 물었다. 「그게 무슨 뜻입니까? 도대체 어디까지 갈 계획입

88

니까?」

「레오 형제. 예전에 당신이 바로 나에게 나무 꼭대기에서 생활하며 자기 수행을 실천한 유명한 고행자를 찾아갔던 얘기를 하지 않았던가요? 당신은 그분에게 〈저에게 조언해 주십시오, 거룩한 아버지시여〉라고 요청했습니다. 그러자 그분은 〈네가 할 수 있는 한 멀리 가거라〉라고 대답했습니다. 〈저에게 좀 더 조언을 해주십시오, 거룩한 아버지시여!〉 당신은 두 번째 외쳤습니다. 그러자 그분은 이렇게 대답했습니다. 〈네가 할 수 있는 것보다 더 멀리 가거라……!〉 이제 알겠죠, 레오 형제, 우리는 우리가 할 수 있는 것보다 더 멀리 갈 것입니다. 지금 우리는 산다미아노 성당의 폐허를 발판 삼아 어떤 계기를 마련하려는 것입니다. 내가 무슨 말을 하는지 아시겠습니까?」

「나에게 아무것도 묻지 마세요, 프란체스코.」 나는 대답했다. 「나는 아무것도 이해하지 못하지만 또한 모든 것을 이해할 수 있어요! 그저 명령만 하세요……!」 나의 가슴은 불길에 휩싸였다. 그 불길은 숲을 모두 태우고도 남을 정도였다.

「돌을 주워 모아야 합니다. 내 지갑에는 아직 베르나르도네의 돈이 약간 있어요. 그 돈으로 진흙과 미장 도구들을 사다가 우리 둘이서 벽을 튼튼하게 보강하는 일을 시작할 것입니다. 그리고 기와를 사다가 비가 내려도 물이 새지 않게 만들 것입니다. 문이며 창문에는 페인트칠을 하고 성인의 램프에는 기름을 채울 것입니다. 성인께선 얼마나 오랜 세월을 등불조차 없이 지내셨습니까? 이제 우리가 성인을 환하게 밝혀 드릴 것입니다. 찬성이죠?」

나는 소매를 걷어붙였다. 그의 말을 듣자 피가 끓었다.

「언제 시작할 겁니까?」

「지금 당장이오. 성 다미아노가 비를 맞고 있습니다. 어둠 속에서 헤매다 발부리가 차여 폐허 속으로 넘어지고 있습니다. 그분은 더 이상 기다리실 수가 없습니다. 그렇다면 우리들의 영혼은, 레오 형제, 우리들의 영혼은 기다릴 수 있다고 생각합니까? 그들 또한 비를 맞고 있습니다. 그들 또한 어둠 속을 헤매다 발부리가 차여 폐허 속으로 넘어지고 있습니다. 전진합시다, 동지여! 하느님의 이름으로!」

그는 벨벳 코트를 벗어던지더니 마당에 가득 무너져 내린 커다란 모서리 돌들을 정리하기 시작했다. 나는 옷자락을 접어 올려 커다란 주머니를 만든 다음 그 안에 돌을 가득 담아 한군데에 갖다 쌓아 놓느라 분주하게 뛰어다녔다. 일하는 동안 프란체스코는 또다시 어린 시절에 배운 음유 시인의 노래를 부르기 시작했다. 모두가 사랑에 관한 노래들이었다. 누구를 위한 사랑인가? 음유 시인들은 사랑하는 여인의 아름다움을 예찬했지만, 지금 프란체스코는 틀림없이 복되신 동정녀 마리아를 생각하며 불렀을 것이다.

우리가 집으로 돌아왔을 때는 이미 저녁때였다. 돌아오는 길 내내 우리는 두 사람의 미장이들처럼 돌과 진흙, 흙손 등에 대해 열심히 얘기했다. 그것은 마치 우리가 폐허로 무너져 내리는 세상의 구제에 관해 하느님과 얘기하는 것과도 같았다. 그날 저녁 나는 생전 처음으로 모든 것은 하나이며 가장 하찮은 일상적 행위조차 인간의 운명의 한 부분이라는 것을 깨달았다. 프란체스코 역시 많은 것을 깨달았다. 그도 역시 큰 일과 작은 일이 따로 없다는 것을 깨달았다. 따라서 돌멩이 하나로 무너지는 벽의 틈새를 메우는 일이나, 이 세상 전체가 무너지지 않도록 튼튼하게 보강하는 일이나, 사람의 영혼이 타락하지 않도록 막는 것이 똑같은 일이라는 것을 깨달았다.

집이 보이는 곳까지 왔을 때 피카 부인이 창가에 앉아 초조하게 길을 내다보고 있는 것이 보였다. 아직은 완전히 어두워지지 않았고 바깥은 그래도 밝은 편이었다. 멀리서 우리를 알아보고 그녀는 손수 문을 열어 주기 위해 아래층으로 내려왔다. 그녀는 그렇게 늦게 돌아오는 것에 대해 그리고 아직 완전히 회복되지도 않은 몸을 그렇게 피곤하게 만드는 것에 대해 아들을 꾸짖으려 했지만, 막상 아들 앞에 서서 그 얼굴을 보고는 아무 말도 하지 못했다. 그녀는 놀란 표정으로 잠시 아들을 쳐다보다가 마침내 입을 열었다.

「네 얼굴 말야. 어떻게 해서 그렇게 빛날 수가 있니, 애야?」

「그렇게 생각하신다면, 어머니, 그냥 기다려 보세요!」 프란체스코가 웃으며 대답했다. 「이제 겨우 시작일 뿐이에요. 우리는 이제 첫발을 내딛었을 뿐이고, 앞으로 갈 길은 수천 수만 배나 멀어요.」

그는 어머니의 팔을 잡더니 그녀의 귀에 대고 말했다.

「오늘 저녁에는 레오 형제도 우리와 함께 식사해요. 같은 식탁에서요!」

*

다음 날 아침 동틀 무렵 우리 두 사람은 도둑놈처럼 살그머니 집을 빠져나와 장터로 가서 연장을 샀다. 망치 두 개, 흙손 두 개, 그리고 페인트와 솔을 사고 기와와 진흙을 주문한 다음 서둘러 산다미아노 성당을 향해 출발했다.

하늘에는 구름들이 흩어져 있었다. 날씨는 추웠고 산으로부터 매서운 바람이 불어왔다. 농가 마당에서는 수탉들이 울었고, 사람과 동물들이 함께 깨어나고 있었다. 올리브나무들은 빛나고 있었으며, 황소들은 신성한 하루의 일을 위해 들판으로 나가고 있었다.

「이것이 바로 영혼이 깨어나는 방법이지요.」프란체스코가 갑자기 나를 돌아보며 말했다.「영혼에도 황소가 다섯 마리나 있지요. 아침 일찍 그놈들에게 멍에를 씌워 밭을 갈고 씨를 뿌리기 시작합니다.」

「무슨 씨를 뿌립니까?」도저히 이해할 수가 없어 내가 물었다.

「하늘나라의 씨요. 하늘나라가 아니라면 지옥의 씨지요.」프란체스코가 대답했다. 그러고는 길가에 피어 있는 노란색 데이지를 꺾기 위해 걸음을 멈추었다.

그러나 손을 뻗치다 말고 갑자기 멈췄다. 마음이 바뀌었던 것이다.

「주님께서는 길을 아름답게 꾸미기 위해 이 꽃을 여기 보내셨는데 하느님의 창조물이 본래의 의무를 다하는 것을 우리가 방해해서는 안 되지요.」그는 이렇게 말하면서 마치 사랑하는 누이동생에게 작별 인사를 하듯 데이지에게 손을 흔들었다.

우리가 허물어진 예배당에 도착했을 때 그곳의 사제가 문간에 앉아 햇볕을 쬐고 있는 것을 발견했다. 그는 나이를 먹어 허리가 굽고, 성 다미아노의 조그만 성당이 그러하듯 가난에 찌든 늙은 이었다. 프란체스코는 가까이 다가가면서 순간적으로 깜짝 놀라 움찔했다.

「혹시 다미아노 성인이 아니실까?」그가 중얼거렸다.

그러나 곧 정신을 바로잡고 몇 발짝 더 가서 그와 가까워지자 그를 알아보았다.

「아아, 옛날의 보좌 신부 안토니오 신부님이시구나. 난 그분을 알지.」

그는 안도하며 앞으로 다가가 사제의 손에 입을 맞추고 인사를 했다.

「신부님께서 허락해 주신다면, 저희들이 교회를 수리하려고 합니다. 다미아노 성인께서 꿈에 나타나셔서 제가 약속했습니다.」

신부님이 갑자기 머리를 쳐들었다. 비록 그의 몸은 비틀거렸지만 두 눈은 아직도 이글거렸다.

「그분이 왜 내 꿈에는 안 나타나신 거지?」 그가 화를 내며 비난하듯이 물었다. 「나는 그분을 섬기다가 이렇게 늙어 버렸소. 그렇지 않소? 나는 그분의 램프를 밝혀 줄 기름을 사고 성전을 청소할 빗자루를 마련하고, 좋은 냄새가 나도록 향을 피우고, 포도주를 마련하기 위해 모든 재산을 탕진했소. 그런데도 언제 한번 내 꿈에 나타나 나에게 좋은 말 한마디 해준 적이나 있소? 결코 없소! 그런데, 기가 막혀라! 당신 같은 사람한테 나타나셨으니……. 자네는 베르나르도네 씨의 타락하고 방탕한 아들, 기타를 메고 밤새도록 거리를 헤매던 그 사람 아니오?」

「맞습니다, 신부님, 제가 그 사람입니다. 타락하고 방탕한 그 아들입니다.」

「그렇다면, 하느님은 도대체 자네에게 무얼 기대하시는 건가?」

「아무것도요. 하느님은 아무것도 기대하지 않지만 저는 그분께 모든 것을 기대합니다.」

「〈모든 것〉이라니, 그게 무슨 뜻인가?」

「제 영혼의 구원입니다.」

신부님은 부끄러움에 고개를 떨구고 말을 잇지 못했다. 그리고 두 눈이 햇빛에 그을리는 것을 막으려고 손을 들어 눈을 가렸다. 프란체스코와 나는 소매를 걷어붙이고 일을 하기 시작했다. 그러면서 일부러 그렇게 한 것은 아니지만 우리 둘 다 노래를 부르기 시작했다. 처음에는 돌을 모으러 이리저리 뛰어다녔고, 그다음에는 진흙이 도착했기 때문에 흙손을 잡았다. 우리는 둥지를 짓는 한 쌍의 새와 같았다.

「우리들이 무엇을 닮은 것 같습니까, 프란체스코?」 나의 동료에게 묻자 그가 크게 웃으며 대답했다. 「봄에 둥지를 짓는 두 마리의 새 같지요.」

사제는 일어서서 아무 말 없이 우리 쪽을 바라보고 있었다. 가끔씩 프란체스코를 슬쩍 쳐다보며 성호를 그었다. 점심때가 되자 그는 성당 옆에 있는 조그만 자신의 거처로 가더니 잠시 후 나무 쟁반에 보리 빵 두 덩이와 검은 올리브 약간, 양파, 그리고 포도주를 담은 작은 물병 하나를 갖고 왔다.

「〈일하는 자에게 먹을 것을 주어라〉라고 사도 바울께서 명하셨다네.」 그가 웃으면서 우리에게 말했다.

우리는 그제야 비로소 배고픔을 느끼고 마당에 주저앉아 식사를 하기 시작했다.

「당신은 이렇게 맛있는 올리브나 이렇게 맛있는 빵을 먹어 본 적 있습니까?」 프란체스코가 보리 빵을 맛있게 씹으며 물었다. 「당신은 이렇게 훌륭한 포도주를 마셔 본 적 있습니까?」

「딱 한 번 있었어요.」 내가 대답했다. 「그런데 꿈속에서였어요 (굶주린 사람들이 먹는 꿈을 꾸는 건 당연하다). 내가 천국에 들어갔을 때 천사가 바로 이것과 똑같이 생긴 쟁반에다 보리 빵과 올리브, 양파, 그리고 포도주를 담은 작은 물병 하나를 가지고 왔어요. 〈먼 길을 오셨어요. 몹시 배가 고프실 겁니다〉라고 천사가 나에게 말했어요. 〈하느님 앞에 나가기 전에 앉아서 이걸 먹고 마셔요.〉 나는 천국의 푸른 잔디 위에 다리를 뻗고 앉아 먹기 시작했어요. 한 입씩 먹을 때마다 그것은 내 안으로 들어가 즉시 나의 영혼이 되었어요. 빵과 포도주, 양파, 모든 것이 나의 영혼이 되었어요. 바로 지금처럼요.」

우리는 다시 일을 시작했다. 아는 노래를 모두 부르며 돌을 깨고, 진흙을 섞은 다음 벽의 갈라진 틈을 메웠다. 밤이 되었다. 나는 순간적으로 다미아노 성인이 교회에서 나와 문 앞에 서서 우리들을 흐뭇하게 지켜보고 있다고 생각했다. 그러나 그것은 웃음을 짓고 있는 사제였다.

「누가 알아요, 결국은 그분이 성 다미아노일지도 몰라요.」 문턱에 서 있는 조그만 체구의 늙은이를 존경스럽게 쳐다보며 프란체스코가 말했다. 「오랜 세월 동안 기도하고 가난하게 살면 그 두 분이 하나가 될 수도 있어요.」

어둠이 내리고 일을 끝낸 다음 우리가 그에게 인사하러 갔을 때 실제로 그의 얼굴은 성인의 것처럼 빛을 발하고 있었다.

*

나는 여기서 우리가 며칠 동안 혹은 몇 주일 동안 일했는지에 대해서는 이야기하지 않겠다. 그걸 어떻게 기억하겠는가! 시간은 졸졸 흐르는 시냇물처럼 흘러갔고 우리도 함께 흘러가면서 페인트칠을 하고 지붕에 기와를 얹고, 망치며 흙손이며 솔을 휘둘렀다. 아침이면 해가 뜨고, 중천으로 올라갔다가 다시 지면 서쪽 하늘에 샛별이 나타나면서 어두워졌다. 그러면 우리는 손에 진흙을 묻힌 채 행복하게 아시시를 향해 오르막길을 올라갔다. 다만 내가 확실히 말할 수 있는 것은, 그 신성한 날들과 주일 동안 날마다 우리 두 사람은 둥지를 짓는 새들이 느끼는 것과 같은 기쁨과 절실함과 사랑의 감정을 경험했다는 것이다. 우리는 생전 처음으로 〈둥지〉와 〈새〉의 진정한 의미를 알게 되었고 우리의 내면에 알이 가득 차 있을 때 느끼는 환희를 경험했다! 우리의 여생에서 그 시절은 마치 약혼 시절처럼, 우리의 영혼이 하느님과 약혼했던 기간처럼 부드럽고 은총이 넘치는 날들이 될 것이다.

「어떻게 된 거죠. 도대체 어떻게 된 거예요, 레오 형제?」 어느 날 아침 우리가 일을 시작하는데 프란체스코가 물었다. 「이 세상이 변한 건가요, 우리가 변한 건가요? 울기도 하고, 웃기도 하지만, 울고 웃는 것이 똑같아요. 나는 땅 위로 사람 키만큼 떠올라서 허공 속을 걷고 있는 것 같아요⋯⋯. 당신은 어때요, 레오 형제?」

「나요? 나는 땅속 깊이 파묻혀 있는 애벌레처럼 느껴지는데요. 땅 전체가 내 위에서 짓누르고 있어요. 그래서 껍질을 뚫고 밝은 빛 속으로 나가기 위해 통하는 길을 만들려고 흙에 구멍을 뚫기 시작했어요. 흙을 뚫고 나온다는 것은 아주 힘든 일이지만 나는 참을 수 있어요. 밝은 세상으로 나가기만 하면 나비가 될 수 있다는 것을 굳게 믿기 때문이죠.」

「바로 그거예요! 바로 그거예요!」 프란체스코가 기쁨에 겨워 외쳤다. 「이제 알았어요. 레오 형제, 당신에게 하느님의 축복을! 우리는 나비가 되고 싶어 하는 두 마리의 애벌레예요. 그러니까⋯⋯ 일하는 거예요! 진흙을 섞고, 돌을 가져오고, 흙손을 주세요!」

*

드디어 우리가 산다미아노 성당을 다시 짓는 일을 거의 끝내 갈 무렵, 베르나르도네 씨가 여행에서 돌아왔다. 그는 아들이 가게에 없는 것을 알고 깜짝 놀랐다. 프란체스코는 더 이상 아버지의 사업을 돕지 않았다. 새벽에 집을 나가 밤에 돌아오고 식사도 혼자서 했다. 베르나르도네는 아들의 모습을 볼 수 없었다.

「당신의 사랑하는 아들이 가게는 보지 않고 매일 아침 어디를 가는 거요?」 그는 화가 나서 아내에게 물었다.

그녀는 감히 남편의 얼굴을 쳐다볼 용기가 없어 시선을 떨구었다.

「그 애가 꿈을 꾸었대요.」 그녀가 대답했다. 「은총이 충만하신 성 다미아노께서 그 애에게 나타나 교회를 수리하라고 명하셨대요.」

「혼자서? 그 애의 손으로 말이오?」

「네, 그 애의 손으로요.」

「그 애 혼자 말이오?」

「아뇨, 그 거지 친구와 함께요.」

베르나르도네 씨는 얼굴을 찌푸리더니 주먹을 불끈 쥐었다.

「부인, 당신의 아들은 잘못된 길을 가고 있소.」 그가 말했다. 「모든 게 당신 책임이오.」

「내 책임이라니요?」

「당신, 당신의 피 말이오! 당신의 피 속에는 방랑자, 정신병자, 미치광이 들이 들어 있소. 그건 당신도 잘 알고 있잖소.」

어머니의 눈에 눈물이 가득 고였다. 베르나르도네 씨는 지팡이를 들었다.

「내가 직접 그 애를 데리러 가겠소.」 그가 말했다. 「그 애에겐 당신의 피뿐만 아니라 나의 피도 흐르고 있으니까 아직은 희망이 있소…….」

정오가 되기 직전 그가 산다미아노 성당에 도착했다. 그의 얼굴은 어두웠고 걸어오느라 힘이 들어 숨을 헐떡였다. 프란체스코는 성당 지붕 위에 앉아 기와를 얹고 있었다. 그날은 마침 우리가 일을 끝낼 계획이었으므로 프란체스코는 여느 때보다 더 신이 나서 어머니 나라의 말로 음유 시인의 노래들을 부르고 있었다.

베르나르도네 씨가 지팡이를 치켜들었다. 「이봐, 일꾼 두목, 이리 내려와, 나 좀 보자고.」 그가 소리쳤다.

「베르나르도네 씨, 어서 오십시오. 왜 그러시죠?」 프란체스코가 지붕 꼭대기에서 대답했다.

「우리 가게도 허물어지고 있어. 내려와서 그것도 고치게.」

「죄송합니다, 베르나르도네 씨, 나는 가게는 고치지 않아요. 오히려 허물어 버리죠.」

베르나르도네는 너무 화가 나서 악을 쓰며 지팡이로 마당의 자갈을 두드려 댔다. 무슨 말을 하려고 하는데 마땅한 단어를 찾지 못해 입술만 씰룩거릴 뿐이었다.

「당장 이리 내려와.」 그가 고함을 질러 댔다. 「명령이다, 어서 내려와! 넌 내가 누군지도 모르는 거냐? 나는 네 아버지다.」

「죄송합니다, 베르나르도네 씨, 나의 아버지는 하느님이십니다. 하느님 외에는 없습니다.」

「그럼 난 도대체 뭐냐?」 베르나르도네가 입에 거품을 물고 소리쳤다. 햇빛 아래 서 있는 그의 머리 위로 김이 피어오르는 것 같았다.

「그럼 난 뭐냐고?」 그가 다시 소리를 질렀다. 「내가 누구야? 내가 누구냐고?」

「당신은 베르나르도네 씨입니다. 아시시의 광장에서 큰 포목점을 하면서 금고 속에 금을 잔뜩 쌓아 놓고 주변 사람들에게 옷을 입혀 주기는커녕 옷을 벗겨 버리는 사람입니다.」

고함 소리를 듣고 사제가 자신의 작은 집에서 나왔다. 그는 아버지 베르나르도네를 보자마자 사태를 짐작했다. 겁에 질려 앞으로 나간 그는 사제복 아래로 손을 넣어 프란체스코가 성인의 램프를 밝힐 기름을 사라고 준 돈주머니를 내밀었다.

「이 돈은 당신의 것입니다, 베르나르도네 씨.」 그가 말했다. 「용서하세요. 당신의 아드님께서 나에게 주었지만 아직 손도 안 댔어요.」

베르나르도네는 사제를 거들떠보지도 않고 돈주머니를 낚아채 자신의 커다란 주머니에 쑤셔 넣었다. 그러고 나서 다시 지붕을 향해 지팡이를 휘둘렀다.

「이 망할 놈아, 어서 내려와서 매나 맞아!」

「네, 갑니다.」 프란체스코가 지붕에서 내려오며 대답했다.

나는 어떻게 되는지 보려고 흙손을 내려놓고 기다렸다.

옷에 묻은 먼지와 진흙을 털어 내며 프란체스코가 자기 아버지 쪽으로 갔다. 늙은 베르나르도네의 눈에서 불꽃이 튀었다. 자신의 못된 아들 녀석을 태워 버리기라도 할 태세로 노려보고 서 있었다. 그는 움직이지도 않고, 말도 하지 않았지만 지팡이를 위로 쳐들고 그저 아들이 다가오기만을 기다리고 있었다. 드디어 프란체스코가 와서 가슴에 두 손을 얹고 아버지에게 머리 숙여 인사를 하자 늙은 베르나르도네의 크고 육중한 손이 아들의 오른쪽 뺨을 세게 때렸다. 그러자 프란체스코는 다른 쪽 뺨을 내밀었다.

「이쪽 뺨도 때리십시오, 베르나르도네 씨.」 그는 차분하게 말했다. 「이쪽 뺨도 때리십시오. 그렇지 않으면 그 뺨이 섭섭해할 테니까요.」

내가 친구를 방어해 주기 위해 달려가자 그는 손을 내밀며 말했다. 「레오 형제, 하느님이 하시는 일을 막지 마세요. 베르나르도네 씨는 아들의 구원을 도와주고 있는 것입니다……. 자, 때리십시오, 베르나르도네 씨!」

이쯤 되자 늙은 베르나르도네는 광분했다. 그는 아들의 머리를 후려치기 위해 지팡이를 치켜들었다. 그때 그의 손이 공중에서 멈춰 버렸다. 프란체스코가 놀라서 올려다보자 베르나르도네의 이마에 굵은 땀방울이 솟고 입술은 파랗게 질려 있었다. 그의 얼굴이 두려움으로 일그러졌다. 지팡이로 프란체스코의 머리를 내리치려고 애써 보지만 그의 팔은 돌로 변한 듯했다.

프란체스코는 아버지가 공포에 질려 눈을 크게 뜨고 허공을 쳐다보는 것을 보았다. 화가 난 천사가 그 늙은이를 내리 덮쳐 그의 팔을 정지시킨 것이 틀림없었다. 프란체스코도 나도 그 천사를 보지는 못했지만 우리 두 사람 모두 공중에서 성난 듯 날개 치는 소리를 들었다.

「아무것도 아녜요, 아버지. 아무것도 아녜요.」 프란체스코가 말했다. 「무서워하지 마세요.」

그의 마음에 아버지에 대한 동정심이 우러났다. 그가 아버지의 팔을 잡으려 했으나 늙은 베르나르도네는 갑자기 휘청거리더니 순식간에 자갈 더미 위로 쓰러졌다.

그가 깨어났을 때 해는 중천에 떠 있었고, 늙은 사제는 아직도 물병을 들고 정신을 잃은 그의 이마에 물을 뿌려 주고 있었다. 프란체스코는 아버지 옆에 앉아서 손바닥으로 머리를 감싸고 저 멀리 햇빛을 듬뿍 받고 있는 수바시오 산 기슭을 쳐다보고 있었다.

늙은 베르나르도네가 일어나 앉더니 지팡이를 집어 들었다. 나는 그가 일어서도록 도와주려고 달려갔지만 그는 손을 내저으며 나를 물리쳤다. 그는 기진맥진한 채 일어서더니 땀을 닦아 냈다. 그리고 한마디 말도 없이 바닥에 앉아 있는 아들에게도 물잔을 들고 있는 사제에게도 눈길 한번 주지 않고 지팡이에 몸을 의지한 채 옷을 툭툭 털더니 천천히 언덕길을 올라가기 시작했다. 그의 모습은 곧 커브 길을 돌아 사라져 버렸다.

그날 밤 프란체스코는 집에 돌아가지 않았다. 나도 그의 곁에 남아 있었다. 얼마 전 산다미아노 성당 근처를 살피다가 그는 동굴을 하나 발견했고 가끔씩 성당 수리 작업을 내팽개친 채 그곳에서 몇 시간씩 틀어박혀 있곤 했다. 틀림없이, 그 시간 동안 그는 기도를 하고 있었을 것이다. 왜냐하면, 그가 동굴에서 나와 다시 일하러 돌아왔을 때 그의 얼굴에는 흔히 성인들의 그림에서 볼 수 있는 것처럼 떨리는 빛의 후광이 나타나곤 했기 때문이다. 그의 머리 둘레에 기도의 불꽃이 남아 있었던 것이다.

우리는 몸을 질질 끌며 동굴 안으로 들어갔다. 축축한 흙냄새가 진동했다. 먹지도 않고 서로 말 한마디 주고받지도 않고 우리는 돌덩이 두 개를 베개 삼아 누웠다. 나는 매우 지쳐 있었기 때문에 곧 잠에 떨어졌다. 잠에서 깨었을 때는 새벽이었던 것 같다. 프란체스코는 동굴 입구에 앉아 무릎 사이에 얼굴을 묻고 끊임없이 나지막하게 웅얼거리고 있었다. 아마도 내가 잠에서 깨지 않도록 소리 죽여 울고 있는 것 같았다. 그 후 여러 해 동안 나는 프란체스코가 우는 소리를 많이 들었다. 그러나 그날 아침 그의 흐느낌은 어머니가 없어 돌봐줄 이 없이 버려진 갓난아기의 울음소리 같았다.

나도 동굴 입구로 기어 나가 프란체스코 옆에 무릎을 꿇고 앉아 하늘만 쳐다보았다. 별들은 빛을 잃어 가고 있었지만, 어떤 것들은 아직도 뿌연 하늘에 매달려 있었다. 그중에서 가장 큰 별 하나는 녹색과 장미색, 그리고 푸른색 빛을 내뿜고 있었다.

「저건 무슨 별이죠, 프란체스코 형제?」 그의 생각을 다른 데로 돌리려고 내가 물었다. 「혹시 아세요?」

「저건 대천사일 거예요.」 그가 눈물을 거두며 대답했다. 「누가 알아요. 혹시 대천사 가브리엘인지도 모르죠. 찬란한 빛을 발하다가 어느 날 아침 하늘에서 내려와 〈기뻐하소서, 마리아여〉라고 말한 이가 바로 가브리엘 대천사였거든요.」

그는 잠시 침묵했다.

「그리고 저기 아주 밝게 빛나는 저 별 있지요, 동쪽 하늘에서 춤을 추다가 떠오르는 햇빛 때문에 막 사라지고 있는 저 별이 바로 루시페르예요!」

「루시페르라고요!」 나는 놀라서 소리쳤다.「그럴 리가? 그럴 리가? 아녜요, 그렇지 않아요. 루시페르가 대천사 가브리엘보다 더 밝다니요! 하느님은 그런 방식으로 그에게 벌을 주셨나요?」

「맞습니다.」 프란체스코가 감정을 억누르며 대답했다.「악을 친절로 갚는 것보다 더 혹독한 벌은 없어요, 레오 형제…….」

「그런데 왜 그렇게 놀라십니까?」 잠시 말을 끊었다가 그가 계속했다.「그것이 바로 하느님께서, 루시페르만큼 사악하고, 야비하고, 아무 쓸모 없는 나에게 행하신 것 아니던가요? 내가 맛있는 음식과 술에 빠져 흥청거리던 어느 날 밤 하느님께서는 벼락을 때려 재로 변하게 하는 대신에 나에게 어떻게 하셨나요? 꿈속으로 성 다미아노를 보내 성당을 떠받치라고 명령하셨습니다. 〈그 교회가 위험에 처해 있다. 그것을 튼튼하게 만들어라. 나는 너를 믿는다〉라고 말했습니다. 그 당시 나는 그분께서 폐허가 된 성당에 대해 말씀하시는 줄 알고 그것을 다시 지었어요. 그렇지만 지금은…….」

그는 한숨을 내쉬었다. 두 팔을 벌리며 심호흡을 했다.

「지금은요?」 그를 초조하게 쳐다보며 내가 물었다.

「지금도 내 마음이 여전히 편치 않아요. 아뇨, 아뇨, 레오 형제, 하느님은 그 성당에 대해 말씀하신 게 아니었어요. 이것이 내가 밤새도록 생각한 거예요. 나는 이제야 그 속에 숨어 있는 무서운 메시지를 깨닫기 시작했어요.」

그는 말이 없었다.

「나에게도 말해 줄 수 없습니까, 프란체스코 형제? 당신과 함께 기뻐할 수 있도록 나에게도 말해 주십시오.」

「당신은 기뻐할 수 없을 거예요, 가엾은 레오 형제. 그래요, 당신은 기뻐하지 않을 거예요. 아마 두려워할 거예요. 인내심을 갖고 나를 따르세요. 믿음을 가지세요. 조금씩 조금씩 이해하게 될 겁니다. 그러면 당신은 울게 될 것이고 아마도 되돌아가고 싶어할지도 모릅니다. 오르막을 올라가는 것은 정말 힘이 듭니다. 그렇지만, 누가 알아요? 그때쯤이면 아마 당신이 되돌아가기에는 너무 늦었을지도 모르지요.」

나는 그의 손을 잡고 입을 맞추려 했으나 그가 막았다. 「프란체스코 형제, 당신이 어디를 가든 나도 갈 겁니다. 그리고 앞으로는 어떤 질문도 하지 않을 겁니다……. 앞장서십시오.」

우리는 날이 점점 밝아 오는 것을 지켜볼 뿐 아무 말도 하지 않았다. 산기슭들이 차츰차츰 보랏빛에서 장밋빛으로 바뀌더니, 장밋빛이 다시 눈부신 흰색이 되었다. 올리브나무와 바위들과 흙이 환하게 웃는 듯했다. 해가 떠올라 산마루의 바위 턱에 걸렸고 우리는 어두운 동굴 입구에서 두 팔을 들어 올려 해를 맞이했다.

나는 산다미아노 성당으로 가서 연장들을 챙기고, 교회 안을 청소하고 모든 것을 정돈하기 위해 자리에서 일어났다.

「연장은 늙은 사제에게 드려요.」 프란체스코가 말했다. 「그렇지만 먼저 연장 하나하나에 입을 맞춰 주세요. 모두 자기가 할 일을 잘 해냈으니까요. 이제 우리에겐 그 연장들이 더 이상 필요치 않아요. 이제부터 우리가 튼튼하게 세우려는 교회는 흙손과 진흙으로 만들 수 있는 게 아니기 때문이에요.」

나는 왜 그런지 물어보려고 입을 열었다가 곧 닫아 버렸다. 그러곤 혼자 중얼거렸다. 언젠가는 알게 되겠지. 꾹 참아 보자.

「가보세요, 하느님께서 함께하실 겁니다.」 프란체스코가 말했다. 「나는 오늘 이곳 동굴에서 지낼 참이에요. 하느님께 간청할 거예요. 드릴 말씀이 너무 많아요. 나에게 힘을 달라고 간청하고 싶어요. 지금 내 앞에는 낭떠러지가 있어요. 어떻게 하면 그것을 뛰어넘을 수 있을까요? 만일 내가 뛰어오르지 않는다면 어떻게 하느님께 도달할 수 있겠습니까?」

나는 출발했다. 그 후 많은 세월이 흘러 프란체스코가 죽음에 한 발을 들여놓고 이 세상을 떠날 채비를 하고 있을 때 비로소 나는 그날 동굴 안에서 무슨 일이 있었는지를 알게 되었다. 내 기억으로는, 그가 포르티운쿨라에서 맨바닥에 누워 있었고, 앙상한 그의 몸에 아직 붙어 있는 약간의 살을 뜯어 먹으려고 달려든 들쥐들 때문에 흑사병에 걸려 있었다. 도저히 잠을 잘 수가 없자 그는 나를 불러 자기 옆에 앉아서 쥐도 쫓아 주고 동무도 해달라고 했다. 그날 밤을 함께 지내면서 그는 비로소 그날 동굴 안에서 있었던 일을 나에게 털어놓았다.

그날 그는 혼자가 되자마자 땅에 엎드려 흙에 입을 맞추며 하느님을 부르기 시작했다. 「저는 당신이 어디에나 계시다는 것을 압니다. 제가 어떤 돌멩이를 들어 올려도 그 아래에는 당신이 계시고, 어떤 우물을 들여다봐도 당신의 얼굴이 보이고, 어떤 애벌레의 등을 쳐다봐도 막 날개가 돋아나려고 하는 그 자리에 당신의 이름이 새겨져 있음을 볼 수 있습니다. 그러므로 당신은 이 동굴 안에도 계시고, 이 순간 저의 입술이 닿아 있는 땅바닥의 흙 속에도 계십니다. 당신은 어디서나 저를 보고 들으실 수 있으므로 저를 불쌍히 여겨 주시옵소서.

그러므로 아버지여, 제가 드리는 말씀을 들어주시옵소서. 어젯 밤 이 동굴에서 저는 기쁨에 넘쳐 외쳤습니다. 〈저는 하느님께서 저에게 시키신 대로 했습니다. 산다미아노 성당을 수리하여, 튼 튼하게 다시 지었습니다!〉

그런데 당신께서는 대답하셨습니다. 〈그걸로는 충분치 않다!〉

〈충분치 않다고요? 당신께서는 제가 무엇을 더 하기를 원하십 니까? 명령해 주십시오!〉

그때 당신의 목소리가 다시 들려왔습니다. 〈프란체스코야, 프 란체스코야, 베르나르도네의 아들 프란체스코를 굳건하게 다시 세워라!〉

주님, 어떻게 하면 제가 그를 굳건하게 만들 수 있습니까? 많 은 길이 있습니다. 어떤 것이 제가 가야 할 길입니까? 어떻게 하 면 제 안에 있는 마귀를 물리칠 수 있습니까? 마귀들은 수가 많 아서 만일 당신이 저를 도와주지 않는다면 저는 지고 말 겁니다! 주님, 어떻게 하면 제가 육신을 몰아내어 그것이 우리 사이에 끼 어들지 못하도록, 우리를 떼어 놓지 못하도록 할 수 있습니까? 주님, 당신은 제가 산다미아노 성당에서 어린 소녀를 만났을 때 얼마나 큰 마음의 갈등을 겪었는지, 그리고 아버지를 만났을 때 얼마나 괴로워했는지를 다 보셨습니다. 어떻게 하면 제가 어머니 와 아버지, 여자들, 친구들과 안락한 생활을 떨쳐 버리고, 그리고 자만심과 명예와 행복을 좇는 마음을 떨쳐 버리고 제 자신을 구 할 수 있겠습니까? 인간의 생활에는 일곱 가지 마귀가 있습니다. 그 일곱이 모두 저의 마음을 빨아먹고 있습니다. 주님, 어떻게 하 면 제가 프란체스코로부터 제 자신을 구해 낼 수 있겠습니까?」

그는 이런 식으로 그날 하루 종일 동굴 바닥에 엎드려 온몸을 떨며 간청하고 절규했다. 저녁 무렵쯤, 나는 아직도 아시시를 돌며 구걸을 다니고 있었지만, 프란체스코에게 위로부터 어떤 목소리가 들려왔다고 한다.

「프란체스코야!」

「네, 주님, 저 여기 있습니다, 명령하시옵소서.」

「프란체스코야, 너는 네가 태어난 곳이며, 모든 사람이 너를 알고 있는 아시시로 갈 수 있겠느냐? 그곳 너의 아버지 집 앞에서 내 이름을 부르며 노래하고, 춤추고, 손뼉을 칠 수 있겠느냐?」

프란체스코는 덜덜 떨면서 듣고 있었지만, 대답을 하지 못했다. 위로부터 목소리가 다시 들렸지만, 이번에는 더 가깝게, 귓속에서 들렸다. 「너는 그 프란체스코를 발로 짓밟아 버릴 수 있겠느냐? 그에게 망신을 줄 수 있겠느냐? 그 프란체스코가 우리가 하나가 되는 것을 막고 있다. 그를 죽여라! 아이들이 따라다니며 돌을 던질 것이다. 젊은 여인들은 창가에서 내다보며 웃음을 터뜨릴 것이다. 그러면 너는 돌을 맞아 피를 뚝뚝 흘리면서도 버티고 서서 기쁜 마음으로 외쳐야 한다. 〈누구든지 나에게 돌멩이 하나를 던지는 사람은 하느님의 축복을 한 번 받고, 돌멩이 두 개를 던지는 사람은 하느님의 축복을 두 번 받고, 세 개의 돌을 던지는 사람은 세 번 축복을 받을 것입니다……〉 그렇게 할 수 있겠느냐? 할 수 있느냐……? 왜 말이 없느냐?」

프란체스코는 떨면서 듣고 있었다. 나는 못 해, 나는 못 해. 그는 혼잣말을 했지만 자기 생각을 입 밖에 내기가 부끄러웠다. 마침내 그가 입을 열었다.

「주님, 제가 광장 한가운데서 춤을 추며 당신의 이름을 불러야 한다면, 저를 다른 도시로 보내 주실 수는 없습니까?」

하지만 그 목소리는 준엄하고 노여움이 가득한 소리로 대답했다. 「안 된다! 아시시다!」

프란체스코의 눈에 눈물이 고였다. 그는 입술을 대고 있던 땅을 쳤다. 「주여, 자비를 베푸소서. 저의 영혼과 저의 몸이 준비할 시간을 주십시오. 사흘만 시간을 주십시오. 더는 필요 없으니 사흘 낮 사흘 밤만 주십시오.」

그러자 목소리가 호통을 쳤다. 이제는 프란체스코의 귓속이 아니라 창자 속에서 들렸다. 「안 돼, 지금 당장이다!」

「주님, 왜 그리 서두르십니까? 왜 그렇게 저에게 벌을 주려 하시나이까?」

「너를 사랑하기 때문이다……」 하느님의 목소리가 말했다. 이제 그 부드럽고 온화한 목소리는 프란체스코의 마음으로부터 들려왔다.

갑자기 모든 괴로움이 그의 가슴을 떠나고 어떤 힘이 느껴졌다. 그것은 프란체스코 자신의 힘이 아니라 전능의 힘이었다. 그는 일어섰다. 그의 얼굴이 빛나기 시작했다. 다리에도 힘이 생겼다. 그는 잠시 동굴 입구에 서 있었다. 해가 지고 있었다.

「네, 갑니다.」 그가 말했다. 그리고 성호를 그었다.

바로 그때 내가 구걸을 끝내고 돌아왔다. 자루에는 묵은 빵들이 가득했다. 그가 동굴 입구에 서 있는 것이 보였다. 그의 얼굴은 떠오르는 태양 같았다. 하도 눈이 부셔서 손으로 눈을 가려야 할 정도였다. 나는 그에게 이렇게 말할 참이었다. 프란체스코, 빵을 좀 얻어 왔어요. 하루 종일 아무것도 안 먹었으니 배고플 거예요. 자, 앉아서 먹읍시다. 그러나 나는 그런 말을 하기가 부끄러웠다. 그를 본 순간 그에게는 빵이 필요 없다는 것을 느꼈기 때문이다.

그는 나를 보자마자 손을 들었다.

「자, 갑시다.」 그가 말했다.

「어딜요?」

「뛰어넘으려고요!」

나는 또다시 그에게 무엇을 뛰어넘으려는지, 왜 뛰어넘으려는지 묻고 싶었지만 용기가 나지 않았다. 나는 이해할 수 없었다. 그렇지만 그는 큰 걸음으로 돌과 흙을 건너뛰며 서둘러 앞장섰고 우리는 함께 아시시로 갔다.

날이 어두워지고 있었다. 서쪽 하늘이 야생 버찌 색깔처럼 붉게 물들었다. 기묘한 형상의 자비로운 구름들이 일어나 한낮의 열기로 아직도 끓고 있는 대지를 식혀 주기 시작했다. 비옥한 움브리아 평원은 휴식을 취하고 있었다. 자신의 의무를 충실히 수행하여 인간에게 밀과 포도주와 올리브유를 안겨 주었고, 이제는 편히 쉬면서 또다시 땅속에 있는 씨앗들이 자라나 열매를 맺을 수 있도록 비를 내려 줄 것을 확신하며 하늘을 바라보고 있었다.

농부들은 느릿느릿 위엄 있게 발걸음을 옮기는 튼실하고 우직한 황소들을 앞세워 집으로 돌아가고 있었다. 그 소들은 잠깐씩 우리를 돌아보며 자애로운 눈길을 보냈다. 마치 우리 역시 하루의 일을 끝내고 건초와 귀리가 그득한 외양간이 그리워 아시시로 돌아가고 있는 또 다른 종류의 소들이라고 여기는 듯했다.

프란체스코는 깊은 생각에 잠긴 채 앞장서 걸어갔다. 때때로 그는 마치 누군가가 자신에게 말하기를 기다리고 있는 것처럼 걸음을 멈추고 하늘을 쳐다보며 열심히 귀를 기울였다. 그렇지만 나뭇잎을 스치는 부드러운 바람 소리나 멀리 아시시로부터 들려오는 개 짖는 소리 외에는 아무것도 들리지 않았다. 그럴 때마다 한숨을 쉬면서 그는 언덕을 다시 올라가곤 했다.

어느 한 지점에 이르러 그가 돌아서더니 내가 따라오기를 기다렸다.

「춤출 줄 알아요, 레오 형제?」 그가 나에게 부드럽고 은밀하게 물었다.

나는 웃었다. 「춤을 출 줄 아냐고요? 우리가 지금 결혼식에라도 가는 건가요, 그래요?」

「네, 결혼식에 가는 거예요. 우리는 지금 결혼식에 가고 있어요, 레오 형제. 그러니까 웃지 마세요. 하느님의 종이 결혼하려는 거예요.」

「어떤 종이오?」

「내 영혼이오. 그녀가 사랑하는 위대한 이와 결혼하려 해요.」

「하느님을 뜻하는 건가요, 프란체스코 형제?」

「맞아요, 하느님이에요, 레오 형제. 그러니까 우리는 베르나르도네의 집 앞에서 춤을 춰야 해요. 광장 한가운데서요, 레오 형제. 거기가 바로 결혼식이 치러지는 곳이거든요. 거기서 우리는 손뼉을 치며 노래를 불러야 해요. 그러면 사람들이 모여들어 우리에게 아몬드 케이크를 주는 대신 돌멩이를 던지고 레몬 껍질을 던짐으로써 나름대로 〈그들이 영원히 행복하게 살기를〉 빌어 줄 거예요.」

「그럼 아몬드 케이크와 월계수 잎과 레몬꽃은 어떻게 된 건가요? 도대체 왜 돌멩이와 과일 껍질을 던지나요, 프란체스코 형제?」

「그것이 신랑인 하느님께서 원하는 방식이니까요.」

그는 언덕을 다시 올라가기 시작했고 이후로는 말을 하지 않았다. 나는 그의 앙상한 종아리와 계속 걸리고 넘어져 피투성이가 되어 있는 맨발을 쳐다보았다. 그는 이제 아시시만 바라보며 뛰어가고 있었다. 갑자기 엄청나게 간절한 갈망이 느껴지며 다급한 느낌이 들었던 것이다. 그러나 우리가 성벽에 다다랐을 때 그의 무릎이 주저앉는 바람에 걸음을 멈추고 말았다.

「레오 형제.」 그는 숨을 헐떡이며 내 팔을 붙잡고 애원하는 목소리로 말했다.「당신은 그날 밤 올리브 산에서 그리스도께서 하늘을 향해 두 팔을 들고〈아버지, 제가 드리는 이 잔을 거두어 주소서〉라고 외쳤던 것을 기억합니까? 레오 형제, 그분의 이마에서는 땀이 비 오듯 흐르고 있었어요. 나는 그분을 봤어요, 레오 형제. 내가 거기서 그분을 봤다고요! 그분은 떨고 계셨어요.」

「진정하세요, 진정하세요, 프란체스코. 그렇게 떨지 마세요. 자, 우리 동굴로 돌아갑시다. 당신은 기도를 하며 지내고, 나는 구걸을 할게요. 그리고 저녁이 되면 마주 앉아 빵을 먹으며 하느님에 대해 얘기해요.」

나는 부드럽고 상냥하게 말했다. 불타오르는 그의 눈이 두려웠기 때문이다. 하지만 그는 이미 저 멀리 올리브 산 위로 가 있었기 때문에 나의 말을 듣지 못했다.

「그분은 떨고 있었어요.」 그가 다시 중얼거렸다.「그분은 떨고 있었지만……, 그 잔을 집어서 단숨에 다 비웠어요!」

그는 내 팔을 놓더니 결심이 선 듯 도시로 들어가는 성문을 통과했다. 그리고 나를 돌아다보며 손을 쳐들었다.

「자, 갑시다.」 그가 우렁찬 목소리로 말하더니 곧이어 속삭이듯 말했다.「그리스도여, 도와주소서!」

나는 뛰다시피 그를 따라갔다. 그가 얼마나 고통스러워하는지를 알기에 그 고통을 함께 나누고자 바짝 따라붙었다. 인간의 영혼은 무엇을 닮았을까? 나는 프란체스코의 창백한 얼굴과 떨고 있는 몸을 보면서 계속 나 자신에게 물었다. 인간의 영혼은 과연 무엇을 닮았을까? 알이 가득한 둥지일까, 하늘을 바라보며 비를 기다리는 목마른 대지일까? 인간의 영혼이란 하늘로 올라가는 〈오〉 하는 신음 소리이다.

프란체스코는 돌아서서 나를 쳐다보았다. 「돌아가고 싶으면 돌아가세요, 레오 형제.」

「난 안 돌아가요.」 내가 대답했다. 「당신이 떠난다 해도 난 있을 거예요.」

「오, 내가 떠날 수만 있다면, 내가 도망칠 수만 있다면! 그렇지만 난 그럴 수가 없어요.」

그는 눈을 들어 하늘을 쳐다보았다.

「하느님, 물을 보아도, 빵을 보아도, 무엇에 입을 맞춰도 거기에는 당신의 얼굴이 있습니다. 목마를 때도, 배고플 때도, 정결을 지킬 때도 당신의 얼굴이 보입니다. 그러니 제가 어떻게 당신을 피할 수 있겠습니까?」

그는 깡충깡충 뛰면서 첫 번째 좁은 골목길로 접어들었고 이내 산조르조 광장에 도착했다. 거기에서 그는 펄쩍펄쩍 뛰고 손뼉을 치면서 외치기 시작했다. 「이리 오세요, 모두 모이세요! 이 새로운 미치광이의 말을 들어 보세요!」

*

그때는 사람들이 당나귀에 짐을 가득 싣고 포도원과 참외밭에서 돌아오는 시간이었다. 상인들과 공장 근로자들은 가게 문을 닫고 친구들과 어울려 포도주를 마시며 잡담을 즐기기 위해 선술집으로 모여들고 있는 중이었다. 나이 많은 할머니들은 자기 집 문간에 나와 앉아 있었다. 그들은 눈이 침침해 잘 보이지 않았지만 신경 쓰지 않았다. 아시시의 거리와 사람들과 당나귀 같은 것에 흥미를 잃은 지 이미 오래였기 때문이다. 반면에, 그런 토요일 저녁이면 말끔히 씻고 새 옷으로 갈아입은 젊은 아가씨들과 청년들이 좁고 길게 뻗어 있는 거리를 떼 지어 돌아다니고 있었다. 하늘의 구름은 흩어졌고, 서늘한 바람이 불어와 아가씨들 머리에 맨 리본들이 나풀거리면 청년들은 흥분하며 여자들에게 동경과 욕망의 시선을 던졌다. 선술집에서는 류트 소리가 울려 퍼지기 시작했다.

갑자기 웃고, 외치고, 야유하는 소리가 들렸다. 모든 사람들이 돌아다보았다. 프란체스코가 광장 한쪽 끝에서 옷을 걷어붙이고 깡충깡충 뛰면서 춤추고 있는 것이 보였다. 「이리 오세요, 모두 모이세요!」 그가 소리쳐 부르고 있었다. 「형제들, 이리 오세요, 새로운 미치광이의 말을 들어 보세요!」

아이들은 깔깔 웃고 그의 뒤를 떼 지어 따라다니며 돌을 던졌다.

나는 달려가 지팡이로 아이들을 위협하면서 쫓았지만 골목마다 더욱 많은 애들이 쏟아져 나왔고 곧 그들이 모두 합세해서 프란체스코를 공격했다. 그는 평온하게 웃으면서, 가끔씩 뒤를 돌아다보고 아이들을 향해 팔을 뻗으며 외쳤다. 「누구든지 나에게 돌맹이 하나를 던지는 사람은 하느님의 축복을 한 번 받고, 돌맹이 두 개를 던지는 사람은 하느님의 축복을 두 번 받고, 세 개의 돌을 던지는 사람은 세 번 축복을 받을 것입니다.」 말을 마치기 무섭게 소나기가 쏟아지듯 그에게 돌맹이가 날아왔다.

그의 이마와 턱에서 피가 흘러내리고 있었다. 술집에서 사람들이 달려 나와 너털웃음을 웃어 댔다. 심지어 아시시의 개들까지도 자극을 받아 한꺼번에 프란체스코를 향해 짖어 대기 시작했다. 내가 대신 돌을 맞을 셈으로 프란체스코 앞에 나섰지만 그는 나를 밀어냈다. 그는 온몸이 피투성이가 된 채 기뻐 날뛰며 춤을 추고 있었다.

「형제들이여, 들으시오.」 그가 노래를 불렀다. 「새로운 미치광이의 노래를 들어 보시오!」

사람들은 모두 웃음을 터뜨리며 고함을 질렀다. 젊은이들은 그의 목소리를 눌러 버리려고 휘파람을 불고 고양이 우는 소리며 개 짖는 소리를 내기 시작했다. 아가씨들은 고대 사원의 기둥 둘레에 모여 비명을 지르고 있었다. 그때 건너편 술집에서 누군가가 소리쳤다.

「어이, 자네는 베르나르도네의 잘 먹고 잘 노는 아들 프란체스코 아닌가? 좋아, 자네의 새로운 광기에 대해 말해 보게. 그것이 무엇인지 어디 들어 보세!」

「말해 봐요, 말해요, 말해 보라고!」 터지는 웃음소리의 합창과 함께 사방에서 외쳐 댔다.

프란체스코는 사원의 계단으로 올라가서 야유를 퍼붓는 군중들에게 두 팔을 벌리고 외쳤다. 「사랑하시오! 사랑하시오! 사랑하시오!」 그러고는 펄쩍펄쩍 뛰고, 춤추고, 외치면서 광장 한쪽 끝에서 다른 쪽으로 달려가기 시작했다.

궁전같이 으리으리한 집 발코니에 기대선 한 아가씨가 그를 지켜보며 울고 있었다.

「클라라!」 그녀를 부르는 소리가 들렸다. 「클라라!」

그러나 그녀는 꼼짝도 하지 않았다.

갑자기 나의 피가 얼어붙는 듯했다. 성난 고함 소리가 들리더니 군중들이 길을 비켰고 순식간에 야유를 멈추었다. 거구의 남자가 앞으로 뛰쳐나와 프란체스코의 목덜미를 잡았다. 그의 아버지 베르나르도네 씨였다.

「따라오너라!」 아버지는 화가 나서 아들을 잡아 흔들며 소리를 질렀다.

그러나 프란체스코는 사원의 기둥 하나를 꽉 붙들었다.

「어딜 가요?」 그가 소리쳤다. 「난 아무 데도 안 가요!」

「집으로 가자!」

「나의 집은 이곳이에요. 여기 광장이라고요. 그리고 나를 놀려 대는 이 사람들이 모두 나의 아버지와 어머니예요.」

늙은 베르나르도네는 격분했다. 두 팔로 아들의 허리를 끌어안고 기둥으로부터 떼어 내려고 애썼다.

「난 안 가요!」 프란체스코가 기둥을 더욱 세게 끌어안으며 외쳤다. 「나에게는 아버지도, 어머니도 없어요. 집도 없어요, 오로지 하느님이 계실 뿐이에요.」

그러곤 잠시 조용했다가 다시 외치기 시작했다. 「오직 하느님! 오로지 하느님뿐이에요!」

군중들이 폭소를 터뜨렸다.

「우리에겐 심심풀이 익살꾼이 없었는데 잘됐군.」 쥐새끼 같은 얼굴을 한 사람이 말했다. (그는 사바티노였다. 나는 그를 알아보았다.) 「자, 주님을 찬양하라. 베르나르도네의 아들을 보내 주셨으니……! 이봐, 거기, 하느님의 잘 훈련된 곰 프란체스코, 우리를 위해 펄쩍펄쩍 뛰라구! 춤을 추라구!」

모든 사람이 웃으며 소리쳤다.

그 순간 아시시의 주교가 우연히 광장을 지나가게 되었다. 그는 존경받는 어른으로서 온화한 목소리에 착하고 순박한 영혼을 지닌 사람이었다. 그는 지옥을 생각하면서도 떨고, 천국을 생각하면서도 떠는 사람이었고, 또한 사탄에게 더 이상 항거할 생각 하지 말고 회개하고 낙원으로 조용히 돌아오라고 끊임없이 간청

115

하는 사람이었다.

그날 밤 그는 습관대로 도시의 빈민 구역을 돌아보고 오는 길이었다. 주교 뒤에는 가난한 사람들에게 나눠 주기 위해 음식을 가득 담아 가지고 갔다가 다 비운 광주리를 든 부제가 따라오고 있었다. 주교는 상아 손잡이가 있는 긴 홀장(笏杖)을 들고 길을 가던 중에 울부짖는 소리가 들리자 걸음을 멈췄던 것이다. 프란체스코는 아직도 소리치고 있었다. 「나에게는 집이 없어요, 오직 하느님! 오직 하느님뿐이에요!」 사람들은 허리가 끊어질 정도로 웃어 댔다.

주교는 누군가가 위험에 처해 있고 아시시의 하느님의 대리자인 자기의 도움을 간절히 바라고 있다고 생각했다. 그는 속도를 내서 다가갔다.

아직은 완전히 어두워지지 않고, 마지막 황혼 빛이 남아 있으므로 주교는 프란체스코를 알아보았다. 그리고 늙은 베르나르도네가 아들을 떼어 내려고 안간힘을 쓰고 있는 것을 보았다. 주교가 홀장을 들어 올렸다.

「베르나르도네 씨.」 그가 엄격한 목소리로 말했다. 「당신 같은 지역 유지가 많은 사람들 앞에서 구경거리를 만드는 것은 부끄러운 일이오. 만일 당신과 아들 사이에 의견 차이가 있다면 우리가 판정을 해줄 테니 당신들 둘 다 주교관으로 오시오.」

그는 프란체스코에게 돌아섰다. 「젊은이, 거부하지 말게. 자네는 하느님을 부르고 있었는데, 나는 이곳 아시시의 하느님의 대리자라네. 나를 따라오게!」

그제야 프란체스코는 붙잡고 있던 기둥을 놓았다. 주교는 그 옆에 있는 나를 보았다.

「당신도 같이 가세, 레오 형제.」 그가 말했다. 「오르막이 시작되고 있소.」

주교가 앞장을 서고 프란체스코와 내가 그 뒤를 따르고, 늙은 베르나르도네는 투덜대며 우리들 뒤를 따라왔다. 그보다 더 뒤에 약간 거리를 유지하며 흥분한 군중들이 굽실거리고 시선을 떨군 채 따라왔다.

프란체스코가 잠시 나를 향해 조용히 물었다. 「레오 형제, 두렵습니까? 부끄럽습니까? 다시 한 번 말하지만, 돌아가고 싶으면 돌아가세요. 이런 일에 굳이 연루될 필요가 뭐 있습니까? 어서 가세요!」

「프란체스코 형제, 당신과 함께 있는 한 나는 두렵지도, 부끄럽지도 않습니다. 내가 살아 있는 한 당신을 떠나지 않을 겁니다.」

「아직 시간이 있어요.」 그가 고집스럽게 주장했다. 「당신에게 너무 미안해서 그래요. 어서 가세요!」

그 말에 나는 더 이상 참을 수가 없어 울음을 터뜨렸다.

프란체스코는 내 어깨를 가볍게 두드렸다.

「좋아요, 좋아요, 하느님의 작은 사자. 그렇다면 같이 있어요.」

우리는 주교관에 도착해서 어둠이 내린 안마당으로 들어갔다. 우리들 뒤로 베르나르도네의 아들이 처한 상황에 대해 고소해하는 몇몇 유명 인사들이 달려왔고 이어 수많은 마을 사람들이 안으로 밀고 들어왔다.

하인들이 넓은 회당 안을 밝히기 위해 촛대에 불을 붙였다. 주교의 자리 위쪽에 걸린 십자가에는 잘 먹어 살이 찌고 볼이 발그레한 그리스도가 있었다. 주교는 성호를 긋고 자신의 자리에 앉았다. 베르나르도네 씨는 주교의 오른편으로 가서 섰고, 프란체스코는 왼편으로 가서 섰다. 뒤쪽으로는 대여섯 명의 유명 인사들이 죽 서 있었고 그보다 더 뒤쪽으로 벽 앞에는 마을 사람들이

서 있었다.

나는 그날 밤에 일어났던 일을 모두 기억하고 있다. 주교의 말, 프란체스코의 부드러움과 찬란함, 베르나르도네의 분노. 하지만 나는 프란체스코가 하느님과 인간 앞에 알몸으로 섰던 가장 중요한 순간을 위해 이제 나의 이야기를 서두르겠다.

이미 말했다시피, 주교는 자기 자리로 올라가 성호를 그었다.

「피에트로 베르나르도네 씨.」그가 말했다.「나는 하느님의 이름으로 들을 것입니다. 당신이 아들에 대해 가지고 있는 불만이 무엇입니까?」

「주교님.」늙은 베르나르도네가 거칠고 화가 난 목소리로 대답했다.「저의 아들은 제정신이 아닙니다. 이상한 꿈을 꾸고, 허공에서 들려오는 목소리를 듣고, 저의 금고에서 돈을 훔쳐다가 탕진해 버렸습니다. 이놈은 나를 파멸시키고 있습니다! 얼마 전까지는 향락을 일삼느라 돈을 썼어요. 그러나 저는 젊어서 한때 그러다가 나아지겠지 하고 생각했었습니다. 그러나 이제는 모든 희망이 사라졌습니다. 누더기를 걸치고 다니면서 동굴에서 잠을 자고, 시도 때도 없이 울고 웃고 하더니, 근래에는 허물어진 교회를 수리하는 일에 미친 듯이 매달리고 있습니다. 그러더니 오늘 밤에는 그 병의 정도가 지나쳐서 아시시 광장 한가운데서 사람들의 웃음거리가 되면서 노래 부르고 춤을 추기 시작했습니다…… 이놈은 우리 가문의 수치입니다. 저에게 이제 이런 놈은 필요 없습니다!」

「그래서요……?」베르나르도네가 머뭇거리는 것을 보고 주교가 물었다.

「그래서……」늙은 베르나르도네가 아들의 머리에 팔을 올려놓으며 말했다.「나는 이제 하느님과 여러분 앞에서 이놈과 의절

하고, 재산 상속도 하지 않겠습니다. 이놈은 이제부터 저의 아들이 아닙니다.」

그 말을 들은 유명 인사들과 사람들 사이에서 나지막이 웅성거리는 소리가 났지만, 주교가 손을 내젓자 다시 조용해졌다. 그는 머리를 떨군 채 듣고 있던 프란체스코를 향해 물었다.

「그리스도의 아들 프란체스코여, 이에 대해 자신을 변호할 말이 있는가?」

프란체스코는 머리를 들었다.

「없습니다.」 그가 대답했다. 「다만 이것은……」

그리고 누가 말릴 틈도 없이 재빠른 동작으로, 입고 있던 벨벳옷을 벗어 둘둘 말아 뭉친 다음 한마디 말도 없이 차분하게 몸을 구부려 베르나르도네의 발 앞에 갖다 놓았다.

그리고 나서 어머니로부터 이 세상에 태어나는 순간에 그러했듯이 완전히 벌거벗은 몸으로 주교 앞에 가서 섰다.

「주교님.」 그가 말했다. 「이 옷들도 원래 저분의 것입니다. 그래서 돌려 드립니다. 저분은 이제 아들이 없고, 저는 아버지가 없습니다. 우리의 관계는 완전히 청산되었습니다.」

우리 모두는 놀라서 입을 다물지 못하고 서 있었다. 많은 사람들의 눈에서 눈물이 흘렀다. 베르나르도네는 몸을 굽혀 옷 뭉치를 집어 들어 겨드랑이에 끼었다.

주교가 자리에서 내려왔다. 그의 눈도 젖어 있었다. 그리고 자신의 망토를 벗어 벌거벗은 프란체스코에게 둘러 주었다.

「자네, 그렇게 한 이유가 뭔가?」 침울해하면서 힐난조로 물었다. 「이 많은 사람들 앞에서 부끄럽지도 않은가?」

「하나도 부끄럽지 않습니다, 주교님. 오직 하느님 앞에서만 부끄러울 뿐입니다.」 프란체스코가 겸손하게 대답했다. 「저는 오직

119

하느님 앞에서만 부끄럽습니다. 용서하십시오, 주교님.」

그리고 회당 안에 있는 명사들과 군중을 향해 말했다.

「형제들이여, 하느님께서 나에게 무엇을 명하셨는지 들어 보십시오. 나는 지금까지 피에트로 베르나르도네 씨를 아버지라 불렀습니다. 그러나 이제부터는 〈하늘에 계신 우리 아버지〉를 아버지라 부를 것이며 지상에서의 모든 관계를 끊을 것입니다. 이제 하늘에 있는 나의 집으로 돌아갈 수 있도록 새로운 힘을 얻으려는 것입니다. 형제들이여, 잘 들으세요. 이것이 바로 저의 새로운 광기입니다.」

늙은 베르나르도네는 더 이상 참을 수가 없다는 듯 입에 거품을 문 채 갑자기 주먹을 쥐고 프란체스코에게 달려들었다. 그러나 주교가 그를 붙들어 겨우 막을 수 있었다.

「당신은 이제 프란체스코에게 아무 권한이 없습니다. 분노를 가라앉히십시오, 베르나르도네 씨!」 주교가 말했다.

베르나르도네는 사나운 눈초리로 회당 안을 둘러보았다. 그의 머리에서는 김이 피어오르고 있었다. 저주를 퍼붓고 싶은 심정을 억제하기 위해 입술을 깨물더니 겨드랑이에 낀 옷 뭉치를 꽉 눌러 잡고 미친 듯이 화를 내며 회당 문을 때려 닫고 나가 버렸다.

그러자 주교가 나에게 말했다. 「정원사에게 가서 헌 옷을 한 벌 얻어다가 프란체스코의 벌거벗은 몸을 감싸 주도록 하시오.」

나는 즉시 달려가서 수없이 깁고 또 기워 입었던 낡아 빠진 코트 하나를 얻어 가지고 돌아왔다. 프란체스코는 분필로 등에다 십자가를 그려 넣은 다음 그 코트를 입었다.

그는 허리를 굽혀 주교의 손에 입을 맞춘 다음 명사들과 군중들에게 말했다. 「안녕히 계십시오, 형제들. 여러분의 영혼에 하느님의 자비가 내리시길!」

주교는 프란체스코를 안마당까지 잠깐 바래다주면서 그의 귀에 대고 조용히 속삭였다. 「조심하게, 프란체스코, 아무래도 정도가 좀 지나친 것 같네.」

「그렇게 해야 하느님을 찾을 수 있습니다, 주교님.」 프란체스코가 대답했다.

주교는 머리를 저었다. 「미덕에도 절제가 필요하다네. 그렇지 않으면 교만이 될 수 있다네.」

「인간에겐 절제가 필요하지만, 하느님은 그것을 초월하십니다. 그리고 지금 저는 하느님을 향해 나아가고 있습니다, 주교님.」 이렇게 말하고 프란체스코는 서둘러 주교관 대문 쪽으로 나갔다. 그에겐 지체할 시간이 없었다.

주교는 연민의 정을 느끼며 그의 손을 꼭 잡았다. 「그래도 너무 서두르지 말게. 내 눈에는 자네 머리 주변의 공기가 갈등과 분노와 피로 가득 차 있는 것이 보인다네. 싸우러 떠나려거든 꼭 나를 만나고 가게. 이렇게 나이를 먹기까지 나는 좋지 않은 경험을 많이 했다네. 이제부터 자네가 겪게 될 많은 것을 나는 이미 겪었지. 그러니 자네를 도와줄 수 있을 걸세.」

「네, 주교님의 축복을 받으러 오게 될 것입니다.」 이렇게 말하고 프란체스코는 대문의 문턱을 넘어 성큼성큼 나갔다.

*

나는 뛰어서 뒤쫓아 갔고 우리는 거리로 들어갔다. 달은 아직 떠오르지 않았고 바깥은 아주 캄캄했다. 하늘에는 구름이 덮여 있었고 축축한 바람이 불어왔다. 산 위에는 이미 비가 내리고 있는 것이 틀림없었다.

거리는 텅 비어 있었다. 집집마다 램프에 불이 켜져 있었고 사람들은 저녁 식탁에 앉아 있었다. 우리 둘은 한참을 거리의 한가운데 서 있었다. 어디로 가야 하나? 어느 방향으로 가야 하나, 평원으로 가야 하나 산으로 가야 하나, 황야로 가야 하나 마을로 가야 하나? 하느님은 우리의 왼쪽에도 계시고 오른쪽에도 계시고, 평원에도 계시고 산에도 계셨다. 어느 쪽이든 모두 신성한 길이었다.

프란체스코는 아직 결정을 내리지 못하고 길 한가운데 꼼짝도 않고 서 있었다.

「이제 우린 어디로 갈 거죠, 프란체스코 형제?」 내가 물었다.

프란체스코가 조용히 천진난만하게 웃더니 대답했다. 「천국으로요. 아직도 모르겠어요? 우리는 이 세상에 작별을 고하고 이미 뛰어올랐어요. 하느님의 이름으로 앞으로 나아가요, 레오 형제!」

그는 수바시오 산을 향해 오른쪽으로 돌았다.

우리는 북문을 지나 거칠고 황폐한 지역으로 들어가 비탈길을 올라가기 시작했다. 프란체스코는 오랫동안 말이 없었다. 그는 내 앞에서 어둠 속을 걸어갔고 나에게는 그의 야윈 몸이 마치 길을 양쪽으로 가르는 칼처럼 보였고, 헐렁헐렁한 그의 누더기 코트는 바람 속에서 한 쌍의 날개처럼 펄럭였다.

나는 피곤하고 배가 고팠다. 잠시 걸음을 멈추고 아시시를 내려다보았다. 아직도 등불들이 밝혀 있었고, 여전히 사람들이 떠드는 소리와 개 짖는 소리가 들려왔다. 짓눌려 고통으로 가득 찬 듯한 가느다란 은빛 달이 하늘가에 나타났다.

내 발소리가 안 들리자 그가 돌아다보았다. 「왜 머뭇거리는 거예요, 레오 형제?」 내가 뒤쪽에 있는 어두운 도시를 뚫어져라 쳐다보고 있는 것을 보고 그가 불렀다. 「왜 뒤를 돌아다봅니까……? 그리스도의 가르침을 잊었어요? 당신의 발에서 아시시의 먼지를 다 털어 버리세요. 당신의 아버지와 어머니의 먼지, 모든 인간들의 먼지를 모두 털어 버리세요!」

「걱정 마세요, 프란체스코 형제, 지금 난 바로 그렇게 하고 있는 중이에요. 먼지를 털어 내고 있다고요.」내가 대답했다.

맙소사! 하느님은 나를 영웅도 아니고 겁쟁이도 아니게 만드셨고, 나의 영혼은 그 둘 사이를 끊임없이 왔다 갔다 하며 날아다녔다.

우리는 다시 출발했다. 프란체스코는 행복하고 만족스러워하며 이번에도 어머니의 모국어로 부드럽게 노래를 부르기 시작했다. 그는 다시 한 번 하느님의 명령을 수행했다. 아시시의 거리 한가운데서 노래를 부르고 춤을 추었으며, 아버지와 어머니를 버렸고, 자신을 이 세상에 묶어 놓던 쇠사슬을 끊어 버리고 자기 자신을 구했다. 그가 산다미아노 성당을 수리하라는 하느님의 첫 번째 명령을 수행할 때도 똑같이 그렇게 노래 부르지 않았던가? 두 번째 과업은 더욱 어려웠고, 그 때문에 기쁨도 훨씬 더 컸다.

우리는 떡갈나무 숲에 들어섰다. 슬픈 듯 창백한 달빛이 나뭇가지와 돌멩이들 위로 비쳤다. 가끔씩 우리들 머리 위로 부엉이가 조용히 날아갔다. 프란체스코가 한참 노래를 부르고 있을 때 갑자기 나무 뒤에서 사람들의 무거운 발소리와 거친 숨소리가 들려왔다. 프란체스코는 즉시 노래를 중단했고, 우리는 꼼짝 않고 서 있었다.

「산적들의 은신처가 여기 있어요. 우린 이제 끝장이에요!」내가 말했다.

「우리에겐 끝날 것이 하나도 없는데 뭐가 끝장이에요?」프란체스코가 대답했다. 「두려워하지 마세요.」

우리가 얘기하고 있을 때 나뭇가지 부러지는 소리가 들리더니 발소리가 점점 가까이 들렸다. 그리고 느닷없이 험상궂게 생긴 남자들 대여섯 명이 단검을 들고 우리들 앞으로 튀어나왔다. 두 명은 나를 잡아 땅바닥에 내동댕이쳤고, 나머지는 프란체스코에게 달려들었다.

「넌 누구야?」 그들이 이를 갈며 소리쳤다.

「나는 위대한 왕의 사자요.」 프란체스코가 침착하게 대답했다.

「근데 여긴 무슨 일로 왔어?」

「나는 내 형제인 산적들을 하늘나라에 초대하러 왔소. 위대한 왕께서 결혼 잔치를 베풀고 계십니다. 그 아들이 결혼을 하는데 왕께서는 당신들도 그 축제에 참석하기를 원하십니다.」

산적들 중 한 사람이 프란체스코에게 횃불을 가까이 비추면서 그의 창백하고 굶주린 얼굴과 피로 얼룩진 맨발과 누더기 코트를 살펴보았다. 그들 모두가 웃음을 터뜨렸다.

「아니, 네가 위대한 왕의 사자라고? 맨발에 누더기를 걸친 너 같은 거지가!」 그들이 빈정거리며 외치더니 지갑을 뺏기 위해 온몸을 뒤지기 시작했다.

그러나 아무것도 없었다. 그다음에는 내가 메고 있던 자루를 뒤졌지만 역시 아무것도 찾지 못했다. 빵 부스러기 하나조차 없었다. 그들은 다시 횃불을 대고 프란체스코를 훑어보았다.

「미친놈이 틀림없어.」 그들 중 하나가 말했다. 「공연히 시간만 낭비하고 있는 거야.」

「이놈들을 실컷 두들겨 준 다음 저 도랑에다 처박아 버리자고.」 다른 사람이 말했다. 「그렇게 하면 그래도 시간을 완전히 낭비한 것은 아닐 테니까.」

그들은 들고 있던 쇠꼬리 채찍을 들어 올리더니 우리를 사정없이 내리치기 시작했다. 나는 고통으로 울부짖었다. 그러나 프란체스코는 채찍을 맞을 때마다 성호를 그으며 「하느님께 감사」라고 중얼거렸다.

산적들은 웃음을 터뜨렸다.

「맙소사, 이놈은 미치광이가 아니라 성자네.」 그들 중 하나가 말했다.

「그게 그거지, 그렇지 않아?」 두목처럼 보이는 다른 사나이가 대답했다. 「그놈들 이제 찍소리도 못할 테니 들어다 도랑 속에 처박아.」

그들은 우리의 발과 어깨를 잡아 도랑 속에 던져 버리더니 낄낄거리고 욕설을 퍼부으면서 가버렸다.

프란체스코가 손을 뻗어 나의 등을 쓰다듬었다.

「아파요, 레오 형제?」 그가 물었다.

「그럼 당신은 안 아프단 말인가요, 프란체스코 형제!」 나는 화를 내며 대답했다. 「아시다시피 내 등은 살로 되어 있어요. 그리고 언젠가는……」

「그렇게 육신을 모독하지 말아요, 레오 형제. 우리가 언젠가 육신 또한 조만간 성령이 될 수 있다고 했던 말을 기억하세요. 그리고 정말로 이미 그렇게 되었어요! 난 조금도 아프지 않아요, 레오 형제, 전혀 안 아파요. 당신께 맹세해요.」

도랑은 깊었다. 우리는 기어 나오려고 애를 썼지만 번번이 미끄러져 다시 바닥으로 굴러 떨어지곤 했다.

「여기도 꽤 괜찮은 장소군요, 레오 형제.」 프란체스코가 말했다. 「우리는 오늘 밤에 묵을 곳을 찾고 있었잖아요. 그렇죠? 바로 여기예요. 주님께서 충만하신 은총으로 우리에게 이곳을 주셨어요. 그러니까 여기서 잡시다. 아침이 되면 하느님께서 햇살을 비춰 우리에게 길을 알려 주실 거예요.」

날씨가 추웠으므로 우리는 서로 기대어 웅크린 채 눈을 감았다. 나의 등은 계속 쿡쿡 쑤셨지만 너무나 기진맥진했기 때문에 곧바로 잠들었다. 프란체스코도 잠을 잤을까? 잘 모르겠다. 그렇지만 아무래도 그는 잠을 자지 않은 것 같다. 잠결에 간간이 노래 부르는 소리 같은 것을 들었기 때문이다.

아침이 되자 우리는 네 발로 기어 도랑을 빠져나와 다시 방랑을 시작했다. 때때로 우리는 꽤 오랫동안 아무 말도 하지 않았고, 때로는 잠깐씩 하느님이나 날씨에 대해서, 혹은 다가오는 겨울에 대해서 얘기를 나누었다. 그리고 멀리 마을이 나타나면 프란체스코는 기뻐하면서 나의 소매를 잡아끌었다.

「어서 와요, 레오 형제.」 그는 이렇게 말하곤 했다. 「어서요, 꾸물거리지 말아요. 저기 보이는 작은 집들 속에 틀림없이 구원받기를 갈망하는 영혼이 있을 거예요. 우리 어서 가서 그 영혼을 찾읍시다!」

우리가 마을에 들어가기만 하면 프란체스코는 마치 자기가 마을의 전령인 양 이렇게 외치곤 했다.

「여보세요, 마을 사람들, 이리 나와 보세요! 내가 여러분께 무료로 나눠 드리려고 새로운 물건을 가져왔어요. 선착순이에요……! 공짜예요! 공짜! 공짜라고요!」

우리는 길에서 숫양의 목에 달아 주는 커다란 방울을 주웠었다. 프란체스코는 길거리에서 그 방울을 울리면서 소리쳐 외쳤다. 그 소리를 들은 주민들은 남녀노소 할 것 없이 우리가 무엇을 공짜로 주는지 보려고 달려왔다. 그러면 프란체스코는 돌 위에 올라가 사랑에 대해 설교했다. 우리는 하느님도 인간도, 친구도 적도 모두 사랑해야 합니다. 우리는 동물도 새도 그리고 우리가 밟고 서 있는 땅도 모두 사랑해야 합니다. 그는 정신 나간 것처럼 사랑에 대해 연설을 하다가, 자신의 생각을 나타낼 말을 더 이상 찾을 수 없게 되면 울음을 터뜨렸다. 많은 사람들이 그의 말을 들으며 웃음을 터뜨렸고, 어떤 사람들은 화를 냈다. 아이들은 그에게 돌을 던졌다. 몇몇 사람은 슬그머니 그에게 다가와서 손에 입을 맞추었다. 그런 다음 그는 집집마다 돌며 손을 내밀어 구걸했다. 사람들은 우리에게 상한 빵 몇 조각을 주었다. 그러고 나서 우물에 가서 물을 마시고 우리는 다시 다른 마을을 향해 길을 떠나곤 했다. 얼마나 많은 날들과 주일을 이런 식으로 보냈는지 나는 도저히 기억할 수 없다. 시간은 돌고 돌며 빨리 흘러갔다.

이제는 그 이름도 잊어버린 어떤 작은 마을에 갔을 때, 우리는 거기서 프란체스코와 함께 파티를 즐기며 같이 놀았던 프란체스코의 옛 친구와 마주쳤다. 그는 프란체스코가 광장 한가운데서 춤을 추고, 노래 부르고, 소리치며 새로운 상품을 파는 것을 보았다. 그가 놀라서 프란체스코에게 달려왔다.

「프란체스코, 나의 옛 친구.」 그가 외쳤다. 「자네가 왜 이렇게 되었나? 누가 자네를 이 지경으로 만들었어?」

「하느님이야.」 프란체스코가 미소 지으며 말했다.

「실크 옷들이며, 모자에 꽂았던 붉은 깃털, 그리고 금반지는 다 어디 갔어?」

「그건 모두 사탄이 나에게 빌려 줬던 것이야. 이제는 다 돌려줬다네.」

그 친구는 프란체스코의 머리끝에서 발끝까지 의심스러운 눈초리를 보내면서 수백 수천 번 기워 입은 누더기 옷과 맨발, 맨머리를 살펴보았다. 그러나 그는 여전히 황당해했다.

「어디서 오는 길인가, 프란체스코?」 마침내 연민이 가득한 목소리로 그가 물었다.

「다음 세상으로부터.」프란체스코가 대답했다.

「그럼 어디로 갈 건가?」

「다음 세상으로.」

「그런데 왜 노래를 부르나?」

「길을 잃지 않도록 하기 위해서라네.」

그 친구는 절망감으로 머리를 저었다. 그는 틀림없이 마음 착한 사람이었던 것 같다. 그는 프란체스코의 손을 잡더니 나에게 따라오라는 눈짓을 했다. 나는 그 뒤를 따라갔다.

「내가 제대로 이해했다면, 나의 옛 친구 프란체스코여, 자네는 이 세상을 구원하고자 하는 것 같네. 하지만 내 말을 잘 듣게. 이제 겨울이 되었어. 함께 우리 집으로 가서 내가 따뜻한 코트를 한 벌 줄 테니 받아 주게. 그렇지 않으면 얼어 죽을 거야. 그러면 어떻게 세상을 구원할 수 있겠나?」

「나는 하느님을 입고 있다네.」프란체스코가 대답했다.「난 춥지 않아.」

그 친구가 웃었다.「자네가 하느님을 입고 있다고? 하지만 그것만으론 충분치 않아. 자네에겐 따뜻한 코트도 필요해. 자네는 벌레조차 불쌍하게 여겨 밟지 않으려 하는 사람이잖아. 그러니 자네의 몸도 역시 불쌍히 여기게. 자네의 몸도 벌레나 마찬가지니까 코트로 감싸 주게……. 그리고 이걸 잊지 말게.」망설이는 프란체스코를 보면서 그가 덧붙였다.「이 세상을 구원하기 위해서는 자네의 몸도 필요하다는 것을 잊지 말게. 육신 없이는…….」

「자네 말이 맞아.」프란체스코가 말했다.「그건 교육의 결과야, 자네는 똑똑한 친구야……! 맞아, 육신도 필요하지. 앞장서게!」

우리는 그의 집에 도착했다. 그 친구는 부자임이 분명했다. 어떤 방으로 들어가더니 양치기들이 입는 것과 같은 종류의 길고 두꺼운 양털 옷과 신발 한 켤레, 그리고 양치기용 지팡이를 들고 나왔다.

「우리 집 양치기의 옷이라네. 이걸 입게.」 그가 말했다.

프란체스코는 양털 옷을 보더니 그것을 집어 들고 크기를 대보았다. 길이가 발목까지 내려왔다. 옷에 달려 있는 후드를 썼다 벗었다 하면서 어린애처럼 웃었다.

「맘에 드는걸.」 드디어 그가 말했다. 「특히 가을 들판을 갈아엎어 놓은 듯한 색깔이 마음에 든다네. 흙을 생각하게 해주지. 루피노, 그리스도의 이름으로, 여기 있는 내 친구 레오 형제에게도 이런 걸 하나 주게나.」

친구는 그의 말을 듣고 아주 기뻐했다.

「그 얼마나 좋은 일이겠는가?」 그가 말했다. 「만일 내가 자네에게 준 이 옷을 자네가 수도복으로 입었기 때문에 내가 인류에 길이 기억될 수 있다면 말야! 자네 혹시 성 베네딕트회 같은 것을 세울 생각인가?」

「그런 걸 내 뜻으로 하겠나 아니면 하느님께서 하겠나? 그건 하느님께 물어봐야 하는 거라네. 나도 물어보겠네.」

그는 옆으로 물러나 새 옷으로 갈아입더니 마당에서 주운 밧줄을 허리띠로 삼았다. 그사이 그의 친구가 나에게 줄 옷을 가지고 왔다. 나도 그 옷으로 갈아입고 밧줄로 허리를 둘러매었다. 등이 따스했다. 그 친구는 나의 동냥 자루에 양식을 가득 채워 주었다.

프란체스코는 친구가 돌아오자마자 그에게 손을 뻗었다.

「이 진흙 손으로 악수하세!」 그의 말에 친구는 웃으면서 프란체스코의 손을 꼭 잡았다.

「나의 사랑하는 친구, 루피노 형제여, 자네가 준 이 옷으로 인해 언젠가는 하느님께서 자네를 천국에 들어가게 해주시도록 빌겠네……. 그럼 다시 만날 때까지!」

「어디서 만나? 천국에서?」 루피노가 웃으며 물었다.

「아니, 이 지상의 왕국에서. 언젠가는 자네 역시 완전한 기쁨의 길을 걸을 수 있도록 해주시기를 하느님께 빌겠네.」

우리는 다시 출발했다. 날씨가 추웠다. 하늘에는 구름이 잔뜩 끼었다.

「그것 보세요.」 프란체스코가 웃으며 말했다. 「우리가 무얼 먹을까 무얼 입을까 걱정하지 않아도 하느님께서 우리 대신 생각해 주시고, 루피노를 통해서 자루에 가득한 양식과 양털 옷 두 벌을 보내 주셨잖아요.」

*

우리는 아이들처럼 새 옷을 입고 좋아하며 동쪽을 향해 나아갔다. 사람들에게는 우리가 아마도 멋있는 군복을 차려입고 전쟁터를 향해 발걸음을 재촉하고 있는 것처럼 보였을 것이다.

「레오 형제, 이 세상에서 오직 기쁨은 하느님의 뜻대로 행하는 것이에요. 왜 그런지 알아요?」

「내가 어찌 알겠습니까, 프란체스코 형제? 가르쳐 주십시오.」

「하느님이 원하는 것. 그것이, 그것만이, 또한 우리가 원하는 것이기 때문이에요. 그러나 우리는 그것이 무엇인지를 모릅니다. 하느님은 우리에게 찾아와 영혼을 일깨우고, 비록 알고 있지는 못하지만 영혼이 진정 원하는 것이 무엇인지를 가르쳐 주십니다. 이것은 비밀이에요, 레오 형제. 하느님의 뜻을 행한다는 것은 가장 깊은 곳에 숨어 있는 내 자신의 뜻을 행한다는 의미죠. 아무리 하찮은 사람이라도 속에는 하느님의 종이 잠들어 있습니다.」

「그렇다면 산다미아노 성당을 수리하게 된 것도 그런 이유였습니까? 당신이 그것을 원하고 있었지만 자기 자신은 모르고 있다 가 하느님께서 꿈속에 오셔서 가르쳐 주신 것이었습니까? 당신 이 어머니와 아버지를 버리게 된 것도 그런 이유였습니까?」

「바로 그거예요. 뿐만 아니라 당신이 모든 것을 버리고 나를 따 르는 것 역시 그런 이유죠.」

「그렇지만, 프란체스코 형제, 우리는 때때로 많은 것을 원합니 다.」 내가 이의를 제기했다. 「그 모든 것 중에서 어느 것이 하느님 의 뜻인가요?」

「가장 어려운 것이오.」 프란체스코가 한숨을 쉬며 대답했다.

멀리서 천둥이 우르르 꽝 내리쳤다. 곧 비가 내릴 것 같았다.

「프란체스코 형제, 그럼 지금 당신의 내면 깊은 곳에서 당신이 원하는 것은 무엇입니까? 하느님께서 알려 주기 전에 당신은 그 걸 알 수 있습니까?」

프란체스코는 머리를 숙이고 마치 무언가를 열심히 듣고 있는 것 같았다.

「알 수 없습니다.」 마침내 다시 한숨을 쉬면서 그가 말했다. 「내면 깊은 곳에서 내가 무엇을 원하지 않는지는 알고 있는데, 무 엇을 원하는지는 모르겠습니다.」

「그럼 당신이 원하지 않는 것은 무엇입니까, 프란체스코 형제? 당신이 무엇보다 싫어하고 두려워하는 것이 무엇입니까? 이렇게 묻는 것을 용서해 주십시오.」

프란체스코는 잠시 망설이더니 입을 열었다가는 다시 다물어 버렸다. 그러나 결국 말하기로 마음먹었다.

「내가 가장 싫어하는 것은……, 문둥이들입니다. 나는 그들을 보기만 해도 참을 수가 없어요. 심지어 길 가는 사람들이 가까이 오지 않도록 알려 주기 위해 그들이 흔드는 종소리를 멀리서 들는 것만으로도 기절할 지경입니다. 하느님, 저를 용서하십시오. 이 세상에서 문둥이들보다 더 메스꺼운 것은 없습니다.」

그는 침을 뱉었다. 갑자기 구역질과 현기증을 느꼈던 것이다. 그러고는 나무에 기대 겨우 정신을 차렸다.

「인간의 영혼은 사악하고, 나약하고, 불쌍한 것입니다……. 사악하고, 나약하고, 불쌍해요……」 그가 중얼거렸다. 「주님, 당신께선 언제 인간의 영혼을 불쌍히 여기고 구제해 주시겠습니까?」

비가 내리기 시작했다. 우리는 옷에 달린 후드를 올려 쓰고 가장 가까운 마을로 가기 위해 빨리 걸었다. 한 젊은 처녀가 반대 방향에서 오고 있었다. 「저에게 축복을 내려 주세요, 하느님의 성자들.」 그녀가 우리에게 인사를 건네며 말했다. 프란체스코는 가슴에 손을 대고 답례를 보냈지만 눈을 들어 그녀를 보지는 않았다. 그녀는 예쁘고, 건강하고, 명랑했다.

「당신은 왜 계속 땅만 쳐다보았습니까?」 내가 물어보았다.

「내가 어떻게 감히 그리스도의 신부를 쳐다볼 수 있겠습니까?」 그가 대답했다.

우리는 걷고 또 걸었다. 하지만 사람 사는 마을은 어디에도 없었다. 그곳은 버려진 곳이었다. 이내 날이 어두워졌다. 빗발은 계속해서 점점 더 굵어지고 있었다.

「어디 동굴이라도 찾아 들어갑시다.」 내가 말했다. 「하느님께선 우리가 이렇게 계속 가는 것을 원치 않으실 겁니다.」

「당신 말이 맞아요. 레오 형제, 하느님께선 우리가 이렇게 계속 가는 것을 원치 않으세요. 다시 말하면, 우리 자신이 이렇게 가고 싶지 않은 거죠!」

어둠 속에서 산 중턱을 온통 헤맨 끝에 우리는 동굴 하나를 찾아 들어갔다. 프란체스코는 만족스러워하며 드러누웠다.

「하느님께서 비를 보내셨어요.」 그가 말했다. 「그렇지만 우리에게 후드도 주시고, 비가 점점 심하게 내리니까 동굴도 마련해 주셨어요.」

「그것이 진정한 지혜지요.」 내가 말했다.

「아뇨. 진정한 친절이지요.」 프란체스코는 내 말을 바로잡아 주었다.

나는 자루를 열고 프란체스코의 친구 루피노가 헤어질 때 우리에게 준 양식 중에서 약간을 꺼냈다. 우리는 너무나 지쳐 있었으므로, 음식을 먹고 나서 곧 눈을 감고 잠자리에 들었다. 나는 건초 부스러기처럼 곯아떨어졌다. 슬프지만, 나에게는 잠을 못 이룰 만큼 큰 걱정거리가 없었다. 그러나 프란체스코는 전혀 잠을 못 잔 것 같았다. 새벽녘에 그가 소리를 지르며 벌떡 일어섰다.

「일어나요, 레오 형제.」 그가 발가락으로 나를 쿡쿡 찌르며 불렀다. 「어서 일어나요, 날이 밝았어요.」

「밖이 아직 어두운데요, 프란체스코 형제, 왜 그렇게 서두르십니까?」 내가 잠에 취해 대답했다.

「내가 서두르는 게 아니에요, 레오 형제, 그분이에요, 하느님이오! 일어나세요!」

나는 일어났다. 「꿈을 꾸었나요?」

「아뇨, 밤새도록 한잠도 못 잤어요. 새벽이 되어 눈을 감고 하느님께 이렇게 기도를 올렸어요.〈아버지, 제가 잠들게 해주세요. 저는 일꾼이에요. 당신의 일꾼이에요. 나는 당신이 명하신 것을 행했어요. 저는 산다미아노 성당을 수리했어요. 그리고 아시시에서 춤추며 웃음거리가 되었어요. 어머니와 아버지도 버렸어요. 그런데 왜 제가 잠 못 들게 하십니까? 저에게 무엇을 더 원하십니까? 그 정도면 충분하지 않습니까?〉

그때 내 위에서 어떤 잔인한 소리가 들려왔어요. 아니, 위에서가 아니라 내 안에서요. 〈그것으론 충분치 못해!〉

맹세컨대 나는 잠을 자지 않았어요, 레오 형제. 그것은 꿈이 아니었어요. 어쩌면 다른 모든 것이 꿈일지도 몰라요, 당신도, 나도, 이 동굴도, 비가 내리는 것도. 하지만 그 목소리만은 꿈이 아니었어요.

〈충분치 않다니요?〉 나는 겁에 질려 소리쳤어요. 〈그럼 당신께선 저에게 무엇을 더 원하십니까?〉

〈이미 날이 밝았다. 일어나서 너의 길을 떠나거라. 내가 너를 위해 비를 멈추게 해줄 것이니 너의 길을 떠나거라. 너는 곧 종소리를 듣게 될 것이다. 내가 너에게 보내는 문둥이를 만나게 될 것이다. 그에게 달려가서, 끌어안고 입을 맞추거라……. 듣고 있느냐? 너는 내 말을 안 듣고 있는 것 같구나. 왜 대답을 하지 않느냐?〉

나는 더 이상 참을 수가 없어 〈당신은 저의 아버지가 아닙니다〉라고 소리쳤어요. 〈당신은 인간을 사랑하지 않습니다. 당신은 무자비하고, 모든 권력을 쥐고 우리를 놀리고 있습니다. 조금 전에 당신은 길을 가면서 제가 도저히 문둥이를 만질 수 없다고 동료에게 한 말을 듣고, 그 즉시 저를 문둥이의 품속으로 던져 넣고 싶으신 거군요. 그렇다면 가난하고 불쌍한 인간이 당신을 발견하기 위해서는 그런 방법 외에 좀 더 쉽고, 좀 더 편안한 다른 길이 없다는 뜻입니까?〉

내 몸속에서 누군가가 웃음을 터뜨리며 나의 창자를 둘로 찢어놓았어요.

잠시 후 그 목소리가 〈그런 길은 없다〉라고 말하더니 갑자기 조용해졌어요……」

프란체스코는 동굴 입구에 불안하게 서서 두려운 듯이 바깥쪽을 내다보고 있었다. 나는 그의 말에 전율을 느꼈다.

「그래서 지금은요?」 깊은 동정심으로 그를 쳐다보며 내가 물어 보았지만 그는 내 말을 듣지 못했다.

「그래서 지금은요?」 내가 다시 물었다.

이번에는 그가 돌아다보았다. 「〈지금〉이라는 말은 하지 마세요.」 그가 얼굴을 찌푸리며 말했다. 「〈지금〉이라는 것은 세상에 없어요. 그 사람을 찾으러 가게 어서 일어나세요.」

「누구요?」

프란체스코는 목소리를 죽였다. 나는 그의 몸이 고통으로 떨고 있는 것을 느꼈다.

「문둥이요.」 그가 부드럽게 대답했다.

우리는 동굴을 나왔다. 바깥은 점점 밝아지고 있었다. 비는 멈췄다. 하늘에서는 구름들이 하느님의 입김에 불려 쫓겨 가는 것처럼 밀려가고 있었다. 잎사귀마다 반짝이는 물방울이 매달려 있고 물방울 속에는 영롱한 무지개가 들어 있었다.

출발하자마자 우리는 아침 안개 속에서 아직까지 잠들어 있는 평원을 향해 아래로 내려갔다. 프란체스코는 큰 발걸음으로 앞에서 갔다. 그는 서두르고 있었다.

산 위로 해가 솟았다. 대지는 점점 따뜻해졌고 우리 역시 그러했다. 멀리 아래쪽에 소나무 숲 뒤로 큰 도시가 보였다.

「저게 무슨 도시죠, 레오 형제?」 프란체스코가 물었다.

「모든 것이 혼란스러워요, 프란체스코 형제. 모든 것이 생전 처음 보는 것처럼 느껴져요……. 아마 라벤나일 거예요.」

갑자기 프란체스코가 걸음을 멈추고 내 팔을 잡았다. 그의 얼굴이 하얗게 질렸다.

「당신에게도 들려요?」 그가 소리 죽여 물었다.

「아뇨, 무엇이오?」

「종소리……」

그의 말을 듣고 보니, 아직은 멀리 떨어져 있는 평원에서부터 실제로 종소리가 들려오고 있었다. 우리는 둘 다 꼼짝 못하고 서 있었다. 프란체스코는 아래턱을 덜덜 떨었다. 종소리는 계속 가까워지고 있었다.

「그가 오고 있어요……」 프란체스코는 나에게 몸을 기댄 채 말을 더듬었다. 이제는 온몸을 와들와들 떨고 있었다.

「여길 떠납시다, 어서 도망가자고요.」 나는 이렇게 소리치면서 프란체스코를 안전한 곳으로 옮기기 위해 그의 허리를 껴안았다.

「우리가 어딜 갈 수 있겠어요? 도망가자고요? 하느님으로부터 도망을 가요? 가엾고 불쌍한 레오 형제, 어떻게? 어떻게 도망을 쳐요?」

「다른 길로 가면 돼요, 프란체스코 형제.」

「우리가 가는 길마다 문둥이가 있을 거예요. 이제 보세요. 모든 거리가 문둥이들로 가득 차 있을 테니. 우리가 그들의 팔에 안기기 전에는 절대 사라지지 않을 거예요. 그러니까, 레오 형제, 각오를 단단히 해요. 그리고 앞으로 나아갑시다!」

이제는 종소리가 나무 뒤에서 들리는 것처럼 가까이 왔다.

「용기를 가져요, 프란체스코, 나의 형제여.」 내가 말했다. 「하느님께서 당신이 그것을 견딜 수 있는 힘을 주실 거예요.」

그러나 프란체스코는 이미 앞으로 튀어나가고 있었다. 나무숲으로부터 문둥이가 나타났다. 그는 방울이 잔뜩 달린 지팡이를 들고 있었는데, 지팡이를 흔들어 행인들이 피하도록 경고를 보냈다. 프란체스코가 두 팔을 벌리고 자신에게 달려오는 것을 보자 그는 너무 놀라서 날카로운 비명을 질렀고, 마치 갑자기 기진맥진하여 무릎이 주저앉는 것처럼 걸음을 멈췄다. 나는 공포에 사로잡힌 채 가까이 가서 그를 살펴보았다. 썩어 가는 코의 반은 이미 떨어져 나갔고, 손에는 손가락들이 없고 뭉툭한 밑동만 있었다. 입술의 상처에서는 고름이 흐르고 있었다.

프란체스코는 문둥이에게 자신을 내던져 그를 껴안은 다음 머리를 숙여 그의 입술에 입을 맞추었다. 그러고는 문둥이를 팔로 안아 올려 자신의 옷으로 감싸 주고 천천히 무거운 걸음을 옮기며 도시를 향해 걸어가기 시작했다. 틀림없이 그를 맡길 수 있는 병원이 근처에 있을 것 같았다.

그는 걷고 또 걸었다. 나는 눈에 눈물이 가득 고인 채 뒤에서 그를 따라갔다. 나는 하느님이 가혹하다고 생각했다. 그것도 너무 가혹하시다. 인간을 조금도 불쌍하게 여기지 않는다. 그렇다면 조금 아까 프란체스코가 나에게 말한 것은 무엇인가? 하느님의 뜻이 바로 우리가 미처 깨닫지 못하고 있는 우리 자신의 내면 깊숙이 있는 뜻이라고 하지 않았던가? 아니다, 절대 그렇지 않다! 하느님은 우리가 원치 않는 것을 우리에게 요구하면서 「그것이 내가 원하는 것이다」라고 말하는 것이다. 그분은 우리가 싫어하는 것을 시키면서 이렇게 말한다. 「그것이 내가 좋아하는 것이다. 너를 불쾌하게 만드는 것을 하라. 그것이 나를 기쁘게 하는 것이기 때문이다!」 그래서 보다시피, 가엾은 프란체스코는 문둥이의 입술에 입을 맞춘 다음 그를 팔에 안고 갔다.

우리가 가을의 굵은 햇살을 느꼈을 때는 해가 거의 중천에 떠올라 있었다. 이제는 윤곽을 드러낸 도시가 햇빛 속에서 우리 눈앞에 나타났다. 종탑들과 교회와 집들이 반짝이고 있었다. 도시가 가까워지고 있었다.

나는 프란체스코가 느닷없이 걸음을 멈추는 것을 보았다. 그가 몸을 구부려 문둥이를 보려고 옷을 옆으로 벌렸다. 그러더니 갑자기 큰 소리를 질렀다. 옷 속에 아무것도 없었던 것이다!

프란체스코는 돌아서서 나를 쳐다보았고 무슨 말을 하려는 듯 입술을 벌렸다 닫았다 하면서 아무 말도 하지 못했다. 그러나 그의 얼굴은 눈부시게 환했다. 불타고 있는 듯했다! 그의 콧수염, 구레나룻, 코, 입, 모든 것이 불타서 없어져 버린 듯했다.

마침내 그의 눈에서 눈물이 흘렀고, 그가 땅에 엎드려 흙에 입을 맞추기 시작했다. 나는 그대로 서서 덜덜 떨고 있었다. 그것은 문둥이가 아니었다. 그것은 프란체스코를 시험하기 위해 문둥이 형상으로 이 세상에 내려온 그리스도 자신이었다.

마을 사람 하나가 나타났다. 프란체스코가 땅에 엎드려 울고 있는 것을 보고 걸음을 멈추었다.

「이 사람에게 무슨 일이 있습니까?」 그가 물었다. 「왜 울고 있습니까? 혹시 산적의 습격을 받고 얻어맞았나요, 그런 건가요?」

「아닙니다.」 내가 대답했다. 「조금 전에 그리스도께서 이곳에 오셨었어요. 그가 그리스도를 보았기 때문에 기뻐서 울고 있는 것입니다.」

그 마을 사람은 어깨를 으쓱하고 웃으면서 지나갔다.

프란체스코가 눈을 뜨고 하늘을 쳐다보았다. 그리고 다시 시선을 내려 나를 쳐다보았다. 그는 아직도 말을 하지 못했다. 그는 나에게 미소를 지었고 나는 즉시 길 한가운데 있는 그의 옆으로 땅에 엎드린 다음 그에게 떨어진 성스러운 천둥의 효과를 가라앉혀 주기 위해 그에게 입 맞추고 그의 얼굴을 부드럽게 어루만지기 시작했다. 그의 몸에서는 아직도 김이 올라오고 있었다.

나는 우리가 말 한마디 없이 얼마나 오랫동안, 몇 시간 동안이나 길 한가운데서 쭉 뻗고 엎드려 있었는지 모르겠다. 우리가 일어나서 주변을 둘러보았을 때는 해가 지고 있었다. 프란체스코에게 다시 말하는 능력이 돌아왔다.

「당신도 봤지요, 레오 형제? 이해할 수 있었어요?」

「봤어요, 프란체스코 형제, 그렇지만 내가 이해할 수 있었던 것은 오로지 하느님께서 우리에게 장난을 치고 있다는 거예요.」

「레오 형제, 나는 이렇게 이해했어요. 만일 우리가 모든 문둥이들, 불구자들, 죄인들의 입에 입을 맞춘다면……」

그는 자신의 생각을 다 말하기가 두려운 듯 말을 멈췄다.

「가르쳐 주세요, 프란체스코 형제, 말하세요. 나를 캄캄한 무지의 세계에 버려두지 마세요.」

드디어 오랜 침묵 끝에 그가 몸을 떨며 중얼거렸다.

「이런 모든 사람들에게 당신이 입을 맞춘다면, 오, 하느님, 이런 말을 하는 저를 용서하시길……. 그들 모두는 그리스도가 되는 거예요.」

*

우리가 마침내 그 큰 도시에 도착했을 때는 밤이었다. 키가 크고 울창한 소나무 숲이 보였고, 어슴푸레한 불빛 속에 서 있는 둥근 탑들을 알아볼 수 있었고, 주변 어디에서나 바다 냄새가 물씬 풍겼다. 소금기 느껴지는 공기 냄새를 맡으니 기분이 상쾌해졌다. 드디어 그 유명한 라벤나 시에 도착한 것이었다.

「나는 라벤나가 맘에 들어요.」 프란체스코가 말했다. 「왕궁들과 교회와 고대의 영광이 가득한, 참으로 웅대한 도시군요.」

「여기서 겨울을 납시다.」 내가 말했다. 「이제 우기예요. 강물도 불어 있는데 이런 상황에서 어딜 가겠습니까? 다른 데와 마찬가지로 여기에도 틀림없이 당신을 기다리고 있는 영혼들이 있을 거예요, 프란체스코 형제.」

우리는 지쳐 있었다. 더 이상 걸을 수가 없어 도시 외곽에 있는 유명한 산타 아폴리나리우스 수도원에서 멈췄다. 문에는 빗장이 걸려 있었다. 이미 밤이 깊어 안으로 들어가기에는 너무 늦었다. 비가 억수로 퍼붓기 시작했다.

「오늘은 이 문 앞에서 자고 아침이 되면, 하느님이 그렇게 뜻하신다면, 예배를 드리러 들어갈 수 있을 거예요.」

갑자기 그가 시장기를 느꼈다.

「혹시 자루 속에 남은 음식이 있나요, 레오 형제?」그가 물었다.

「없습니다, 아무것도 없고 양의 방울뿐이에요. 오늘은 마을을 하나도 들르지 않았어요. 배가 고프세요?」

「괜찮아요. 내일은 먹겠지요. 여기는 큰 도시니까 어딘가, 어느 집에선가 바로 우리를 위해 구워 놓은 빵 한 조각이 기다리고 있겠지요.」

우리는 성호를 긋고 두 마리의 거머리처럼 대문에 달라붙어 누웠다. 비에 젖고 추위를 느껴 우리는 서로 팔을 엇갈려 가까이 껴안았다.

「프란체스코 형제.」 내가 말했다. 「나에게는 지금까지 평생 동안 풀지 못한 수수께끼 같은 문제가 있어요. 제발 가르쳐 주세요. 어떤 사람들은 구걸도 하지 않고 자선을 베풀어도 그것조차 받아들이지 않아요. 다른 사람들은 구걸은 하지 않지만 자선은 받아들여요. 그리고 또 어떤 사람들은 적극적으로 구걸을 해요. 어떤 것이 옳은 것입니까?」

「거룩한 겸손은 손을 내밀어 구걸하고 주어지는 대로 받아들이는 것입니다, 레오 형제. 그 외는 모두 교만입니다. 부자는 가난한 사람에게 줄 의무가 있어요. 그러니까 그들이 의무를 다할 수 있는 기회를 주어야 합니다……. 이제 그 정도면 됐어요. 더 이상은 묻지 마세요. 이제 주무세요. 당신도 피곤하고 나도 지쳤어요. 안녕히 주무세요.」

나는 프란체스코가 하느님과 단둘이 있고 싶어 한다는 것을 알았기 때문에 얘기를 멈추고 눈을 감았다. 밤새도록 그가 말하고, 때로는 웃고, 때로는 우는 소리가 잠결에 들렸던 것 같다.

다음 날 아침 우리 두 사람은 수도원 문 앞에 서서 문지기가 나타나 문을 열어 주기를 기다렸다. 이미 날이 밝아 대문 창살 사이로 들여다본 안마당에는 월계수나무와 사이프러스나무들이 보였고 한가운데 대리석 우물이 있고 둥근 지붕의 수도원 방들이 사방으로 줄지어 있었다. 그 뒤로 동방에서 온 낯설고 기술이 뛰어난 장인이 짓고 아름답게 장식한 것으로 유명한 교회가 있었다.

해가 떴다. 문지기가 열쇠를 가지고 나타났다. 그 사람은 야위고, 부루퉁한 표정에 맨발이었으며, 곱슬곱슬하고 양이 적은 흰 턱수염을 가지고 있었다. 그는 이가 없는 잇몸 사이로 무언가를 우물우물 씹어 먹고 있다가 우리를 보자마자 표정이 사나워졌다.

「거지들인가?」 그가 화를 내며 물었다. 「이 수도원에는 네놈들 같은 비렁뱅이에게 줄 빵이 없어. 이 건달 같은 놈들아!」

「우리는 건달들이 아닙니다, 문지기 양반.」 프란체스코가 상냥하게 대답했다. 「우리도 당신과 마찬가지로 일을 합니다. 우리도 역시 열쇠를 가지고 열었다 닫았다 합니다.」

「도대체 뭘 열고 닫아, 이 사기꾼들아!」

「지옥문이오.」

「지옥문이라고?」

「네, 지옥이오, 우리의 마음이오.」

문지기는 사나운 개처럼 으르렁거렸지만, 아무 말도 하지 않았다. 열쇠를 자물통 속에 넣고 돌리더니 빗장을 풀어 우리를 들어 가게 했다. 수도사들은 그들의 방에 있지 않았다. 아침 예배가 이미 시작되어 감미로운 찬송가가 울려 퍼졌다. 햇빛이 수도원 정원 가득 들어와 있었다. 새들도 깨어났고 젊은 수사가 우물에 몸을 기댄 채 물을 긷고 있었다. 교회 양옆으로 칼처럼 가늘고 길게 쭉 뻗은 키가 큰 사이프러스나무 두 그루가 대천사들처럼 서 있었고 정원 한가운데에는 그윽한 향기 속에 무성한 월계수나무가 있었다.

프란체스코가 이파리 하나를 따서 거기에 입을 맞췄다. 그 잎을 불붙인 촛불처럼 손 위에 똑바로 세워 들고 교회 문을 열고 들어갔다. 나는 목이 말랐다. 물을 마시기 위해 젊은 수사가 두레박을 끌어올릴 때까지 한참 동안 기다렸다. 다시 기운을 차렸을 때 나는 성호를 긋고 우리에게 목마름과 물을 주시는 하느님께 감사드리고 큰 걸음으로 교회 안으로 들어갔다.

수사들이 자기 자리에 앉아 찬송가를 부르고 있었다. 향긋한 향냄새가 풍겼다. 스테인드글라스 창문을 통해 들어오는 햇빛은 붉은색, 녹색, 파란색을 띠고 있었다. 나는 프란체스코가 돌바닥에 무릎을 꿇고 앉아 황홀한 듯 제단 위의 둥근 천장을 뚫어지게 쳐다보는 모습을 슬쩍 엿보았다.

나도 눈을 들어 올렸다. 지금 내 눈앞에 보이는 이 기적은 무엇일까? 이것이 천국일까? 나는 성 아폴리나리우스가 황금색 법의를 입고 두 팔을 벌린 채 기도하고 있는 모습을 한가운데 새겨 넣은 녹색과 흰색, 황금색으로 된 커다란 모자이크를 쳐다보았다. 그의 양옆에는 사이프러스나무와 천사들, 눈처럼 흰 양 떼, 그리고 과일이 주렁주렁 달린 나무들이 있었다. 오 하느님, 이 푸름과 싱그러움과 감미로움은 무엇입니까? 이 얼마나 평화롭고 영원한

고요인지요. 영혼이 죽는 날까지 풀을 뜯어 먹을 수 있는 이 얼마나 푸른 풀밭인지요! 시골뜨기인 나조차 감정을 억누를 수가 없었다. 나도 프란체스코 옆에 꿇어 엎드려 흐느껴 울기 시작했다.

「조용히 하세요.」 프란체스코가 부드럽게 말했다. 「울지도 말고, 웃지도 말고, 말하지도 마세요. 그저 당신 자신을 내맡기세요.」

그날 하루 종일 우리 중 어느 누구도 단 한마디의 말도 하지 않았던 것 같다. 나는 우리가 어떻게 교회를 떠났는지, 혹은 수사들이 우리에게 빵 한 조각이라도 주었는지, 우리가 언제 도시로 들어갔는지 기억이 나지 않는다. 내가 기억할 수 있는 것은 오로지 우리가 사람들과 탑과 왕궁들이 있는 거리를 오르내리며 돌아다니면서도, 푸른 초원 한가운데 성자가 서 있고 새하얀 양 떼들이 그에게 인사드리려고 즐겁게 달려오고 있고 그 위로 아주 커다란 십자가가 두 팔을 벌려 허공을 끌어안고 있는 것을 보았을 뿐이라는 것이다.

저녁 무렵에 우리는 넓은 광장에서 멈추었다. 광장 한가운데에는 길 잃은 어린 양을 우리로 돌려보내기 위해 양을 어깨에 메고 있는 그리스도 상이 있었다. 장사를 해서 먹고사는 사람들은 가게 문을 닫고 있었다. 인근의 다른 마을에 사는 처녀 총각들이 서로 보거나 보이기 위해 모여들고 있었다. 비는 그쳤다. 비에 씻겨 깨끗해진 공기 속에서 솔향기가 풍겨 왔다. 프란체스코는 마치 사람들을 불러 모아 새로운 광기에 대해 설교하려는 듯 잠깐 양의 방울을 손에 집더니, 이내 마음을 바꿔 먹었다. 다른 생각을 하고 있는 것이 틀림없었다. 그는 허리에 둘러매고 있던 매듭 지은 허리띠에 방울을 매달고 땅바닥에 주저앉아 지나다니는 사람들을 지켜보기 시작했다.

나는 그의 옆에 웅크리고 앉았다. 그가 갑자기 나를 돌아다보았다.

「레오 형제, 나는 그런 초원을 전에 어디선가 본 적이 있어요. 성 아폴리나리우스와 그의 양치기 천사가 양 떼에게 풀을 뜯기던 그 초원 말이에요. 그런데 어디서일까요? 언제일까요? 기억해 내려고 아무리 애써도 도저히 생각이 안 나요. 혹시 꿈속에서 보았을까요?」

그는 말이 없었다. 그러다가 갑자기 손뼉을 쳤다.

「아, 생각났어요!」그가 외쳤다. 「드디어 생각났어요, 주님께 감사! 언제 어디서 봤는지 하는 문제가 몇 시간 동안이나 나를 괴롭혔는데 이제 그 답을 찾았어요.」 갑자기 그의 얼굴이 빛났다. 그의 눈에는 영롱한 눈물이 고였다.

「나의 내면에서였어요!」그는 행복하게 중얼거렸다.

어둠이 내리고 있었다. 밤이 깊어지면서 우리는 라벤나 시가 내뱉는 수많은 소리들을 더욱 잘 들을 수 있었다. 그 도시는 수천 개의 머리를 가진 배부른 짐승처럼 어둠 속으로 뻗쳐 있었다. 수많은 사람들과 개들과 말들이 류트와 기타처럼 생긴 수많은 입을 가지고 울고, 웃고, 짖고, 노래를 부르고 있었다. 우리는 한밤의 어둠에 묻혔고, 한순간 나에게는 가운데 서 있는 그리스도가 우리로 돌려보내기 위해 메고 가는 것이 어린 양이 아니라 라벤나인 것처럼 보였다.

「무슨 생각을 하고 있어요?」 내가 예수 상을 뚫어지게 쳐다보고 있는 것을 보고 프란체스코가 물었다.

「저분이 메고 계신 것이 어린 양이 아니라 라벤나라는 생각을 하고 있었어요, 프란체스코 형제.」

「아니에요, 레오 형제. 그건 라벤나가 아니에요. 라벤나가 아니라 이 세상이에요. 이 세상 전체요.」

우리는 또다시 침묵에 빠졌다. 그때 사나운 얼굴을 한 노인이 다가와서 우리 앞에 섰다. 체구가 크고, 코밑수염은 깨끗이 깎이고 백발의 턱수염은 길게 비비 꼬여 있었다. 술집으로부터 새어 나오는 불빛 덕분에 우리는 햇빛에 그을린 그의 얼굴에 칼자국이 있는 것을 볼 수 있었다.

그는 우리 옆에 주저앉았다. 우리가 마지막에 주고받은 말을 엿들었던 것이다.

「실례하오.」 그가 말했다. 「나는 당신들이 말도 없이 빈 자루를 메고 배회하고 있는 것을 보았소. 당신들은 거지들 같기도 하고 거지들이 아닌 것 같기도 했소. 그런데 마침내 조금 아까 당신들이 말하는 것을 들었는데, 그 말이 마음에 들었소. 지금까지 한동안 나는 당신들이 도대체 어떤 사람들인지 궁금했었소. 거지들일까, 게으른 놈팡이들일까, 병자들일까, 성자들일까? 지금도 도저히 알 수가 없소.」

프란체스코가 웃더니 손가락을 들어 우리들 위쪽에 있는 그리스도 상을 가리켰다.

「보세요. 우리는 길 잃은 어린 양들이에요. 그래서 울면서 사방으로 그리스도를 찾아다니고 있어요. 그리스도는 우리들을 찾지 않아요, 우리가 그분을 찾아다니고 있지요.」

「그래서 이곳 라벤나에 그분을 찾으려고 왔소?」 노인이 빈정거리는 어투로 물었다.

「은혜로우신 우리 주님께서는 어디에나 계십니다.」 프란체스코가 대답했다. 「하지만 어디에서 그분이 몸을 낮추고 스스로 우리를 찾아오실지는 알 수 없습니다. 아마도 라벤나로 찾아오실지도 모르죠.」

그 노인은 백발이 성성한 머리를 저었다. 「나 역시 한때는 그분을 찾아다녔소.」 그가 흰 수염을 천천히 쓰다듬으며 조용히 말했다. 「그런데 그를 아주 멀고 먼 지구의 다른 쪽 끝에서 전쟁 통 속에서 만났다네. 그분은 나에게 나타나기 위해 인간의 얼굴을 하고 위대한 왕의 모습으로 나타났다네.」

그는 가슴이 찢어지는 듯한 한숨을 내쉬었다. 프란체스코가 달려들어 그 노인의 무릎에 손을 올려놓았다.

「어르신.」 그가 말했다. 「저 위에 계신 그리스도의 이름으로 당신께 간청하옵니다. 제발 어디서 어떻게 만나셨는지 말씀해 주십시오. 우리도 그분을 찾을 수 있도록 도와주십시오.」

노인은 머리를 떨군 채 한참 동안 말이 없었다. 우리는 그가 말 없는 가운데 어떤 말을 해야 할지, 어떻게 시작해야 할지를 가늠하고 있음을 알 수 있었다. 왜냐하면, 그가 몇 번이나 입을 열려다가는 다물어 버리고 다시 침묵을 이어 갔기 때문이다.

「지금으로부터 20여 년 전에 동방에서였지.」 마침내 그가 말하기 시작했다. 「향수와 악취가 동시에 풍기는 신기한 동방 세계의 거룩한 성지 예루살렘에서였소. 그곳에는 성인들의 그림에서 볼 수 있는 것과 같은 대추야자나무들과 그보다 더 이상한 나무들과 사람 키만큼 자라는 일종의 포도나무 덩굴 같은 것이 있었소. 여자들은 유령처럼 머리끝부터 발끝까지 뒤집어쓰고 다녔고, 어쩌다 보이는 그들의 발톱에는 손바닥이나 발바닥과 마찬가지로 빨간 페인트가 칠해져 있었소. 전쟁 통에 여자들 몇 명을 사로잡아 베일을 벗겨 보았기 때문에 잘 알고 있소…… 그리고 남자들은 무법자 같은 사라센 사람들이었소. 그들은 말에 올라타는 순간에 말과 한 몸이 되었는데 어디까지가 말이고 어디부터가 사람인지를 도저히 분간할 수 없었소. 머리가 두 개, 다리는 여섯 개지만

146

하나의 영혼이었소! 그리고 그들의 술탄 살라딘은 그때까지 내가 본 누구보다도 건장한 사람이었소. 그는 온통 금과 진주로 장식한 옷을 입고 전속력으로 질주하는 말 위로 뛰어 올라탈 수 있는 사람이었소. 궁중에는 수많은 여자와 샘물과 장검 들이 있었고, 그는 책상다리를 하고 성묘(聖墓) 위에 올라앉아 콧수염을 비비 꼬며 기독교 세계를 위협하고 있었지.」

프란체스코가 한숨을 쉬었다.

「그런데 우리는.」 그가 말했다. 「하느님, 부끄럽습니다! 우리는 성묘를 구하러 일어서기는커녕 이곳 라벤나의 거리를 배회하며 구걸하고 게으르게 앉아 있습니다. 일어나요, 일어나요, 레오 형제! 왜 그렇게 앉아 있는 거요? 당신의 영혼을 해방시키고 싶다면, 성묘를 해방시켜야 해요!」

「만일 성묘를 해방시키고 싶다면, 당신의 영혼을 해방시키세요!」 나는 반대로 말했다.

노인이 머리를 저었다.

「그건 당신의 혈기 때문이오. 젊을 때는 무장을 하고 일어서면 이 세상을 정복할 수 있다고 생각하지. 나도 한때는 그랬으니까. 나는 이곳 라벤나에서 안정된 생활을 하고 있었소. 아이들도 있고, 밭이며 양이며, 내가 우리 아이 못지않게 아끼던 흰말도 있었지. 그러나 나는 타고 갈 말 한 마리 이외에는 모든 것을 버렸어. 붉은 천을 잘라 등에 십자가를 만들어 붙이고 성묘를 해방시키기 위해 떠난 거야.」

그는 잠시 말을 멈추고 손짓을 해 보였다.

「어디서부터 시작해야 하나?」 선뜻 말을 시작하기가 어려운 듯 그가 말했다. 「내 머릿속은 바다와 사막과 해자로 둘러싸인 보루가 있는 거대한 요새의 탑들로 가득 차 있었고, 그 한가운데에는 거룩한 예루살렘이 자리 잡고 있었소. 나는 어떤 때는 배를 타고 어떤 때는 말을 타고 여행을 계속하면서 수많은 야만인 무리들을 만났다네. 그들은 상상할 수 있는 모든 종류의 언어를 쓰는 다양한 종류의 사람들이었어. 가는 길에 그 유명한 콘스탄티노플이 있었소. 유럽과 소아시아라는 세계의 거대한 두 땅덩어리에 걸쳐 있는 도시지. 나는 그 도시를 보고 홀딱 반해 버렸다네. 그건 꿈 정도가 아니었지. 인간의 마음은 그런 기적을 받아들이기엔 너무 작다는 생각이 들었어. 잠으로도 불가능하지. 잠이 어떻게 우리에게 그런 꿈을 가져다줄 수 있겠나? 나는 왕궁들과 교회들, 축제들과 여성들을 끝없이 보고 또 쳐다보며 도시 전체를 돌아다녔어. 주님, 용서하십시오. 그러는 동안 성묘에 대해서는 까맣게 잊고 있었지. 그리고 마침내 예루살렘에 도착했을 때 그것은 이미 기독교도들의 손으로 넘어와 있었어. 그리고 예루살렘의 왕은……」

그는 자신의 턱수염을 잡더니 그걸 접어 올려 얼굴을 가렸다. 그리고 나서 한참 후에야 다시 말을 시작했다.

「그 왕은 스무 살짜리 소년이었다네. 사람들은 그를 보두앵이라고 불렀지만 나는 얼마 지나지 않아 그가 그냥 인간이 아니라 무언가 완전히 다른 존재라는 걸 깨달았지. 그렇다면 그 왕이 바로 내가 찾고 있는 그분일까? 이런 뻔뻔스러운 질문을 하는 것에 대해 하느님께 용서를 구하면서 자문해 보았다네. 그를 처음 보았을 때 내 몸은 떨렸어. 그리고 사라센인들이 예루살렘을 재탈환하기 위해 말과 낙타를 타고 공격해 왔다네. 왕이 소리 높여 외치자, 나팔이 울리고, 전쟁의 깃발이 하늘 높이 올라갔어. 우리들은 무장을 하고 예루살렘 외곽의 평원에 집결했지. 수천 명의 보병과 기병대가 왕이 나타나기를 기다리고 있었소.

그런데 그때……, 오, 내 마음이 찢어지는 아픔 없이는 내가 어떻게 그때를 회상할 수 있겠나? 바로 그때 나는 생전 처음으로 그를 보았고, 인간의 영혼은 전능하다는 것과, 온전한 하느님은 인간의 내면에 앉아 계시므로 우리가 하느님을 찾아 이 세상 끝까지 쫓아갈 필요가 없다는 것을 깨달았다네. 그러니까 우리가 해야 할 일은 우리 자신의 마음속을 들여다보는 것이지.

그들은 왕을 들것으로 나르고 있었는데, 그의 얼굴은 썩어 문드러져 겨우 반만 남아 있었지. 그에게는 손가락도 전혀 없었고, 발가락도 없었다네. 물론 걷지도 못했지. 어떻게 걸을 수 있겠나? 그래서 그를 들것에 실어 온 거였네. 문둥병이 그의 눈까지 파먹어 그는 장님이 되어 있었어. 나는 우연히 그 왕 가까이에 있었기 때문에 그를 보기 위해 몸을 앞으로 숙였지만 악취가 너무 심해 코를 막아야 했다네.

왕의 몸은 겨우 한 삽 분량의 악취 나는 육신이었지만, 그 한 삽의 육신 속에는 그의 영혼이 꼿꼿하게 서 있었어. 하느님께서는 어떻게 해서 그처럼 썩어 가는 사람을 왕위에 앉히고도 역겹지 않을 수가 있었을까? 무서운 술탄이 사해 너머의 모아브 사막에 있는 난공불락의 크락 요새를 포위하고 있었지. 왕은 앞장서서 불같이 뜨거운 사막을 건넜고, 우리는 숨을 헐떡이며 그 뒤를 따랐네. 들것 안에서 밖으로 뿜어져 나오는 것은 힘이었고, 불꽃이었지. 공기는 마치 불붙은 소나무처럼 탁탁 튀는 소리를 냈다네.」

노인은 말을 멈췄다. 더 이상 말하고 싶지 않든가 아니면 아마도 더 이상 말할 수 없는 것 같았다. 내가 그 늙은 용사의 무릎 위에 손을 올려놓고 제발 계속해 달라고 간청했지만 그는 손으로 목을 움켜쥐고 복받쳐 오는 울음을 참으려고 애쓰는 것 같았다.

「내가 그 장면을 회상할 때면.」 이윽고 그가 말했다. 「나의 심장은 끓어오르고, 마음은 격렬해진다네. 나는 하느님의 신비를 그렇게 분명하고, 그렇게 가까이서 본 적이 결코 없었어. 나는 그 왕이 스물네 살에 죽을 때 예루살렘에 있었어. 나는 그가 숨을 거둔 그 위대한 궁전 안에 있었지. 탐욕스럽고 노망난 그의 어머니와 허영심 많고 아름다운, 육신의 즐거움에 빠져 있는 누이동생 시빌이 그 왕을 내려다보고 서 있었지. 그 방의 나머지 공간은 피에 굶주린 귀족들로 가득 차 있었어. 남작, 공작, 후작 등 모든 귀족들은 왕이 마지막 숨을 거두기를 숨죽여 기다리고 있었어. 마치 굶주린 미친개가 달려들어 살점을 뜯어 먹듯이, 예루살렘 왕국을 갈기갈기 찢어 한 조각씩 가져가기 위해서였겠지. 그러는 동안 고결한 예의의 화신이었던 스물네 살의 젊은 왕은 평온하고 조용하게 썩어 가는 머리에 쓰고 있던 면류관을, 자신의 영혼을, 하느님께 돌려 드리고 있었소.」

그 늙은 용사는 자신의 수염을 쥐어뜯었다. 굵은 눈물이 햇빛에 그을린 뺨 위로 흘러내리고 있었다. 프란체스코가 노인의 무릎 위로 머리를 숙이더니 갑자기 어둠 속에서 통곡을 했다.

노인은 자기가 운 것을 부끄러워하는 듯 화가 나서 눈물을 닦았다. 그러고는 손으로 바닥을 짚고 일어났다. 그의 늙은 뼈마디가 삐걱거리는 소리를 냈다. 우리에게 작별의 고갯짓도 없이, 한마디 말도 없이 그는 사라져 버렸다.

프란체스코는 계속 울었다.

마침내 그가 머리를 들면서 말했다. 「이제 우리는 정말로 영혼이 무엇인지, 그리고 하느님이 무엇인지 그리고 인간이라는 것이 무얼 의미하는지 알았어요. 이제부터는 그 문둥이가 앞장서서 우리를 이끌어 줄 거예요. 일어서요, 레오 형제. 자, 떠납시다!」

「하느님의 이름으로, 어디로 갈 건가요?」

「아시시로 돌아갈 거예요. 우리가 뛰어오를 수 있는 힘을 모을 곳은 바로 거기예요. 자, 일어나세요, 하느님의 게으름뱅이여!」

「한밤중인데, 지금요?」

「네, 지금요! 주님께서 아침까지 기다려 줄 거라고 생각해요?」

우리가 돌아가는 길 내내 그 문둥이 왕은 앞장서서 우리를 인도했다. 비는 계속해서 내리고 또 내렸다. 강은 범람했고 도로들은 물에 잠겼으며, 우리들은 무릎까지 진흙탕에 빠졌다. 우리들은 춥고 배고팠다. 많은 동네에서 우리는 돌멩이 세례를 받고 쫓겨났다. 프란체스코가 〈사랑하시오! 사랑하시오! 사랑하시오!〉라고 외치자 농부들은 개를 풀어 우리를 물게 했다.

「그리스도를 위해서 우리가 겪는 이런 사소한 일들이 무엇이겠습니까?」 프란체스코가 나를 위로하려고 말했다. 「게임이죠! 그 문둥이 왕을 기억하세요!」

어느 날 밤 우리가 뼛속까지 비에 젖고 굶주림과 추위로 거의 쓰러질 지경이 되었을 때 멀리 수도원의 불빛이 보였다. 우리는 달려가기 시작했다. 어쩌면 수도사들이 동정심을 발휘해 우리를 안으로 들여 약간의 빵도 주고 벽난로 옆에 앉아 몸을 녹이도록 해줄 것 같았기 때문이었다. 바깥은 칠흑처럼 어두웠고 비는 억수로 퍼붓고 있었다. 우리는 달려가다가 물 구덩이에 빠져 넘어졌지만 다시 일어나 달리기 시작했다. 나는 비와 어둠과 추위를 저주했지만, 앞에서 가고 있는 프란체스코는 머릿속에서 노래를 지으며 그 노래들을 흥얼거렸다.

「이 얼마나 기적 같은 일인가! 보라! 진흙 속의 날개들을, 공기 속의 하느님을! 주여, 애벌레들이 당신을 생각하는 순간 그것들은 곧 나비로 탈바꿈합니다!」

그는 자꾸만 양팔을 벌리면서 기쁨에 벅차 비와 공기를 끌어안았다. 「진흙 자매여, 바람 형제여!」 그가 웅덩이를 뛰어다니며 외쳤다.

그가 갑자기 걸음을 멈추고 나를 기다렸다. 나는 다시 도랑에 빠졌고, 다리를 절며 몸을 질질 끌고 갔다.

「방금 짧은 노래를 하나 작곡했어요, 레오 형제.」 그가 나에게 말했다. 「한번 들어 보실래요?」

「지금이 노래나 부를 때예요?」 내가 화를 내며 대답했다.

「레오 형제, 우리가 지금 노래를 짓지 않으면 도대체 언제 그렇게 할 수가 있겠어요? 들어 보세요. 하늘나라의 문 앞에 제일 먼저 나타난 동물은 달팽이였지요. 베드로가 몸을 구부려 지팡이로 달팽이를 툭툭 치며 물었지요. 〈귀여운 작은 달팽이야, 너는 여기서 무엇을 찾고 있느냐?〉

〈영원불멸이오.〉 달팽이가 대답했지요.

베드로는 크게 웃었지요. 〈영원불멸이라! 그럼 영원불멸을 가지고 무엇을 하려 하느냐?〉

〈웃지 마세요.〉 달팽이가 반격했다. 〈나는 하느님의 피조물이 아닌가요? 나도 대천사 미카엘과 마찬가지로 하느님의 아들이잖아요? 대천사 달팽이, 그게 바로 나라고요!〉

〈그럼 너의 신분을 나타내 주는 황금 날개와, 굽은 칼과, 주홍색 신발은 어디 있느냐?〉

〈내 안에서 잠을 자며 때를 기다리고 있어요.〉

〈무엇을 기다리는데?〉

〈위대한 순간을요.〉

〈무슨 위대한 순간?〉

〈바로 이 순간……. 지금이죠!〉

그는 〈지금〉이라는 말을 끝내기도 전에 마치 날개가 돋아난 듯이 펄쩍 뛰어올라 천국으로 들어갔지요…….」

「이해가 돼요?」 프란체스코가 웃으며 나에게 물었다. 「레오 형제, 우리가 바로 달팽이들이에요. 우리들 속에는 날개와 굽은 칼이 있고, 만일 우리가 천국에 가고 싶으면 우리는 뛰어올라야 해요……. 당신의 영혼을 구하기 위해서는, 나의 친구여, 운동선수처럼 뛰어올라요!」

그가 내 손을 잡았다. 그리고 우리는 뛰었다. 몇 분 후 그는 숨이 차서 멈췄다.

「레오 형제, 이제 내가 당신에게 말하는 것을 잘 들으세요. 귀를 바짝 세우세요. 지금 듣고 있어요……? 내 느낌에 당신은 지금 우리들의 생활을 별로 좋아하지 않는 것 같아요. 이런 생활이 당신에게 압박감을 주고 당신이 언짢아하는 것 같아요.」

「아니에요, 프란체스코 형제, 언짢지 않아요. 하지만 당신은 우리 모두가 인간이라는 사실을 망각하고 있는 것 같은데, 나는 그렇지 않아요. 그뿐이에요.」

「레오 형제, 당신은 완전한 기쁨이 어떤 건지 아세요?」

나는 대답하지 않았지만 완전한 기쁨이 어떤 것인지 아주 잘 알고 있었다. 그것은 바로 우리가 저 수도원에 도착하는 것이며, 문지기가 우리를 불쌍히 여겨 대문을 열어 주고 우리를 위해 벽난로에 불을 지펴 주는 것이며, 우리를 위해 따뜻한 음식을 냄비에 가득 담아 주는 것이며, 수도사들이 포도주 저장실에 가서 큰 주전자에 좋은 포도주를 가득 담아다가 우리가 마시게 해주는 것 아니겠는가! 하지만 내가 어떻게 이런 세속적인 것을 프란체스코 에게 말할 수 있겠는가? 하느님에 대한 그의 사랑은 일상적인 모든 필요를 뒤바꾸어 놓았다. 그에게는 빵 대신 굶주림이, 물과 포도주 대신 목마름이 필요했다. 그러니 그가 어떻게 배고프고 목마른 사람을 이해할 수 있겠는가……? 나는 침묵을 지켰다.

「레오 형제, 내 말을 잘 기억하세요. 비록 우리가 이 세상에서 가장 성자답다고 해도, 그리고 하느님께서 우리를 가장 사랑하신 다 해도……, 그것이 완전한 기쁨은 아닐 겁니다.」

우리는 좀 더 걸어갔다. 프란체스코가 다시 걸음을 멈추었다.

「레오 형제.」그가 큰 소리로 불렀다. 주변이 너무 어두워 내가 안 보였기 때문이다.「레오 형제, 내 말을 잘 기억하세요. 비록 우리가 장님의 눈을 뜨게 해주고, 사람들로부터 마귀를 물리쳐 주고, 무덤 속의 죽은 자를 살려 낸다 해도, 그것이 완전한 기쁨은 아닐 겁니다.」

나는 아무 말도 하지 않았다. 내가 어떻게 성자와 논쟁할 수 있 겠는가? 마귀와는 다툴 수 있어도 성자에게는 그럴 수 없다. 그 래서 나는 침묵을 지켰다.

우리는 돌부리와 비에 떠내려온 나뭇가지들에 걸려 넘어지면 서도 앞으로 나아갔다. 프란체스코가 또다시 멈춰 섰다.

「레오 형제, 설령 우리가 인간과 천사의 모든 언어를 말하고, 하느님의 말씀을 전파하여 믿음이 없는 사람을 그리스도의 신자 로 바꾸어 놓는다 해도, 레오 형제, 내 말을 잘 기억하세요, 그것 이 완전한 기쁨은 아닐 겁니다.」

나는 더 이상 참을 수가 없었다. 나는 배고프고 추웠다. 발이 아파 죽을 지경이어서 도저히 걸을 수가 없었다.

「좋아요, 그러면 도대체 〈무엇이〉 완전한 기쁨입니까?」 기진맥진해서 내가 물었다.

「이제 곧 보게 될 겁니다.」 프란체스코가 대답하더니 발걸음을 재촉했다.

우리는 수도원에 도착했다. 대문은 닫혀 있었지만 방들은 등불이 켜 있었다. 프란체스코가 조그만 벨을 눌렀다. 나는 얼어 죽을 것처럼 추워서 대문 옆 구석에 웅크리고 있었다.

우리는 문지기가 문을 열어 주러 올 건지 아닌지 귀를 쫑긋 세우고 기다렸다. 말하기 부끄럽지만, 일단 죄를 고백하면 그것은 더 이상 죄가 아니므로 이제 솔직히 말하자면, 나는 무서운 하느님의 야수와도 같은 프란체스코와 운명을 같이하고 있다는 사실을 마음속으로 저주하고 있었다. 자신은 모르고 있지만 그는 한 줌의 살과 뼈 속에 온전하신 하느님이 들어앉아 계신 예루살렘의 문둥이 왕과 똑같았다. 그 때문에 그는 견딜 수 있었고, 배고픔이나 목마름이나 추위를 느끼지 않을 수 있었고, 사람들이 던지는 돌멩이들을 마치 레몬꽃이 뿌려지는 것처럼 생각할 수 있었다. 하지만 나는 그저 평범하고 불쌍한 하나의 인간이었다. 나는 배고픔을 느끼는 인간이었고, 나에게 돌멩이는 돌멩이일 뿐이었다.

안쪽 문이 열리고, 마당에서 무거운 발소리가 들려왔다. 저건 문지기다. 나는 속으로 중얼거렸다. 우리를 불쌍히 여겼구나. 하느님, 감사합니다!

「이 늦은 시간에 도대체 누구야?」 화난 목소리가 물었다.

「문 좀 열어 주세요, 문지기 형제님.」 프란체스코가 부드럽고 점잖은 목소리로 대답했다. 「우리는 춥고 배고파서 이 성스러운 수도원에서 오늘 밤을 묵고 싶어 하는 그리스도의 미천한 종들입니다.」

「쓸데없는 수작 집어치워!」그가 호통을 쳤다.「당신들이……, 하느님의 종이라고? 그렇다면 이런 시간에 거리를 돌아다니며 무슨 짓을 하고 있는 거야? 몰래 사람들을 덮쳐서 살인을 저지르고 수도원에 불이나 지르는 도적들이 틀림없어. 당장 꺼져 버려!」

「당신은 동정심도 없으십니까, 문지기 형제님?」내가 외쳤다. 「우리를 얼어 죽게 만들 작정이십니까? 하느님을 믿으신다면, 문을 열어 주시고, 비를 피해 묵을 수 있는 구석방을 하나 내주시고 빵 한 조각 주십시오. 우리는 크리스천들이오. 우리들을 불쌍히 여겨 주시오!」

그러나 막대기로 정원에 깔려 있는 돌을 두들기는 소리가 들려왔다.

「그래 뭘 원한다고, 이 몹쓸 놈들아! 너희 두 놈에게 몽둥이찜질을 해주마.」사나운 소리를 질러 대더니 대문의 자물통이 삐걱거리는 소리가 났다.

프란체스코가 나를 돌아다보고 말했다.「사나이답게 참으세요, 레오 형제. 저항하지 마세요.」

문이 열리자 굵은 몽둥이를 든 거대한 체구의 수도승이 순식간에 튀어나오더니 프란체스코의 목덜미를 휘어잡았다.

「이런 악당, 살인자, 범죄자.」그가 소리를 질렀다.「네놈들은 수도원을 약탈하러 온 거지, 그렇지? 그래 훔쳐라! 실컷 훔쳐 가!」

그러고는 프란체스코의 약하고 병든 몸을 몽둥이로 내리쳤다.

내가 그를 구하려고 달려들었지만 프란체스코가 손을 내밀었다.

「하느님의 뜻을 거스르지 마세요, 레오 형제……! 때리세요, 문지기님. 당신은 나의 구원이십니다.」

문지기가 비웃으며 나를 돌아보더니 내 목덜미를 움켜잡았다.

「이제 네 차례다, 이 불한당아!」

나도 내 지팡이를 들어 받아치려 했지만 프란체스코가 절망적인 얼굴로 외쳤다. 「레오 형제, 그리스도의 이름으로 이렇게 간청합니다. 제발 저항하지 마세요!」

「그럼 저 사람이 나를 죽이게 놔두란 말이에요?」 분노로 가득 차서 내가 소리쳤다. 「싫어요, 나는 대항할 거니까 그런 줄 아세요!」

「레오 형제, 레오 형제, 나를 사랑한다면, 제발 저항하지 말아요. 저 문지기 형제가 그의 의무를 다하도록 해주세요. 하느님께서 그에게 우리를 때리라고 명령하셨으니, 우리는 맞아야 해요.」

나는 지팡이를 땅에다 내던지고 가슴에 성호를 그었다.

「때리세요, 문지기 형제.」 분노로 입술을 떨면서 내가 말했다. 「때리세요, 그리고 하느님의 분노가 당신에게 내리시길!」

문지기는 우리들의 말에 크게 웃었다. 그의 입에서 포도주와 마늘 냄새가 났다. 그는 몽둥이로 나를 마구 때리기 시작했고, 나는 뼈가 부스러지는 소리를 들었다. 진흙탕이 된 땅바닥에 앉아 있던 프란체스코는 계속 나에게 용기를 북돋아 주는 말을 했다.

「소리치지 말아요, 레오 형제. 저주하지 말아요, 막으려고 손을 들지 말아요. 문둥이 왕을 생각하고, 십자가에 매달린 그리스도를 생각하세요. 마음을 굳건히 하세요.」

문지기는 할 일을 다 끝내자 마지막으로 우리들을 발로 걷어찬 다음 대문을 잠그고 빗장을 걸었다.

나는 아파 죽을 지경이 되어 구석에 웅크리고 있었다. 나는 속으로 저주했지만 입 밖으로 내지는 않았다. 프란체스코는 내가 쓰러져 있는 곳으로 자기 몸을 끌고 와서 내 손을 부드럽게 잡아 주고 아픈 어깨를 어루만져 주었다. 그는 내가 있는 구석에 함께 누웠고 우리는 추위를 이기기 위해 서로 껴안았다.

「이거예요, 레오 형제.」 그는 마치 다른 사람이 들을세라 내 귀에 대고 속삭였다. 「이게 바로 완전한 기쁨이에요, 레오 형제.」

아무래도 그건 정도가 지나쳤다! 「완전한 기쁨이오?」 나는 화가 치밀어 소리를 질렀다. 「죄송하지만, 프란체스코 형제, 나에게는 그 말이 정말 건방진 말로 들리는군요. 좋지 않은 것만을 기쁘게 받아들이는 그런 사람의 마음은 건방진 것이에요. 하느님께서 〈자, 너희가 먹을 양식과, 마실 포도주와, 따뜻하게 몸을 녹여 줄 불이 여기 있다〉라고 말씀하실 때 그 사람의 마음은 아주 건방지게 대답하죠. 〈죄송합니다. 저는 그런 것을 원치 않습니다……!〉 언제쯤이면 〈예〉 하고 받아들이겠습니까, 그 건방진 바보가!」

「하느님께서 두 팔을 벌리고 어서 오라고 말씀하실 때요, 레오 형제. 그러나 사소하고 하찮은 기쁨에 대해서는 〈아니요! 싫습니다! 싫어요!〉라고 외치죠. 그 이유가 뭔지 아십니까? 더욱 큰 기쁨에 〈예〉라고 대답하기 위해서 스스로 아끼는 거죠.」

「다른 방법으로는 그렇게 할 수 없습니까?」

「없어요. 더욱 큰 기쁨에 대한 〈예〉는 이런 수많은 〈싫어요〉를 통해서만 가능한 거니까요.」

「그렇다면, 하느님께서는 왜 이 세상을 이처럼 풍요롭게 창조하셨나요? 왜 우리들 앞에 이렇게 화려한 잔칫상을 차려 놓으신 건가요?」

「우리의 끈기를 시험하시기 위해서죠, 레오 형제.」

「당신과 논쟁하는 것이 무슨 필요가 있겠어요, 프란체스코 형제……? 난 잠이나 자렵니다. 하느님보다 잠이 오히려 더 자비로워요. 빵이 통째로 많이 쌓여 있는 꿈을 꿀지도 모르니까요.」

나는 공처럼 둥글게 몸을 말아 붙이고 눈을 감았다. 자비롭기 그지없는 잠이 찾아와 나를 감쌌다. 하느님, 잠을 축복하소서!

다음 날 아침 새벽에 누군가가 나를 밀기 시작했다. 프란체스코였다. 나는 잠에서 깨었다.

「들어 봐요, 레오 형제, 그 사람이 오고 있어요!」

정원 안쪽에서 허리띠에 매달린 열쇠 꾸러미를 짤랑거리며 문지기가 다가오는 소리가 들렸다. 문이 열렸다.

「아아, 고마워라! 이젠 고생 끝이다.」 나는 중얼거리며 대문턱을 넘어 안으로 들어가려고 발을 들어 올렸다.

프란체스코가 나를 돌아다보았다. 그의 반짝이는 눈에는 성자의 장난기가 가득 담겨 있었다.

「들어갈 거예요?」 그가 나에게 물었다. 「어떻게 생각하세요, 하느님의 작은 사자, 들어갈 거예요?」

나는 그 의미를 알아들었다. 내가 너무 배가 고파서 도저히 그 유혹을 뿌리칠 수 없을 것이라 생각하고 나를 놀려 주고 싶었던 것이다. 그러나 나의 자존심은 최선을 다해 배고픔을 이겨 냈다.

「아뇨, 들어가지 맙시다. 난 안 들어가요!」 나는 뒤로 돌아섰다.

프란체스코가 나의 품에 안겼다. 「만세, 레오 형제, 그게 바로 내가 원하는 거예요. 진정으로 굳은 의지!」

그는 수도원을 향해 말했다. 「잘 있거라, 거룩하고 쌀쌀맞은 수도원아. 레오 형제는 이제 네가 필요 없다. 그는 들어가지 않을 테니까!」

성호를 긋고 우리는 또다시 여정에 올랐다. 프란체스코는 너무 행복해서 펄펄 날아가는 것 같았다.

*

해가 뜨고 비가 멈췄다. 나무와 돌들은 웃고 온 세상이 깨끗이 씻겨 반짝이고 있었다. 우리 앞에서 검은 새 두 마리가 젖은 날개를 흔들어 털더니 우리를 쳐다보며 비웃듯이 지저귀었다. 그렇다, 그 새들은 분명 우리를 비웃고 있었다. 하지만 프란체스코는 손을 흔들어 새들에게 인사를 건넸다.

「저놈들이 새들의 왕국의 수도사들이오. 저 새들이 어떤 옷을 입고 있는지 보세요!」

나는 웃었다. 「맞아요, 프란체스코 형제. 한번은 페루자 근처의 어떤 수도원에서 정말로 〈주님, 자비를 베푸소서〉 하고 노래하도록 길들여진 검은 새를 본 적이 있었어요. 진정한 수도사였지요.」

프란체스코는 한숨을 쉬었다. 「아, 누군가가 새와 소들에게, 그리고 양, 개, 늑대, 멧돼지 들에게 〈주님, 자비를 베푸소서〉라는 말을 가르칠 수 있다면! 그리고 모든 피조물들이 아침마다 그렇게 말하며 잠에서 깰 수 있다면, 그래서 깊은 숲 속에서 모든 나무들이, 마구간과 정원에서 모든 동물들이 〈주님, 자비를 베푸소서〉라고 외치며 하느님을 찬양하는 소리를 들을 수 있다면 얼마나 좋을까요!」

「우선 사람들에게 그 말을 가르칩시다.」 내가 말했다. 「나는 새와 동물들이 그런 말을 배워야 하는 이유를 모르겠습니다. 새와 동물들은 죄도 짓지 않는데 말입니다.」

프란체스코가 눈을 크게 뜨고 놀라서 나를 쳐다봤다. 「그렇군요, 당신 말이 맞아요, 레오 형제, 모든 살아 있는 것 중에서 인간만이 죄를 짓지요.」

「맞아요, 프란체스코 형제, 게다가 또한 인간만이 타고난 본성을 극복하고 천국에 들어갈 수 있어요. 새와 동물들은 그렇게 할 수 없죠!」

「너무 자신 있게 단정하지 마세요.」 프란체스코가 항변했다. 「하느님의 자비가 얼마나 널리 미치는지는 아무도 알 수 없어요……」

이런 식으로 하느님과 새와 인간에 대해 얘기를 나누면서 어느 날 아침 우리는 사랑하는 아시시의 외곽 지역에 도착했다. 아시시의 탑들과 종탑들, 성채, 올리브나무 숲, 사이프러스나무들이 축복처럼 우리 시야에 가득 들어왔다.

프란체스코의 눈에 눈물이 고여 앞을 가렸다. 「나는 이곳의 흙으로 만들어졌어요.」 그가 말했다. 「나는 이곳의 흙으로 빚어진 진흙 등불이에요.」

그는 몸을 구부리고 손으로 흙을 한 줌 떠올리더니 거기에 입을 맞추었다.

「나는 아시시에 흙 한 줌을 빚졌어요. 그러니 그것을 꼭 갚아야 해요. 내가 어디서 죽든지, 레오 형제, 당신이 나를 이곳으로 옮겨다 묻어 주기 바래요.」

우리는 포장되어 있는 좁은 골목길로 들어섰다. 오늘은 일요일이기 때문에 미사가 끝났음을 알리는 종이 울렸다. 프란체스코는 말을 마치자마자 갑자기 걸음을 멈추고 성벽에 기대서더니 숨이 막힌 듯 거친 숨을 몰아 쉬었다. 나는 그에게 급히 달려갔고 나 역시 갑자기 숨이 막히는 듯했다. 우리 앞에는 시피 백작의 딸이 서 있었다. 그녀는 가슴에 단 빨간 장미꽃을 빼고는 완전히 새하얀 옷을 입고 있었다. 하지만 그녀의 얼굴은 아주 창백하고, 아주 슬픈 표정으로 눈 주위가 거무스름했다. 우리가 그날 산다미아노 성당에서 그녀를 마지막으로 본 이후 그녀는 얼마나 많은 밤을 뜬눈으로 지새며 울었을까! 그 어린 소녀는 갑자기 한 여인이 되어 있었다!

그녀의 뒤로 나이 들고 위엄 있는 유모가 따라오고 있었다. 주인 아가씨가 걸음을 멈추자 유모도 걸음을 멈추고 기다렸다. 아침 햇살이 가득 퍼져 있는 가운데 그들은 최대한 먼 길을 택해 교회에서 집으로 돌아가고 있는 중이었다. 대저택으로 돌아가 다시 집 안에 갇히는 것을 조금이라도 미루기 위해, 가능한 한 늦게 집으로 돌아가기 위해서였다.

클라라는 프란체스코를 보자마자 다리에 힘이 빠져 주저앉았다. 그녀는 되돌아가고 싶었으나 너무나 부끄러웠다. 억지로 용기를 내고 눈을 들어 준엄하고 우울한 표정으로 프란체스코의 눈을 똑바로 쳐다보았다. 그리고 프란체스코에게 한 걸음 다가가 머리를 앞으로 내밀고 그의 누더기 옷과, 더러운 맨발과, 굶주린 얼굴을 빤히 쳐다보았다. 그녀는 비웃듯이 머리를 저었다.

「당신은 부끄럽지도 않아요?」 그녀가 숨 막히듯 절망적인 목소리로 프란체스코에게 물었다.

「부끄럽다니요? 누구 앞에 부끄럽단 말입니까?」

「당신의 아버지와 어머니, 그리고 내 앞에서요. 당신은 왜 그런 곳을 그렇게 돌아다닙니까? 당신은 왜 그런 말을 그렇게 외칩니까? 당신은 왜 거리 한복판에서 광대처럼 춤을 춥니까?」

프란체스코는 머리를 숙이고, 무릎을 반쯤 구부린 채 엉거주춤하게 서서 열심히 들었다. 그는 아무 말도 하지 않았다. 클라라가 두 눈에 눈물을 가득 흘리며 그에게 몸을 기울였다.

「난 당신이 불쌍하다고 생각해요.」 그녀가 격정적으로 말했다. 「당신을 생각하면 마음이 아파요.」

「나도 그래요……」 프란체스코가 대답했다. 그러나 목소리가 너무 작아서 그를 부축하고 있는 나에게만 겨우 들릴 정도였다.

클라라가 깜짝 놀랐다. 그녀의 얼굴이 환해졌다. 프란체스코의 입술 모양을 보고 그가 무슨 말을 하는지 알아들었던 것이다.

「프란체스코……, 당신도 내 생각을 하나요?」 가슴이 벅차올라 그녀가 물었다.

프란체스코가 고개를 들었다.

「절대로 아닙니다!」 그가 외쳤다. 그러고는 마치 그녀에게 자기가 지나갈 수 있도록 한쪽으로 비키라고 하는 것처럼 팔을 뻗쳤다.

소녀는 날카로운 비명을 질렀다. 유모가 달려와서 부축했지만 클라라는 늙은 유모를 밀어내고 불타는 듯한 눈을 번쩍이며 손을 들어 올렸다.

「하느님의 뜻에 어긋나는 행동을 하는 사람은 저주받을 것입니다.」 그녀가 사나운 목소리로 말했다. 「우리가 결혼해서도 안 되고, 아이를 낳아서도 안 되고 가정을 꾸려서도 안 된다고 설교하는 사람은 저주받을 것입니다. 전쟁을 사랑하고 포도주와 여자와 영광을 사랑하는 남자는 진정한 남자가 아니라고 설교하는 사람, 사랑과 좋은 옷과 안락한 생활을 추구하는 여자는 진정한 여자가 아니라고 설교하는 사람은 저주받을 것입니다…‥. 당신에게 이렇게 말하는 것을 용서하십시오, 나의 가엾은 프란체스코, 하지만 진정한 인간이란 그런 것입니다.」

〈그럼요, 맞아요, 진정한 인간이란 바로 그런 것이에요, 나의 가엾은 레오 형제, 당신에게 이런 말을 하는 것을 용서하십시오.〉 나는 소녀의 멋진 말과 그녀의 맹렬함과 아름다움에 신이 나서 나를 향해 (혼잣말로) 그 말을 따라 했다.

유모가 다가와서 팔로 아가씨의 허리를 감아 안았다.

「그만 가세요, 아가씨.」 그녀가 말했다. 「남들이 보겠어요.」

소녀는 늙은 유모의 가슴에 머리를 파묻더니 갑자기 울음을 터뜨렸다. 그녀가 얼마나 오랫동안 그런 말을 가슴속에 되뇌며 지냈는지, 그리고 마음의 짐을 덜기 위해 프란체스코를 만나 그런 말을 하기를 얼마나 갈망해 왔는지는 하느님만이 아실 것이다.

이제 드디어 다 말해 버렸지만 그녀는 결코 마음이 편치 않았다. 그녀의 가슴은 당장이라도 터질 듯이 두근거렸다.

유모는 조용히, 부드럽게 그녀를 데리고 갔다. 그러나 그들이 다음 골목으로 들어서려는 순간 클라라가 걸음을 멈췄다. 자기 가슴에 달려 있는 빨간 장미를 떼어 내면서 돌아다보더니 프란체스코가 아직도 땅을 내려다보고 몸을 구부리고 서 있는 것을 보고 그 장미를 그에게 던졌다.

「받으세요.」 그녀가 말했다. 「나를 기억하는 기념품으로, 이 세상을 기억하는 기념품으로 그걸 가지세요. 가엾고 불쌍한 프란체스코!」

그 장미는 프란체스코의 발밑에 떨어졌다.

「이제 가요.」 클라라가 유모에게 말했다. 「모든 게 끝났어요!」

프란체스코는 미동도 하지 않고 포장된 길 위를 뚫어지게 쳐다보고 있었다. 그리고 천천히 머리를 들더니 두려운 듯 주변을 둘러보았다. 그리고 내 손을 꽉 잡았다.

「그녀가 갔나요?」 그가 부드럽게 물었다.

「네, 갔어요.」 장미를 집어 들며 내가 대답했다.

「만지지 마세요!」 프란체스코가 놀라서 말했다. 「아무도 밟지 않도록 길 가장자리로 치워 놓으세요. 자, 갑시다. 그리고 절대 뒤돌아보지 마세요!」

「어디로 가나요? 아직도 아시시로 갈 건가요? 이 만남은 나쁜 징조예요, 프란체스코 형제, 우리 계획을 바꿉시다.」

「아시시로 갑니다!」 그가 말하더니 뛰기 시작했다. 「숫양의 방울을 꺼내서 그걸 울리세요! 훌륭하신 하느님, 저는 결혼하고 아이 낳고 가정을 꾸리는 그런 모든 것에 침을 뱉습니다!」

「아아, 슬프군요, 프란체스코 형제. 하느님, 이렇게 생각하는 것을 용서해 주십시오, 그렇지만 내 생각에는……, 그 소녀가 옳다고 생각해요. 진정한 인간이라면…….」

「진정한 인간은 인간적인 것을 초월한 사람입니다. 그것이 내가 말하는 것입니다! 제발 부탁합니다, 레오 형제, 조용히 해주세요!」

나는 입을 다물었다. 내가 무슨 대답을 할 수 있겠는가? 프란체스코와 함께 오래 생활할수록 하느님께 이르는 길에는 두 가지가 있다는 것을 점점 더 분명하게 깨달았다. 결혼하고, 아이 낳고, 깨끗이 면도하고, 온갖 음식과 향긋한 포도주를 즐기며 올바르고 평탄한 인간적인 길을 통해 하느님께 도달하는 방법과, 너덜너덜한 누더기를 입고 한 줌의 머리털과 뼈만으로 더러운 냄새와 향냄새를 피우며 가파른 오르막길을 올라 하느님께 도달하는 방법이다. 나는 그중에서 첫 번째에 어울리는 사람이지만, 누가 나의 의견을 물어 주겠는가! 그래서 나는 오르막길을 택했고, 하느님께서 나에게 그것을 견딜 수 있는 힘을 주시기만 바랄 뿐이다!

우리는 아시시의 한복판에 도착했다. 나는 프란체스코보다 앞서 가면서 방울을 울리며 외쳤다. 「모두 모이세요, 모두 이리 와서 새로운 광기의 소리를 들어 보세요.」 거리의 사람들이 걸음을 멈췄다. 이제 사람들이 돌을 집어 우리에게 던지겠지, 나는 혼잣말로 중얼거렸다. 그리고 이 골목 저 골목에서 아이들이 나와 큰소리로 우리를 놀려 대겠지……. 그러나 아무 일도 일어나지 않았다. 조용했다. 나는 너무 놀랐다. 이렇게 해서 우리가 받아들여지는 것인가, 야유도 조롱도 없이?

아무도 손을 들어 우리를 막지 않았고, 우리는 계속했다. 베르나르도네는 자신의 상점 밖에 서 있었다. 그는 이제 허리도 굽고, 피부도 누래졌다. 프란체스코는 그를 보는 순간, 겁을 먹고 다른 길을 찾기 위해 뒷걸음질치기 시작했다.

「용기를 내요, 프란체스코 형제.」 내가 그의 팔을 잡으며 조용히 속삭였다. 「여기야말로 당신이 얼마나 용감한지를 보여 줘야 하는 곳이에요.」

베르나르도네가 돌아서서 우리를 보았다. 처음에는 온몸을 부르르 떨더니, 다음 순간에는 안으로 뛰어 들어가 지팡이를 들고 나와 고함을 치며 우리에게 달려왔다. 프란체스코가 앞으로 나서면서 나를 가리켰다.

「이분이 나의 아버지입니다, 베르나르도네 씨. 이분은 나를 축복해 주지만, 당신은 나를 저주합니다. 이분이 나의 아버지이십니다!」

프란체스코는 나의 손을 잡고 입을 맞췄다.

베르나르도네의 눈에는 눈물이 가득 고였고 넓은 옷소매 끝으로 눈물을 닦아 냈다. 수많은 행인들이 발걸음을 멈추고 부유한 상인과 누더기를 걸친 그의 아들을 증오에 찬 눈길로 쳐다봤다. 마침 산니콜라오 본당의 실베스테르 신부님이 그 옆을 지나가고 있었다. 그는 아버지와 아들을 화해시키기 위해 끼어들려고 하다가 즉시 마음을 바꾸었다. 「그들 일은 그들 스스로 해결하도록 놔두자!」 그는 혼자 중얼거리며 교회를 향해 가버렸다.

베르나르도네는 머리를 떨구고 한마디도 하지 않았다. 그러나 그의 얼굴이 갑자기 주름으로 가득 덮여 버렸다. 무릎이 주저앉으려는 것을 느끼자 그는 지팡이에 의지한 채 한참 동안 아들을 주시하였지만 그래도 말은 하지 않았다. 마침내 한껏 불만스러운 목소리로 그가 물었다. 「너는 네 어머니가 불쌍하지도 않느냐?」

프란체스코의 얼굴이 창백해졌다. 그는 대답하려고 입을 열었지만 턱을 덜덜 떨기 시작했다.

「너는 네 어머니가 불쌍하지도 않느냐고.」 베르나르도네가 다시 물었다. 「밤이고 낮이고 눈물 마를 날이 없다. 집으로 가자. 어머니가 너를 보게 말이다.」

「먼저 하느님께 여쭤 봐야 합니다.」 프란체스코가 겨우 대답했다.

「자식이 어머니 보는 것을 막는 하느님이라면 그게 도대체 어떻게 된 하느님이냐?」 베르나르도네가 애원하듯 아들을 바라보며 말했다.

「저도 모르겠어요.」 프란체스코가 대답했다. 「하느님께 물어보겠습니다.」

그는 도시의 위쪽에 있는 성채를 향하여 출발했다. 나는 슬쩍 뒤를 돌아다보았다. 베르나르도네는 마치 돌이 된 듯 계속해서 거리 한가운데 서 있었다. 그는 저주를 퍼붓거나 울고 싶은 것을 억누르려는 듯 왼손으로 목을 누르고 있었다.

정말로, 그것은 어떤 하느님일까? 이미 오래전에 돌아가신 가없고 불쌍한 나의 어머니를 생각하며 나 자신에게 물었다. 어떤 하느님이 어머니와 아들을 떼어 놓을 수 있단 말인가?

나는 저만치 앞에서 큰 걸음으로 서둘러 언덕을 올라가고 있는 프란체스코를 쳐다보았다. 그는 이미 성벽에 도달해 있었다. 나는 거의 죽은 것이나 다름없는 그의 연약한 육신 속에 아버지나 어머니에 대해 전혀 개의치 않는, 아니 오히려 그들을 버리는 것에 기쁨을 느끼는 인정머리 없고 비인간적인 힘이 숨어 있다는 것을 알아챘다. 그렇다면 정말로, 그것은 어떤 하느님인가! 나는 도저히 이해할 수가 없었다. 내가 다른 길로 들어가 도망칠 수만 있다면! 아아, 술집에 들어가 테이블에 앉아서 손뼉을 쳐 웨이터를 불러 이렇게 말할 수 있다면! 〈이봐, 웨이터, 여기 빵하고 포도주와 고기 좀 갖다줘요. 배가 고파 죽을 지경이오! 곱빼기로! 이제 배고픈 것이라면 지긋지긋해! 그리고 만일 베르나르도네의 아들인 프란체스코가 와서 레오 형제를 봤느냐고 묻는다면 못 봤다고 대답하시오.〉

프란체스코는 산기슭에 있는 깊은 동굴을 알고 있었다. 그는 그곳으로 사라졌다.

「레오 형제.」 그가 작별 인사를 하며 나에게 말했다. 「나는 사흘 동안 여기서 혼자 있어야 해요. 잘 가세요. 하느님께 물어볼 게 너무 많아요, 그래서 하느님하고 나하고 단둘이만 있어야 해요. 잘 가세요, 사흘 후에는 다시 만날 거예요.」

그는 이렇게 말하면서 점점 더 작아지고 녹아내려 동굴의 어슴푸레한 불빛과 하나가 되더니 공기 속으로 사라져 버렸다. 입구에 무릎을 꿇고 앉아 천국을 향해 두 팔을 벌리고 비통하게 외쳤다. 하느님이 나타나시도록 부르고 있는 것 같았다. 나는 그를 쳐다보면서 조용히 작별 인사를 고하고 잠시 가만히 서 있었다. 그가 기도를 마치고 살아 나올 것인지는 장담할 수 없었다. 나는 앞으로 아주 끔찍한 고통이 닥쳐올 것과 프란체스코의 생명이 위험에 처할 것 같은 예감이 들었다.

*

나는 사흘 동안 구걸하며 아시시를 떠돌아다녔다. 그리고 저녁 때마다, 무엇이든지 선한 기독교도들이 나에게 준 것을 동굴 밖의 돌 위에 갖다 놓았다. 그러고는 행여 프란체스코가 나를 보거나 그의 명상에 방해가 될까 봐 얼른 그곳을 떠났다. 그러나 다음 날 가보면 음식은 언제나 손도 안 댄 채 돌 위에 그대로 있었다.

어느 날 나는 베르나르도네의 집 앞을 지나가게 되었다. 창밖을 내다보고 있던 피카 부인이 나를 알아보고 달려 내려와 나를 집 안으로 데리고 들어갔다. 그녀는 여러 가지를 물어보고 싶어 했지만 눈물이 쏟아져 아무 말도 못하고 나를 쳐다볼 뿐이었다.

그녀가 얼마나 늙어 있었던지! 장밋빛 뺨은 간데없고 입가에는 주름이 깊이 패어 있었다. 그녀의 눈은 충혈되어 있었다.

「그 애가 어디 있나요?」 그녀가 조그만 손수건으로 눈물을 닦은 다음 겨우 물었다. 「무엇을 하고 있나요?」

「동굴에서 기도를 드리고 있습니다. 피카 부인.」

「하느님께서는 내가 그 애를 좀 볼 수 있도록 보내 주실 수 없나요?」

「저는 모릅니다. 부인. 프란체스코가 하느님께 간청하며 기도 드리고 있습니다만, 아직 대답을 듣지 못한 것 같습니다.」

「의자를 갖다 좀 앉으세요. 무엇이든지 다 말해 주세요. 이 어미의 고통이 얼마나 큰지…… . 주님 용서하세요…… . 하느님 못지 않게 크답니다. 나를 불쌍히 여기고 제발 말해 주세요.」

나는 그녀에게 모든 것을 자세히 말해 주었다. 프란체스코가 주교 앞에서 벌거벗던 그날의 일부터 시작해 라벤나로 가는 도중에 길에서 문둥이로 나타난 그리스도를 만난 일, 그리고 라벤나에서 늙은 용사를 만났던 일과 몽둥이로 얻어맞았던 수도원, 그리고 마지막으로 클라라와 그녀의 슬픔에 관한 것까지 말했다.

피카 부인은 열심히 들었다. 눈물이 줄줄 흘러내려 뺨을 적시고 그녀의 흰 칼라에 떨어졌다. 내가 얘기를 끝내자 그녀는 창가로 가서 숨을 깊이 들이쉬었다. 어떤 무서운 질문이 입속에서 맴돌고 있는 듯했지만 그것을 감히 입 밖에 내진 않았다. 나는 그녀를 이해할 수 있었고 그녀가 불쌍하게 느껴졌다.

「부인.」 그녀의 질문을 미루어 짐작하고 내가 말했다. 「댁의 아드님은 확실하고 튼튼한 발걸음으로 하나씩 하나씩 계단을 올라가고 있습니다. 그는 하느님을 향해 가고 있어요. 비록 내면으로부터 화산이 폭발하여 육신의 세계를 산산이 부숴 버리고 있지만, 피카 부인, 제가 하느님께 돌려 드릴 영혼을 걸고 맹세하건대, 그의 정신은 확실하고 전혀 흔들림이 없습니다.」

그 말을 듣자 피카 부인은 생기를 되찾고 고개를 쳐들었다. 흐리멍덩하던 그녀의 눈이 빛나면서 다시 젊어지는 것처럼 보였다.

「하느님, 감사합니다. 저는 주님이 주시는 것 이외에는 다른 어떤 선물도 원하지 않습니다.」 그녀가 성호를 그으며 중얼거렸다.

그녀가 유모를 불렀다.

「이분의 자루를 가지고 가서 가득 채워 드리세요.」

그리고 다시 나를 보고 물었다. 「혹시 그 애가 추워하진 않나요? 당신에게 따뜻한 양털 옷을 좀 보내 주면 그걸 입을까요?」

「아뇨, 안 입을 겁니다, 부인.」 내가 대답했다.

「그 애가 춥지 않을까요?」

「아닙니다. 프란체스코는 자신의 피부 위에 하느님을 입고 있기 때문에 따뜻하다고 말합니다.」

「그럼 당신은 어때요? 춥지 않으세요? 당신이 따뜻하게 입을 옷을 좀 드릴게요.」

「네, 이렇게 말씀드리긴 부끄럽습니다만, 저는 춥습니다, 부인. 그렇지만 부인께서 주신 옷을 입는 것 또한 부끄러운 일일 것입니다.」

「누구에게 부끄럽다는 말이에요?」

「그걸 제가 어찌 알겠습니까, 부인? 아마도 프란체스코이든지 어쩌면 제 자신이겠죠. 혹시 하느님일지도 모르고요. 슬프게도, 저는 어떤 안락함도 용납하지 않는 길을 택했습니다.」

나는 한숨을 쉬었다. 오, 내가 얼마나 따뜻한 면 내복과 두툼한 털양말과, 더 이상 발을 다치지 않도록 해줄 좋은 신발과, 묵직하면서 구멍이 별로 없는 외투를 가지고 싶어 했던가!

유모가 자루에 음식을 한가득 채워 가지고 돌아왔다.

「이제 가보세요, 그리고 두 사람에게 하느님의 가호가 있기를.」 피카 부인이 자리에서 일어나며 말했다. 「그리고 우리 아들에게 전해 주세요. 내가 가장 바라는 것은, 나도 한때 그렇게 하고 싶었지만 하지 못했던 일을 그 애가 성공적으로 해내는 것이라고요. 그 애가 나의 축복을 받고 있다는 걸 전해 주세요!」

*

드디어 사흘이 지나갔다. 나흘째 되던 날 아침 일찍 나는 동굴로 올라가 밖에서 기다리고 있었다. 나의 동냥 자루 속에는 피카 부인의 따뜻한 마음과 식품 창고 덕분에 맛있는 것이 가득 차 있었다. 그래서 무척 기쁘기도 했지만, 그보다는 오히려 프란체스코를 만난다는 생각에 내 마음은 떨렸다. 사흘 동안 전능하신 하느님과 얘기한다는 것은 자기 자신을 엄청난 위험에 내맡기는 일이었기 때문이다. 하느님께서 오로지 신만이 살아남을 수 있고 인간은 살아남을 수 없는 무서운 구렁텅이로 밀어 넣어 버릴지도 모를 일이었다. 그 사흘 동안의 비밀 대화가 나까지도 어떤 구렁텅이 속으로 밀어 넣어 버릴지 그 누가 알겠는가! 용기를 내라, 나의 영혼아! 나는 혼잣말로 되풀이했다. 나는 프란체스코의 옷자락을 잡고 매달릴 것이다. 그러면 구렁텅이에 떨어져도 무슨 걱정이겠는가……?

내가 몸을 떨면서 마음속으로 이런 생각을 계속 반복하고 있을 때, 프란체스코가 불쑥 나타났다. 그는 마치 하얀 재처럼 환하게 빛을 발했다. 기도는 또다시 그의 육신을 먹어 버렸지만 순수한 영혼은 남아서 빛났다. 그가 나에게 손을 내밀었다. 그의 얼굴에 묘한 기쁨의 표정이 흐르고 있었다.

「자, 레오 형제, 준비됐어요?」 그가 큰 소리로 물었다. 「전쟁에서 쓸 것들을 다 준비했나요? 쇠미늘 갑옷과 쇠로 만든 방패와 턱받이, 그리고 푸른 깃털을 단 청동 투구 말이에요.」

그는 헛소리를 하고 있는 것 같았다. 그의 눈은 불타는 듯했고 가까이 다가왔을 때는 그의 눈동자 속에서 천사와 유령 같은 것이 보였다. 나는 두려움에 사로잡혔다. 혹시 그가 제정신이 아닌 것은 아닐까?

그가 내 생각을 눈치 채고 웃었다. 그러나 그의 불길은 가라앉지 않았다.

「사람들은 지금까지 수없이 많은 표현으로 주님을 찬양해 왔어요.」 그가 말했다. 「하지만 나는 거기에 다른 표현을 더하려고 해요. 내가 주님을 어떻게 표현하는지 잘 들어 보세요. 밑바닥이 없는 심연, 탐욕스러운 분, 무자비한 분, 지칠 줄 모르는 분, 만족할 줄 모르는 분이며 가난하고 불쌍한 사람에게 한 번도 〈그 정도면 됐다〉라고 말해 본 적이 없는 분이에요.」

그는 더 가까이 다가와서 내 귀에다 입을 대더니 우레같이 큰 목소리로 외쳤다.

「〈그 정도론 충분치 못해!〉 그분은 나에게 이렇게 소리쳤습니다. 레오 형제, 만일 당신이 물어본다면 나는 하느님의 명령이 무엇인지 나는 당장 말해 줄 수 있습니다. 이번 사흘 밤낮 동안 동굴에서 그것이 무엇인지를 배웠기 때문이죠. 잘 들어 보세요! 〈아직 멀었어! 아직 멀었어!〉 이것이 하느님께서 매일, 매시간 가난하고 불쌍한 사람들에게 외친 말입니다. 〈아직 멀었어! 그 정도론 충분치 못해……!〉〈저는 이제 더 이상 견딜 수가 없습니다〉라고 애처롭게 사정하는 인간에게 주님은 〈너는 할 수 있어〉라고 대답하십니다. 그 사람이 〈저는 산산조각 나고 말 겁니다〉라고 또다시 애원하면 하느님은 〈부서져라〉라고 대답하십니다.」

프란체스코의 목소리가 갈라지기 시작했다. 굵은 눈물이 그의 뺨 위로 흘러내렸다.

나는 화가 났다. 그건 공평치 못하기 때문이다. 나는 프란체스코에게 말할 수 없는 연민을 느꼈다.

「하느님께선 당신에게 도대체 무엇을 더 바라시는 겁니까?」 내가 물었다. 「당신은 이미 산다미아노 성당을 수리하지 않았습니까?」

「그것으론 충분치 못해요!」

「게다가 어머니와 아버지도 버리지 않았습니까?」

「그것으론 충분치 못해요!」

「문둥이에게 입도 맞췄지요?」

「그것으론 충분치 못해요!」

「그럼, 하느님께서 무얼 더 바라시는 겁니까?」

「레오 형제, 나는 하느님께 물어보았어요. 〈주님, 당신께서는 저에게 그 외에 무얼 더 원하십니까?〉 그랬더니 이렇게 대답하셨어요. 〈포르티운쿨라의 나의 교회로 가거라. 거기서 너에게 말해 주마……〉 그러니까 어서 그곳으로 가서 하느님께서 무엇을 원하시는지 알아봅시다. 레오 형제. 허리끈을 단단히 졸라매고 성호를 그으세요. 우리는 지금 하느님을 상대하고 있기 때문에 도망갈 수 있는 방법이 없습니다!」

우리는 뛰다시피 산을 내려와 아시시를 곧바로 가로질러 평원에 도달했다. 2월의 날씨는 살을 에는 듯 추웠고 나무들은 아직

벌거벗은 채였고, 아침의 흰 서리로 뒤덮인 땅은 마치 눈이 내린 것처럼 보일 정도였다.

우리는 산다미아노 성당을 지나 올리브나무 숲을 뒤로하고 소나무와 도토리가 다다다닥 달린 상수리나무들이 서 있는 작은 숲 속으로 들어섰다. 햇살을 받은 소나무 잎은 공기 속으로 솔향기를 내뿜고 있었다. 프란체스코가 걸음을 멈추고 심호흡을 했다.

「이렇게 적막할 수가!」 그가 행복한 듯이 중얼거렸다. 「이 얼마나 향기롭고 얼마나 평화로운가!」

그가 이렇게 말하자 작은 토끼 한 마리가 풀숲에서 뛰어나와 귀를 쫑긋 세우더니 우리를 돌아다보았다. 토끼는 조금도 놀라는 기색 없이 우리를 찬찬히 살펴보았고, 마치 춤이라도 추려는 듯 뒷발로 일어섰다. 그러더니 곧 숲 속으로 사라져 버렸다.

「그 토끼 봤어요, 레오 형제?」 프란체스코가 무척이나 감동을 받은 듯 물었다. 「우리의 작은 토끼 형제가 우리를 만나 반가워했어요. 조그만 발을 흔들며 인사를 건넸어요. 좋은 징조예요! 레오 형제, 우리가 목적지에 다 왔다는 예감이 들어요.」

조금 더 나아가자 상수리나무들 사이에 천사들의 성 마리아 성당, 즉 포르티운쿨라 성당이 홀로 아름답게 서 있는 것이 보였다. 그것은 오래된 대리석으로 지어져 있었으며 주변에는 두세 개의 퇴락한 방들이 담쟁이덩굴과 인동덩굴에 뒤덮여 있었다. 바로 그 때 우리 앞에 꽃이 활짝 핀 어린 아몬드나무가 갑자기 솟아올랐다. 우리는 그것을 보지 못했었다. 아마 우리를 환영하기 위해 나온 듯했다.

「이것이 천사들의 성 마리아 성당이로구나.」 프란체스코가 중얼거렸다.

우리들의 눈에는 눈물이 가득 고였고, 우리는 성호를 그었다.

「친절한 아몬드나무 자매여, 우리들의 친절하고 귀여운 자매여.」 프란체스코가 두 팔을 벌리며 말했다. 「넌 스스로 멋진 옷을 입고 아름답게 꾸몄구나. 이제 우리가 왔다. 이렇게 만나서 정말 기쁘구나!」

그는 나무에 다가가 줄기를 쓰다듬었다.

「너를 심은 사람에게 축복이 있고, 너를 낳아 준 아몬드 씨앗에게 축복이 있을지어다. 너는 아무 두려움 없이 앞으로 나섰구나, 나의 귀여운 자매여. 너는 제일 먼저 감히 겨울 추위에 맞서 일어섰고, 제일 먼저 꽃을 피웠구나. 언젠가는 하느님께서 꽃이 활짝 핀 이곳 너의 나뭇가지 아래로 최초의 형제들이 와서 앉도록 하실 것이다.」

우리는 문을 열고 안으로 들어갔다. 교회 안은 흙냄새와 곰팡이 냄새가 진동했다. 조그만 창문은 기울어져 매달려 있었고 천장으로부터 진흙과 나무들이 떨어져 있었다. 성모상 둘레에는 정교한 거미줄이 두껍게 쳐져 있었다.

우리는 거미줄을 떼어 내고 성모상에 참배하기 위해 다가갔다. 위쪽의 프레스코화에서 푸른색 옷을 입고 조그만 반달 위에 맨발을 올려놓고 있는 복되신 성모 마리아를 알아볼 수 있었다. 튼튼한 팔과 솜털이 보송보송한 뺨을 가진 수많은 천사들이 성모 마리아를 떠받치며 하늘나라로 올라가고 있었다.

제단 위에는 수많은 손가락들이 스쳐 닳고 때 묻은 거룩한 복음서가 좀이 슬고 푸르스름한 곰팡이가 핀 채 펼쳐져 있었다.

프란체스코가 나의 팔을 잡았다. 「이봐요, 레오 형제, 저기 하느님께서 주신 증표가 있어요! 빨리 가서 눈에 보이는 구절을 읽으세요. 하느님께서 우리에게 그 뜻을 보여 주시기 위해 복음서를 펼쳐 놓으신 것입니다. 이처럼 오랜 세월이 지난 후 천사들의 성 마리아께서 듣고 기뻐하시도록 큰 소리로 읽으세요.」

부서진 창문 사이로 들어온 햇빛이 복음서 위를 비쳤다. 나는 몸을 숙여 큰 소리로 읽었다. 「〈가서 하늘 나라가 다가왔다고 선포하여라. ……전대에 금이나 은이나 동전을 넣어 가지고 다니지 말 것이며 식량 자루나 여벌 옷이나 신이나 지팡이도 가지고 다니지 마라……〉」

그때 갑자기 뒤에서 날카로운 소리가 들려왔다. 뒤돌아보니 프란체스코가 회반죽 조각이 가득 떨어져 있는 더러운 바닥에 엎드려 있었다. 그는 매가 내는 듯한 날카로운 소리를 내지르기 시작했다.

「아무것도! 아무것도! 아무것도! 주님, 우리는 아무것도 지니지 않을 것입니다. 당신의 뜻을 따를 것입니다. 아무것도 지니지 않겠습니다. 오로지 우리의 눈과, 손과, 발과 입만 가지고 다니며 〈하늘 나라가 다가왔도다〉라고 전파하겠습니다.」

그는 나를 밖으로 끌고 나갔다. 그리고 자신의 지팡이와 신발을 집어던졌다.

「당신 것도 버리세요.」 그가 나에게 명령했다. 「들으셨죠? 〈신이나 지팡이도 가지고 다니지 마라〉 하시는 말씀을.」

「이것도 버려요?」 나는 가득 찬 동냥 자루를 끌어안으며 불안하게 물어보았다.

「그 자루도 버려요! 들었잖아요, 〈식량 자루도 지니지 마라〉라는 말씀을.」

「하느님은 인간에게 너무 많은 것을 바라시는군요.」 나는 어깨에 메고 있던 자루를 천천히 내려놓으며 화가 나서 중얼거렸다. 「하느님은 인간에게 도대체 왜 그렇게 잔인하게 구는 거예요?」

「우리를 사랑하시기 때문이에요.」 프란체스코가 대답했다. 「그러니까 불평하지 마세요.」

「불평하는 게 아니에요, 프란체스코 형제, 난 배가 고플 뿐이에요. 게다가 오늘은 마침 자루에 맛있는 것이 가득해요. 우선 그걸 좀 먹읍시다.」

프란체스코는 나를 연민의 시선으로 쳐다보았다.

「당신은 먹어요, 레오 형제.」 그가 웃으며 말했다. 「나는 기다릴게요.」

나는 두 무릎을 꿇고 앉아 자루를 열고 음식을 마구 먹어 댔다. 자루 안에는 작은 주전자에 포도주도 있었는데 그것까지 전부 다 마셔 버렸다. 나는 가능한 한 많이 먹고 많이 마셨다. 사실은 사막 횡단을 준비하는 낙타처럼 그 이상으로 많이 먹었다.

그동안 프란체스코는 내 옆에 무릎을 꿇고 앉아 나에게 말하기 시작했다.

「레오 형제, 당신도 하느님이 옳다는 걸 물론 알고 있을 것입니다. 지금까지 우리는 우리 두 사람의 소중한 자신만을, 즉 우리들 자신의 영혼만을 보살펴 왔어요. 우리가 신경 썼던 것은 어떻게 〈우리가〉 구원받을까 하는 것이었어요. 그것만으론 충분치 못해요! 레오 형제, 우리는 다른 모든 사람도 구원받도록 싸워야 해요. 만일 다른 사람들을 구원하지 않는다면 우리들이 어떻게 구원받을 수 있겠어요? 〈주님, 저희가 어떻게 싸워야 하겠습니까?〉 내가 하느님께 외쳐 물었더니 그분은 이렇게 대답하셨어요. 〈포르티운쿨라의 나의 교회로 가면 말해 줄 것이다. 거기서 나의 명령을 듣게 될 것이다.〉 이제 나는 그 명령을 들었어요. 당신 역시 당신의 귀로 들었어요, 레오 형제. 〈가서 하늘 나라가 다가왔다고 선포하여라!〉 나의 형제이자 동료 전사여, 우리의 새로운 의무는 바로 설교하는 것이에요! 우리 주변에 가능한 한 많은 형제들을 불러 모으는 것입니다. 말씀을 전할 입과, 사랑을 실천할 가슴과, 오랜 행군을 견디어 낼 발들을 가능한 한 많이 모으는 것입니다. 새로운 십자군이 되어 다 함께 성묘를 구하러 출발하는 것입니다. 무슨 성묘냐고요, 레오 형제? 인간의 영혼이지요!」

그는 잠시 말을 끊었다가 다시 말했다.

「이것이 진정한 성묘예요, 레오 형제. 십자가에 못 박힌 그리스도가 인간의 육신 안에 누워 계십니다. 우리는 그 영혼에 도달하기 위해 출발하는 것입니다. 우리들의 영혼이 아니라 모든 사람의 영혼을 향해서 말입니다. 앞으로 전진! 당신은 배불리 먹고 갈증도 풀었으니 이제 우리의 새로운 동료들을 찾아 나섭시다. 우리 두 사람만으론 충분치 못합니다. 우리에겐 수천 명이 필요합니다……. 하느님의 이름으로, 전진!」

프란체스코는 아시시를 향해 돌아섰다. 태양이 성채 위로 떠올랐고 도시는 활짝 핀 장미꽃처럼 반짝였다. 그는 성호를 긋고 나의 손을 잡았다.

「갑시다.」 그가 말했다. 「지금까지 내가 하느님과 함께하는 것을 막은 자가 누구였습니까? 프란체스코 자신이었지요! 나는 이제 그를 밀어냈어요. 당신도 그렇게 하세요. 당신으로부터 레오 형제를 밀어내세요. 새로운 싸움이 시작되고 있어요.」

나는 아무 말도 못하고 따라갔다. 깊은 구렁텅이가 시작되고 있음을 느낀 나는 프란체스코의 옷자락에 매달렸다…….

우리는 아시시로 올라가 광장 한가운데 섰다. 프란체스코는 사람들을 불러 모으기 위해 허리에 매단 숫양의 방울을 풀어 흔들기 시작했다. 많은 행인들이 발걸음을 멈추고 그를 둘러쌌다. 게다가 아침부터 포도주를 마시며 한가로운 시간을 보내던 (일요일이다) 사람들도 술집에서 뛰어나와 모여들었다. 프란체스코는 팔을 뻗어 그들에게 인사를 건넸다.

「당신께 평화를!」 모여드는 모든 사람에게 그가 말했다. 「당신께 평화를!」

사람들이 모여 광장이 가득 찼을 때 그는 두 팔을 벌렸다.

「평화를!」 그가 외쳤다. 「여러분의 마음에, 여러분의 가정에, 여러분의 원수에게 평화를, 그리고 온 세계에 평화를! 하느님의 나라가 가까이 왔도다!」

그의 목소리는 계속 갈라졌다. 그는 똑같은 말을 계속 반복했고, 더 이상 말을 할 수 없을 때는 울기 시작했다. 「평화를, 평화를!」 그는 청중이 하느님과 화해하고, 사람들과 화해하고, 자신의 마음과 화해하기를 호소하며 외쳤다. 어떻게? 방법은 오로지 하나, 사랑하는 것이다.

「사랑하시오! 사랑하시오!」 그는 이렇게 외치고 나서는 또다시 울기 시작했다.

여자들이 그의 설교를 듣기 위해 문밖으로 나오거나 지붕 위로 올라가기 시작했다. 이번에는 군중들이 웃지도 않았고, 그를 놀리지도 않았다. 프란체스코는 날마다 아시시의 거리를 돌아다니며 똑같은 말로 설교했다. 항상 똑같은 말, 똑같은 눈물이었다. 나 역시 그의 옆에 서서 울었지만 말은 하지 않았다. 매일 아침 일찍 나는 숫양의 방울을 들고 거리를 뛰어다니며 외쳤다. 「모이세요, 모두 모이세요. 프란체스코가 설교를 합니다!」

어느 날 저녁 설교가 끝나고 우리가 밤을 지내기 위해 동굴로 올라가려는 즈음 퀸타발레의 베르나르도라는 상인이 프란체스코에게 다가왔다. 그는 베르나르도네와 같은 포목상이었으며 나이는 프란체스코보다 조금 더 먹었고 우수에 젖은 얼굴과 사려 깊은 푸른 눈을 가지고 있었다. 그는 프란체스코가 밤새도록 놀고 마실 때 한 번도 어울린 적이 없었으며, 나중에 나에게 털어놓은 바로는 성서를 공부하면서 한밤중까지 오랜 시간을 앉아 있곤 했다고 한다. 그는 『구약 성서』에서 야훼의 맹렬함에 겁먹었고, 예수를 읽을 때 그의 마음은 온통 슬픔과 기쁨이 교차했다고 했다.

그는 프란체스코에 대해 듣고 처음에는 비웃었다. 교회를 수리하고, 문둥이에게 입 맞추고, 군중 앞에서 자신이 입고 있던 옷을 벗어 아버지에게 돌려주는 행동 등이 모두 베르나르도네의 철없는 아들이 벌이는 일련의 새로운 장난질이라고 생각했기 때문이다. 그런데 지금 그가 방울을 들고 거리를 돌아다니며, 소위 자신이 말하는 새로운 광기에 대해 설교를 하고 있는 것이다. 베르나르도는 〈새로운 광기〉라는 것이 정확히 무엇인지 이해할 수가 없었다. 그는 매일 프란체스코가 광장에서 소리치고 울고 하는 것을 보았다. 그는 자신이 인간을 죄로부터 구원하기 위해 싸우고 있다고 말했다. 〈그가〉 어떻게 인간을 죄로부터 구한다는 말인가, 지금까지 밤마다 흥청망청 술이나 마시던 그 사람이? 그러나 소위 미친 소리는 생각보다 오래 지속되었다. 혹시 하느님께서 정말 그에게 굶주림과 헐벗음과 조롱을 견딜 수 있는 힘을 주신 것일까? 내가 만일 부끄러울 것이 없다면 그와 얘기해 봐야겠다. 베르나르도는 혼잣말을 했다. 나는 지금까지 며칠 밤을 잠을 잘 수가 없었다. 그가 자꾸자꾸 내 마음속으로 들어와 손짓했다. 도대체 그가 나에게 무엇을 하라고 말하려는 것인가……?

그는 더 이상 견딜 수가 없어 마침내 프란체스코에게 다가갔다.

「나를 기억하시겠어요, 프란체스코 님? 나는 퀸타발레의 베르나르도입니다. 오늘 밤 우리 집에서 묵으시면 어떻겠습니까?」

프란체스코는 그를 쳐다보았다. 베르나르도의 눈에서 고뇌와 열망을 읽을 수 있었다.

「이게 웬 기적 같은 일입니까, 베르나르도 형제? 바로 어젯밤
에 당신의 꿈을 꾸었거든요! 하느님께서 당신을 보내셨습니다.
나의 형제여, 환영합니다! 당신이 오신 것에는 숨겨진 뜻이 있습
니다. 좋아요, 앞장서세요!」

프란체스코가 나를 보고 머리를 끄덕였다. 「레오 형제, 당신도
함께 갑시다. 당신과 나는 헤어질 수 없잖소!」

우리는 베르나르도의 저택으로 갔다. 하인들이 우리에게 음식
을 장만해 주었다. 그러고는 문에 기대서서 프란체스코가 하느님
과 사랑과 인간의 영혼에 대해 말하는 것을 들었다. 공중에는 천
사들이 가득했다. 열린 창문 사이로 천국이 보였다. 푸르고 환하
게 빛나며, 성인들과 천사들이 손을 잡고 영원한 풀밭 위를 거닐
며 이야기를 나누고 있었고, 그들의 머리 위에 케루빔 천사와 세
라핌 천사가 별처럼 반짝이고 있었다.

그러나 프란체스코가 말을 마치자 모든 것이 현실로 돌아왔다.
창밖의 우물 둘레에 화분들이 놓여 있는 정원이 다시 보였다. 하
녀가 울음을 터뜨렸다. 잠시나마 천국에 들어갔었는데 지금은 다
시 지상으로 돌아와 다시금 하녀가 된 것이었다.

거의 자정 무렵이었다. 베르나르도는 머리를 숙인 채 방문객의
말을 황홀한 마음으로 듣고 있었다. 비록 프란체스코는 더 이상
말을 하지 않았지만, 주인은 자기 안에서 손님의 존재를 계속 느
끼고 있었다. 맨발로 노래하며 누더기를 걸친 프란체스코가 앞에
서 나아가며 그의 머리를 돌려 신호를 보내고 있었다……

「프란체스코 님.」그가 올려다보며 말했다. 「당신의 말을 듣고
있는 동안 내내 이 세상은 사라지고 오로지 하느님의 낭떠러지
위에서 노래 부르는 영혼만 있었습니다. 그렇지만 나는 어느 부
분이 사실이고 어느 부분이 꿈인지를 알 수가 없습니다. 프란체

스코 님, 밤은 하느님의 사자(使者)들이 가장 좋아하는 시간이라고 합니다. 오늘 밤 하느님의 사자가 나에게 어떤 메시지를 가져다주는지 봅시다.」

그는 자리에서 일어났다. 「프란체스코 님, 오늘 밤 당신과 나는 같은 방에서 잠을 잘 겁니다.」

그는 자신의 감정을 감추기 위해 웃었다.

「사람들은 성자의 길이 전염병이라고 말합니다. 어디 두고 봅시다!」

베르나르도에게는 그럴 만한 이유가 있었다. 프란체스코를 시험해 보고 싶었던 것이다. 그는 자리에 눕자마자 잠에 곯아떨어진 것처럼 코를 골기 시작했다. 그 속임수는 성공적이었다. 베르나르도가 쉽게 잠에 떨어졌다고 생각한 프란체스코는 침대에서 빠져나와 바닥에 무릎을 꿇고 성호를 긋고 나지막한 목소리로 기도를 올리기 시작했다. 베르나르도는 귀를 쫑긋 세우고 들었으나 다음 말밖에는 들을 수가 없었다.

「나의 전부이신 나의 하느님! 나의 전부이신 나의 하느님!」

이 말은 새벽까지 계속되었고, 새벽이 되자 프란체스코는 살그머니 침대로 기어 들어가 잠이 든 척했다. 프란체스코의 기도를 들으며 밤새 눈물을 흘렸던 베르나르도는 자리에서 일어나 정원으로 나갔다. 나는 이미 일어나 우물에서 물을 긷고 있었다. 나는 베르나르도를 돌아다보았다. 그의 눈은 불타고 있었다.

「무슨 일입니까, 베르나르도 씨?」 내가 물었다. 「눈이 빨갛게 충혈되셨어요.」

「프란체스코가 밤새도록 한잠도 안 자고 기도하고 있었는데 커다란 불길이 그의 얼굴을 휩싸고 있었어요.」

「그건 불길이 아니에요, 베르나르도 님, 그건 하느님이에요.」

그때 프란체스코가 나타나자 베르나르도는 즉시 그의 발아래 엎드렸다.

「한 가지 생각이 계속 나를 괴롭히고 있습니다, 프란체스코 님.」 그가 말했다. 「나를 불쌍히 여겨 내 마음을 달래 주십시오.」

프란체스코가 베르나르도의 손을 잡고 그를 일으켜 세웠다.

「나는 듣고 있어요, 베르나르도 형제. 그러나 내가 아니라 하느님께서 당신의 마음을 달래 주실 것입니다. 당신을 괴롭히는 것이 무언지 말해 보세요.」

「어떤 훌륭한 귀족 양반이 나에게 커다란 보물을 맡겼습니다. 그래서 몇 년 동안이나 그것을 지켜 왔습니다. 그런데 이제 나는 길고 위험한 여행을 떠날 계획입니다. 그의 보물을 어떻게 해야 되겠습니까?」

「그것을 맡긴 사람에게 돌려주어야 합니다, 베르나르도 형제. 그 훌륭한 귀족이 누구입니까?」

「그리스도이십니다. 나의 모든 재산은 그분 덕입니다. 그러니까 그분의 것입니다. 어떻게 하면 그분께 돌려 드릴 수 있겠습니까?」

프란체스코는 깊은 생각에 빠졌다.

「이건 아주 중요한 문제입니다, 베르나르도 형제.」 이윽고 그가 말했다. 「나 혼자 힘으로는 대답할 수가 없습니다. 그렇지만 우리 같이 교회로 가서 그리스도께 직접 물어봅시다.」

*

우리 셋은 모두 대문 쪽으로 갔다. 바로 그때 누군가 문을 두드렸다. 베르나르도가 달려가서 누군지 보자마자 아주 행복한 목소리로 외쳤다.

「아니, 피에트로 님이 아니십니까? 이렇게 일찍 웬일입니까?

그런데 안색이 말이 아니군요.」

피에트로는 볼로냐 대학의 저명한 법학 교수였다. 그는 아시시 출신으로 가끔씩 휴식을 취하러 고향을 찾곤 했다. 그러나 이번에는 며칠 전에 가장 사랑하는 제자가 죽었기 때문에 볼로냐를 떠나온 것이었다. 그는 슬픔을 견디지 못해 아버지의 집에 칩거하면서 누구도 만나기를 거부하고 있었다.

「혼자 있소, 베르나르도?」 그가 물었다.

「아뇨, 베르나르도네 씨의 아들 프란체스코도 여기 같이 있어요. 그의 친구와 함께요.」

「상관없어요. 그들이 있는 데서 말할게요.」 피에트로가 말하면서 정원 안으로 들어왔다.

그는 체구가 크고, 귀족적이었으며, 매서운 잿빛 눈과 짧고 곱슬곱슬한 턱수염을 가지고 있었다. 그러나 밤늦게까지 오랜 시간 연구를 했기 때문에 그의 볼은 홀쭉하게 살이 빠졌고 그의 얼굴 전체는 그리스도의 수난을 기록하기 위해 수사들이 사용하던 값비싼 양피지처럼 메마르고 누르스름했다.

그는 괴로운 듯 숨을 쉬며 걸상 위에 주저앉았다. 우리 세 사람은 그를 둘러싸고 서서 그의 말을 듣기 위해 몸을 기울였다.

그가 심호흡을 했다.

「나를 용서하시오.」 그가 말했다. 「처음부터 얘기를 하자면, 나에게는 아들만큼이나 사랑했던 구이도라는 이름의 학생이 있었소. 그는 책에서 눈을 떼어 본 적이 없는 학생이었죠. 나이는 스무 살밖에 안 되었지만 노인과 같은 지혜와 학식을 갖추고 있었소. 게다가 그토록 총명한 사람에게서는 흔히 찾아보기 힘든 불같은 열정까지도 겸비한 학생이었소. 그런 이유로 그 학생을 사랑했는데……, 며칠 전에 그가 죽었소.」

그는 솟구치는 슬픔을 참느라 입술을 깨물었지만, 두 개의 커다란 눈물방울이 뺨을 타고 흘러내렸다. 베르나르도가 컵에 물을 따라 주자 피에트로는 물을 마셨다.

「그가 마지막 고통 속에서 헤매던 그날, 나는 그의 머리 위로 몸을 굽혀 말했어요. 〈나의 아들 구이도야, 만일 하느님께서 너를 그분 가까이 부르기로 정하셨다면, 내가 너에게 부탁하고 싶은 것이 있단다.〉

그랬더니 그 애가 대답했어요. 〈무슨 부탁이죠, 아버지? 원하시는 대로 뭐든지 해드릴게요.〉

〈밤에 내 꿈속으로 찾아와 저 세상이 어떻게 돌아가고 있는지 알려 다오.〉

〈네, 꼭 찾아올게요.〉그 젊은 학생이 중얼거리면서 내 손을 잡더니 숨을 거두고 말았어요.

나는 즉시 볼로냐를 떠나 이곳으로 와서 그가 나의 꿈속으로 찾아오기를 기다리며 혼자 지냈어요.」

피에트로는 목소리가 갈라졌기 때문에 할 수 없이 잠시 말을 쉬었다. 이윽고 그가 다시 말을 계속했다.

「그가 왔어요, 오늘 새벽녘에······.」

베르나르도가 피에트로 옆에 웅크리고 앉아서 그의 손을 붙잡았다.

「기운 차리세요, 피에트로.」그가 말했다.「진정하시고, 그 학생이 뭐라고 말했는지 우리에게 말해 주세요.」

프란체스코와 나는 몹시 듣고 싶은 나머지 몸을 더 기울였다.

「그 애는 이상한 옷을 입고 있었어요. 아니, 그것은 옷이 아니라 수백 개의 종잇조각을 꿰매서 몸 둘레에 둘러 놓은 것 같았어요. 그건 그가 공부하면서 썼던 원고들이었고 그 위에는 모든 문제와 질문과 철학적, 논리적 수수께끼들과 신학적 관심사들이 적혀 있었어요. 구원받는 방법, 지옥에서 도망쳐 연옥으로 올라가는 방법, 그리고 연옥에서 천국으로 올라가는 방법…… 그 애는 종이들이 하도 무거워서 걸으려 해도 걸을 수가 없는 것 같았어요. 바람이 불고 있었어요. 바람이 원고들을 날려 버리자 온몸이 진흙과 풀로 뒤덮인 앙상한 골격이 드러났어요. 나는 소리쳐 물었어요. 〈나의 아들 구이도야, 너를 둘러싸고 있는 이것들이 무엇이냐, 너를 걷지도 못하게 하는 이 종잇조각들이 무엇이냐?〉

〈저는 방금 지옥에서 왔어요〉라고 그 애가 대답했어요. 〈이제 연옥으로 올라가려 애쓰고 있어요. 그런데 갈 수가 없어요. 종이 때문이에요…….〉 그 애가 그렇게 말할 때 그의 눈 하나가 눈물로 변하더니 나에게 떨어져서 내 손이 데었어요. 여길 보세요!」

그가 오른손을 내밀었다. 거기에는 눈알처럼 완전히 동그란 빨간 상처가 있었다. 베르나르도와 나는 공포에 사로잡혔다. 그러나 프란체스코는 그저 조용히 미소 지을 뿐이었다.

피에트로가 일어섰다. 「이제 모든 게 끝났어요.」 그가 말했다. 「여기 오기 전에 나는 모든 원고를, 나의 모든 원고와 모든 책들을 불 속에 던져 태워 버렸어요. 나는 구원받았어요! 저 세상으로부터 나에게 그런 메시지를 전해 준 나의 사랑하는 제자에게 축복이 있기를 빌어요. 나의 새로운 생활이 시작되고 있어요, 하느님 감사합니다!」

「사랑하는 피에트로, 그럼 이제 어떤 길을 갈 겁니까?」 베르나르도가 물었다. 「당신이 걸어갈 새로운 생활은 어떤 것입니까?」

「아직 모르겠어요. 아직 몰라요…….」 그 학자가 생각에 잠겨 대답했다.

「난 알아요!」 그때 프란체스코가 끼어들었다. 그는 손을 뻗어

187

대문을 열었다. 「난 알아요! 두 분 다 나를 따라오세요!」

프란체스코가 앞장서서 갔다. 두 친구들이 팔을 끼고 따라갔고 나는 맨 뒤에서 갔다. 저 두 영혼은 이미 오르막길을 갈 준비가 되어 있구나……라고 나는 생각했다.

우리는 산루피노 성당 옆을 지나갔다. 그곳에서는 미사가 진행 중이었고 교회는 만원이었지만 우리는 그냥 지나쳤다. 그 대신 우리는 모퉁이를 돌아 아주 조그만, 버려져 있는 산니콜라오 성당에 도착했다. 프란체스코가 문을 열었고 우리는 안으로 들어갔다. 제단 위에는 십자가가 걸려 있고 작은 램프가 비추고 있었다. 벽에는 성 니콜라오의 얘기가 그림으로 그려져 있었다. 성 니콜라오는 물고기와 배들과 드넓은 바다에 둘러싸여 있었다.

「베르나르도 형제, 당신은 나에게 질문을 했지요.」 프란체스코가 말했다. 「무릎을 꿇으세요. 그리스도께서 대답을 주실 겁니다.」 그는 제단 앞으로 나아가 무릎을 꿇고 성호를 긋고 은장본의 무거운 복음서를 집어 들었다.

「이것이 그리스도의 입입니다.」 그가 말했다.

그는 복음서를 열고 어떤 구절에 손가락을 올려놓더니 큰 소리로 읽기 시작했다.

「〈네가 완전한 사람이 되려거든 가서 너의 재산을 다 팔아 가난한 사람들에게 나누어 주어라. 그러면 하늘에서 보화를 얻게 될 것이다.〉」

그는 복음서를 닫았다가 다시 한 번 열더니 또 읽었다.

「〈나를 따르려는 사람은 누구든지 자기를 버리고 제 십자가를 지고 따라야 한다.〉」

프란체스코가 무릎을 꿇고 앉아 울면서 듣고 있는 베르나르도를 향했다.

「더 이상 의심나는 것이 있습니까, 베르나르도 형제?」 그가 물었다. 「그리스도께서 다시 한 번 입을 열어 말해 주기를 바랍니까?」

「아니요, 아닙니다.」 그는 감정이 복받쳐 말하면서 벌떡 일어섰다. 「나는 준비가 되었습니다.」

「나도 그렇습니다.」 베르나르도 뒤에서 목소리가 들렸다. 피에트로였다. 그도 바닥에 엎드려 듣고 있었던 것이다.

「자, 그럼 갑시다!」 프란체스코가 기쁨에 겨워 말했다. 그는 두 사람의 새로운 개심자 사이에서 발걸음을 떼며 그들의 허리를 감싸 안았다. 「피에트로 님, 당신은 이미 그리스도의 가르침대로 행했습니다. 당신의 전 재산인 원고와 책과 연필 들을 모두 태워 버렸고 잉크도 다 쏟아 버렸어요. 그리고 구원을 찾았어요……. 이제 당신 차례예요, 베르나르도 형제! 당신의 가게를 활짝 열어 놓고 가난한 사람들을 불러 당신이 팔던 옷감들을 나눠 주세요. 그리고 헐벗은 자들에게 옷을 주세요! 자를 꺾어 버리고 금고를 열어 나눠 주고 또 나눠 주고, 구원을 찾으세요. 베르나르도 형제, 우리가 가난한 형제들로부터 빌렸던 것을 반드시, 절대적으로 반드시, 돌려주어야 합니다. 만일 정교한 황금 사슬 하나만 갖고 있더라도 그것이 영혼을 끌어내려 영혼이 일어나서 날아가는 것을 막는다는 사실을 알게 될 것입니다!」

그러고 나서는 제단의 십자가를 향했다.

「그리스도, 나의 주님이시여, 당신은 당신의 물건을 어찌 그렇게 싼값에 우리에게 파십니까! 우리는 작은 가게의 물건을 나눠 줌으로써 하늘의 왕국을 삽니다. 그리고 낡은 종이를 태움으로써 영생을 얻습니다!」

「자, 갑시다, 낭비할 시간이 없습니다.」 베르나르도가 말했다. 허리띠에 찬 가게 열쇠를 풀면서 그가 뛰어가기 시작했다.

신자들이 미사를 끝내고 나오고 있었다. 교회들은 문을 닫고, 술집들은 문을 열고 있었다.

구름은 흩어지고 햇빛이 밝게 빛났다. 겨우 28일밖에 갖지 못한 불쌍한 2월의 날씨가 6월만큼이나 따뜻했다. 나무들은 벌써 도르르 말려 있는 조그만 새싹들을 내놓기 시작했다.

내 인생에서 몇 번이나 봄이 오는 것을 보았던가! 하지만 내가 이렇게 봄의 진정한 의미를 깨닫기는 이번이 처음이다. 올해 처음으로 나는 모든 것이 하나이며 나무든 인간의 영혼이든 모든 것이 똑같은 하느님의 법칙을 따른다는 것을 알게 되었다(프란체스코가 나에게 가르쳐 준 것이다). 영혼도 역시 나무들과 마찬가지로 봄을 맞이하며 잎을 피운다……

우리가 산조르조 광장에 도착하자 베르나르도는 열쇠를 꽂아 가게 문을 열었다. 그는 문지방에 서서 외쳤다.「가난한 사람들은 누구든지, 헐벗은 사람들은 누구든지, 이리 오세요! 그리스도의 이름으로 이 가게의 모든 물건을 나눠 드리겠습니다.」

그의 오른쪽에는 프란체스코가, 왼쪽에는 피에트로가 서 있었고, 나는 가게 안에서 둘둘 말아 놓은 직물 뭉치들을 날라다 그들 앞에 쌓아 놓았다.

사람들이 얼마나 달려왔던가! 여자들, 소녀들, 노인들, 누더기를 걸친 거지들, 그들의 눈은 얼마나 빛났던가. 그들은 일요일의 공기 속으로 얼마나 열심히 손을 뻗었던가! 베르나르도는 즐거운 듯 싱글벙글하며 어떤 사람과 행복하게 농담을 주고받기도 하고 다른 사람을 놀리기도 하면서 손에는 큰 가위를 들고 옷감을 잘라 자신의 재산을 나누어 주었다.

프란체스코가 가끔씩 베르나르도를 돌아다보았다. 그는 안도의 한숨을 짓곤 했다.

「프란체스코 형제, 이 얼마나 기쁜 일인지요! 이 얼마나 홀가분한 일인지요!」

실베스테르 신부가 우연히 그곳을 지나가게 되었다. 베르나르도가 자신의 물건을 마구 꺼내다가 뿌리는 것을 보고 사제의 가슴은 찢어지는 듯했다.

「소중한 재산을 저렇게 낭비하다니, 정말 안타까운 일이군!」그가 중얼거렸다. 「베르나르도가 그런 생각을 하게 된 것은 틀림없이 저 미치광이 같은 프란체스코 때문일 거야.」

사제는 걸음을 멈추고 쳐다보며 고개를 저었다. 프란체스코는 그가 무슨 생각을 하고 있는지 짐작할 수 있었다.

「실베스테르 신부님, 그리스도께서 하신 말씀을 기억하시죠, 그렇죠? 제가 이렇게 상기시켜 드리는 것을 용서하십시오. 〈네가 완전한 사람이 되려거든 가서 너의 재산을 다 팔아 가난한 사람들에게 나누어 주어라. 그러면 하늘에서 보화를 얻게 될 것이다.〉그런데 신부님께서는 왜 고개를 저으셨습니까?」

실베스테르 신부는 얼굴이 빨개져서 기침을 하며 가던 길을 가 버렸다.

프란체스코는 신부님의 마음을 상하게 해드린 것 같아 마음이 괴로웠다. 「실베스테르 신부님, 실베스테르 신부님!」그가 소리쳤다.

신부가 돌아다보았다.

「저는 단지 그리스도의 말씀을 상기시켜 드린 것뿐입니다, 용서하십시오. 하느님의 사제이신 신부님께서는 당연히 죄인인 저보다 더 잘 알고 계실 텐데요.」

만일 프란체스코가 좀 더 가까이 갔더라면 사제의 두 눈에서 흐르는 눈물을 볼 수 있었을 것이다.

저녁이 되었을 때 가게는 텅 비고 사방의 벽만 남았다. 자를 집어 든 베르나르도는 그것을 부러뜨린 다음, 조각들을 도랑에 버렸다. 가위까지 내버리고 나서 그는 성호를 그었다. 「하느님, 감사합니다. 이제 아주 홀가분합니다.」 그가 말했다.

그는 팔로 피에트로의 허리를 감쌌고, 두 사람은 프란체스코를 따라갔다.

부유하고 분별력 있는 사업가와 학식 있는 법학 교수의 이런 이상한 행동은 즉시 아시시 전체를 시끄럽게 만들었다. 우리는, 상당히 충격을 받은 나이 든 지역 인사들이 바로 그날 밤에 베르나르도의 삼촌 집에 모여 그런 몹쓸 전염병을 몰아낼 수 있는 방법을 의논했다는 말을 들었다. 그것은 전염병이 틀림없다. 게다가 주로 젊은 사람들이 많이 걸리는 병이다. 그러니까 그 병이 젊은이들의 머리를 돌게 만들어 선조 때부터 오랜 세월 이마에 땀 흘려 가며 모은 재산을 헐벗고 맨발인 자들에게 뿌려 버리지 않도록 각자가 잘 단속해야 한다. 지금 이곳에서 새로운 미치광이가 사람들의 머릿속에 그런 생각을 집어넣어 우리의 가정을 파괴하고 있으니 그를 몰아내자. 그를 우리 아시시의 경계선 밖으로 쫓아내 악마에게나 가도록 해야 한다……! 그래서 그들은 주교를 찾아가고, 마을 원로들의 위원회도 찾아가 아시시로부터 이런 수치스러운 일을 몰아내 달라고 요청하기로 결정했다.

그사이 과부 조반나의 가난한 집에서는 체구가 당당하고, 햇빛에 그을은, 쾌활한 거인 한 사람이 불을 쬐고 앉아 있었다. 그는 자신의 늙은 숙모가 성호를 긋고 새로운 성자의 이름을 축복하는 것을 지켜보고 있었다. 얼마 전부터 사람들은 프란체스코를 새로운 성자라 부르기 시작했었다. 그로부터 며칠 후에 그 사람 자신이 우리들에게 고백한 바에 의하면, 그는 숙모를 비웃고 놀리면서 이렇게 말했다고 한다.「흥, 그런 난봉꾼이 어떻게 그리 쉽게 성자가 될 수 있겠어요! 내가 가서 숙모님의 성인이라는 그 프란체스코를 찾아오겠어요. 보세요, 그를 찾아올 테니. 그렇지 않으면 에지디오라는 내 이름을 갈겠어요. 내가 포도주 한 병과 그의 입맛을 돋울 연한 돼지고기 구운 것을 가지고 갈 거니까. 숙모님은 그가 얼마나 곤드레만드레 술에 취하는지 보시게 될 거예요. 그러면 그 녀석의 목에 올가미를 씌워 광장으로 끌고 갈 거예요. 내가 손뼉을 치면 그 녀석은 훈련받은 곰처럼 춤을 추기 시작할 거예요.」

*

며칠이 지나갔다. 이제 네 명의 탁발 수도사들로 이루어진 우리 일행은 아시시를 떠나 버려진 교회 포르티운쿨라에 거처를 정했다. 우리는 꽃이 핀 아몬드나무 앞쪽에다 나뭇가지들을 세우고 회반죽을 입혀 오두막을 지었다. 우리들의 최초의 수도원이었다.

몇 시간 동안이나 우리는 무릎을 꿇은 채 하늘을 우러러보며 기도를 드렸다. 프란체스코는 우리에게 사랑과 가난과 평화에 대해서, 그리고 영혼의 평화와 세계의 평화에 대해서 얘기했다. 그리고 나는 지금까지 아무것도 안 하고 질문만 하면서 무엇이든지 알아내려고 했지만 이제는 새로운 수도사들이 동참하면서 조용히 입 다물고 있는 것을 배웠다. 어느 날 피에트로가 내가 살아 있는 한 평생 잊지 못할 말을 했다.「우리들의 정신은 아무것도 안 하면서 말만 하고, 질문하고, 의미를 찾으려 합니다. 그러나 마음은 말하지도 않고, 질문하지도 않고, 의미를 찾지도 않습니다. 그저 조용히 하느님께로 가서 자신을 그분께 내맡깁니다. 정신은 사탄의 변호사요, 마음은 하느님의 종입니다. 마음은 주님께 머리 숙여 이렇게 말합니다.〈당신 뜻대로 이루어지게 하소서!〉

193

프란체스코가 그 말을 듣고 미소 지었다.

「피에트로 님.」 프란체스코는 언제나 그에 대한 존경의 표시로 그를 이렇게 불렀다. 「피에트로 님, 당신 말이 옳습니다. 내가 학생이었을 때 어떤 학식 높은 신학자가 크리스마스 즈음하여 아시시에 왔었죠. 그는 산루피노 성당의 연단으로 올라가 그리스도의 탄생과 이 세상의 구원과 도저히 이해할 수 없는 그리스도의 육화(肉化)의 신비에 대한 모든 것을 몇 시간 동안이나 계속해서 연설했습니다. 나의 정신은 몽롱해졌고 머리에는 현기증이 나기 시작했습니다. 더 이상 참을 수가 없어서 나는 이렇게 소리쳤어요. 〈선생님, 우리들이 그리스도께서 구유에서 울고 있는 소리를 들을 수 있도록 좀 조용히 해주세요!〉 집에 돌아왔을 때 아버지는 나의 엉덩이를 때리셨지만 어머니는 나를 조용히 불러 축복해 주셨지요……」

베르나르도 형제는 입을 열어 말하는 일이 거의 없었다. 매일 아침 동틀 무렵이면 나무 밑에 무릎을 꿇고 앉아서 기도에 몰입해 있곤 했다. 하지만 눈꺼풀을 내리고 볼이 움푹 파인 채 입술을 조금씩 떠는 것으로 봐서 하느님과 대화를 하고 있는 것이 분명했다. 어쩌다 우리에게 말을 하면서 그리스도의 이름을 언급할 때는 마치 꿀이라도 발라 있는 것처럼 입술을 빨곤 했다.

해가 뜨기 시작하면 우리는 습관적으로 흩어졌다. 한 사람은 물을 길러 가고, 또 한 사람은 나무를 가지러 가고, 세 번째 사람은 동냥하러 가고, 프란체스코는 아시시의 거리와 근처 마을을 돌며 사랑에 대해 설교했다. 소위 〈새로운 미친 소리〉였다. 그는 자주 빗자루를 들고 나가 마을의 교회들을 청소하곤 했다. 그는 늘 〈교회는 하느님의 집이고, 나는 문지기예요. 청소는 내 책임이지요〉라고 말했다.

어느 날 아침 우리가 오두막에서 무릎을 꿇고 소리내어 기도를 드리고 있을 때, 그날은 성 조르조 대축일이었는데, 몸집이 아주 큰 사람이 우리를 엿보면서 아주 천천히 다가오는 것이 시야에 들어왔다. 그의 겨드랑이에는 큰 포도주 병과 레몬 잎으로 싼 무언가를 끼고 있었다. 구운 고기 냄새가 코를 찔렀다.

그는 교회 첨탑만큼 컸고, 햇빛 그을은 얼굴에 몸집이 육중했다. 그러나 가볍고 사뿐한 발걸음으로 소리 없이 우리들의 오두막으로 다가와서 벽에다 얼굴을 대고 나뭇가지 사이로 우리의 동정을 살피기 시작했다. 나는 곁눈질로 그를 지켜보았다.

아침마다 늘 그렇게 하듯이 프란체스코가 어젯밤에 자기가 하느님께 무슨 얘기를 했는지, 그리고 하느님께서는 뭐라고 말씀하셨는지를 우리에게 말하기 시작했다.

그 숨어 있는 거인도 귀를 쫑긋 세우고 입을 크게 벌린 채 듣고 있었다. 그러다가 갑자기 돌아서서 황급히 나무 덤불로 가더니 잠시 후 빈손으로 돌아왔다. 그러고는 다시 우리의 오두막에다 얼굴을 붙이고 계속 들었다.

「주님.」 그때 프란체스코가 말했다. 「주님, 만일 제가 당신을 사랑하는 이유가 저를 천국에 보내 달라고 하기 위한 것이라면 칼을 든 천사를 보내 천국의 문을 닫아 버리게 하소서. 주님, 만일 제가 지옥에 가는 것이 두려워서 당신을 사랑한다면, 저를 영원한 불구덩이 속으로 던져 넣으십시오. 그렇지만 제가 당신을 위해서, 당신만을 위해서 당신을 사랑한다면 당신의 팔을 활짝 벌려 저를 받아 주소서.」

몰래 듣고 있던 그 사람이 성큼성큼 걸어와 문 앞에서 멈추었다. 그의 얼굴은 창백했고 두 눈에서는 굵은 눈물이 흘러내렸다. 그는 프란체스코의 발밑에 엎드려 이렇게 외쳤다. 「나를 용서해 주세요, 프란체스코 형제. 나는 아시시에서 온 에지디오라는 사람입니다. 나는 당신을 우습게 보고, 여기에 와서 당신을 술 취하게 만든 후 목에 올가미를 씌워 산조르조 광장으로 끌고 간 다음 내가 손뼉을 치면 당신이 춤을 추게 만들겠다고 내기를 걸었습니다.」

「그렇게 못할 것도 없지요, 에지디오 형제.」 프란체스코가 크게 웃으며 말했다. 「산조르조 광장으로 갑시다. 오늘 그곳에는 사람이 모일 것이 틀림없으니까요. 당신이 손뼉을 치면 내가 춤을 출게요. 나는 당신이 내기에서 지는 걸 원치 않아요.」

그는 에지디오의 겨드랑이에 손을 넣어 그를 일으켜 세웠다.

「어서 갑시다. 사람들이 기다리고 있어요.」 프란체스코가 말했다.

그들이 떠났다. 저녁이 될 때까지 베르나르도와 피에트로와 나, 이렇게 세 사람은 오두막 바깥에 앉아서 기다리고 있었다.

「프란체스코 형제가 늦어지네요.」 내가 말했다. 「아직도 춤을 추고 있는지 모르겠군요.」

「물론 춤을 추고 있을 겁니다.」 피에트로가 말했다. 그는 잠시 말이 없더니 이렇게 말했다. 「슬픈 일이지만, 나 같으면 도저히 그렇게 할 용기가 나지 않을 거예요. 나는 아직도 사람들 앞에서 부끄러움을 느껴요. 그것은 내가 아직도 하느님 앞에서 부끄러워하는 것을 배우지 못했다는 뜻이지요.」

우리가 얘기하고 있을 때 프란체스코가 갑자기 나타났다. 그의 뒤에는 몸집이 크고 쾌활한 에지디오가 마치 날개라도 단 듯 가벼운 발걸음으로 걸어오고 있었다.

프란체스코가 같이 온 사람의 손을 잡고 우리들에게 왔다.

「이 사람이 나를 춤추게 만들었어요.」 그가 웃으며 말했다. 「그렇지만 나도 이 사람을 춤추게 만들었지요! 처음에는 나 혼자 하느님 앞에서 춤을 추고 이 사람은 손뼉을 쳤어요. 그런데 조금 지나자 에지디오 형제가 샘이 났나 봐요. 손뼉 치는 것을 멈추더니 나의 어깨를 붙잡았고 우리 둘은 함께 춤을 추기 시작했어요. 마치 이 세상의 모든 피조물이 우리의 어깨를 잡고 하느님 앞에서 같이 춤을 추는 것 같았어요.」

「얼마나 멋진 춤이었는지 모릅니다, 나의 형제들이여! 혼자서 춤추는 것과 많은 사람이 춤추는 것은 아주 달랐어요. 처음에는 둘에서, 그다음에는 셋에서, 그리고 서른세 명, 10만 세 명, 그리고 온 세상 모든 사람들이, 그리고 모든 동물과 새들이 함께, 그다음에는 나무들과 바다와 산까지, 모든 피조물이 창조주 앞에서 춤을 춘 거예요. 그렇지 않았소, 에지디오 형제?」

「나에게는 다른 일을 시키지 마세요.」 그가 웃으며 대답했다. 「춤추는 것이 정말 좋아요! 나는 당신의 어깨 위에 나의 손을 얹고 영원무궁토록 춤을 출 거예요, 프란체스코 형제.」

「자, 우리의 새로운 형제를 환영합시다.」 프란체스코가 두 팔을 벌리며 말했다.

「환영합니다! 환영합니다!」 우리 모두 외치면서 에지디오에게 달려가 포옹했다.

그 새로운 탁발 수도사가 얼굴을 붉혔다. 그는 무언가 말하고 싶은 것이 있지만 망설이는 것 같았다. 드디어 그가 용기를 냈다.

「프란체스코 형제, 내가 약간의 음식과 포도주를 한 병 가져왔어요.」

「오늘 우리는 당신의 생일을 축하하는 겁니다.」 프란체스코가 에지디오의 넓은 어깨를 쓰다듬으며 말했다. 「당신의 건강을 위해 마십시다. 약간의 포도주는 상관없습니다. 지금 우리가 불충을 저질러도 하느님은 용서하실 겁니다. 그러고 나서 거룩한 배고픔과 거룩한 목마름을 허락하실 것입니다. 그럼 이제 죄악의 도구들을 가져오시오!」

에지디오는 한걸음에 달려가서 덤불 속에 숨겨 놓았던 구운 돼지고기와 포도주 병을 가져왔다.

「에지디오 형제를 위해서!」 프란체스코가 병을 들어 올리며 말했다. 「오늘 그가 태어났습니다. 앞날이 번창하기를! 그는 오늘 결혼했습니다. 그리고 딸을 낳았어요. 그의 행복을 빌어 줍시다. 그 딸의 이름은 〈가난〉이도다!」

*

그로부터 며칠 지나지 않아서, 우리들 각자가 일상적 일을 보기 위해 출발하려는데 포르티운쿨라 성당 입구에 실베스테르 신부가 나타났다. 그는 고개를 숙이며 죽도록 부끄러워했고, 계속 울었기 때문에 눈은 충혈되어 있었고 손은 떨고 있었다. 겨드랑이에는 무슨 뭉치인가를 끼고 있었다.

프란체스코는 두 팔을 벌려 환영했다. 「실베스테르 신부님, 이렇게 뵈니 얼마나 좋은지 모르겠습니다.」 그가 말했다. 「무슨 바람이 신부님을 이렇게 누추한 곳까지 오시게 만들었습니까?」

「하느님의 바람이오.」 사제가 대답했다. 「엊그제 당신은 나를 비난했어요, 프란체스코 형제. 당신의 말은 불길이었어요. 그 불길이 내 마음을 태우고 정화시켜 주었어요.」

「그건 저의 말이 아니었습니다, 실베스테르 신부님, 그리스도의 말씀입니다.」

「맞아요, 프란체스코 형제, 그건 그리스도의 말씀이었지만, 당신이 그 말을 했을 때 나는 복음서를 전혀 읽어 본 적이 없는 사람처럼 생전 처음 듣는 것 같았어요. 나는 매일, 항상 그 말을 읽었어요. 하지만 그리스도의 말씀은 그저 수많은 글자들과 수많은 소음이었을 뿐이지 나에게 불이 된 적이 없었어요. 프란체스코 형제, 당신 덕분에 생전 처음으로 나는 가난과 사랑과 하느님의 의미를 이해하게 되었어요. 그래서 여기 온 겁니다.」

「그 꾸러미 속에 무엇이 있습니까?」

「여벌 옷과 좋은 신발과 내가 특별히 아끼는 것들이에요.」

프란체스코가 웃었다.

「옛날에 고행자 한 사람이 있었어요.」 그가 말했다. 「그는 수년 동안이나 하느님을 보려고 애를 썼지만 소용없었습니다. 언제나 앞에 무언가가 나타나서 방해했기 때문입니다. 그 불행한 사람은 울고, 소리치고, 간청했지만, 소용없었죠! 그는 자기가 하느님을 보지 못하도록 막는 것이 도대체 무엇인지 이해할 수가 없었습니다. 그러다가 어느 날 아침, 그는 너무 기뻐 잠자리에서 벌떡 일어나 뛰어왔습니다. 그것이 무엇인지 알아냈던 것입니다! 그것은 자기가 너무 좋아했던 나머지 모든 소지품 중에서 유일하게 남겨 둔 아주 정교하게 조각된 작은 주전자였습니다. 그는 그것을 집어던져 한 방에 수천 조각으로 부숴 버렸습니다. 그러고 나서 눈을 들었더니 처음으로 하느님이 보였습니다……

실베스테르 신부님, 하느님을 보고 싶으시다면 그 꾸러미를 버리십시오.」

사제가 망설이는 것을 본 프란체스코는 부드럽게 사제의 손을 잡고 말했다. 「이리 오세요. 우리와 같이 길을 걸어가다가 우리가 처음 만나는 가난한 사람에게 신부님께서, 그리스도에 대한 사랑으로, 그 꾸러미를 주시면 돼요. 우리가 꾸러미를 가지고 천국에 가는 것은 아니잖아요, 실베스테르 신부님!」

「그럼 나의 신발, 신발만이라도 가지면 안 될까요?」 계속 망설이며 사제가 물었다.

「천국에 들어가려면 맨발이어야 합니다.」 프란체스코가 말했다. 「흥정할 생각은 하지 마세요, 나의 형제여, 어서 갑시다!」

이렇게 해서, 프란체스코는 실베스테르 신부를 천국으로 보내기 위해 마치 늑대가 이빨로 어린 양을 잡아채듯 그를 잡아챘다.

당신의 은총은 크십니다, 주님. 엄청나게 크고, 공작의 꼬리처럼 풍성하고 눈이 많이 달려 있습니다. 당신의 은총은 이 세상 구석구석까지 미치고, 널리 퍼져 나가 가장 비천한 영혼까지 덮어 주고 찬란한 빛으로 채워 주십니다. 며칠도 안 되어 아무 쓸모 없는 아시시의 건달 두 사람이 찾아와 프란체스코의 손에 입을 맞추고 형제로 받아들여 달라고 청한 사실을 보십시오……. 그중 한 사람은 사바티노였고, 다른 한 사람은 잠을 자는 동안에도 항상 빨간 리본으로 장식한 높은 초록색 벨벳 모자를 쓰고 있기 때문에 카펠라라고 불리는 사람이었다. 나는 사바티노를 즉시 기억해 냈다. 내가 자선을 베풀어 줄 너그러운 기독교도를 찾아 아시시에 들어갔던 그날 밤에 프란체스코를 비웃던 사람이었다. 그는 깡마르고 안색이 누리끼리하고 생쥐 같은 얼굴에, 코에는 털사마귀가 있었다. 반면에, 카펠라는 호리호리하고 볼품없고, 길게 늘어진 콧수염과 마귀처럼 뾰족한 코와 토끼 같은 입술을 가진 사람이었다. 그는 말을 더듬었기 때문에 그의 말 속에서 모든 것이 뒤엉키곤 했다.

「나는 더 이상 잠을 잘 수가 없소, 프란체스코 형제.」 사바티노가 말하기 시작했다. 「나는 당신에게 나쁜 말을 많이 했어요. 당신은 부유하고 나는 가난했고, 당신은 잘생기고 나는 못생겼고, 당신은 좋은 옷을 입고 나는 누더기밖에 없었기 때문에 시기심을 갖고 있었어요. 나는 요즈음 매일 밤 잠자려고 누우면서도 내가 잠들지 못할 것을 이미 알고 있어요. 게다가 어쩌다 잠깐 잠이 들면 꿈속에 당신이 나타나서 나에게 말하는 것이었어요. 〈상관없어요, 사바티노 형제, 나는 당신에게 아무런 원한도 없어요. 그러니 어서 잠을 자요.〉 당신의 친절은 내 가슴을 찢어 놓았어요. 나는 더 이상 견딜 수가 없어 이렇게 찾아왔어요. 나를 당신이 원하는 대로 쓰세요. 나는 죽을 때까지 당신을 따르겠습니다!」

「나도요.」 카펠라가 말했다. 「나 역시 죽을 때까지 당신과 함께하겠어요, 프란체스코 형제. 나는 이 세상이 싫어졌고, 이 세상도 내가 싫어진 것 같아요. 이제 내가 매달릴 수 있는 것이 하느님 말고 무엇이 있겠어요? 그렇지만 당신을 따르는 데 단 한 가지 조건이 있어요, 프란체스코 형제. 나의 모자를 쓰도록 허락해 주어야 해요. 나는 후드 같은 모자는 싫어요. 나보고 유별나다고 말할지 모르지만 나에게는 이 모자가 익숙해요. 실제로, 나는 이 모자가 바로 나의 머리라고 생각해요. 만일 당신이 이 모자를 벗으라고 한다면 그건 나의 목을 베는 거나 마찬가지라고 생각해요.」

프란체스코는 웃었다. 그러나 곧 표정이 심각해졌다.

「조심하세요, 나의 형제여.」 그가 카펠라에게 말했다. 「어쩌면 마귀가 모자가 되어 당신의 머리 위에 앉아 있는 거라고 생각할 수도 있어요. 마귀가 당신을 벼랑으로 밀어내지 않도록 조심하세요. 모자로 시작해서 다음에는 옷으로 내려올지도 모릅니다. 그러면 당신은 〈난 그 옷을 원치 않아요〉라고 말할 것입니다. 옷 다음에는 수도사들에게까지 내려가서 〈나는 그들을 원치 않아요〉라고 말하고, 수도사들 다음에는 사랑에 대해서도 〈난 사랑을 원치 않아요〉라고 말하고, 사랑 다음에는 하느님께 〈나는 그분을 원치 않아요〉라고 말하게 될지도 모릅니다.」

프란체스코는 잠깐 동안 말없이 생각에 잠겨 있었다

「오르막길에는 꼭대기가 있어요.」 그가 말했다. 「그것은 하느님이죠. 벼랑 밑에는 바닥이 있어요. 그것은 지옥입니다. 나의 형제여, 이 모자가 당신을 지옥으로 밀어 떨어뜨릴 수도 있습니다.」

그는 카펠라의 눈을 깊이 들여다보았고, 그 개심자는 자신을 억제하지 못하고 흐느끼기 시작했다.

「만일 당신이 내가 요청한 것을 허락해 주지 않는다면……」 그가 말했다. 「나는 당신을 떠날 것이고, 그러면 나는 파멸할 것입니다.」

프란체스코가 그의 어깨에 손을 얹었다.

「여기 계세요.」 그리고 말했다. 「나는 하느님이 승리할 것이라는 희망을 가지고 있어요!」

*

이 세상의 얼마나 많은 영혼들이 구원을 열망하고, 그들을 부르는 목소리를 듣자마자 달려가 주님의 팔에 안길 준비가 되어 있는가! 그들이 훌륭한 가장이든 아니면 평판이 좋지 않은 떠돌이든 어느 날 밤인가는 조용한 가운데서 누군가가 부르는 소리를 듣게 될 것이다. 그들은 뛰는 가슴을 안고 벌떡 일어날 것이고, 갑자기 그때까지 자신들이 해온 모든 것이 쓸데없고 소용없는 것으로 보일 것이다. 그들은 자신이 교활한 자의 끈끈이 덫에 걸렸다 생각하고 그들을 부른 사람의 발에 엎드려 외칠 것이다. 「나를 데려가세요, 나를 구해 주세요. 당신이 바로 내가 기다려 왔던 분입니다.」

포르티운쿨라 성당 주변의 나무숲 덤불에서 누군가가 나타나 프란체스코의 발밑에 엎드리지 않는 날이 하루도 없었다.

「나를 데려가세요. 나를 구해 주세요. 당신이 바로 내가 기다려 왔던 분입니다!」 그들은 프란체스코에게 말하면서 입고 있던 옷을 벗어던지고 수도복을 입었다.

어느 날 서른 살쯤 되어 보이는 소박하고 상냥하고 약간 살찐 농부 한 사람이 프란체스코를 찾아왔다. 그는 일곱 가지 중대한 죄악의 그림이 그려져 있는 주전자를 들고 왔는데, 그림마다 그 아래에 이름이 쓰여 있었다. 〈교만, 탐욕, 질투, 욕정, 식탐, 분노, 나태〉였다.

「형제님, 사부님, 제 말을 들어 보십시오.」 그가 프란체스코의 발밑에 엎드리며 외쳤다. 「나는 우리 마을에서 조용하고 평화롭게 살아왔습니다. 나는 포도나무를 키우고, 가지를 잘라 주며 수확해서 생계를 꾸려 갔습니다. 나는 아내도, 아이들도 없고, 걱정거리도 없었습니다. 어쩌면 나 혼자 그렇게 생각한 건지도 모릅니다. 나는 스스로 죄가 없다고 생각해 왔는데 내 마음을 들여다보았더니 그 안에 일곱 가지 중대한 죄악이 들어 있었습니다. 그래서 주전자를 꺼내 그 위에다 그림을 그리고 아래에 이름을 써넣었습니다. 이제 보십시오! 당신의 발밑에서 그걸 깨뜨릴 것입니다. 이제 그 일곱 가지 죄악이 악마에게 가기를 바랍니다!」

그가 주전자를 돌에다 내리치자 산산조각이 나버렸다.

「나의 마음도 이처럼 산산이 깨져서 죽음의 죄악이 모두 돌 위로 흘러나오기를!」

「나의 형제여, 당신의 이름이 무엇입니까?」

「주니페르입니다.」

「주니페르여, 당신의 나뭇가지 위에 수천의 영혼들이 보금자리를 짓고 깃들어 하느님을 기쁘게 해드리길!」

아담과 하와가 낙원에 앉아 애기를 하고 있다.

「우리가 저 문을 열고 나갈 수만 있다면.」 하와가 말한다.

「나가서 어디로 가려고, 나의 사랑이여?」

「우리가 저 문을 열고 나갈 수만 있다면!」

「바깥은 질병과 고통과 죽음뿐이라오!」

「하여튼 우리가 저 문을 열고 나갈 수만 있다면……!」

나의 내면에서도, 주님 용서하십시오! 두 사람의 목소리가 모두 들려왔다. 프란체스코의 말을 듣고 있는 동안 나의 영혼은 낙원에 가 있었다. 나는 배고픔도, 헐벗음도, 이 세상의 모든 유혹도 잊고 있었다. 그때 갑자기 〈나가거라〉 하는 반항적인 외침이 들리곤 했다.

어느 날 프란체스코가 울고 있는 나를 붙잡고 말했다.

「레오 형제, 왜 울고 있어요?」 그가 몸을 구부려 내 어깨를 흔들며 물었다.

「기억났어요, 프란체스코 형제, 기억이 났어요.」

「무슨 기억이오?」

「손을 들어 올려 무화과나무에서 무화과를 따던 어느 날 아침이오.」

「그것 말고는요?」

「아뇨, 다른 건 없어요, 프란체스코 형제, 그래서 울고 있었어요.」

프란체스코가 내 옆으로 와 바닥에 앉더니 나의 손을 잡았다.

「레오 형제, 이제부터 내가 하는 말을 잘 들으세요, 하지만 아무에게도 말하지 마세요.」

「듣고 있으니 말하세요, 프란체스코 형제.」 내 손을 잡고 있는 그의 손의 따뜻한 체온이 느껴졌다. 아니, 그것은 육신의 따뜻함이 아니라 영혼의 따뜻함이었으며, 나의 영혼을 따뜻하게 녹여주고 있었다.

「듣고 있으니 말하세요, 프란체스코 형제.」 그가 잠자코 있었기 때문에 내가 다시 말했다.

프란체스코는 내 손을 놓고 일어서더니 갑자기 목이 졸리는 듯한 소리를 질렀다.

「레오 형제, 미덕이란 쓸쓸한 바위 위에 완전히 홀로 앉아 있어요. 마음속으로는 전혀 맛보지 못한 온갖 금단의 쾌락이 지나갑니다…… 그래서 그녀는 웁니다.」

이 말을 하고 나서 그는 머리를 숙인 채 걸어 나가 숲 속으로 사라졌다.

*

어딘가에 꿀 한 방울이 떨어지면 벌들이 공기 중에서 냄새를 맡고 그것을 먹으러 사방에서 몰려든다는 말이 있다. 마찬가지로, 인간의 영혼도 한 방울의 꿀과 같은 프란체스코의 영혼의 냄새를 맡고 포르티운쿨라로 모여들기 시작했다. 그런데 어느 날해 질 무렵에 도착한 사람은, 우리가 입고 있는 망토 같은 옷을 처음으로 주었던 옛 친구 루피노였다! 당시 그는 낄낄대고 웃으며 이렇게 말했다. 「겨울이 다가오고 있어요. 하느님만으로는 몸을 따뜻하게 할 수 없어요. 따뜻한 옷도 역시 필요해요!」 그러고는 프란체스코와 나에게 우리가 지금 입고 있는 양치기의 망토와 신발과 지팡이를 주었던 것이다.

그를 다시 보자마자 프란체스코는 크게 웃으며 이렇게 외쳤다.

「그래요, 그런데 이제 보니까, 나의 옛 친구여, 따스한 옷만으론 충분치가 못하더군요. 하느님도 역시 필요하더라고요!」

루피노는 시선을 떨어뜨렸다.

「용서하세요, 프란체스코 형제, 그때 나는 눈이 멀어 있었어요. 눈이 멀었다는 건 오로지 눈에 보이는 세계만 보고 그 뒤에 숨어 있는 것은 아무것도 볼 수 없었다는 뜻이에요. 하지만 당신이 우리 집에 와서 잠시 머물다 간 후에 집 안의 공기가 바뀌어 나를 부르는 음성과 초청의 말, 그리고 떠나라고 재촉하는 손으로 가득 찼어요. 결국은 내가 더 이상 저항할 수 없는 날이 왔어요. 나는 문을 활짝 열어젖히고 열쇠를 강물에 던져 버리고, 이렇게 왔습니다!」

「사랑하는 형제여, 이곳에서 우리의 생활은 어렵습니다, 극도로 어렵지요. 그런데 당신이 어떻게 견디겠습니까? 나는 맛있는 음식과 부드러운 옷과 여인들의 따뜻함에 익숙해진 사람을 불쌍히 여깁니다.」

「그렇지만 프란체스코 형제, 나는 맛있는 음식과 부드러운 옷과 여인들의 따뜻함을 버리지 못하는 사람을 더욱 불쌍하게 생각합니다. 그러니 나를 쫓아내지 말고 받아 주십시오, 프란체스코 형제!」

「또 다른 문제가 있어요, 루피노 친구. 당신은 학문의 도시 볼로냐에 갔던 사람으로서 당신의 마음은 의문으로 가득 차 있습니다. 그러나 여기서 우리들은 질문을 하지 않습니다. 우리는 이미 확신의 단계에 도달했습니다. 그러니까 당신이 굶주림과 헐벗음과 금욕 생활은 어떻게 해서든 견딜 수 있을지 몰라도, 당신의 지성이 반란의 깃발을 들지 않고 우리들의 확신을 받아들일 수 있을까요? 루피노 친구여, 지혜의 나무 아래 앉아 악마가 자신의 귀와 눈과 입을 핥도록 했던 불행한 사람들에게 그것은 커다란 시험입니다.」

루피노는 대답하지 않았다.

「자, 당신의 생각은 어떻소?」 프란체스코가 연민의 정으로 친구를 쳐다보며 물었다.

「안 되겠어요, 프란체스코 형제, 나는 못 해요. 그렇게 할 수 없어요.」 루피노가 절망적인 목소리로 말했다.

프란체스코가 벌떡 일어나 친구를 껴안았다.

「할 수 있어요, 당신은 할 수 있어요! 할 수 없다고 말할 수 있는 용기를 가졌다는 것이 바로 당신은 할 수 있다는 뜻이에요! 머리보다는 가슴이 하느님께 더 가까워요. 그러니까 머리를 버리고 가슴을 따르세요. 가슴은, 그리고 가슴만이, 천국으로 가는 길을 알고 있어요. 이제 당신의 옷을 벗고 이 옷으로 갈아입으세요. 당신이 우리에게 주었던 망토를 기억하고 있죠, 당신네 양치기가 입던 것 말입니다. 우리는 그 옷을 본떠서 수도복을 만들었어요. 진흙색으로요. 루피노 형제, 이제 진흙의 옷을 입으세요!」

*

또 한번은 프란체스코가 어떤 마을을 지나가다 칼과 박차를 차고, 깃털 꽂은 모자를 쓰고 벨벳 옷에 향기 비누로 산뜻하게 감은 곱슬머리까지 번드르르 멋을 낸 건달을 만났다.

「여보시오, 거기 건장한 양반!」 프란체스코가 외쳤다. 「당신은 그렇게 몸치장을 하고 수염을 꼬아 올리는 일이 지겹지도 않소? 이제는 허리띠를 동여매고 후드 모자를 쓰고 진흙탕 길을 맨발로 걸어야 할 때가 된 것 같소. 나를 따르시오. 그러면 당신을 하느님의 기사로 만들 것이오.」

건달은 콧수염을 쓸어 올리며, 누더기를 입고 자기에게 말하고 있는 사람을 쏘아보더니 큰 소리로 웃었다.

「내가 정신이 나갈 때까지 기다리시오.」 그가 대답했다. 「그때는 당신을 따르겠소.」

사흘 후, 그가 포르티운쿨라에 나타났다! 뱀의 꾐에 넘어간 새처럼 가볍게 날아 안젤로 탄그레도가 하느님의 보금자리로 찾아들어온 것이다.

「내가 왔습니다.」 그가 프란체스코의 손에 입을 맞추기 위해 무릎을 꿇으며 말했다. 「이제는 옷을 빼입고 몸치장을 하고 콧수염을 꼬아 올리는 것이 지겨워졌습니다. 나를 받아 주세요!」

하지만 하느님의 그물에 걸렸던 그 사나운 괴물 상어 같은 사람은 며칠이 지나도록 나타나지 않았다. 프란체스코와 나는 포르티운쿨라의 문간 층계에 앉아 있었다. 아직 해가 지지 않았고 구걸하러 나간 탁발 수도사들도 돌아오지 않았다. 그들 중에 베르나르도만이 포르티운쿨라 성당 안에 남아 있었다. 그도 역시 곧 떠났지만 떠나기 전에 그는 프란체스코의 발아래 엎드려 사면(赦免)을 구했다. 그는 기도하러 갈 때마다 이렇게 했는데 자기가 과연 기도를 끝내고 살아 나올지 알 수 없기 때문이었다.

프란체스코는 사색에 잠겨 자신의 손과 발을 말없이 쳐다보고 앉아 있었다. 오랜 침묵 끝에 이윽고 한숨을 쉬더니 나에게 말했다. 「레오 형제, 그리스도의 수난을 생각하면 내 손바닥과 발바닥이 뚫리는 것처럼 아파요. 그렇지만 못이며 피는 어디 있고 또 십자가는 어디 있나요? 언젠가 아시시에 온 순회 공연단이 성금요일에 산루피노 성당 마당에서 부활절 기념으로 예수의 수난을 주제로 공연하는 것을 본 기억이 나요. 그리스도로 분장한 배우는 십자가를 끌며 숨을 헐떡였고, 사람들은 그를 십자가에 매다는 시늉을 하면서 그의 손과 발에 빨간 페인트를 부어 피처럼 보이도록 했어요. 그가 가슴이 찢어지는 듯한 소리로 〈하느님, 왜 나를 버리셨나이까〉라고 외칠 때 내 눈에서는 눈물이 흐르기 시작했어요. 남자들은 괴로워하며 신음 소리를 냈고 여자들은 비명을 지르며 울부짖었어요. 공연이 끝난 다음 그 배우는 우리 집에 왔고 어머니께서는 그에게 저녁을 대접했지요. 그는 큰 소리로 웃으며 농담을 했고 페인트를 씻어 내기 위해 미지근한 물을 갖다 달라고 했어요. 나는 어렸기 때문에 도무지 이해할 수가 없었어요. 내가 〈아저씨는 십자가에 못 박혔지요, 그렇죠〉라고 묻자 그는 웃으며 대답했어요. 〈아니, 아니란다, 애야. 그건 전부 연극이었어, 알겠니? 장난이지. 나는 십자가에 매달리는 시늉을 한 것뿐이야.〉 나는 화가 난 나머지 얼굴이 빨개져서 그에게 소리쳤어요. 〈그러니까 아저씨는 거짓말쟁이예요!〉 그러자 어머니는 나를 무릎에 앉히고는 이렇게 말했어요. 〈애야, 조용히 해라. 나중에 크면 이해할 수 있단다.〉 이제 나는 나이를 먹었어요, 레오 형제, 이제는 나이를 먹었고, 이해할 수 있어요. 이제는 그저 십자가에 매달리는 것 대신에 진정한 십자가의 수난을 생각합니다. 레오 형제, 우리도 혹시 그런 배우들이 아닐까요?」

그는 한숨을 쉬었다.

「내 손을 봐요, 내 발을 봐요. 못이 어디 있어요? 그렇다면 이런 모든 고통이 그저 연극에 지나지 않는 것일까요?」

바로 그 순간 엄청나게 큰 거인이 나무숲 속에서 나타났다. 발걸음은 무겁게 울렸고, 나이는 서른 살쯤, 모자는 안 썼고, 몸집이 당당하고, 높고 튀어나온 이마에다 사자의 갈기 같은 긴 머리카락을 가지고 있었다. 프란체스코 앞에 멈춰 선 그는 손을 가슴에 대고 인사했다.

「나는 교단을 형성하기 위해 탁발 수도사들을 모으고 있는 아시시의 프란체스코를 찾고 있습니다. 나는 볼로냐 대학을 졸업한 코르토나 출신의 엘리아 봄바로네라고 합니다. 나는 책들이 나를 너무 위축시킨다는 사실을 알았어요. 그래서 이제는 훌륭한 행동에 동참하고 싶습니다.」

「당신이 찾고 있는 사람이 바로 나요, 친구여.」 프란체스코가 대답했다. 「하지만 나는 교단을 세우기 위해 탁발 수도사들을 모으고 있는 것이 아니라, 우리의 영혼을 구하기 위해 함께 싸우려는 것이오. 우리들은 단순하고 무식한 사람들이오. 그런데 당신처럼 교육을 많이 받은 사람이 우리들 틈에서 무엇을 하겠소?」

「나 역시 나의 영혼을 구제하고 싶습니다, 프란체스코 형제, 그런데 그것은 교육으로 구할 수 있는 것이 아닙니다. 나는 당신들의 생활에 대해 많은 것을 알게 되었고 그것을 좋아합니다. 때로는 자신의 가슴을 따르는 단순하고 무식한 사람들이 머리로는 결코 발견할 수 없는 것을 발견합니다. 그렇지만 머리도 역시 필요하죠, 프란체스코 형제. 머리도 역시 하느님이 주신 신성한 선물이며 하느님께서 가장 사랑하시는 피조물인 인간에게 주신 것입니다. 그렇다면 어떤 사람이 완전한 인간이겠습니까? 바로 가슴과 머리를 조화롭게 혼합시킨 사람입니다. 그럼 완전한 교단은 어떤 것이겠습니까? 가슴으로 기초를 수립하고 머리로써 그 위에 자유롭게 쌓아 올리게 하는 교단이죠.」

「당신은 참으로 절묘하게 말을 하는군요. 뜻밖에 만난 친구여. 당신의 머리는 믿을 수 없을 정도로 능숙하게 논리를 펴는군요. 결론적으로, 나는 당신이 두려워요. 다른 데 가서 당신의 구원을 찾아보기 바랍니다.」

「프란체스코 형제, 당신에게는 당신이 닦아 놓은 구원의 길을 함께 가고 싶어 하는 영혼을 쫓아낼 권리가 없습니다. 누구를 위해 그렇게 하는 것입니까? 오로지 무식한 사람들만을 위한 것입니까? 교육을 받은 사람에게 더욱더 구원이 필요합니다. 당신도 스스로 그렇다고 말하지 않았습니까? 그들의 머리는 너무 많은 것을 원하고, 너무 많은 길을 닦기 때문에 어느 것을 따라야 할지 몰라 흔히 옆길로 빠지게 만듭니다. 프란체스코 형제, 나는 당신의 길을 신뢰합니다.」

프란체스코는 아무 말도 하지 않았다. 그는 발로 땅을 파고 있었다. 허락도 받지 않고 엘리아는 층계 위 그의 옆에 가서 앉았다.

「이 얼마나 호젓한가!」 그가 중얼거렸다. 「이 얼마나 평화로운가!」

해가 지고 있었다. 나무줄기는 장밋빛으로 물들었고 새들은 둥지로 돌아오기 시작했으며, 동냥하러 나간 형제들도 돌아오고 있었다. 주니페르는 화덕 앞에 웅크리고 앉아 식사를 준비하기 위해 불을 붙였다. 그는 이곳에 온 날부터 줄곧 우리들의 요리사였다. 이번에는 베르나르도가 또다시 기도 시간에서 살아 나와 나무숲 속으로부터 나타났다. 하지만 그의 눈은 움푹 패어 텅 빈 것 같았고 마치 장님처럼 걸었다. 우리를 쳐다보면서도 우리를 보지 못한 채 그는 안으로 들어갔다.

「이 얼마나 호젓하고, 평화로운가!」 해가 지는 것을 쳐다보며 엘리아가 다시 한 번 중얼거렸다.

프란체스코는 고개를 돌려 새로운 방문자를 쳐다보았다. 나는 프란체스코의 마음속에 커다란 갈등이 일고 있음을 알 수 있었다. 그는 이 육중한 거인이 평화로운 형제들 사이에 혼란을 야기할 것 같은 불길한 예감을 갖고 있는 듯했다.

기나긴 침묵이 흘렀다. 갑자기 주니페르가 벌떡 일어서더니 손뼉을 쳤다.

「렌즈콩 요리가 다 됐어요, 형제들.」 그가 외쳤다. 「어서 와서 하느님의 이름으로 드십시오!」

프란체스코가 일어나 새로운 방문자에게 손을 내밀었다.

「당신이 우리와 함께하게 되어 기쁩니다, 엘리아 형제.」 이렇게 말하면서 엘리아의 손을 잡고 그를 이끌었다.

「형제 여러분, 하느님께서 우리에게 새로운 힘, 새로운 형제를 보내 주셨어요. 코르토나 출신의 엘리아 봄바로네입니다. 모두 일어서서 환영합시다.」

우리는 모두 안으로 들어가서 무릎을 꿇었고 프란체스코는 난로 옆에 자리를 잡았다. 주니페르가 음식을 나누어 주었다. 우리는 배가 고팠으므로 왕성한 식욕으로 먹기 시작했다. 그때 갑자기 프란체스코가 숟갈을 놓았다.

「나의 형제들이여.」 그가 말했다. 「이 렌즈콩은 너무 맛있어서 우리의 몸이 그것을 즐기고 있어요. 그것은 큰 죄악입니다. 그래서 나는 재를 한 줌 뿌려서 먹겠습니다.」

그는 이렇게 말하자마자 난로에서 재를 한 숟갈 퍼 올려 접시 위에 뿌리더니 다시 먹기 시작했다.

「나를 용서하세요, 형제들이여.」 그가 말했다. 「내가 여러분보다 낫기 때문이 아닙니다. 절대 그렇지 않아요. 다만 나의 육신의 죄가 더 크기 때문에 육신이 반기를 들도록 놔두어서는 안 되기 때문입니다.」

「우리가 왜 그렇게 육신을 두려워해야 합니까, 프란체스코 형제?」엘리아가 물었다.「다시 말하자면, 우리는 우리의 영적 힘에 대해 충분한 믿음을 갖고 있지 않습니까?」

「아닙니다, 엘리아 형제, 우리는 그렇지 못합니다!」프란체스코가 대답을 했다. 그리고 렌즈콩 위에 재를 한 줌 더 뿌렸다.

*

「하느님의 말씀을 설교하는 입들이 점점 늘어나고 있어요.」다음 날 프란체스코가 행복한 듯이 나에게 말했다.

「음식을 먹고 싶어 하는 입도 역시 점점 늘어나고 있어요, 프란체스코 형제.」내가 대답했다.「어떻게 그들을 먹일 것입니까?」

실제로, 아시시의 주민들 사이에서는 불평이 터져 나오기 시작했다. 너무 많은 탁발 수도사들을 먹여 살리기에 지쳤기 때문이었다. 어느 날 아침 주교로부터 프란체스코에게 할 말이 있으니 꼭 와달라는 전갈이 왔다. 프란체스코는 〈분부대로 하겠습니다〉라고 대답하면서 성호를 긋더니 나를 돌아다보고 말했다.

「그분께 꾸지람을 들을 것 같은 느낌이에요. 레오 형제, 당신도 같이 갑시다.」

우리는 주교가 안락의자에 앉아 까만색 묵주를 헤아리고 있는 것을 보았다. 그의 머리 위에는 하늘과 땅의 근심거리들이 산적해 있었다. 그의 의무는 자신의 영혼을 둘로 나누는 것이다. 첫째로, 그는 사람들의 목자였다. 그에게는 하느님께서 맡긴 양들을 잘 지키고 보살필 의무가 있었다. 옴은 전염병이기 때문에, 만일

한 마리라도 병에 걸린다면 다른 양들에게 옮기지 않도록 아주 조심해야 했다. 그렇지만 그는 자기 자신의 영혼에 대해서도 신경을 써야 했다. 그 역시 하느님의 한 마리 양이 틀림없으며 위대한 목자를 따르는 것이 그의 의무였다.

주교는 프란체스코를 보자 눈살을 찌푸리려고 했지만 그렇게 할 수가 없었다. 그는 사람들이 이 세상에서 가장 아끼는 것을 버리고 그들이 가장 증오하고 두려워하는 외로움과 가난을 끌어안은 이 성스러운 반역자를 아주 사랑하고 있기 때문이었다. 그가 이웃 사람들의 경멸까지 극복하고 사랑을 설교하며 맨발로 돌아다니고 있기 때문이었다.

주교가 통통한 손을 내밀자 프란체스코는 무릎을 꿇고 주교의 손에 입을 맞춘 후 일어서서 두 손을 모으고 기다렸다.

「내가 자네를 꾸짖을 일이 있다네, 프란체스코, 나의 아들이여.」 주교가 목소리를 엄하게 하려고 애쓰며 말했다. 「나는 자네에 대한 얘기를 아주 많이 듣고 있다네. 모두 좋은 얘기들이지만 한 가지, 단 한 가지 언짢은 점이 있다네.」

「말씀해 주십시오, 주교님. 그리고 하느님께서 제가 당신의 뜻을 따르기를 원하신다면 그대로 될 것입니다. 거룩한 순종은 하느님의 소중한 딸이니까요.」

주교는 프란체스코가 화내지 않도록 하려면 무슨 말을 어떻게 해야 될까 가늠하느라 머뭇거리면서 기침을 했다.

「내가 듣기로는……」 마침내 그가 말하기 시작했다. 「자네를 따르는 신자들의 숫자가 날이 갈수록 점점 많아져서 그들이 시내로, 그리고 근처의 마을로 쏟아져 나와 집집마다 문을 두드리며 구걸을 하고 돌아다닌다고 하더군. 그렇게 해서는 안 된다네! 이곳 사람들도 가난한데 그들이 언제까지 자네와 자네의 추종자들에게 남는 빵을 줄 여유가 있을 것 같은가?」

프란체스코는 아무 대답 없이 고개를 숙였다. 주교는 손을 뻗어 옆에 펼친 채로 놓여 있는 성경 위에다 무겁게 올려놓았다.

「뿐만 아니라, 자네는 〈일하기 싫어하는 사람은 먹지도 마라〉라는 사도의 말을 잊고 있네.」이제 그의 목소리는 화가 나 있었다.

「우리는 기도하고, 설교합니다. 그것도 일하는 것입니다.」프란체스코가 중얼거렸지만 주교는 듣지 못했다.

「그러므로 자네의 주교로서 또한 자네를 사랑하는 아버지로서……」그는 말을 계속했다.「나는 자네에게 두 가지 요청을 하겠네. 첫째는, 자네를 따르는 추종자들로 하여금 모두 일하도록 하여 더 이상 다른 사람들이 땀 흘려 얻은 것에 기대지 않도록 해주게. 둘째는, 자네도 밭이나 포도원, 혹은 올리브 숲 같은 무언가 약간의 재산을 마련하여 거기에서 일해 매년 하느님께서 농부에게 허락하시는 만큼의 소출을 얻을 수 있도록 하게. 나는 지금 자네에게 부자가 되기 위해 일하라고 말하는 것이 아니라네. 그건 절대 안 되지. 하지만 자네가 가정을 꾸리고 아이들을 키우는 우리 형제들에게 짐이 되지 않도록 그렇게 해야 한다는 뜻일세. 그들이 비록 거지들에게 자선을 베풀고 싶어 할지라도 그들에겐 그럴 만한 여유가 없기 때문일세. 여보게, 절대 빈곤은 하느님의 뜻에도 사람의 뜻에도 어긋나는 것이라네……. 이것이 내가 자네에게 하고 싶은 말이고, 자네를 부른 이유라네. 내가 지금 말한 것에 대해 심사숙고해서 나에게 대답해 주기 바라네.」

이렇게 말하고 나서 피곤해진 주교는 눈을 감고 안락의자에 등을 기대고 머리를 축 늘어뜨렸다. 그의 손가락 사이로 묵주가 빠져 떨어졌다. 나는 몸을 숙여 그것을 집어 주교에게 주었다. 그의 손은 희고 부드러웠고 향냄새가 났다.

프란체스코가 고개를 들었다. 「주교님께서 허락해 주신다면, 저도 드릴 말씀이 있습니다.」

「듣고 있네. 프란체스코, 나의 아들이여, 무엇이든 기탄없이 말하게.」

「어느 날 밤 제가 하느님께 우리가 필요할 경우에 대비해 약간의 밭이나 조그만 집, 혹은 최소한의 돈이라도 들어 있는 지갑 등 〈너는 우리의 것이야〉라고 말할 수 있는 무언가를 지녀야 하는지에 대해 저의 생각을 깨쳐 주시도록 간청하며 울고 있을 때, 하느님께서는 이렇게 대답하셨습니다. 〈프란체스코야, 프란체스코야, 집을 가지고 있는 사람은 문이나 창문이 되고, 밭을 가지고 있는 사람은 흙이 되고, 정교한 금반지를 갖고 있는 사람에겐 그 반지가 목을 둘러씌우는 올가미가 되어 조르게 될 것이다!〉 주교님, 이것이 하느님께서 저에게 하신 말씀입니다!」

주교의 얼굴이 붉어졌다. 그는 대답하고 싶어 했지만 이가 빠진 그의 입속에선 단어들이 뒤엉켰다. 그의 목에서 핏줄이 솟아오르기 시작했다. 한구석에서 손을 모으고 서 있던 젊은 사제가 컵에 물을 가지고 달려왔다. 주교는 기운을 되찾고 프란체스코를 향해 이렇게 말했다.

「자네에게 말한 사람이 하느님이라고 누가 증명할 수 있겠나? 우리가 기도할 때는 흔히 자기 목소리를 듣고 그것이 하느님의 목소리라고 생각하게 된다네. 또한 많은 경우에 사탄이 하느님의 얼굴과 목소리를 가장해서 우리들의 영혼을 미혹시키기도 한다네. 이제 복음서에 손을 얹고 자네가 기도 중에 들은 말 가운데 어떤 것이 자네 자신의 말이고 어떤 것이 하느님의 말씀인지를 나에게 말해 줄 수 있겠나?」

프란체스코의 얼굴이 창백해지더니 입술이 떨리기 시작했다.

「아뇨, 말할 수 없습니다······.」그가 중얼거렸다.

그는 무릎을 꿇으면서 소리 없이 바닥에 주저앉았다.

「주교님께서 용서하신다면 저는 울부짖고 통곡하고 싶습니다. 당신의 말씀은 칼처럼 저의 마음을 찔렀습니다. 제가 어떻게 하면 하느님의 말씀과 프란체스코의 말을 구별하며, 프란체스코와 사탄의 목소리를 구별할 수 있겠습니까?」

그는 손바닥에 얼굴을 묻고 비탄에 빠졌다.

주교가 그를 불쌍히 여겨 안락의자로부터 몸을 앞으로 굽혀 그의 겨드랑이를 받쳐 그를 일으켜 세웠다.

그는 젊은 사제를 향해 말했다. 「우리의 손님을 위해서 포도주를 한 잔 갖다 드리세요. 아니, 우리 모두 그의 건강을 기원할 수 있도록 세 잔을 가져오세요.」

프란체스코는 의자 위에 주저앉아 뺨과 턱수염 위로 흐르는 눈물을 닦고 있었다.

「주교님, 저를 용서하십시오, 말씀대로 하겠습니다.」

젊은 사제가 나무 쟁반에 포도주 세 잔을 가져왔다. 주교가 잔을 들어 올렸다.

「여보게, 포도주는 신성한 술이라네.」 주교가 말했다. 「게다가 사제에 의해 축성되면 그리스도의 피가 될 수도 있네. 나는 자네의 건강을 위해 마시겠네, 프란체스코. 이제 가보게, 그리고 하느님의 축복이 있길 바라네. 나는 자네가 지금 당장 대답해 주길 원하는 것이 아닐세. 우리가 말한 것에 대해 다시 생각해 보고, 아주 잘 생각해 보고, 그리고 나서 자네의 결정을 말해 주게. 가난은 좋은 것이지만 그것도 정도 나름이라네. 마찬가지로 풍족함도 좋지만 그것도 정도 나름이지. 여보게, 심지어는 친절함에도, 경건함에도, 그리고 세속적인 소유물에 대한 비난까지, 모든 것에는 중용의 지혜가 필요하다네. 이런 모든 것에서 도가 지나칠수록 사탄의 손아귀에 떨어질 위험성이 더 커지는 법이니……. 조심하게! 그럼 이제 잘 가게, 행운을 빌겠네.」

프란체스코는 주교의 손에 입을 맞추고 떠나려고 몸을 구부리려다 스스로 멈칫했다. 그의 내면으로부터 어떤 목소리가 들려왔기 때문이다. 그 목소리는 이렇게 외치고 있었다. 〈가지 마라! 그를 두려워하지 마라. 그에게 지금 대답해라!〉

「주교님.」그가 말했다. 「저의 내면으로부터 들려오는 어떤 목소리가 저를 떠나지 못하게 합니다.」

「어떤 목소리라고? 그건 아마도 반역자 루시페르의 목소리일 걸세. 그래 뭐라고 말하던가?」

「가난을 두려워하는 사람들을 볼 때 악마는 즐거워한다……. 아무것도 가지지 않는 것, 절대 무소유, 그것만이 하느님께로 이끌어 주는 길이다. 다른 길은 없다, 라고 말합니다.」

그 말은 주교의 분노를 폭발시켰고, 그는 성서에 주먹을 내리쳤다.

「프란체스코, 악마는 자네가 내 뜻을 거스르는 것을 보고 즐거워할 걸세. 이제 더 이상 한마디도 하지 말고 어서 가버리게! 하느님께서 자네를 불쌍히 여겨 자네의 머리 위로 손을 뻗어 자네를 치유해 주시기를 바라네. 자네는 병이 들었네.」

프란체스코는 엎드려 주교의 손에 입을 맞추었고, 우리는 떠났다.

*

우리는 아시시를 출발해 산다미아노 성당을 지나 포르티운쿨라를 향해 갔고, 가는 길 내내 한마디도 하지 않았다. 마침내 갈

림길이 나오자 프란체스코가 걸음을 멈추고 말했다. 「주교님의 말씀은 너무 가혹해요. 나 혼자 있고 싶어요, 레오 형제. 난 여기서 강둑 왼쪽을 따라 숲 속에 있는 첫 번째 작은 마을이 나올 때까지 죽 걸어갈게요.」

「그곳 사람들은 거칠고 사나워요, 프란체스코 형제. 당신을 해칠지도 모르는데, 당신의 안전이 걱정되는군요.」

「그것이 바로 내가 그곳에 가는 이유예요, 하느님의 어린 양. 나는 이런 편안한 생활을 더 이상 참을 수가 없어요.」

나는 혼자서 포르티운쿨라로 돌아왔다. 동냥을 다닐 의욕도 잃었다. 주교의 말은 나에게도 역시 가혹한 것이었다. 가혹하지만 옳았다. 하느님, 용서하십시오. 나는 곰곰이 다시 생각해 보았다. 그렇다, 일하지 않는 자는 먹지도 말아야 한다. 우리도 다른 사람들처럼 열심히 일하고 이마에 흘리는 땀으로 생계를 벌어야 한다. 그것이 하느님의 명령이다.

나는 포르티운쿨라의 문턱에 주저앉아 밤이 되어 형제들과 프란체스코가 돌아오기를 기다렸다. 나는 걱정이 되었다. 왠지 불안했다. 그가 혼자 가도록 하지 말았어야 했다는 것을 잘 알고 있었다. 그가 가는 마을에는 예수님을 인정하지 않는 난폭한 야만인들이 살고 있다. 그들이 프란체스코를 때려눕혔을지도 모른다.

나는 벌떡 일어섰다. 해는 아직 떨어지지 않았다. 나는 강둑을 내달아 그 야만인 마을에 도착했다. 마을 안으로 들어가니 길에는 아무도 없었다. 그러나 곧 개 짖는 소리와 왁자지껄한 웃음소리와 외치는 소리가 들려왔다. 소리 나는 곳으로 달려갔더니 남녀노소 군중들이 모여 있었다. 그들은 프란체스코를 우물가로 몰아 놓고 돌멩이 세례를 퍼붓고 있었다. 그는 두 손을 모은 채 거기에 서 있었는데 머리에서는 피가 흐르고 있었다. 때때로 그는 두 팔을 벌려 속삭이듯 말했다. 「얘들아, 고맙다, 하느님의 축복이 있기를!」 그리고 나서는 다시 가슴 위로 두 손을 모았다.

내가 프란체스코를 보호하기 위해 앞으로 뛰어들었을 때 그의 뒤쪽에서 거친 외침이 들려왔다. 모두 뒤를 돌아다보았다. 엄청나게 큰 거인이 군중 사이를 뚫고 나와 마치 아기를 안아 올리듯 프란체스코를 들어 올렸다.

「내가 당신을 어디로 데려다 주면 좋겠소, 불쌍하고 가엾은 프란체스코?」 그가 프란체스코에게 몸을 굽혀 물었다.

「당신은 누구요?」

「내 이름은 마세오라고 합니다. 짐마차꾼이지요. 나를 모르는 사람은 없답니다. 어디로 데려다 드릴까요?」

「포르티운쿨라로요.」 프란체스코가 대답했다. 「나 역시 짐마차꾼이라오, 마세오 형제. 사람들을 이 세상으로부터 천국까지 날라다 주는 사람이지요.」

마세오는 프란체스코를 팔에 안고 출발했다. 나는 그의 뒤에서 뛰어갔다. 우리가 포르티운쿨라에 도착했을 때는 해가 떨어졌다. 마세오는 프란체스코를 문간에 내려놓고 그 옆에 웅크리고 앉았다. 베르나르도는 구석에서 기도를 올리고 있었다. 카펠라와 안젤로는 동냥을 끝내고 막 돌아오고 있는 중이었다. 나머지 탁발수도사들도 하나씩 나타났다. 맨발에다 굶주린 채 허리띠를 동여매고 있는 그들의 얼굴은 행복으로 빛나고 있었다. 모두가 평화롭고 온화했다. 차츰 그림자가 드리우자 새들도 저무는 빛에 이별을 고했다. 하늘에서는 초저녁 별이 깜빡이고 있었다. 내가 물을 떠다 프란체스코의 상처를 씻어 줄 때 에지디오는 말없이 지켜보고 있었다. 주니페르 형제는 불을 피우기 위해 두 개의 돌 사이에 불쏘시개를 놓기 시작했다. 루피노와 피에트로는 강둑으로 나가 월계수 잎을 따다가 지금은 교회 안에서 천사들의 성모 마리아 상을 장식하고 있다.

「오늘 밤 우리는 결혼식을 거행합니다.」 프란체스코가 갑자기 외쳤다. 「마세오, 당신은 들러리가 되고 싶어요?」

모든 사람이 놀라 돌아다보았다. 카펠라가 기뻐하며 공중으로 뛰어올랐다. 그는 벨벳 모자를 손에 들고 먼지를 털었다.

「결혼식이라니요, 프란체스코 형제?」 그가 물었다. 「누구의 결혼식입니까?」

「길에서 우연히 과부 한 사람을 만났다오.」 프란체스코가 웃으며 대답했다. 「그녀는 지금까지 몇 년 동안이나 맨발에 굶주리며 누더기를 걸치고 돌아다녔지만 아무도 그녀에게 자선을 베풀기 위해 문을 열어 주지 않았어요. 나의 형제들이여, 그래서 우리가 그녀에게 문을 열어 줄 것입니다.」

「제발 우리가 알아듣게 말해 주십시오, 프란체스코 형제, 도대체 누구의 과부입니까?」 수도사들이 외쳤다.

「그리스도의 과부랍니다, 나의 형제들이여. 그런 눈으로 나를 쳐다보지 마세요. 눈들이 튀어나올 것 같군요. 그리스도의 과부인 〈가난〉이랍니다. 그녀의 첫 남편을 위해 나는 그녀를 나의 신부로 받아들이려 합니다.」

그가 일어서서 자기 자신을 쳐다보았다.

「나는 신랑의 옷차림을 했어요.」 그가 말했다. 「아무것도 바꿀 필요가 없어요. 누더기 옷, 동여맨 허리띠, 흙투성이 발, 비어 있는 위(胃), 나에게는 부족한 것이 아무것도 없어요. 그건 신부 측도 마찬가지입니다. 그럼 시작해 볼까요? 자, 들러리, 이리 나와서 나를 결혼식으로 안내하시오!」

프란체스코가 제일 앞에서 가고, 마세오가 두 번째, 그리고 나머지 우리들이 뒤따랐다. 교회가 가득 찼다.

「실베스테르 신부님은 어디 계십니까?」프란체스코가 그를 찾으려고 돌아다보면서 물었다. 「오셔서 결혼식을 축복해 달라고 하세요.」

「그런데 신부는 어디 있죠? 제 눈에는 안 보이는데요.」내가 말했다.

「당신이 눈을 뜨고 있기 때문에 볼 수 없어요, 레오 형제. 눈을 감으세요, 그러면 보일 거예요.」

그는 제단 앞에 무릎을 꿇고 오른쪽을 향했다.

「〈가난〉이라는 이름의 자매여.」그가 감격에 찬 목소리로 말했다. 「소중하고, 존경스럽고, 가장 사랑받는 그리스도의 친구인 가난 자매여, 당신은 그분의 일생 내내 그분께 충실했으며, 투쟁에 있어 용감한 동지였으며, 십자가에 매달리고 무덤에 가는 순간까지 그분과 동행했습니다. 이제 나의 손을 내밀어 당신을 거리로부터 거두어 나의 신부로 맞이합니다. 나의 여인이여, 당신의 손을 나에게 주십시오!」

그는 오른쪽 허공 속으로 팔을 내밀었다.

우리 모두는 제단 앞에 무릎을 꿇고 놀라움 속에서 이상한 신랑의 말을 들었고, 그가 보이지 않는 신부에게 손을 내미는 것을 보았다.

나는 눈을 감았다. 그러자 프란체스코의 오른쪽 옆에 있는 창백한 여인이 보였다. 눈을 내리깔고, 검은색 누더기 옷을 입었지만, 과부가 된 왕비처럼 숭고하고 고결했다. 그리고 마세오가 그들 앞에 서서 그들의 머리 위에 두 개의 왕관을 씌워 주고 있었고, 실베스테르 신부님은 촛불을 들고 환희의 결혼 찬가를 부르고 있었다.

눈을 뜨자 형제들이 보였다. 그들의 얼굴은 빛났고 그들의 눈에선 신성한 불꽃이 일어나고 있었다. 갑자기 우리 모두가 벌떡 일어서서 손을 맞잡고 프란체스코와 보이지 않는 신부 둘레로 원을 그리며 노래하고 춤추기 시작했다. 베르나르도 형제는 울음을 터뜨렸고, 카펠라 형제는 그 유명한 모자를 벗어 허공중에 흔들었고, 그 옆에 있는 에지디오는 손뼉을 쳤다. 이쯤 되자 마세오는 용기를 얻어 자기가 혼자 여행할 때 밤이면 불곤 하던 플루트를 옷 속에서 꺼내 프란체스코 앞에서 무릎을 꿇고 즐거운 목가의 가락을 불기 시작했다. 초라한 예배당에 마치 양의 우리에서 목동의 결혼식을 올리고 있는 것 같은 소리가 울려 퍼졌다. 그리고 천사들의 성모 마리아 상은 우리들과 마찬가지로 놀라움 속에서 이상한 결혼식을 내려다보고 그녀의 아들에게 미소 지으며 마치 이렇게 말하는 것 같았다. 〈애야, 사랑이 넘쳐서 너의 친구들이 모두 제정신이 아니구나. 저들을 보아라. 포도주도 없이 취했고, 신부도 없이 신랑들이 되었고, 굶주림은 그들을 배부르게 만들고 가난은 그들을 풍요롭게 만드는구나. 내 아들아, 그들은 한계를 초월하고 있구나. 인간에게 주어진 한계를 초월하고 있어. 조금만 더 그렇게 나아가면 그들은 천사가 될 것이다. 그리고 가운데 있는 저 사람은, 그가 보이니? 그가 바로 하느님이 사랑하시는 광대인 우리의 친구 프란체스코란다.〉

　우리가 교회를 나왔을 때 하늘에는 별이 총총했다. 프란체스코는 어둠 속으로 계속 갔다. 그는 혼자 있기를 원했다. 남은 우리들은 바닥에 누워 밤의 소리에 귀를 기울였다.

　우리들은 아무 말도 안 했다. 그 이상한 결혼식이 자꾸만 뇌리를 스쳤다. 처음에 형제들 중 몇 사람은 웃음을 터뜨릴 뻔했다. 그러나 차츰차츰 우리 모두가 그 숨은 의미를 깨닫기 시작했다.

웃음은 서서히 눈물로 변하기 시작했고 눈물은 다시 축복으로 바뀌었다. 나는 속으로 아마도 천국에 있는 영혼들은 이런 식으로 울고, 이런 식으로 웃을 것이라고 생각했다. 하늘나라에서의 행복이 바로 이러할 것이다……. 우리의 영혼이 잠시 동안 우리의 정신과 육신으로부터 해방되었던 것이다. 그들에게 눈으로 보고 느낄 수 있는 종류의 초라한 진리는 더 이상 필요치 않았다. 오히려 우리들 각자의 영혼은 하느님의 바다에서 그분의 자비로운 뜻에 따라 날아오르고 내려앉는 어린 갈매기가 되어 있었다.

*

프란체스코는 그날 밤에도, 다음 날에도 돌아오지 않았다. 우리들은 불안했지만 아무 말도 하지 않았다. 저녁때가 되면 우리들은 각자가 그날 동냥해 온 것을 모아 같이 나누어 먹기 위해 포르티운쿨라 바깥쪽에 모여 앉았다. 나는 빵 한 조각을 입속에 넣었지만 목이 메어 넘어가지 않았다. 나는 일어섰다.

「프란체스코 형제를 찾으러 가야겠어요.」 내가 말했다. 나는 아시시를 향해 출발했고 수바시오 산을 오르기 시작했다. 아무래도 프란체스코가 자신이 좋아하는 동굴에서 기도를 올리고 있을 것 같은 생각이 들었기 때문이다. 나는 그가 또다시 어려운 시련의 시간을 보내고 있음을 알 수 있었다. 새로운 고뇌가 그의 가슴을 찢고 있고, 하느님의 도우심과 자비를 구하기 위해 자기 홀로 하느님과 함께 있도록 한 것이 틀림없었다.

내가 도착했을 때는 한밤중이었다. 나는 두세 개의 동굴 속으로 들어가 보았지만 그를 찾을 수 없었다. 그때 갑자기 소리가 들려왔다. 조용히 꾸짖는 듯한 울음소리였는데 마치 갓난아기의 울음소리 같았다. 탄식이 흘러나오는 동굴로 다가가 어둠 속을 들여다보니 창백한 얼굴과 허공 속에서 앞뒤로 높이 움직이는 두 손이 보였다. 나는 숨을 죽이고 들었다. 누군가가 말을 하고 있는 것 같았다. 프란체스코가 누군가와 대화를 하고 있는 것 같았다.

「저는 당신의 뜻대로 행하고 싶습니다.」그는 울고 있었다.「당신의 뜻대로 행하고 싶지만 그렇게 할 수가 없습니다!」

그리고 조용했다. 프란체스코의 흐느낌과 손으로 가슴을 치는 소리가 들려왔다. 이어 그의 목소리가 다시 들렸다.

「저주받은 죄인인 저 같은 사람이 어떻게 해야 다른 사람을 구할 수 있겠습니까? 아무도 모릅니다. 주님, 당신 외에는 아무도 모릅니다. 저의 몸속에 어떤 지옥과 어떤 암흑과 어떤 진흙탕이 들어 있는지를!」

또다시 침묵이 흘렀다. 프란체스코는 대답을 듣고 있는 것 같았다.

나는 소리가 들리지 않을 정도의 거리로 움직일 참이었다. 그들이 서로 대화를 나누고 있는데 누군가가 몰래 엿보고 비밀 얘기를 엿듣는다면 그것이야말로 가장 상스러운 짓이기 때문이다. 그러나 내가 전에도 말한 적이 있고 다시 한 번 말하건대, 나는 상스러운 사람이다. 나는 오히려 얼굴을 땅에 대고 몸을 쭉 뻗어 한마디도 놓치지 않고 들으려고 안간힘을 썼다.

곧 프란체스코의 목소리가 다시 들렸다. 이번에는 고뇌에 찬 목소리였다.

「당신께서 저의 죄를 용서해 주시겠습니까? 저는 그것을 알고 싶습니다. 저의 죄를 용서해 주실 건가요? 주님, 만일 용서하지 않으신다면 제가 어떻게 시작할 수 있겠습니까? 저는 사람들이 프란체스코라 부르는 형편없는 이 인간을 믿을 수가 없습니다.」

한동안 조용했다. 어떤 목소리도, 울음소리도 안 들렸다. 그리고 어둠 속에서 앞으로 뒤로 움직이는 손도 더 이상 볼 수 없었다.

그러다가 갑자기 프란체스코가 비통하게 외쳤다.

「당신께선 언제쯤 〈그 정도면 충분하다〉라고 말씀하실 건가요? 언제일까요? 언제일까요?」

그가 벌떡 일어섰다. 동이 트고 있었다. 창백하고 어슴푸레한 빛이 살금살금 기어와 동굴의 바위를 핥았다. 프란체스코가 발걸음을 떼려다 헛짚어 바위에 머리를 부딪혔다. 그의 이마에서 피가 철철 흐르는 것이 보였다. 나는 소리 지르며 벌떡 일어나 그에게 달려갔다.

「두려워하지 마세요, 프란체스코 형제, 나예요, 레오 형제예요!」

그는 얼굴을 들어 한참 동안 쳐다보면서도 나를 알아보지 못했다. 마침내 그가 나를 알아봤다.

「나는 씨름을 하고 있었어요.」 그가 숨을 몰아 쉬며 속삭이듯 말했다. 「씨름을 하느라 지쳤어요, 레오 형제.」

우리는 동굴을 떠났다. 나는 그가 쓰러지지 않도록 팔을 잡아 부축했다.

산꼭대기를 비추던 햇살이 이제 점점 내려오기 시작했다. 세상이 깨어나고 있었다. 프란체스코가 걸음을 멈추었다.

「어디로 가는 거죠?」 그가 물었다. 「나를 어디로 데려가는 거예요? 나는 여기가 좋아요. 난 지쳤어요, 레오 형제, 피곤해요.」

그는 산꼭대기를 쳐다보았다. 햇빛이 계속해서 새로운 산기슭을 비추며 바위와 관목들과 흙을 깨웠다. 자고새 한 마리가 요란스레 푸르르 날아오르더니 쩍쩍대며 우리 앞으로 지나갔다. 동쪽 하늘에서는 샛별이 깜박이며 웃고 있었다.

「지금 우리가 있는 이곳이 좋아요.」 그가 다시 말했다. 「밤이 끝났어요, 마침내 끝났어요, 주님께 찬미!」

그는 한숨을 쉬며 돌 위에 웅크리고 앉아 두 손이 따뜻해지도록 햇빛을 향해 쭉 폈다. 머리를 들더니 고갯짓으로 나에게 옆에 와 앉으라고 했다. 그러더니 마치 주변에 우리의 말을 엿듣는 사람이라도 있을까 봐 두려워하는 듯이 주변을 둘러보았다.

「레오 형제.」그가 나의 무릎 위에 손을 얹으며 작은 소리로 말했다. 「〈희망〉의 모든 얼굴 중에서 가장 찬란한 것은 하느님이에요. 그러나 그분은 또한 〈절망〉의 모든 얼굴들 중에서 가장 찬란한 얼굴이기도 하죠. 우리의 영혼은 두 낭떠러지 사이를 항해하며 흔들리고 있어요.」

나는 아무 말도 안 했다. 내가 무슨 말을 할 수 있겠는가? 나는 프란체스코가 아주 멀고 먼 길을 왔다는 것과, 가장 험악한 산꼭대기를 넘어 내려오면서 아주 가혹하고 비정한 메시지를 가지고 왔다는 것을 느낄 수 있었다.

「당신은 무쇠로 된 신발을 갖고 있나요, 레오 형제?」잠시 후 그가 물었다. 「나의 신실한 친구, 불쌍한 레오 형제, 당신은 그런 걸 신어야만 해요. 우리 앞에는 아주 멀고 험난한 길이 놓여 있어요.」

「나에게는 두 발이 있어요. 무쇠보다 더 튼튼한 발이죠. 그러니까 당신이 어디로 가시든 나도 그곳으로 갈 수 있습니다.」내가 대답했다.

프란체스코는 웃었다. 「장담하지 마세요, 레오 형제. 나는 멀고 먼 길을 오면서 혹독하게 무서운 일들을 수없이 보고 들었어요. 내 말을 잘 들으세요. 만일 시장에서 〈두려움〉을 판다면, 우리가 가지고 있는 모든 것을 팔아서라도 그것을 사야 해요, 레오 형제.」

「무슨 말인지 이해가 안 되는군요.」내가 중얼거렸다.

「그렇다면 더 잘됐군요」라고 말하더니 그는 또다시 침묵에 빠졌다.

*

이제 산에는 햇빛이 넘치고 있었다. 우리 앞에 향기로운 꽃이 가득 핀 야생 골담초 덤불이 있었다. 조용히 하늘을 가로질러 흘러가던 조그만 장밋빛 구름 조각은 따뜻한 햇볕을 받으며 조금씩 녹아 사라졌다. 머리에 붉은 모자를 쓴 작은 새가 날아와 우리들 맞은편 바위 위에 앉았다. 그 새는 꼬리를 흔들며 불안한 듯 머리를 사방으로 돌려 보았다. 그러다가 우리를 똑바로 쳐다보더니 (우리들이 누구인지 알고 있는 듯) 점점 대담해져서 휘파람을 불기 시작했다. 처음에는 부드럽게 우리를 비웃는 듯 시작하더니 곧이어 머리를 젖히고 목청을 돋우어 하늘과 빛과 태양을 쳐다보며 술 취한 사람처럼 마음껏 노래를 불러젖혔다. 모든 것이 사라졌다. 이 세상에 그 새와 하느님 외에는 아무것도 남아 있지 않다. 하느님과 노래를 부르는 새의 주둥이만 있을 뿐이었다.

프란체스코는 눈을 감은 채 듣고 있었다. 그의 얼굴에는 불안하면서도 동시에 말할 수 없는 기쁨을 느끼는 표정이 역력했다. 축 처진 아랫입술이 떨리고 있었다.

갑자기 새가 노래를 멈추더니 날개를 펴고 훌쩍 날아가 버렸다. 프란체스코는 눈을 떴다.

「저를 용서해 주십시오, 주님.」 그가 중얼거렸다. 「잠시 제 자신을 잊고 있었습니다.」

그는 근심스러운 듯 일어서며 말했다. 「갑시다, 레오 형제!」 우리는 산을 내려가기 시작했다.

「사람의 마음이 아무리 차분하고 의지가 확고할지라도…….」 그가 중얼거렸다. 「조그만 새의 노래를 듣는 것만으로도 정신을 빼앗기다니!」

아시시를 피해 길을 돌아서 우리는 포르티운쿨라에 도착했다.

그곳은 텅 비어 있었다. 수도사들은 모두 흩어져 나갔고 저녁때가 되어야 돌아올 것이다.

「깃촉 펜과 잉크병 좀 갖다주세요.」 프란체스코가 말했다.

나는 그것들을 갖다주고 그를 마주 보며 무릎을 꿇고 앉았다.

「받아쓰십시오!」 프란체스코가 팔을 뻗으면서 명령했다.

그는 한참 동안 입을 다물고 있었고, 나는 손에 펜을 들고 기다렸다.

「받아쓰십시오. 〈충분한 것은 충분한 것이다! 나는 꽃이 피어 있는 나무 밑을 걷는 데 싫증이 났고, 날짐승들과 어울려 지내는 것에도, 내가 지나가도록 강물이 갈라지는 것에도, 데지 않고 불길을 통과하는 데도 싫증이 났다! 만일 내가 여기서 계속 머문다면 나는 안전함과 게으름과 편안한 생활에 푹 빠져 썩어 버릴 것이다. 문을 열고 나를 가게 하라!〉

〈아담아, 아담아, 너는 진흙으로 빚은 피조물, 오만해지지 마라.〉

〈나는 천사도 아니고, 원숭이도 아니다. 나는 인간이다. 인간이 된다는 것은 전사가 되고, 일꾼이 되고, 반역자가 된다는 뜻이다. 저 바깥에는 틀림없이 우리를 물어뜯는 짐승들과, 빠져 죽게 만드는 강물과, 데게 만드는 불이 있을 것이다. 나는 싸우러 나갈 것이다! 문을 열고 나를 가게 하라!〉」

프란체스코는 이마에서 흘러내리는 땀을 닦으며 혹시 엿듣는 사람이 없는지 주위를 둘러보았다.

「전부 받아썼습니까?」

「네, 프란체스코 형제. 하지만 이것이 무슨 의미인지 내가 전혀 이해하지 못한다 해도 용서하십시오.」

「상관없어요. 다른 종이를 꺼내서 이렇게 쓰십시오.

〈주교의 말이 옳습니다. 우리도 스스로 땀 흘려 생계를 벌어야 합니다. 우리도 일해야 합니다. 그것이 하느님의 뜻입니다. 그러나 우리들은 《가난》과 결혼했습니다. 주교님, 당신을 존경하지만, 우리는 절대로 그녀를 버리지 않을 것입니다.〉

쓰십시오.

〈생업 기술을 갖고 있는 수도사는 누구든지 그 일이 명예를 훼손하거나 영혼의 구제에 방해되지 않는 한 일을 해야 합니다. 수도사들은 노동의 대가로 생활에 필요한 일용품을 받으며 돈은 절대로 받을 수 없습니다. 그들에게 돈은 돌덩이나 쓰레기와 같은 것입니다. 만일 일을 해도 먹고살기에 충분치 못하다면 그들은 문을 두드려 동냥하는 것을 부끄러워해서는 안 됩니다. 가난한 자에게 자선을 베푸는 것은 모든 인간의 의무이기 때문입니다. 그리스도 자신도 가난하고, 이방인이 되고, 동냥해서 먹고사는 것을 부끄러워하지 않았습니다.

나의 형제들이여, 세속적인 재산처럼 덧없고 의미 없는 것들 때문에 우리에게 주어진 천국의 몫을 잃지 않도록 조심하십시오. 여러분은 겸손해야 하며 선한 마음을 지녀야 하며, 미천하고 멸시받는 자, 가난한 자, 병든 자, 문둥이들과 거지들 속에 있을 때 즐거워해야 합니다.〉

쓰십시오, 레오 형제.

〈가난, 순종, 정결, 그리고 무엇보다 사랑이 우리들의 여행에 가장 위대한 동반자들입니다. 그리고 밤낮 없이 우리들 앞에서 우리를 이끌어 주실 분, 우리가 절대 눈을 떼서는 안 되는 분, 그분은 그리스도입니다. 그분은 굶주렸습니다. 우리도 굶주려야 합니다. 그분은 고통받았습니다. 우리도 고통받아야 합니다. 그분은 십자가에 못 박혔습니다. 우리도 십자가에 못 박혀야 합니다. 그분은 죽음으로부터 부활했습니다. 우리도 어느 날인가 죽음으로부터 부활할 것입니다.〉」

나는 종이를 가득 채우며 쓰고 또 썼다. 그런 다음 프란체스코는 펜을 들고 그 엉성한 편지의 제일 아래쪽에 자신의 이름을 써넣었다.

「이것이 우리의 회칙입니다.」 그가 말했다. 「이제 편지의 제일 꼭대기에다 쓰십시오. 우리의 가장 거룩한 아버지, 인노켄티우스 3세 교황 성하께.」

나는 놀라서 프란체스코를 쳐다보았다. 「이걸 교황께 보낼 겁니까?」

「아뇨, 레오 형제. 당신과 내가 직접 가지고 갈 겁니다. 당신의 발은 무쇠 발이잖아요, 그렇죠? 내 발도 그래요. 그러니까 가난한 순례자들처럼 걸어서 바티칸으로 가서 우리가 직접 교황께 제출할 겁니다. 만일 교황께서 원하신다면 아래에 도장을 찍을 것이고, 만일 그렇지 않다면 하느님께서 하느님의 도장을 찍을 것입니다. 하느님께서는 이미 나에게 약속하셨습니다!」

「언제 떠날 건가요?」

「오늘 밤에요.」

「그렇게 빨리요, 프란체스코 형제?」

「내가 몇 번이나 말해야 되겠어요, 레오 형제. 하느님은 기다려 주시지 않아요.」

우리가 말을 주고받고 있을 때 수도사들이 하나씩 돌아오기 시작했다. 그들은 피곤에 지쳐 바닥에 주저앉았다.

「우리는 하루 종일 문을 두드리며 돌아다니느라 우리의 시간을, 다시 말하자면 우리의 영혼을 낭비하고 있어요.」 베르나르도 형제가 옆 사람에게 조그맣게 속삭였다. 「그보다는 오히려, 우리는 꼼짝 말고 무릎 꿇고 앉아 기도를 올려야 해요…… 이것이 얼마나 오래 계속될 수 있을까요, 피에트로 형제, 얼마나 갈까요?」

「우리가 입을 가지고 있는 한 계속될 테니 인내심을 가져요, 사랑하는 베르나르도 형제.」

바로 그때 모든 형제들이 프란체스코를 돌아다보았다. 그가 연설하려고 일어섰기 때문이다. 그런데 그는 한참 동안이나 근심과 슬픔이 가득한 시선으로 수도사들을 돌아가며 한 사람씩 바라보았다. 그는 사탄이 얼마나 교활한지, 인간의 마음이 얼마나 속기 쉬운지, 그리고 육신은 얼마나 감미롭고 전능한지를 잘 알고 있었다.

「형제 여러분.」 그가 말했다. 「나는 하느님의 메시지를 받았습니다. 그래서 당분간 멀리 떠나 있을 것입니다. 우리는 숫자도 많이 늘었고 모두 형제가 되었습니다. 이제는 어떤 규칙을 세워야 합니다. 나는 이 지상의 그리스도의 그림자이신 분에게 가서 그 발아래 내 자신을 던지기 위해 이곳을 떠납니다. 그리스도께선 우리들에게 축복을 내려 주실 것입니다. 낙담하지 마십시오. 여러분은 혼자가 아닙니다. 눈에 보이지는 않지만 내가 밤이나 낮이나 여러분과 함께 있을 것입니다. 눈에 보이지 않는 사람이 오히려 더욱 분명하게 보고, 더욱 분명하게 듣고 사람들의 생각을 더 잘 읽을 수 있습니다…… 그렇지만 조심하십시오. 성스러운 철야 기도 중에 우리가 말했던 순종, 정결, 빈곤, 그리고 특히 사랑을 잊지 마십시오! 그리고 나의 형제들이여, 마지막으로 한 가지 지시 사항을 남기겠습니다. 동냥을 그만두십시오. 이제부터는 여러분 각자 무엇이든 일을 하십시오. 어떤 사람은 병원에서 일하고, 어떤 사람은 숲에서 나무를 베어다 팔고, 짐꾼이 되든지, 바구니를 짜든지, 신발을 만들든지, 농사를 지어 수확하고 포도주를 만들든지…… 무엇이든지 하느님께서 허락하시는 대로 일

232

하십시오. 그러나 우리가 〈가난〉과 결혼했다는 사실을 잊어서는 안 됩니다. 누구도 그녀를 배반해서는 안 됩니다. 여러분은 하루 벌어 하루 먹고 살아야 하며, 하루의 노동으로 하루의 필요한 것만을 충족시켜야 합니다. 그 이상은 모두 사탄의 것입니다. 여러분, 가난, 순종, 정결, 사랑을 명심하십시오! 여러분 중에 사람들에게 말하는 재능이 있는 사람은 성호를 긋고 나가서 그렇게 하십시오. 서로 위안이 되도록 짝을 지어 다니십시오. 그리고 사람들을 만날 때마다 걸음을 멈추고 사랑을 전하십시오. 원수에게나 친구에게나, 부자에게나 가난뱅이에게나, 올바른 사람에게나 사악한 사람에게나 충만하고 완전한 사랑을 전하십시오. 그들 모두가 하느님의 자녀들이며 우리의 형제들입니다.

내가 없는 동안 실베스테르 신부님께서 나를 대신하실 것입니다. 그분을 따르십시오. 그분은 하느님의 사제입니다. 성스러운 제단에서 미사를 집전하고, 포도주를 그리스도의 피로 만들고, 빵을 그리스도의 몸으로 만드는 분입니다. 그분은 우리들 중에서 하느님께 가장 가까운 분입니다.

실베스테르 신부님, 수도사들을 당신의 손에 맡기겠습니다. 그들을 보살펴 주십시오. 한 마리 양이 병이 난다면 목자에게도 일부의 책임이 있고, 한 마리 양이 우리를 뛰쳐나와 도망간다면 그것도 부분적으로 목자의 책임입니다. 그러니 잘 돌보아 주십시오, 실베스테르 신부님.」

그는 두 팔을 벌리고 수도사들을 한 사람씩 껴안았다.

「안녕히 계세요, 형제 여러분. 하느님의 어린 양인 레오 형제가 나와 함께 갈 것입니다. 오늘 밤은 달이 밝아 로마로 가는 길이 환하게 빛날 것입니다. 자, 이제 떠납니다. 성호를 그으세요, 레오 형제, 하느님의 이름으로!」

에지디오와 마세오와 베르나르도는 울음을 터뜨렸다. 다른 사람들은 말없이 프란체스코의 손에 입을 맞추었다. 루피노가 그에게 다가와 귀에다 대고 무언가를 속삭였지만, 프란체스코는 고개를 저었다.

「아뇨, 안 돼요, 루피노 형제.」그가 말했다. 「우리는 지팡이도, 신발도, 빵도 필요 없어요. 하느님께서 우리의 지팡이와 신발과 빵이 될 것입니다. 잘 있어요, 여러분!」

그는 몇 발짝 나아가다가 돌아보았다. 그의 눈에는 눈물이 가득 고여 있었다.

「여러분 모두는 나의 아버지이며 어머니이며 형제들입니다. 사탄은 깃발을 높이 올렸고 하느님께선 외치십니다. 〈믿음 있는 자들이여, 나를 따르라!〉그분의 호소에 귀를 기울이고 외쳐서 대답하십시오. 〈우리가 갑니다, 주님, 우리가 갑니다……!〉용기를 내십시오, 나의 형제들이여. 선과 악이 싸우고 있습니다. 그러나 반드시 선이 승리할 것입니다. 나의 형제들이여, 두려움 같은 것은 존재하지 않습니다. 배고픔도, 목마름도, 질병도 죽음도 없습니다. 오로지 하느님만 계실 뿐입니다.」

그는 나의 팔을 잡았다.

「자, 어서 갑시다.」그가 말했다. 그리고 서둘러 길을 떠났다.

*

우리가 성호를 긋고 여정을 시작했던 그날 밤으로부터 몇 년이나 흘렀을까! 나는 지금 수도원의 작은 방에 앉아 눈을 감고 생각한다. 얼마나 많은 달이 지나가고, 얼마나 많은 여름과 가을이 지나가고, 얼마나 많은 눈물이 있었던가! 프란체스코는 지금 틀림없이 하느님의 발아래 자리 잡고 앉아 몸을 구부려 이 세상을 내려다보며 포르티운쿨라가 어디 있는지를 여기저기 찾고 있을 테지만 아마 찾을 수 없을 것이다. 지금은 수많은 종탑과 종들, 조상들과 샹들리에와 황금빛 찬란한 장식들이 있는 웅장한 성당이 지어져 그곳을 짓누르고 있기 때문이다. 수도사들도 이제는 더 이상 맨발이 아니라 신발을 신고 따뜻한 옷을 입고 심지어 어떤 수도사들은, 하느님 제가 이렇게 말하는 것을 용서하세요, 실크로 만든 허리띠를 두르고 있다……!

우리가 달빛 속을 걷고 있을 때 프란체스코가 갑자기 두려움에 사로잡혀 뒤를 돌아다보았던 것을 나는 기억하고 있다. 아마도 종소리를 들은 것 같았으며 3층짜리 거대한 성당을 본 것 같았다. 그는 큰 소리를 지르며 성호를 그었고 그 건물은 달빛 속으로 사라져 버렸다.

「휴, 그것이 사실이 아니었군! 하느님께 영광!」그가 혼자 중얼거렸다.

맙소사, 프란체스코 사부님, 그것은 모두 사실이었습니다. 그 어떤 이가 인간의 허영심과 교만을 막을 수 있겠습니까? 〈청렴결백〉이 어떻게 발에 진흙을 묻히지 않고 이 땅을 걸어 다닐 수 있겠습니까?

그 여행은 수많은 낮과 밤 동안 계속되었다. 우리가 길을 가면서 계속 하느님을 찬미하지 않았다면, 주님에 관한 대화를 나누지 않았다면, 그리스도께서 우리와 함께 여행하시며 때때로 우리를 돌아다보며 미소 지으신다고 느끼지 못했다면, 아마도 우리는 그렇게 힘들고, 배고프고, 추운 밤들을 견딜 수 없었을 것이다!

마을에 도착하면 우리는 너무 배가 고파서 문을 두드리며 동냥을 했다. 어떤 주민들은 약간의 빵을 주기도 했지만, 어떤 때는 우리의 손에 돌멩이나 죽은 쥐를 쥐여 주고는 한술 더 떠 깔깔대며 웃음을 터뜨리곤 했다. 그래도 우리는 그들에게 축복을 빌며 그곳을 떠났다.

날씨가 아주 좋은 봄날이었다. 나무들은 꽃을 피우기 시작했고 포도나무 줄기의 새싹도 통통해지고 있었다. 무화과나무에서는 처음 나온 연한 잎들이 피어나고 있었다.

「예수의 재림도 이런 식일 거예요, 레오 형제.」 프란체스코가 계속해서 말했다. 「마치 봄철에 새싹이 돋듯 죽은 사람들이 빛 속으로 솟아오를 거예요.」

어느 날 저녁 우리가 어떤 큰 시장 마을에 도착했을 때 청춘 남녀들이 모여 〈겨울 아비〉를 불태우는 축제를 막 시작하고 있었다. 우리는 마을 광장으로 가서 교회 앞 한가운데에 서 있는 〈겨울〉의 모습을 보았다. 그는 나뭇가지와 짚으로 만들어졌고 솜으로 만든 긴 수염을 달고 있었다. 처녀 총각들은 불붙인 횃불을 들고 그 둘레를 돌며 춤을 추면서 방자하게도 봄의 노래를 부르고 있었다. 그들은 모두 흥분으로 달아올라 있었다. 그들은 미혼의 젊은이들이었다. 그들이 마신 포도주와 함께 봄은 그들의 가슴과 욕정을 부풀어 오르게 만들었고, 그들의 피는 끓고 있었다.

결혼한 사람들과 나이 든 사람들은 둘레에 빙 둘러서서 구경하며 웃고 있었다. 프란체스코도 광장 둘레에 있는 나무에 기대서서 지켜보았다. 나는 그가 화를 내며 나를 끌고 떠나 버릴 것으로 생각했는데 오히려 호기심 가득한 눈을 크게 뜨고 계속 지켜보았다.

「인류는 멸망하지 않을 거예요, 레오 형제.」 그가 말했다. 「저 젊은 남녀들을 보세요. 저들의 얼굴이 얼마나 불타고 있는지, 저들의 눈이 얼마나 빛나고 있는지! 저들은 서로를 쳐다보며 마치 〈걱정 말아요, 이 세상에 오로지 우리 두 사람만 남아 있다 해도 곧 아들과 딸들로 이 세상을 가득 채울 거예요〉라고 말하고 있는 것 같아요. 레오 형제, 저들 역시 나름대로 하느님께로 향하는 길을 가고 있는 거예요. 우리는 가난과 정결의 길을 통해서 가지만 저들은 풍족한 양식과 짝짓기라는 길을 통해서 가는 거지요.」

우리가 이런 얘기를 하고 있을 때 앞장서서 춤을 추던 젊은이가 앞으로 뛰어나오더니 불이 붙어 있는 횃불을 〈겨울〉의 배 부분에 찔러 넣었다. 한순간 짚으로 만든 그 늙은 영감에게 불이 붙었고 불길이 위로 치솟아 너울거리더니 곧 겨울은 다 타버리고 재만 남았다. 처녀 총각들은 소리를 질러 대며 횃불을 집어던지고 신음 소리와 비명을 지르며 어둠 속에서 격렬하게 서로를 추구하기 위해 자리를 떠났다. 그리고 마을에는 웃음소리와 가쁜 숨소리가 넘쳐 났다.

프란체스코가 내 손을 잡았다. 우리는 광장 맞은편에 있는 교회로 가서 아치 모양의 문간 아래 웅크리고 앉았다.

「오늘은 재미있었어요, 레오 형제.」 이렇게 말하고는 문기둥에 몸을 기대고 잠잘 준비를 했다. 「네, 재미있었어요. 우리는 투쟁하고 있는 인간의 다른 쪽 얼굴을 보았어요. 거기에도 축복이 내리기를!」

*

우리는 또다시 아침 일찍 출발했다.

「우리는 얼마나 자유롭습니까!」 프란체스코가 기쁨에 겨워 외쳤다. 「우리는 이 세상에서 가장 자유로운 사람들이에요. 가장 가난하기 때문이지요. 가난, 단순함, 그리고 자유는 모두 똑같은 것이에요!」

우리는 배고픔과 피로를 잊기 위해 노래를 부르기 시작했다.

그러나 프란체스코는 매일 자신의 마음속이 비통함으로 가득 차오르는 것을 느꼈다. 우리가 들어가는 마을과 도시마다 사탄이 진을 치고 있었다. 사람들은 신성을 모독하고, 서로 싸우고 칼로 찌르고, 교회에는 절대 발을 들여놓지 않았고 성호도 긋지 않았다.

「레오 형제, 인간의 영혼이 반란을 일으키고 있어요. 이제는 하느님을 무서워하지 않아요.」 그는 계속했다. 「사탄이 길목을 지키고 있다가 그것이 무엇이든 그 사람이 좋아하는 얼굴로 가장하고 인류를 유혹하고 있어요. 어떤 때는 수도승으로, 어떤 때는 미남 청년으로, 어떤 때는 여인의 얼굴로 나타나지요.」

마침내 우리가 〈거룩한 도시〉로마 근처에 다다랐을 무렵의 어느 날 한낮에 우리는 숨을 돌리며 휴식을 취하기 위해 사이프러스나무 밑에 다리를 쭉 뻗고 앉았다. 우리들의 발은 피를 흘리고 있었고, 정강이며 머리는 온통 먼지를 뒤집어쓰고 있었다. 우리는 그날 아침부터 줄곧 그리스도의 수난에 대한 대화를 나누었고 우리의 눈은 눈물을 흘려 퉁퉁 붓고 충혈되어 있었다. 우리가 눈을 게슴츠레 감고 제발 우리를 불쌍히 여겨 잠이 찾아 주기를 바라고 있을 때, 사이프러스나무 뒤쪽에서 빨간 신발과 챙 넓은 빨간 모자를 쓴 뚱뚱하고 쾌활한 수도승 한 사람이 나타났다. 깨끗이 면도를 하고, 향수를 뿌린 멋쟁이였다. 아니면, 우리가 실제로 이미 잠이 들었으면서 마치 그를 본 것처럼 느끼는 것일까?

그는 우리에게 와서 정중히 인사하더니 실크 손수건을 꺼내 돌 위에 깔고 앉았다.

「맨발에다 구멍이 잔뜩 뚫려 있는 옷차림새로 보건대, 당신들은 아주 엄격하고 철저한 어떤 교단 소속의 수도사들인 것 같군요. 당신들은 로마로 순례 여행을 가고 있는 것 아닌가요?」

「우리는 가난한 탁발 수도사들이오.」 프란체스코가 대답했다. 「죄인이며, 무식하며, 인간 쓰레기들인 우리들은 로마로 가서 교황님의 발아래 엎드려 우리에게 특권을 인정해 달라고 간청할 참이오.」

「무슨 특권이오?」

「아무것도, 절대 아무것도 소유하지 않는 절대적 가난의 특권이오.」

그 뚱뚱한 수도사가 크게 웃었다. 「당신들 옷에 뚫린 구멍 속에 들어 있는 교만함이 보이는군요.」 그가 말했다. 「아무것도 없다는 것은 바로 모든 것을 가지고 있다는 것과 똑같아요. 그러니까 아무것도 갖지 않으려 하는 사람은 모든 것을 가지려 하는 사람이오. 그건 여우같이 교활한 당신들이 더 잘 알고 있을 것이오. 당신들의 속셈은 가난하고 불쌍한 악마인 척함으로써 아무 저항도 받지 않고 아무도 눈치 채지 못하는 새, 심지어 하느님조차 알아채지 못하는 새에 날카로운 발톱으로 모든 것을 가로채려는 거요.」

프란체스코의 몸에 전율이 흘렀다. 그는 공포에 떨며 사이프러스나무 아래 일어나 앉았다. 「모든 것이라니?」 입술을 떨며 그가 말했다.

「모든 것이오. 당신은 이미 모든 것을 가지고 있소. 이런 위선자! 당신이야말로 이 세상에서 제일 부자요.」

「내가?」

「그래요, 당신이오. 하느님께 당신의 희망을 걸었다는 것만으로도 그렇소. 내가 보고 싶은 것은 이것이오. 당신이 정말 가난해지기 위해서는 언젠가 하느님을 만날 수 있다는 희망조차 버려야 하오. 그렇게 할 수 있겠소? 당신이 할 수 있소? 완전한 가난이란 그런 것이오. 완전한 금욕이란 그런 것이오. 그것이 바로 성인의 모습이오. 당신은 그렇게 할 수 있겠소?」

「도대체 당신은 누구요?」 프란체스코가 외쳤다. 「썩 물러가라,

사탄아!」 그가 공중에 십자가를 긋는 순간, 그 수도승은 태양 속으로 녹아 들어갔고 낄낄거리며 조롱하는 듯한 웃음소리만 점점 멀어지면서 사이프러스나무 뒤로 사라지는 것이 들렸을 뿐이다. 공기 속에서 타르와 유황 냄새가 진동했다.

프란체스코가 벌떡 일어섰다. 「빨리요, 어서 갑시다.」 그가 말했다. 「사이프러스 그늘 아래 앉아 있는 것은 죽음을 불러들이는 것이에요…… 당신도 봤죠, 레오 형제? 당신도 들었죠?」

「나도 봤어요, 나도 들었어요, 프란체스코 형제. 어서 갑시다.」

우리는 다시 출발했지만, 두 사람 다 아주 혼란스러웠다. 그날 오후 내내 프란체스코는 한마디도 하지 않았다. 그는 계속 앞에서 내달았다. 종종 그의 노랫소리가 들릴 뿐이었다. 저녁 무렵에야 비로소 그가 뒤를 돌아보았고 그의 얼굴은 아주 초췌해 있었다.

「당신은 그가 옳다고 생각하나요?」 그가 조용히 물었다. 「그 저주받을 수도승의 말이 옳다고 생각하나요? 하지만 그런 희망조차 없다면 나는 살 수 없어요!」

나는 그를 달래려고 안간힘을 썼다. 「말이란 악마의 것이에요.」 내가 말했다. 「말은 마귀가 파놓은 함정이에요. 그 함정에 빠지지 마세요, 프란체스코.」

그러나 그는 절망적으로 고개를 저었다. 「레오 형제, 때로는 마귀의 말과 하느님의 말씀이 똑같아요. 하느님께서 그분의 거룩한 뜻을 우리에게 전달하고자 할 때 가끔은 마귀를 보내시기도 하거든요.」

그는 잠시 말이 없었다. 그러고 나서 슬픈 목소리로 말했다.

「그 수도승의 말이 옳아요. 우리의 빈곤은 풍요로운 것이에요. 왜냐하면, 우리는 금고 바닥 깊숙한 곳에 하늘나라를 숨기고 있기 때문이죠. 레오 형제, 진정한 가난은 그 금고 바닥까지 완전히 비어 있어야 한다는 뜻이에요. 하늘나라도 영원불멸도 그 아무것도 들어 있으면 안 돼요. 아무것도, 아무것도, 아무것도 없어야 해요!」

그는 잠시 생각하더니 한숨을 쉬었다. 무언가를 더 말하고 싶어 했지만 그 무서운 말들이 그의 목에서 꽉 막혀 버렸다. 마침내 그가 겨우 말을 시작했다.

「주님.」그가 속삭였다.「언젠가는 제가 희망을, 바로 주님 당신을 볼 수 있다는 그 희망을 버릴 수 있도록 힘을 주십시오. 어쩌면 그것이, 그것만이 절대적 빈곤을 이루는 것일지도 모르니까요.」

눈물이 그의 목소리를 억눌렀다. 그는 비틀거렸고 나는 그가 쓰러지지 않도록 부축했다.

「프란체스코 형제, 그런 말씀 마세요. 그것은 인간에게 주어지는 능력의 한계를 뛰어넘는 것입니다.」

「맞아요. 그렇습니다. 가엾은 레오 형제, 그것은 인간에게 주어지는 능력의 한계를 뛰어넘는 것이에요. 때문에 하느님께선 우리에게 바로 그것을 기대하시는 거예요! 가엾고 불쌍한 나의 여행의 동반자여, 아직도 그것을 이해하지 못하고 있나요?」

나는 도저히 이해할 수가 없었고, 앞으로도 마찬가지일 것 같았다. 인간의 능력에는 한계가 있으며 그 한계는 하느님 자신이 정해 놓은 것이 아니었던가? 그렇다면 왜 전능하신 하느님께서 인간이 그 한계를 뛰어넘기를 기대하신단 말인가? 인간에게 날개를 달아 주지도 않고 왜 공중을 날라고 떠민단 말인가……? 그렇다면 날개를 달아 주셨어야 할 것 아닌가!

우리는 소나무 한 그루를 발견했다. 잎이 촘촘히 나 있는 긴 가지들이 땅 쪽으로 늘어져 있어 피난처로서는 안성맞춤이었다. 하루 종일 햇빛을 받은 나무줄기에서는 향기로운 수액이 흘러나오고 있었다. 우리 둘은 그 아래 주저앉아 밤을 지낼 준비를 했다. 내 자루 속에는 말라빠진 빵 부스러기가 약간 있었지만 우리는 그것을 맛볼 식욕조차 없었다.

우리는 둘 다 말을 하지 않았다. 나는 잠이 오지 않았지만 눈을 감았다. 프란체스코의 얼굴을 더 이상 볼 수가 없었기 때문이다. 지금까지 그렇게 고뇌에 찬 그의 얼굴을 본 적이 없었다. 그는 입술을 깨물며 감정을 억누르려 애썼지만 나는 그의 가슴속으로부터 끓어오르는 상처받은 짐승의 신음 소리를 들었다.

별들이 떴다. 땅으로부터 대지의 야상곡이 들려왔다. 밤의 달콤함이 서서히 나를 꿰뚫더니 나의 내장까지 스며들었다.

갑자기 하늘에서 별똥별이 떨어졌다. 「레오 형제, 당신도 봤어요?」 프란체스코가 하늘을 가리키며 나를 불렀다. 「방금 하느님의 얼굴에서 눈물이 한 방울 떨어졌어요……. 그렇다면 인간만이 우는 것이 아닌가요? 주님, 당신도 우십니까? 아버지여, 당신도 저처럼 괴로워하고 계십니까?」

그는 완전히 지쳐서 소나무 둥치에 기대고 있었다. 나는 눈을 감고 있었고 잠이 들려고 할 때의 평온함이 느껴지기 시작했는데 그때 갑자기 프란체스코의 목소리가 들렸다. 숨이 막힐 듯한, 귀에 거슬리는 낯선 목소리였다.

「레오 형제, 제발 잠들지 말아요. 나를 혼자 내버려 두지 말아요! 내 자신의 깊은 곳으로부터 무서운 생각이 일어나고 있는데 그런 생각과 함께 홀로 남겨지고 싶지 않아요!」

나는 눈을 떴다. 너무나도 비통한 그의 목소리에 놀랐기 때문이다.

「어떤 생각인데요, 프란체스코 형제? 또다시 마귀의 목소리인가요? 말해 보세요. 말하고 나면 기분이 좀 나아질 거예요.」

프란체스코는 옆으로 와서 내 무릎에 손을 올려놓았다. 「레오 형제, 당신도 알다시피 인간은 조그만 지푸라기라도 잡으려 해요. 그렇지만 천사와 마귀는 인간을 사이에 놓고 줄다리기를 하면서 그 조그만 지푸라기조차 빼앗아 버리려 해요. 인간은 아무리 배고프고, 목마르고, 이마에서는 땀이 뻘뻘 흐르고, 피투성이가 되어 울고 저주하면서도 포기하지 않지요. 그는 그 조그만 지푸라기를, 이 세상을, 결코 놓으려 하지 않아요. 레오 형제, 하늘나라 역시 그런 지푸라기예요!」

그러곤 아무 말도 하지 않았다. 나는 그의 온몸이 떨고 있는 것을 느꼈다.

「그런 말을 하고 있는 사람은 프란체스코가 아니에요.」 나는 전율을 느끼며 소리쳤다. 「프란체스코가 아니라 사탄이 말하고 있는 거예요.」

「그건 프란체스코가 아니에요.」 그가 대답했다. 「그렇다고 사탄도 아니고, 하느님도 아니에요. 레오 형제, 나의 내면에서 말하고 있는 상처받은 짐승의 목소리였어요.」

나는 입을 열어 말하려고 했지만 프란체스코가 손으로 막았다. 「더 이상 아무 말도 하지 마세요! 이제 주무세요!」 그가 큰 소리로 외쳤다.

*

다음 날 잠에서 깨었을 때는 이미 해가 떠 있었다. 옆에 프란체스코가 없었기 때문에 나는 그의 이름을 부르며 소나무 숲 주변을 한 바퀴 돌았다. 그러다 눈을 들어 보니 그가 높은 나뭇가지 꼭대기에 앉아 있었다. 그는 제비 두 마리가 소나무 잎 사이로 열심히 왔다 갔다 하며 지푸라기 조각이나 길에 떨어져 있는 말의

털, 혹은 진흙 덩이를 부리로 물어 날라다 둥지를 짓기 위해 서로 쩍쩍대는 모습을 엿보고 있었다.

「내려오세요, 프란체스코 형제.」 내가 외쳤다. 「해가 떴어요, 이제 우리의 길을 떠납시다!」

「난 여기가 좋아요.」 그가 대답했다. 「길을 떠나자고요? 어디로 가는데요? 여기가 바로 로마예요. 교황께선 여기 계십니다. 그러니까 여기서 교황에게 우리의 활동에 대한 허가를 받을 거예요.」

할 말이 없었다. 나는 종종 혹시 나의 사부님께서 정신이 이상해지지 않았나 하는 두려움에 사로잡히곤 했다. 나는 소나무 뿌리 위에 쪼그리고 앉아 기다렸다.

「난 아무 데도 안 가요.」 그가 계속했다. 「나는 제비들의 허락을 받았어요. 그러니까 이제 교황께 갈 필요가 없어요!」

나는 또다시 아무 말도 안 했다. 단지 그의 내부에서 하느님의 불길이 가라앉기만을 기다리고 있었다. 오랜 침묵 후에 세 번째로 그의 목소리가 들렸다. 이번에는 차분하고 연민의 정으로 가득 찬 목소리였다.

「레오 형제, 왜 아무 말도 하지 않는 거죠?」

「나는 당신의 속에서 하느님의 불길이 가라앉기를 기다리고 있어요.」 내가 대답했다.

나뭇가지 뒤에서 그의 행복하고, 신선하고, 천진한 웃음소리가 귓가에 들려왔다.

「기다려도 소용없어요, 레오 형제! 내가 살아 있는 한 그 불길은 꺼지지 않을 거예요. 그 불길은 제일 먼저 살과 뼈를 먹어 버릴 것이고, 그다음에는 영혼을 삼켜 버릴 것입니다. 그런 다음에야 불길이 꺼질 거예요. 그러니까, 레오 형제, 기다려 봐야 소용없어요……! 하여튼, 이제 내려갈게요!」

그가 나뭇가지를 옆으로 밀어젖히며 내려오기 시작했다. 그의 얼굴은 평온하고 환히 빛났다.「난 오늘 아침에 새들의 언어를 이해하기 시작했어요. 당신도 들어 봤죠? 새들도 우리와 마찬가지로 하느님의 사랑에 대해서 얘기해요.」그가 말했다.

「누구 말입니까, 프란체스코 형제?」

「제비들이오.」

나는 웃음이 나오려 했지만, 곧바로 우리 모두는 외부의 귀와 눈만 갖고 있지만 프란체스코는 거기에다 내면의 귀와 눈을 갖고 있다는 생각이 들었다. 새들이 노래할 때 우리는 가락만 듣지만 그는 가락에다 가사까지 알아들었다.

우리는 소나무 아래에서 무릎을 꿇고 앉아 기도를 올린 다음 다시 길을 떠났다.

*

나는 방금 태어난 어린아이처럼 가슴이 뛰었다. 오래전부터 거룩한 도시 로마에 가서 사도들의 무덤을 순례하고, 산페트로 성당의 기둥 아래쪽에 서서 지상의 하느님의 대리자이신 분의 거룩한 얼굴을 보기를 간절히 원했기 때문이다. 그분의 얼굴은 너무나 눈부시게 찬란하기 때문에 손을 들어 눈을 가리지 않고는 볼 수 없다는 말도 들었다.

드디어 로마가 가까워지고 있었다. 우리가 가까이 갈수록 그 〈영원한 도시〉의 힘찬 소리가 더 분명하게 들려왔다. 그것은 새끼를 낳고 있는 소의 울음소리 같기도 하고 굶주린 날짐승의 소리 같기도 했다. 가끔 사람들의 목소리가 바람결에 실려 오면서 트럼펫 소리와 종소리도 들렸다. 넓은 도로에는 갑옷을 입은 귀족들과, 검은 말과 흰 말을 탄 귀부인들의 행렬이 계속 지나가고 있었다. 먼지구름이 일었다. 열기는 숨이 막힐 지경이었고 거리에는 말과 소와 사람 들의 냄새로 악취가 풍겼다.

「우리는 지금 사도 베드로의 집으로 들어가고 있는 거예요.」 프란체스코가 나에게 말했다. 「지금 당신이 보고 듣는 모든 것에는 숨겨진 의미가 있어요. 그러니까 잘 보세요! 검은 말과 흰 말을 타고 우리 옆을 지나가는 귀부인들을 보았죠? 여기서는 선과 악이 위대한 귀부인들처럼 나란히 걸어 다녀요.」

「악(惡)도 말입니까, 프란체스코 형제!」 나는 놀라서 외쳤다. 「베드로 사도의 집인 여기서 말입니까?」

프란체스코는 크게 웃었다. 「레오 형제! 당신은 정말 순진하군요. 세상 물정도 모르고요! 그래서 내가 당신을 좋아하지요……! 이곳이 아니면 그럼 어디서 악을 볼 수 있겠어요. 두말할 것도 없이 여기 거룩한 도시 로마에서죠! 여기야말로 사탄이 위험에 처해 있는 곳이고, 사탄의 모든 군대가 집결해 있는 곳이죠. 드디어 도착했어요. 성호를 긋고 들어가세요!」

우리는 넓은 거리로 들어갔다. 대도시의 소음에 익숙지 않은 우리들은 사람들의 외침 소리와 덜커덩거리는 마차 소리, 개 짖는 소리, 말의 울음소리로 귀가 멍멍할 지경이었다. 장사꾼들은 큰 소리로 외치며 물건을 팔았고, 주교들은 안쪽에 비단을 댄 가마를 타고 앞에서 달려가는 수행원들이 터주는 길을 따라갔다. 창녀들이 지나가자 거리에는 온통 사향과 재스민 향기로 진동했다…….「바로 이것들이 악이로구나」라고 중얼거리며 나는 시선을 내렸다.

갑자기 프란체스코와 내가 함께 소리를 질렀다. 길 끝에 이상한 행렬이 나타났기 때문이다. 제일 앞에는 대여섯 명의 전령들이 검은 옷을 입고 긴 청동 트럼펫을 불며 오고 있었다. 그들은 가끔씩 말을 멈춰 세웠고 그러면 낙타를 탄 자가 이렇게 외쳤다. 「기독교도들이여, 기독교도들이여, 성묘가 지나가고 있소! 잘 보시오, 잘 보고 부끄러워하시오! 얼마나 오랫동안 성묘가 이렇게 이교도들에게 짓밟히고 더럽혀져야 하겠습니까? 형제들이여, 그리스도의 이름으로 무장합시다! 우리 모두 성묘를 구하는 데 동참합시다!」 이렇게 외치고 나서 그자는 조용해졌고 다시 트럼펫 소리가 울려 퍼졌다. 그 뒤로 황소 네 마리가 마차를 끌며 천천히 걸어왔는데 거기에는 나무와 쇠와 다양한 색깔의 헝겊으로 장식된 성묘의 모형이 실려 있었다. 그 성묘 위에서는 나무로 만든 말 위에 올라탄 포악한 사라센인이 녹색 바탕에 반달이 그려져 있는 깃발을 흔들고 있고 말은 꼬리를 높이 쳐들고 성스러운 무덤 위에 똥을 누고 있었다. 그 뒤를 검은 상복을 입은 여자들의 무리가 따라오고 있었다. 그들은 머리를 풀고 자신의 가슴을 치며 한탄하고 있었다.

그 가장행렬은 길모퉁이를 돌아 사라졌지만 우리들의 눈에서는 결코 사라지지 않고 끝없이 지나가고 또 지나가는 것처럼 느껴졌다. 우리의 눈에서는 눈물이 흘러 도시가 뿌옇게 보였고 더럽힌 성묘와 더럽힌 우리의 영혼 외에는 아무것도 안 보였다.

「레오 형제, 우리에겐 아직 할 일이 많이 남아 있어요.」 눈물을 닦아 내며 프란체스코가 말했다. 「인생은 짧은데, 과연 우리에게 시간이 있을까요……? 나의 형제여, 당신은 어떻게 생각하세요?」

「당신도 아시다시피, 세속적인 삶도 약간의 가치는 있어요.」 내가 대답했다. 「그런데 왜 그걸 버리는 거죠?」

프란체스코는 대답하지 않았다. 그는 생각에 빠졌고 나는 그가 그 문제에 대해 생각하도록 만든 것이 기뻤다. 당신도 알다시피 나는 작은 풀잎과도 같은 삶을 사랑했고, 그것을 결코 손에서 놓고 싶지 않았다.

*

날이 점점 어두워지고 있었다. 우리는 지쳐 쓰러질 지경이었고 좁은 골목길을 다니며 잠잘 곳을 물색하느라 계속 걸음을 멈추었다. 쐐기 모양의 흰 수염을 가진, 체구가 작은 맨발의 늙은이가 한참 동안 우리 뒤를 따라왔다. 마침내 그가 우리에게 다가왔다.

「실례합니다.」그가 말했다. 「보아하니 낯선 분들 같소. 그리고 나처럼 가난한 사람들 같소. 그리스도와 마찬가지로 당신들도 여기서 머리를 뉠 곳이 없을 테니 나를 따라오시오.」

「하느님께서 당신을 보내셨군요. 어디든지 당신이 이끄는 곳으로 가겠습니다.」 프란체스코가 말했다.

우리는 가난한 사람들이 개미처럼 우글거리는 더러운 골목길을 지나갔다. 벌거벗은 아이들이 진흙 속에 뒹굴고 여자들은 거리 한가운데서 빨래하고 밥을 짓고 있었고 남자들은 쪼그리고 앉아서 주사위를 던지고 있었다. 우리의 안내자는 앞에서 바쁘게 걸어갔다. 우리는 말없이 그를 따라갔다.

갑자기 프란체스코가 나의 귀에 대고 말했다.

「저 사람은 대체 누구일까요?」그가 속삭였다. 「우리를 불쌍히 여기는 걸 보면 아마 그리스도일지도 몰라요.」

「어쩌면 사탄일지도 모르죠.」내가 대답했다. 「하여튼 조심하는 게 좋겠어요.」

우리가 도착한 곳은 넓은 마당 한가운데 우물이 있는, 거의 쓰러져 가는 여관이었다. 문짝도 없이 허물어져 가는 어두컴컴한 방들은 마치 동굴 같았다.

노인이 멈춰 서서 둘러보더니 우리를 어떤 방으로 데리고 들어가 램프에 불을 붙였다.

　「형제들이여, 당신들은 여기서 안전하게 밤을 보낼 수 있어요. 여기는 사악한 도시예요. 밤에는 더욱 위험합니다. 하느님께서 당신들을 불쌍히 여기셨습니다.」

　「당신은 누구십니까, 형제님?」 그 노인을 자세히 살펴보며 프란체스코가 물었다.

　「여기 의자 두 개와 물 한 병이 있습니다.」 그가 말했다. 「내가 얼른 가서 약간의 빵과 올리브를 갖고 돌아오겠습니다. 그때 얘기합시다. 당신들은 하느님을 두려워하는 가난한 사람들 같아요. 나 역시 가난하고 하느님을 두려워하는 사람이죠. 다시 말해 우리는 서로 할 얘기가 많을 것 같아요. 곧 돌아오겠습니다.」 그는 어두운 마당 속으로 사라졌다.

　나는 프란체스코를 쳐다보았다. 「나는 저 늙은이가 싫어요. 그의 친절에는 어떤 숨은 목적이 있는 것 같아요.」 내가 말했다.

　「그의 눈을 보건대, 믿을 만한 사람 같던데요.」 프란체스코가 대답했다. 「레오 형제, 우리 그 사람을 믿어 봅시다.」

　바닥에는 자리 두 개가 깔려 있었다. 십자가 모양으로 만들어진 천장의 높은 채광창을 통해 반짝이는 별빛이 들어왔다. 이제 바깥은 완전히 어두워졌다.

　그 노인이 우리가 먹을 빵과 올리브를 갖고 돌아왔다. 게다가 석류도 두 개 갖고 왔다.

　「형제들.」 그가 말했다. 「내 고향에서는 이런 말을 합니다. 〈가진 것이 없을수록 사랑이 많다……!〉 당신들을 환영합니다!」

　우리는 성호를 긋고 먹기 시작했다. 우리를 데려온 그 사람은 구석에 무릎을 꿇고 앉아 우리를 지켜보았다. 우리는 다 먹고 나서 하느님께 감사 기도를 드리자마자, 그 노인에게는 물어볼 기회도 주지 않고 프란체스코가 말하기 시작했다.

「우리 두 사람은 가난한 탁발 수도사들입니다.」 그가 말했다. 「우리에겐 다른 형제들도 있는데 모두 하느님을 찬미하며 동냥으로 살아가고 있습니다. 우리는 어떤 것도 소유하기를 원치 않으며, 우리가 이 거룩한 도시에 온 이유는 예수 그리스도의 대리자이신 교황께 특권을 인정받기 위해서입니다. 절대적인 가난의 특권입니다…… 이게 전부입니다. 우리의 모든 것을 고백했으니 이제는 당신 차례입니다!」

그 조그만 노인은 기침을 했다. 한참 동안 수염만 쓰다듬으며 말이 없더니 이윽고 입을 열어 말하기 시작했다.

「당신들이 나를 믿어 주었으니, 나도 당신들을 믿고 말하겠소. 하느님은 나의 증인이시므로 모든 진실을 말할 것입니다. 나는 프로방스 출신이며 진정한 기독교도들의 교단인 카타리파(派) 소속입니다. 아마 우리 교단에 대해 들은 적이 있을 것입니다. 당신들이 가난을 사랑하는 것처럼 우리도 그렇습니다. 그리고 무엇보다도 우리는 청렴, 정결, 청결을 사랑하죠. 그 때문에 카타리라 불리는 것입니다. 우리는 쾌락과 여자와 모든 물질적인 것을 증오합니다. 우리는 여자가 앉았던 의자에 앉지 않으며, 여자가 빚은 빵을 먹지 않습니다. 우리는 결혼도 하지 않고 아이도 갖지 않습니다. 고기도 먹지 않습니다. 고기는 수컷과 암컷이 하나가 되어 만들어 내는 것이기 때문입니다. 우리는 포도주를 마시지 않고, 피를 흘리지 않고, 살생하지 않고 싸움을 하러 전쟁에 나가지 않습니다. 우리에게는 이 세상이 필요 없습니다. 세상은 거짓말쟁이, 간음자, 악마가 파놓은 함정입니다. 하느님이 그런 것을 만드셨겠습니까? 아닙니다. 이 세상은 하느님의 작품이 아니라 사탄의 작품입니다. 하느님은 오로지 영적인 세계만을 만들었습니다. 우리의 영혼을 타락시키고 그 안에 빠져 죽게 만드는 물질적 세계를 만들어 낸 것은 사탄입니다. 그러므로 구원받기 위해서는 이 세상을 떠나야 합니다. 어떻게냐고요? 구원의 대천사의 훌륭한 임무인 죽음을 통해서입니다.」

노인의 얼굴 윤곽이 빛나기 시작했고 뿜어 나오는 열기로 머리 주변의 공기가 떨리는 것 같았다. 프란체스코는 두 손으로 얼굴을 가렸다.

「그럼 죽음은 무엇이겠습니까?」 노인이 스스로 도취되어 계속했다. 「죽음이 무엇이겠어요? 천사와 같은 문지기죠! 그가 문을 열어 주어야 우리는 영원한 삶의 세계로 들어갈 수 있으니까요.」

프란체스코는 머리를 들었다. 마치 죽음의 날개가 그를 스쳐 간 듯 잠시 그의 얼굴이 어두워졌다.

「나를 용서하십시오, 노인장. 당신은 이 세상을 너무 경멸하는 것 같습니다. 이 세상은 우리가 육신을 영혼으로 바꾸기 위한 투쟁을 하러 온 곳입니다. 모든 육신이 영혼으로 바뀐 후라면 우리에게 이 세상이 필요 없어질 것입니다. 〈그때〉 죽음이 오도록 해야 합니다. 그전에는 안 됩니다. 우리가 육신을 모두 소진할 수 있는 충분한 시간을 주시도록 하느님께 간청해야 합니다.」

「죽음만이 그렇게 할 수 있습니다.」 노인이 강경하게 이의를 제기했다.

「그렇다면, 인간의 가치란 도대체 무엇입니까?」 프란체스코가 물었다. 「그것은 죽음이 아니라 우리 자신이 해야 하는 겁니다.」

프란체스코가 일어서더니 벽에서 램프를 떼어 노인의 얼굴에 가까이 비추었다.

「당신은 누구십니까?」 그가 괴로운 목소리로 물었다. 「당신의 말은 유혹적이고 위험합니다. 사탄이 말하는 방식과 똑같아요. 나는 떠나겠습니다.」

그가 나를 돌아다보고 고갯짓을 했다.「일어서요, 레오 형제, 여길 떠납시다!」

나는 움직이지 않았다. 우리가 어디를 갈 수 있단 말인가? 뿐만 아니라 나는 너무 졸려서 꼼짝도 할 수가 없었다.「도망간다는 것은 그다지 사나이다운 행동이 아닌 것 같아요, 프란체스코 형제.」내가 말했다.「그냥 머무는 게 어때요? 그 사람을 무서워할 이유가 없습니다. 그 사람 나름대로 하느님께로 나아가기 위해 선택한 길에 대해 설명하도록 놔두세요. 길은 여러 가지가 있으니까요.」

프란체스코는 어두운 바깥을 내다보며 문간에 서 있었다. 이제 도시의 소음은 가라앉았고 하늘에선 별들이 흔들리고 있었다. 폐허가 된 여관 어디에선가 올빼미가 조용히 한숨을 내쉬었다.

프란체스코가 자기 자리로 돌아와 벽에 기대앉았다.「맞아요, 길은 많아요」라고 중얼거렸다.「여러 가지 길이 있죠……」그러고는 말이 없었다.

그 노인이 일어섰다.「당신들은 이미 내 말을 들었소. 이제 당신들이 원하든 원하지 않든 그 말은 서서히 그러나 확실하게 당신들 내면에서 돌아다니다가 결국은 가슴에 도달할 것입니다. 이제 나는 할 말을 다 했고, 씨앗을 뿌려 놓았으니 나머지는 하느님께 달려 있지요!」

이렇게 말하고는 마당의 어둠 속으로 사라져 버렸다. 이제 우리 둘만 남았다. 우리는 램프의 불을 끄고 한동안 말없이 어둠 속에 앉아 있었다. 나는 잠을 청하려고 눈을 감았다. 그때 프란체스코가 차분하고 부드러우며 슬픈 목소리로 말했다.「레오 형제, 나는 당신의 마음을 믿어요. 말해 보세요!」

　「그 늙은 사탄의 말을 듣지 마세요.」 내가 말했다. 「이 세상은 좋은 곳이에요. 나 같으면 거북이 등에라도 올라타 이 세상에서 가능한 한 오래 살고 싶어요. 왜냐고요? 난 이 세상을 좋아하니까요! 주님, 저를 용서하세요. 물론 천국도 더할 나위 없이 좋죠, 그렇지만 아, 봄날의 아몬드나무의 그 향기……!」

　「사탄아, 썩 물러가거라!」 프란체스코가 자리를 옮기며 소리쳤다. 「오늘 밤 나의 영혼은 두 가지 시험에 빠졌어요. 어서 주무세요!」

　나에겐 그 말보다 더 좋은 것이 없었다. 나는 눈을 감았고 즉시 곯아떨어졌다. 아침에 눈을 떠 보니 프란체스코가 문간에 꿇어앉아 깨어나는 아침의 소리를 황홀한 듯이 듣고 있었다.

오랜 세월이 지난 지금까지도 나는 로마를 생각하면 현기증을 느낀다. 프란체스코가 교황청 대기실의 초라한 의자에 앉아 들어오라는 허락이 떨어지기를 기다리고 있던 장면이 아직도 눈에 선하다. 우리 둘은 아침부터 밤까지 기다렸다. 하루, 이틀, 사흘. 우리는 맨발에다 굶주리고 지쳐 있었다. 화려한 복장의 추기경들이 귀부인들처럼 바쁘게 들락날락했다. 그사이 프란체스코는 초라한 의자에 앉아 기도를 올리며 기다리고 있었다.

　「차라리 예수님을 직접 만나는 편이 더 쉬울 것 같군요.」 사흘째 되던 날 진절머리가 나서 내가 그에게 말했다.

　「교황님의 얼굴은 아주 멀고 높은 곳에 있어요.」 그가 대답했다. 「레오 형제, 지금까지 사흘 동안이나 기다렸으니 내일은 알현할 수 있을 거예요. 꿈을 꾸었기 때문에 알 수 있어요. 인내심을 발휘하세요!」

　아니나 다를까 나흘째 되던 날, 문지기를 맡은 젊은 사제가 우리에게 고개를 끄덕여 들어오라는 신호를 보내더니 거대한 문이 열렸다. 프란체스코는 성호를 긋고 잠시 주춤했다. 무릎이 주저앉았기 때문이다.

「용기를 내세요, 프란체스코 형제.」내가 조용히 그에게 말했다.「그리스도께서 당신을 보내셨다는 사실을 잊지 마세요. 그렇게 떨지 마세요.」

「떨고 있는 게 아니에요, 레오 형제.」그가 중얼거렸다. 그러고는 당당하게 문턱을 넘어 걸어 들어갔다.

좁고 기다란 그 방은 사방이 황금색으로 장식되어 있고 벽에는 그리스도의 수난에 대한 그림이 그려져 있었다. 그리고 양옆으로는 열두 제자의 상이 서 있었다. 멀리 안쪽 끝의 높은 옥좌에 덩치 큰 노인이 앉아 손바닥으로 머리를 받치고 눈을 감은 채 명상에 잠겨 있었다. 그는 우리가 들어가는 소리를 못 들은 것 같았다. 전혀 움직이지 않았기 때문이다. 프란체스코가 떨리는 걸음으로 나아가 교황 앞에 이르러 무릎을 꿇고 마룻바닥에 머리를 조아리는 동안 나는 문 가까이에 그대로 남아 있었다.

오랫동안 침묵이 흘렀다. 노인의 힘겨운, 발작적인 숨소리가 들렸다. 마치 한숨처럼 들리는 소리였다. 잠을 자고 있었을까, 기도를 하고 있었을까, 아니면 반쯤 감은 눈으로 우리를 엿보고 있었을까? 나는 그 사람이 잠자는 척하다가 갑자기 우리에게 왈칵 달려들지도 모르는 그런 위험한 짐승처럼 느껴졌다.

「교황 성하……」프란체스코가 조용하고, 절제되어 있고, 간청하는 목소리로 불렀다.「교황 성하……」

교황은 천천히 머리를 들더니 프란체스코를 내려다보면서 콧구멍을 벌름거렸다.

「어휴, 지독한 냄새!」화가 나서 눈썹을 씰룩거리며 그가 외쳤다.「그 누더기 옷은 무엇이며 맨발은 무엇인가? 자네는 도대체 그 꼴이 뭔가?」

프란체스코는 여전히 바닥을 향해 머리를 조아린 채 대답했다.

「저는 아시시에서 온 하느님의 미천한 종입니다, 교황 성하.」

「무슨 돼지우리에서 왔다고? 자네는 지금 자신이 천국의 향기라도 풍기고 있다고 생각하는 것 같구먼. 그런가? 내 앞에 나오기 전에 깨끗이 씻고 옷이라도 갈아입을 수는 없었나? 그건 그렇고, 자네가 원하는 것이 무엇인가?」

그동안 프란체스코는 수많은 밤을 잠 못 이루며 교황 앞에서 할 말을 외웠었다. 교황이 그가 무슨 말을 하고 있는지 모르겠다고 생각하지 않도록 하기 위해 시작과 중간 그리고 결론 부분으로 나누어 이야기 전체를 훌륭한 솜씨로 구성했었다. 그러나 막상 하느님의 그림자이신 교황 앞에 나아가자 아무 생각도 나지 않았다. 그는 두세 차례 입을 떼었지만 인간의 말이 나오지 않았다. 그 대신 어린 양처럼 울 뿐이었다.

교황은 이마를 찌푸렸다. 「자네는 말할 줄 모르는가? 원하는 것이 무엇인지 말을 하게.」

「교황 성하, 저는 당신의 발아래 엎드려 한 가지 허락을 청하러 왔습니다.」

「무슨 허락인가?」

「특권을 주십시오.」

「자네에게…… 특권이라니? 무슨 특권인가?」

「절대적 가난이라는 특권입니다, 교황 성하.」

「참으로 대단한 부탁을 하는군!」

「저희들 몇 명의 수도사들은 가난과 결혼하기를 소망합니다. 교황 성하께서 저희들의 결혼을 축복해 주시고 저희가 설교할 수 있도록 허락해 주실 것을 청하러 왔습니다.」

「무엇을 설교한다는 건가?」

「완전한 가난, 완전한 순종, 완전한 사랑입니다.」

「우리도 그 모든 것을 설교하고 있으니 우리에겐 자네들이 필요 없네. 그런 친절을 베풀려거든 그냥 돌아가게!」

프란체스코가 바닥에 조아렸던 머리를 들며 벌떡 일어섰다. 「용서하십시오, 교황 성하.」 이제 그는 침착한 목소리로 말했다. 「저는 가지 않을 것입니다. 당신과 이런 얘기를 하도록 하느님께서 이번 여행을 명하셨기에 제가 온 것입니다. 제 말을 끝까지 들어주실 것을 간청하옵니다. 저희들은 가난하고 무식합니다. 누더기를 입고 거리를 지나가면 돌멩이와 레몬 껍질이 날아듭니다. 사람들은 저희들을 놀리려고 집과 일터에서 달려 나옵니다. 그렇게 해서 저희들의 여정은 시작되었습니다, 주님께 감사. 이 세상에서 모든 위대한 〈희망〉은 언제나 그런 방식으로 시작되지 않습니까? 저희들은 저희의 가난과, 무지와, 이미 불붙은 저희의 가슴을 믿습니다. 교황 성하, 제가 이곳에 와서 당신을 뵙기 전에 저는 정확하게 무엇을 말씀드려 당신의 허락을 받고 도장을 찍으시도록 할지에 대해 마음속으로 계획을 세웠습니다만, 지금은 모든 것을 잊어 먹었습니다. 제가 쳐다보니, 당신 뒤에 있는 십자가에 매달린 그리스도가 보이고, 십자가에 매달린 그리스도 뒤에서는 주님의 부활이, 그리고 주님의 부활 뒤에서는 모든 버려진 이들, 완전히 버려진 세상의 부활이 보입니다. 제 눈으로 이런 기쁨을 보다니요, 교황 성하! 그것을 보고 어찌 인간의 정신이 현란해지지 않을 수 있겠습니까? 그것은 저를 당황시켰고, 혼란에 빠뜨렸습니다. 어디서부터 말씀드려야 할지, 어디가 시작이고 중간이고 끝인지 분간할 수가 없습니다. 이제 모든 것이 똑같습니다. 교황 성하, 모든 것이 탄식이며, 춤이며, 희망이 없으면서 동시에 희망으로 가득 찬 위대한 외침입니다. 오오, 만일 제가 노래 부를 수 있도록 허락하신다면, 교황 성하, 제가 당신께 청하려 했던 것을 전달할 수 있을 텐데요!」

나는 모퉁이에서 프란체스코를 지켜보았는데, 그가 하는 말을 들으며 덜덜 떨었다. 그의 발은 도저히 참을 수 없는 듯, 흥분 상태에 빠진 듯, 오른쪽으로 한 스텝, 왼쪽으로 한 스텝, 때로는 천천히, 때로는 빨리, 마치 혼신을 다해 춤의 신성한 도취 상태에 빠져 들기 전에 리듬을 맞춰 보려는 능숙한 댄서의 스텝처럼 움직이기 시작했다. 하느님의 성령이 그를 휘돌리고 있는 것이 틀림없었다. 그는 당장이라도 손뼉을 칠 것만 같았고 그러면 교황은 우리를 내쫓을 것만 같았다.

이런 생각이 나의 뇌리를 스치자마자 실제로 프란체스코가 손을 들어 올렸다. 「교황 성하, 이것을 악령의 짓으로 보시면 안 됩니다.」 그가 말했다. 「저는 그저 날카로운 소리를 지르고, 손뼉을 치고, 춤을 추고 싶을 뿐입니다. 하느님께서 저를 위, 아래, 오른쪽, 왼쪽, 사방에서 불어 날리며 마치 마른 잎새처럼 빙빙 돌리고 계십니다.」

나는 발소리를 죽여 다가갔다. 「프란체스코, 나의 형제, 여기는 교황 성하의 면전이에요. 당신의 존경심은 어디로 갔나요」라고 속삭였다.

「나는 지금 하느님 앞에 있어요.」 그가 고함을 쳤다. 「춤을 추거나 노래를 부르지 않고는 내가 어떻게 그분께 다가갈 수 있겠어요? 비키세요……. 난 춤을 출 거예요!」

그는 머리를 한쪽으로 기울이고 팔을 뻗어 올리고, 한 발, 또 한 발 앞으로 나아가더니 무릎을 굽혔다가 공중으로 뛰어오르고, 또다시 무릎을 굽혔다가 바닥까지 웅크리고 앉더니 바닥에 닿는 순간 발을 차며 공중으로 뛰어올라 양팔을 쭉 뻗었다. 그 모습은 마치 십자가에 못 박힌 사람이 춤을 추고 있는 것 같았다.

나는 교황의 발아래 엎드렸다.「저 사람을 용서해 주십시오, 교황 성하.」나는 간절히 호소했다.「저 사람은 지금 하느님에 취해 자신이 어디 있는지를 모릅니다. 저 사람은 기도할 때 언제나 춤을 춥니다.」

교황은 애써 분노를 억제하며 자리를 박차고 일어났다.「그만하면 됐네!」프란체스코에게 소리 지르며 그의 어깨를 붙잡았다.「하느님은 자네를 취하게 만드는 술이 아니라네. 춤을 추고 싶으면 술집으로 가야지.」

프란체스코는 벽에 기대 숨을 헐떡거렸다. 방 안을 한 바퀴 돌아보더니 비로소 제정신을 차렸다.

「나가라고!」교황이 명령했다. 그리고 문지기를 부르는 벨을 누르려고 손을 뻗었다.

그러나 프란체스코는 벽에 기댔던 몸을 세우며 평정을 찾았다.

「참으십시오, 교황 성하. 저도 떠나고 싶습니다만 그래서는 안 됩니다. 말씀드릴 것이 한 가지 더 남아 있습니다. 저는 어젯밤에 꿈을 꾸었습니다.」

「꿈이라고? 이보게, 수도사, 나는 할 일이 아주 많네. 내 어깨로 온 세상을 떠받치고 있어. 자네의 꿈 얘기 같은 건 들을 시간이 없다네.」

「이렇게 엎드려 경배드리옵니다, 교황 성하. 그 꿈이 천국의 메시지일지도 모릅니다. 밤은 하느님의 위대한 메신저입니다. 황송하오나 꼭 들으셔야 합니다.」

「그래, 밤은 하느님의 위대한 메신저지.」교황이 말했다.「어디 한번 말해 보게.」

교황은 무언가 생각하는 듯한 표정으로 다시 자리에 앉았다.

「제가 높고 황량한 바위 위에 서서 모든 교회의 어머니인 라테라노 대성전을 쳐다보고 있었던 것 같습니다. 그런데 갑자기 그 성당이 흔들리는 것이 보였습니다. 종탑이 기울고 벽이 갈라지기 시작했을 때 공중에서 목소리가 들려왔습니다. 〈프란체스코야, 도와주어라!〉

교황은 의자의 팔걸이를 꽉 잡더니 마치 프란체스코에게 달려들 것처럼 상체를 격렬하게 앞으로 내밀었다.

「그래서, 그다음에는? 어서 계속하게!」 그는 거친 목소리로 숨을 헐떡이며 말했다.

「그게 전부입니다, 교황 성하. 꿈은 사라지고 저는 잠을 깼습니다.」

교황은 자리에서 뛰어내려 몸을 숙이면서 프란체스코의 목을 붙잡았다.

「자네 얼굴을 숨기지 말게!」 그가 명령했다. 「머리를 들어 얼굴을 보이게.」

「부끄럽사옵니다, 교황 성하, 저는 미천한 벌레 같은 인간에 불과합니다.」

「그 후드를 벗고 얼굴을 들어 보이게!」 교황이 명령했다.

「예, 교황 성하」라고 말하며 프란체스코가 후드를 벗어 내리고 얼굴을 보였다.

창문을 통해 들어온 햇살이 프란체스코에게 쏟아지며 그의 움푹 팬 볼과 메마른 입술과 눈물이 가득 고인 눈을 비추었다.

교황이 소리를 질렀다. 「자네로군! 그런데 자네가? 아냐, 아냐, 절대로 그럴 리가 없어! 자네 언제 그 꿈을 꾸었나?」

「오늘 아침, 동틀 무렵입니다.」

「나 역시, 나도 역시.」 교황이 외쳤다. 「오늘 아침, 동틀 무렵이었어.」 교황은 창가로 가서 창문을 열었다. 그의 숨이 막히는 듯했다. 도시의 소음이 시끄럽게 들려왔다. 교황이 다시 창문을 닫더니 황급하게 프란체스코에게로 왔다.

「자네……, 자네는 하느님을 본 적이 있나?」 그는 화가 나고 비웃는 듯이 프란체스코의 어깨를 잡아 흔들며 물었다.

「용서하십시오, 교황 성하. 어젯밤에 보았습니다.」

「그분께서 자네에게 말을 하셨나?」

「우리는 아무 말 없이 밤새도록 같이 있었습니다. 그러나 가끔씩 제가 〈아버지〉라고 부르면 그분은 나에게 〈나의 아들아〉라고 대답했을 뿐 그 외에는 아무 말도 하지 않았습니다. 그리고 동틀 무렵에 꿈을 꾸었습니다.」

교황은 아주 당황한 듯 프란체스코에게 몸을 구부려 그의 얼굴을 끝없이 살펴보았다. 「지극히 높으신 분의 뜻은 도저히 알 수 없는 심연과도 같지, 심연……. 오늘 새벽에 그 꿈이 수도사 당신을 떠나 나에게 찾아왔다네. 나 역시 그 교회가 기울어지며 무너지기 시작하는 것을 보았다네. 하지만 나는 자네가 보지 못한 다른 것도 보았지. 온통 누더기를 걸친 흉측한 얼굴의 수도사 말일세.」

교황은 말을 멈추더니 숨을 몰아 쉬었다.

「아냐, 아냐!」 잠시 후 그가 외쳤다. 「그건 너무 모욕적이야! 그렇다면 교황만으로는 충분치 못하다는 뜻인가? 나는 하늘과 땅을 여는 두 개의 열쇠를 지니고 있는 사람이 아닌가? 주여, 왜 이렇게 저를 무시하십니까? 불법적이고 야만적인 카타리 이단자들을 물리치고 프로방스 지방의 기독교를 굳건히 세운 사람이 바로 제가 아닙니까? 저주받을 말벌들의 본거지와도 같은 도시 콘스탄티노플을 쳐부순 것도 제가 아닙니까? 그리고 황금과 법의(法衣), 성화(聖畫), 원고, 남녀 노예 등과 같은 그 도시의 엄청난 부를 당신의 궁전으로 옮겨 놓은 것도 제가 아닙니까? 이탈리아의 모든 성채에 십자가를 올린 것도 제가 아닙니까? 그리고 당신의 성묘를 구할 수 있도록 기독교도들을 각성시키기 위해 싸운 것도 제가 아닙니까……? 그런데 왜 당신께선 저를 부르지 않고 누더기를 걸친 못생긴 수도사로 하여금 그의 등으로 무너지는 성당의 벽을 받쳐 세우도록 하십니까?」

교황은 다시 한 번 프란체스코의 목덜미를 잡고 빛이 들어오는 창가로 끌고 갔다. 그런 다음 프란체스코의 머리를 뒤로 밀어젖히고 몸을 구부려 살펴보았다.

「자네가 그 사람인가?」 깜짝 놀라는 목소리로 그가 말했다. 「누더기를 걸친 수도사의 얼굴이 자네의 얼굴과 똑같았어! 그렇다면 자네가 바로 그 성당을 구할 사람이라는 뜻인가? 아니야, 아냐, 그럴 수는 없어! 주여, 저는 지상에 있는 당신의 그림자이옵니다. 저를 욕되게 하지 마시옵소서!」

그는 프란체스코의 머리를 격렬하게 흔들더니 팔을 뻗어 문 쪽을 가리켰다.

「떠나게!」

「교황 성하, 저의 내면에서 〈떠나지 마라〉 하는 소리가 들려옵니다」라고 프란체스코가 말했다.

「그건 반역자 사탄의 목소리야!」

「저는 그것이 그리스도의 음성이라는 걸 압니다, 교황 성하. 그 목소리는 저에게 떠나지 말라고 명령하고 있습니다. 〈지상의 나의 대리자에게 네 마음을 열어라, 그의 마음은 자비심으로 가득하다. 그가 너를 도와줄 것이다〉라고 말합니다.」

교황은 무거운 머리를 떨구고 느린 걸음으로 의자로 돌아와 앉았다. 의자 뒤 그의 머리 위쪽으로 하나는 금색으로 다른 하나는 은색으로 칠해진 커다란 열쇠 두 개가 어슴푸레 빛나고 있었다.

「말해 보게.」 교황의 목소리는 이제 더 이상 거칠지 않았다. 「난 아직도 결론을 내릴 수가 없네. 내가 듣고 있으니 자네가 원하는 것이 무엇인지 말하게.」

「교황 성하, 저는 어디서부터 시작해야 할지, 무슨 말을 해야 할지, 혹은 저의 마음을 어떻게 당신의 축복받은 발아래 놓을 수 있는지를 모르겠습니다. 저는 하느님의 광대입니다. 잠시나마 그분이 웃으시도록 하기 위해 깡충깡충 뛰며 춤추고, 노래 부릅니다. 그것이 저의 전부이며 제가 할 수 있는 모든 것입니다. 교황 성하, 제가 도시와 마을들을 다니며 춤추고 노래할 수 있도록, 그리고 누더기를 입고 맨발로 다니며 어떤 먹을 것도 지니지 않도록 허락해 주십시오.」

「자네는 왜 그렇게 설교하는 일에 큰 열망을 품고 있는가?」

「우리가 벼랑 끝에 서 있다고 느끼기 때문입니다. 제가 〈우리는 낭떠러지로 굴러 떨어지고 있어요〉라고 외칠 수 있도록 허락해 주십시오. 제가 원하는 것은 오로지 〈우리는 낭떠러지로 굴러 떨어지고 있어요〉라고 외칠 수 있도록 허락받는 것입니다.」

「그렇다면, 수도사, 자네의 그런 외침이 교회를 구할 수 있다고 생각하나?」

「절대 아니옵니다! 저 같은 사람이 어떻게 교회를 구하겠습니까? 교회를 구하는 데는 교황님과 추기경과 주교들과 그리스도 자신이 계시지 않습니까? 이미 아시다시피 저로서는 단 한 가지, 〈우리는 낭떠러지로 굴러 떨어지고 있어요〉라고 외칠 수 있도록 허락받기를 원할 따름입니다.」

프란체스코는 나에게 받아쓰도록 시켰던 그 〈회칙〉을 품속에서 꺼내 교황의 자리로 기어갔다.

「교황 성하, 당신의 발아래 저의 형제들과 제 자신이 지켜야 할 회칙을 올립니다. 황공하오나 당신의 신성한 도장을 찍어 주시기를 간청하옵니다.」

교황은 프란체스코를 뚫어지게 쳐다보았다.「아시시의 프란체스코.」그는 비장한 훈계조로 천천히 말했다.「아시시의 프란체스코, 자네의 얼굴 둘레에서 불길이 보이네. 그것은 지옥의 불길인가, 천국의 불길인가? 나는 완전한 사랑, 완전한 정결, 완전한 가난이라는 불가능을 추구하는 몽상가를 믿을 수 없네. 자네는 왜 인간의 한계를 뛰어넘으려 하는가? 어떻게 자네가 감히 오로지 그리스도께서만 도달하셨고 그래서 아무도 없이 홀로 우뚝 서 계신 그 높은 경지에 이르려 하는가……? 그것은 교만이야, 한없는 교만일 뿐이지! 조심하게, 아시시의 프란체스코, 사탄의 진정한 얼굴은 교만이라네. 자네로 하여금 스스로 모든 사람들 앞에 나서서 그 불가능한 것에 대해 설교하도록 부추기는 것이 악마가 아니라고 누가 확실히 말할 수 있겠는가?」

프란체스코는 겸손하게 머리를 숙이고 말했다.「교황 성하, 제가 비유를 들어 말씀드리도록 허락해 주십시오.」

「더욱 큰 교만을 떠는군!」교황이 진노했다.「그건 그리스도께서 말씀하시던 방법이야.」

「용서하십시오, 교황 성하, 그러나 다른 방법이 없습니다. 제가 생각하는 것은, 아니 저의 생각은 물론이고 저의 가장 큰 희망과 절망도 모두 제 안에 잠시라도 남아 있으면 제가 특별히 그렇게 원하지 않더라도 모두 이야기로 변해 버립니다. 만일 저의 가슴을 열어서 들여다보신다면, 교황 성하, 그 속에 춤과 이야기 외에는 아무것도 없다는 것을 아실 것입니다.」

프란체스코는 성호를 그은 뒤 입을 다물고 기다렸다. 교황도 말없이 그를 쳐다보았다. 프란체스코는 교황이 무슨 말인가 하기를 기다렸지만 아무 말이 없자 머리를 들고 물었다. 「제가 계속할까요, 교황 성하?」

「난 듣고 있네.」

「한겨울에 아몬드나무에 꽃이 만발하자 주변의 모든 나무들이 비웃기 시작했습니다. 그들은 〈무슨 허영이람〉 하고 흉을 봤습니다. 〈저렇게 교만할 수가! 생각해 봐, 저 나무는 저렇게 해서 자기가 봄이 오게 할 수 있다고 믿는 모양이지!〉 아몬드나무 꽃들은 부끄러워서 얼굴을 붉히며 말했습니다. 〈용서하세요, 자매님들, 맹세코 나는 꽃을 피우고 싶지 않았지만 갑자기 내 가슴속에서 따뜻한 봄바람을 느꼈어요.〉」

교황은 이번에는 도저히 참을 수가 없었다.

「이제 됐네!」 그가 소리치며 벌떡 일어났다. 「자네의 교만은 정말 끝을 모르는군. 자네의 겸손도 마찬가지야. 자네의 내면에서는 하느님과 사탄이 씨름하고 있어. 자네도 그걸 알고 있겠지.」

「네, 알고 있습니다, 교황 성하, 그 때문에 당신으로부터 구원받고자 여기에 온 것입니다. 손을 뻗어 저를 도와주십시오! 당신은 기독교계의 우두머리가 아니십니까? 그리고 저는 위험에 처한 영혼이 아니옵니까? 도와주십시오!」

「하느님과 이야기를 해본 후 결정을 내릴 것이네. 잘 가게!」

프란체스코는 몸을 엎드렸다. 그런 다음 뒷걸음질로 문간을 지나 나왔고 나는 그 뒤를 따라갔다.

*

우리는 술 취한 사람들처럼 들뜬 기분으로 거리를 돌아다녔다. 골목길들은 아코디언처럼 늘어났다 줄어들었다 하고, 집들은 흔들리고, 종탑은 기울었다. 공중에는 흰 날개들이 가득 차 있었다.

길을 헤쳐 나가기 위해 우리는 마치 수영을 하듯이 팔을 뻗어 휘저어야 했다. 자꾸만 누군가가 우리들의 이름을 부르는 것 같아 뒤돌아보면 아무도 없었다. 멋있는 숙녀들이 마치 돛을 모두 올리고 순풍에 미끄러지는 범선처럼 우리들 앞을 지나갔다. 우리들 뒤에서는 남자들과 술집들과 말의 울음소리가 넘치는 바다의 소리가 들려왔다. 집집마다 창문 둘레에는 커다란 검은 포도송이들이 매달려 있었다. 고대의 라테라노 대성당은 그 덩굴들이 문들과 창문, 발코니와 도시 전체를 감싸 안은 채 열매를 잔뜩 달고 하늘로 사라져 버린 천 년 묵은 포도나무였다.

강가에 이르자 우리는 강둑을 기어 내려가 강물에 머리를 담갔다. 기분이 상쾌했다. 우리의 정신은 다시 안정되었고 주변의 세상도 역시 정상으로 되돌아왔고 포도들도 사라졌다. 프란체스코는 나를 마치 생전 처음 보는 것처럼 놀라서 쳐다보았다.

「당신은 누구죠?」 그가 불안해하는 목소리로 물었다. 그러나 즉시 정신을 되찾고 나의 팔에 안기며 말했다. 「용서하세요, 레오 형제. 모든 것이 처음 보는 것 같았어요. 사방에서 들려오는 윙윙대는 소리는 뭐죠? 도시인가요, 로마인가요? 그리고 사도들은 어디에 있나요? 그리스도는 어디에 있나요? 자, 여길 떠납시다!」

그는 주변을 둘러보더니 목소리를 낮췄다. 「당신은 교황의 말을 들었나요? 맞아요. 당신도 거기 있었죠. 교황의 말을 들었죠. 그의 말이 얼마나 조심스럽고, 얼마나 침착하고, 확신에 차 있던지요! 그를 따르는 사람은 누구든지 절대로 파멸의 구렁텅이로 떨어지지 않겠지만, 또한 진흙 덩이인 인간의 한계를 뛰어넘지도 못할 겁니다. 레오 형제, 그러나 우리의 목적은 진흙 덩이인 인간의 한계를 뛰어넘는 거예요!」

「그렇지만 우리가 할 수 있을까요?」 나는 감히 물어보았다. 그러나 그 말을 내뱉은 순간, 말한 것을 후회했다.

「뭐라고 말했어요?」 프란체스코가 말을 멈추고 물었다.

나는 뒤로 물러섰다. 「아니에요, 프란체스코 형제, 아무 말도 안 했어요. 내 안에 있는 사탄이 말했을 뿐이에요.」

프란체스코는 씁쓸하게 웃었다. 「레오 형제, 그렇다면 언제까지 사탄이 당신 안에서 계속 말하게 할 건가요?」

「내가 죽을 때까지요, 프란체스코 형제. 그러면 사탄도 함께 죽을 거예요.」

「레오 형제, 인간의 영혼을 믿으세요. 그리고 조심스러운 충고에 귀 기울이지 마세요. 영혼은 불가능한 것을 이룰 수 있어요.」

그는 진흙탕을 튀기며 강둑을 따라 빨리 걸었다. 그러다 갑자기 멈춰 서서 나를 기다리더니 내 어깨 위에 무겁게 손을 올려놓았다.

「레오 형제, 당신의 마음을 열고 지금부터 내가 말하는 걸 깊이 새겨들으세요. 인간의 몸은 활이고, 하느님은 활 쏘는 사람이고, 영혼은 화살이에요. 알겠어요?」

「프란체스코 형제, 무슨 뜻인지 알 듯 모를 듯하군요. 무슨 말을 하려는 거예요? 내 머리로 이해할 수 있도록 좀 더 쉽게 말해 주세요.」

「내 말은 이런 뜻이에요, 레오 형제. 기도에는 세 종류가 있어요.

첫째는, 〈주님, 저를 당겨 주십시오. 그렇지 않으면 저는 못 쓰게 될 것입니다〉.

둘째는, 〈주님, 저를 너무 세게 당기지 마십시오. 제가 부러질 것이기 때문입니다〉.

셋째는, 레오 형제, 바로 우리들의 기도지요. 〈주님, 저를 아주 세게 당겨 주십시오, 저는 부러져도 상관없습니다!〉 이렇게 기도에 세 가지 종류가 있듯이 사람도 세 종류가 있어요. 내 말을 잘 새겨들으세요. 그리고 두려워하지 마세요…… 내가 얼마나 여러 번 당신에게 이런 말을 했는지 모르겠습니다만, 다시 말할게요. 당신은 지금이라도 등을 돌리고 도망갈 수 있어요. 당신이 부러지지 않도록 스스로 막을 수 있다는 말입니다!」

나는 프란체스코의 손을 붙잡고 입을 맞추었다.

「나를 힘껏 당겨 주세요, 프란체스코 형제.」 내가 말했다.「나는 부러져도 상관없습니다!」

우리는 한동안 말없이 계속 갔다. 나는 기쁜 마음으로 프란체스코의 발자국을 따라 걸었다. 한편으로는 나같이 보잘것없는 사람이, 자신은 부러져도 좋으니 아주 세게 당겨 달라고 하느님께 기도드리는 이 창백하고 위험한 사람을 따라가야 한다는 생각에 두려움을 느꼈다…… 그렇지만 나는 어떻게 했던가? 나도 똑같은 기도를 외우고 있었다. 차이점이라면 프란체스코는 의기양양했고 나는 두려워했다. 그는 나에게 돌아서도 좋다고 말했지만 어떻게 그럴 수 있단 말인가? 그가 나에게 먹여 주는 천사의 빵은 너무나도 맛이 있었다. 어느 날 밤인가, 수도사들이 배가 고파서 불평했던 기억이 난다. 프란체스코는 얼굴을 찌푸리며 화를 냈다.「형제들이 배가 고픈 것은 여러분 앞에 놓여 있는 맷돌만큼이나 큰 천사의 빵을 보지 못하기 때문이오. 그것을 보지 못하니까 한 조각만 잘라 먹어도 영원히 배고픔을 면하게 해주는 천사의 빵을 먹을 수도 없지요!」

갑자기 뒤에서 귀에 익은 목소리가 들려왔다.「프란체스코 형제! 프란체스코 형제!」

우리는 돌아다보았다. 어떤 수도사가 숨을 헐떡이며 우리에게로 달려왔다.

「실베스테르 신부님 아니십니까!」 프란체스코가 소리치며 뛰어가 그를 반겼다. 「여기는 웬일이십니까? 왜 형제들을 버리고 오셨습니까?」 그를 팔로 꼭 껴안으며 프란체스코가 물었다. 실베스테르 신부는 숨이 차고, 울고 있었지만 지체 없이 말하기 시작했다.

「나쁜 소식이에요, 프란체스코 형제!」 그가 숨을 헐떡이며 말했다. 「당신이 우리들과 함께 있을 때는 사탄이 우리들의 거처 밖에서만 맴돌았어요. 이를 갈고 으르렁거리면서도 감히 울타리 안으로 뛰어들지는 못했죠. 당신의 냄새만 맡으면 그는 벌벌 떨었으니까요. 그런데 당신이 떠나자……」

「그가 울타리를 넘어 들어왔나요?」

「그렇습니다, 프란체스코 형제, 사탄이 울타리를 넘어 뛰어들었어요. 그리고 몸을 구부려 사바티노, 안젤로, 루피노의 귀에 대고 속삭였어요. 그리고 우리가 잠들어 영혼이 무방비 상태로 있을 때 다른 형제들에게도 접근해서 푹신한 침대와 맛있는 음식과 여자 얘기를 했어요. 다음 날 아침에 그들 모두 씩씩거리고 인상을 쓰며 잠에서 깨어나더니 밑도 끝도 없이 서로 거친 말을 내뱉으며 싸우기 시작했어요. 여러 번 그런 일이 있은 다음에는 치고받고 싸우기까지 했어요. 내가 그들 사이에 끼어들어 〈화해하세요, 형제들, 우리 서로 화목하게 삽시다! 하느님이 무섭지도 않아요? 프란체스코 형제 앞에서 이런 행동을 하는 것이 부끄럽지도 않아요? 그는 여기 있는 우리들의 모든 것을 보고 듣고 있어요〉라고 외쳤지만 소용없었어요……. 그들은 내 말을 전혀 들으려 하지 않았어요. 사바티노는 이렇게 소리쳤어요. 〈우리는 배가 고파 죽을 지경이에요. 프란체스코에게 가서 그의 잘 훈련된 곰들이 먹이를 주지 않으면 춤을 추지 않을 것이라고 전하세요! 우리는 먹고 싶어요, 먹고 싶다고요!〉 사탄이 형제들의 배에 발톱을 박아 넣고 그들을 지옥으로 끌고 가고 있어요.」

「베르나르도도 역시요? 피에트로는요?」 프란체스코가 곤혹스러운 듯이 물었다.

「베르나르도와 피에트로는 자기들끼리 따로 머물러요. 항상 함께 기도하고 있어요.」

「그럼 엘리아는요?」

「엘리아는 당신이 정한 규칙을 바꾸고 싶어 해요. 그는 그것이 너무 엄격하고 비인간적이라고 생각하는가 봐요. 그는 절대 빈곤은 압박감을 주고, 완전한 사랑이나 완전한 정결은 인간의 본성으로는 도달할 수 없는 것이라고 말합니다. 그는 공공연하게 혹은 은밀하게, 오며 가며 형제들과 의견을 나누고 안토니오를 서기로 삼아 밤마다 새로운 규칙을 쓰고 있습니다. 그는 마음속에 야심 찬 목표를 지니고 있어요. 교회를 짓고 수도원과 대학교를 세우고 곳곳에 선교사들을 보내 세상을 정복하고 싶다고 말합니다. 그리고 세상의 모든 사람들이 이런 식으로 후드를 쓰고 하느님 앞으로 나와야 한다고 말합니다.」

프란체스코가 한숨을 지었다. 「그 외에 또 보고할 것이 무엇입니까, 실베스테르 신부님? 무엇이든지 기탄없이 말해 주세요. 어서요.」

「카펠라도 개인적인 깃발을 올린 또 다른 사람입니다. 그는 당신이 정한 규칙이 너무 부드럽다고 생각하고, 자신이 계획하고 있는 새로운 교단에 관해 교황의 인가를 받으러 당신을 뒤따라 로마에 오고 싶어 합니다. 그는 고기를 1년에 단 한 번 부활절에만 먹어야 한다고 주장합니다. 1년 중 나머지 날에는 밀기울과 물만 먹고 일요일에는 약간의 소금을 첨가할 수 있다고 말합니다. 또한, 대화도 사치에 속하므로 우리들 사이에서도 말을 해서는 안 되고 오로지 하느님께만 말해야 된다는 것입니다. 그는 빨간 리본이 달린 녹색 모자를 벗어던지더니 그것을 발로 차고, 격렬하게 짓밟으며 이렇게 외쳤어요. 〈모자는 필요 없어! 후드도 필요 없어! 여름이나 겨울이나 맨머리로 다녀야 해!〉」

「멈추지 말고, 계속하세요, 실베스테르 신부님.」 프란체스코가 말했다. 「이런 얘기들이 가장 깊은 상처가 되는군요, 계속하세요!」

「새로운 형제들도 계속 들어오고 있습니다. 그들은 교육받은 지성인들로서 항상 두꺼운 원고를 끼고 다니며 읽거나 글을 쓰거나 교회에서 강론을 합니다. 그들은 가죽 구두를 신고, 깁지 않은 옷을 입고, 우리를 볼 때마다 비웃곤 합니다. 우리가 당신의 원래 형제들일지라도 어떻게 그들에게 반대할 수 있겠습니까? 프란체스코 형제, 당신 없는 우리에게 저항할 수 있는 힘이 있겠습니까? 한번은 젊은 형제 두 사람이 환락가에서 밤을 지냈습니다. 다음 날 아침 그들이 지쳐서 숨을 죽이며 돌아왔을 때 내가 〈자네들 밤새도록 어디에 있었나〉라고 물었죠. 그들은 대답하지 않았지만 이상하고 지독한 냄새를 풍겨서 베르나르도 형제가 기절했던 일이 있습니다.」

프란체스코는 쓰러지지 않으려고 나에게 기댔다.

「원래의 형제들은 모두 흩어졌습니다.」 실베스테르 신부가 계속했다. 「나는 가까스로 인내심을 발휘하며 당신이 곧 돌아와서 사탄을 물리치고 모든 것을 바로잡을 것이라고 말했어요. 그런데 끔찍한 일이 생기고 말았습니다. 그날은 성금요일이었습니다. 저녁에 수도사들이 모두 모였지만 먹을 것이 하나도 없었습니다. 아시시의 착한 주민들도 우리를 먹여 살리기에 지쳤던 것이지요.

나는 형제들에게 그리스도의 수난에 대해 말하고, 그리스도께서 십자가에 못 박힌 바로 그날을 우리가 기도 속에서 완전한 금욕을 실천하며 잘 지내도록 해주신 것에 대해 주님을 찬미했어요. 나는 그들에게 말했어요. 〈배부름은 기도를 짓누릅니다. 그것은 우리의 기도가 하늘로 올라가는 것을 막습니다. 악마는 굶주림을 두려워하는 사람을 보면 기뻐 날뜁니다.〉 그러나 내가 그들에게 말하고 있을 때 갑자기 까맣고 살진 숫염소가 문간에 나타나는 바람에 깜짝 놀랐습니다. 뿔은 비틀어져 있고 눈은 어둠 속에서 밝은 초록색으로 빛났고 짧고 뾰족한 수염은 불타오르고 있었습니다. 염소를 보자 대여섯 명의 형제들이 벌떡 일어섰습니다. 그 중 한 형제는 긴 칼을 들고 다른 사람들은 허리끈을 풀어 올가미를 만들어 염소의 목에 씌우려고 달려갔습니다. 염소가 뒷발로 일어서서 잠시 춤을 추더니 껑충 뛰어올라 숲 속으로 도망가자 형제들은 맹렬히 뒤쫓았습니다. 나 역시 뛰어가며 외쳤습니다. 〈멈춰요, 형제들, 눈을 뜨세요! 그것은 염소가 아니라 사탄입니다. 여러분은 큰 죄를 저지르고 있어요!〉 그렇지만 그들에게 내 말이 들리겠습니까? 굶주린 나머지 그들은 제정신이 아니었습니다. 그들은 올가미를 던졌고 칼을 가지고 있는 형제는 몸을 구부려 어둠 속을 노려보며 염소를 향해 칼 든 손을 아래위로 휘둘렀어요. 그는 염소를 찌른다고 생각했지만 공중을 향해 휘두를 뿐이었고 염소는 계속해서 그들을 피하며 빠져나갔어요. 형제들을 노려보며 주변을 돌고 있는 염소의 눈은 어둠 속에서도 불길로 가득 차 있었어요. 나는 외쳤습니다. 〈그건 사탄이에요, 그 불이 안 보이세요? 십자가에 못 박히신 그리스도의 이름으로 명령합니다, 멈추세요!〉 몇몇 형제들이 놀라서 멈추자 염소도 멈췄습니다. 염소는 마치 형제들이 그냥 돌아갈까 봐 두려워하는 것처럼 보였어요. 그 순간을 놓치지 않고 칼을 가진 형제가 염소의 가슴을 향해 달려들었고, 잠깐 동안 엎치락뒤치락하더니 돌연 칼이 염소의 배를 찔렀어요. 그 검은 숫염소는 행복하게 우는소리를 내며 땅 위로 쓰러졌습니다. 그러자 다른 형제들이 모두 달려갔고 염소는 순식간에 사지가 갈가리 찢겼고 형제들의 입에는 피가 뚝뚝 떨어지는 고깃덩어리가 물려 있었어요. 그들은 허겁지겁 씹어 삼킨 다음 또다시 한입 가득 베어 물고, 마치 술에 취한 사람들처럼 비틀린 뿔이 달려 있는 염소의 잘린 목 둘레를 빙빙 돌며 춤을 추기 시작했는데 그들의 입에서는 피와 불이 뚝뚝 떨어지고 있었어요. 그러는 동안 내내 나는 가슴을 치며 울고 있었습니다. 진한 유황 냄새가 공기 중에 진동했어요. 그러더니 갑자기, 오 주여, 당신은 정말로 위대하십니다. 그 머리가 움직이는 것이 내 눈에 똑똑히 보였어요. 그 머리가 공중으로 떠오르더니 온몸이 다시 합쳐지면서 잘린 목에 가서 붙었고 네발로 당당하게 땅 위에 서 있었어요. 그리고 비웃는 듯한 짧은 울음소리를 낸 다음 염소는 완전히 되살아나 밤의 어둠 속으로 사라졌어요. 그러나 형제들은 개의치 않고 계속해서 춤추며 먹었어요. 사탄이 그들의 눈을 홀렸기 때문에 형제들은 아무것도 보지 못했던 것이지요. 나는 포르티운쿨라로 돌아가는 대신에 그길로 떠나와 이렇게 당신의 발아래 엎드려 외치고 있어요. 우리 형제회가 위험에 처해 있고 우리들의 영혼이 위험에 빠졌어요, 어서 돌아갑시다, 프란체스코 형제!」

「목자의 일이란 어렵군요, 정말 어려워요.」 바다를 향해 평화롭게 흘러가는 강의 흙탕물을 쳐다보며 프란체스코가 중얼거렸다. 「내 탓이에요. 이번 순례 길에 새로운 일에 너무 열중한 나머지 나의 영혼은 넋을 잃고 잠시나마 나의 양 떼를 보살피는 일을

273

게을리 했어요. 형제들을 그냥 방치했으니 뿔뿔이 흩어질 수밖에요. 모두 내 탓이에요! 돌아가겠어요, 실베스테르 신부님. 그들을 다시 모아 인내심을 발휘하라고 명하세요. 내가 가겠습니다. 자, 이제 가보세요, 하느님께서 함께하시기를!」

실베스테르 신부는 프란체스코의 손에 입을 맞추며 「안녕히」라고 인사하고는 북쪽을 향해 출발했다.

프란체스코가 나를 돌아다보며 또 말했다. 「내 탓이에요. 죄를 저지르고, 여자와 음식과 포근한 잠자리를 탐하고, 염소 고기를 입 안 가득 뜯어 먹은 사람은 바로 나예요!」

그는 가슴을 치며 한숨을 쉬었다.

나는 팔로 그의 허리를 감싸 안았다. 우리 둘은 강둑을 따라 계속 걸어가다, 마침내 잎이 무성한 포플러나무 아래 주저앉았다. 프란체스코는 완전히 기진맥진한 채 눈을 감고 있었지만, 가끔씩 계속해서 한숨을 내쉬는 것으로 보아 형제들의 일을 생각하고 있는 것이 분명했다. 드디어 그가 눈을 떴다.

「꿈은 밤중에 하느님께서 보내는 새들이에요.」 그가 말했다. 「그들을 통해 메시지를 보내시는 겁니다. 우리가 거룩한 도시 로마를 향해 출발하기 전에 나는 검은 암탉 꿈을 꾸었어요. 그것은 앙상하게 말라 있었고 날개가 너무 작아서 아무리 힘껏 펴도 새끼들을 다 품지 못했어요. 비가 오고 있었는데 아직 깃털도 나지 않은 많은 병아리들이 날개 밖에서 비를 맞고 있었어요……. 그 메시지의 뜻을 이해하고 로마로 떠나지 말았어야 했어요.」

그가 말하고 있을 때 이상한 차림의 수도사가 우리를 보고 걸음을 멈췄다. 그는 흰옷을 입고 가죽 허리띠를 매고 있었으며, 발에는 두꺼운 돼지가죽 구두를 신고 삭발한 머리에는 까만 양털 모자를 쓰고 있었다. 그의 얼굴은 거칠고 사나웠고, 그의 두 눈은 불붙은 석탄 같았다. 그는 프란체스코를 보자 깜짝 놀라 걸음을 멈추더니 유심히 쳐다보았다. 처음에는 난감해하더니 곧 의기양양했다. 마침내 그가 두 팔을 벌리며 이렇게 외쳤다. 「내 형제여, 당신은 누구십니까?」

「왜 나를 그렇게 뚫어지게 쳐다보십니까?」 프란체스코가 물었다. 「전에 어디선가 나를 본 적이 있으십니까?」

「네, 맞아요……. 어젯밤 꿈속에서 봤어요. 그리스도께서 내 꿈속에 나타나셨어요. 그분은 화가 나서 세상을 내리치려고 손을 들어 올리셨어요. 그때 갑자기 복되신 동정 마리아가 나타나 소리치셨어요. 〈내 아들이여, 불쌍히 여기소서, 자, 여기 충실한 당신의 종 두 사람이 있나이다. 참으소서, 그들이 세상을 굳건히 할 것입니다.〉 비록 미천하지만 그중 한 사람은 나이고 다른 한 사람은…… 다른 한 사람은 당신이었다고 생각돼요. 당신의 얼굴과 체격, 당신이 입고 있는 수도복과 그 후드…… 모두 똑같아요! 당신은 누구십니까? 하느님께서 우리를 만나게 하셨습니다.」

「나는 아시시의 프란체스코라고 합니다. 또한 하느님의 친절한 작은 거지라 불리기도 하고 하느님의 광대라고도 합니다.」 프란체스코가 대답하며 그 낯선 사람이 옆에 앉도록 자리를 만들었다. 「그럼 당신은 누구십니까?」

「나는 스페인에서 온 수도사입니다. 이단자들과 이교도들에 대항해서 전쟁을 하기 위해 새로운 교파를 설립할 수 있도록 교황의 허락을 받으려고 이 세상 저편에서 왔습니다. 내 이름은 도미니크입니다.」

「나 역시 교파를 설립하고 설교를 할 수 있도록 교황의 허락을 청했습니다.」

「무엇을 설교한다는 겁니까, 프란체스코 형제?」

「완전한 가난과 완전한 사랑입니다.」

「그렇다면 이 세상의 모든 이단자들과 죄인과 이교도들을 태워버리기 위해 마을마다 찾아가 한복판에 장작불을 피우지 않으시겠습니까?」

프란체스코는 몸서리쳤다. 「아니요, 싫습니다. 나는 죄인들을 죽임으로써 죄를 죽이고 싶지 않습니다. 나는 악인들과 이교도들에 대항해서 전쟁을 일으킬 생각이 없습니다. 나는 사랑을 설교하고 사랑을 실천할 것입니다. 나는 화해를 설교하고 이 세상 모든 사람들과의 형제애를 실천할 것입니다. 이것이 내가 선택한 길입니다. 용서하십시오, 도미니크 형제.」

「인간의 본성은 사악합니다. 사악하고 간교한 악마와 같습니다.」 흰옷을 입은 그 사람이 화가 나서 외쳤다. 「당신이 말하는 온유함만으로는 충분치 않습니다. 필요한 것은 힘입니다. 영혼을 구하는 데 육신이 방해가 된다면 그것을 없애야 합니다. 나는 스페인에서 장작을 태울 것이며 그곳의 영혼들은 육신을 재로 만들어 저 아래 땅 위에 버리고 하늘로 올라갈 것입니다.」

「재 그리고 무(無)! 재와 무!」 그 수도사가 주먹을 불끈 쥐고 외치기 시작했다. 「재와 무를! 전쟁을!」

「사랑을!」

「힘을!」

「자비심을!」

「프란체스코 형제, 인생은 연인들이 팔짱을 끼고 사랑의 노래를 부르며 즐기는 산책이 아닙니다. 인생은 전쟁이며, 고생이며, 치열한 싸움이죠. 해가 떴나요? 자, 그럼 일어섭시다! 물을 마시고 싶다면 우물을 파고, 악을 없애고 싶다면 악인들의 머리를 쳐부수시오. 그리고 죽을 때, 천국에 들어가고 싶다면 천국의 문을 부술 수 있는 손도끼를 가지고 가시오. 천국에는 열쇠도 없고, 만능 열쇠도 없고, 문지기도 없습니다. 천국의 문을 여는 유일한 열쇠는 손도끼입니다……. 그렇게 겁에 질린 얼굴로 나를 쳐다보지 마십시오, 가엾고 친절한 작은 수도사 양반. 성경에도 이렇게 나와 있어요. 〈폭력을 쓰는 사람들이 하늘나라를 빼앗았도다.〉」

프란체스코는 한숨을 쉬었다. 「나는 폭력도 하느님으로부터 비롯된 것인지를 몰랐습니다. 당신 덕분에 또 한 가지 알았어요. 하지만, 나의 마음은 그에 저항하여 이렇게 외칩니다. 〈사랑하시오! 사랑하시오!〉하지만 누가 알겠습니까? 서로 상반되는 우리의 길이 서로 합하고 전능하신 하느님께로 올라가는 길에 우리가 서로 만나게 될지도 모르지요.」

「그렇게 하느님을 기쁘게 해드리길.」 그 이방인이 대답했다. 「하지만 나는 당신이 이리 떼 같은 인간들에게 던져진 한 마리의 어린 양 같아서 걱정이 되는군요. 당신이 천국에 올라가기 전에 그들은 당신을 잡아먹을 것입니다. 내가 생각하고 있는 것을 너무 솔직하게 말했다면 용서하십시오. 당신은 사랑에 대해 많은 것을 알고 있지만 그것만으로는 충분치 못합니다. 미움 또한 하느님으로부터 비롯되며, 그것 역시 주님을 섬기고 있다는 사실을 알아야 합니다. 요즘처럼 타락한 세상에서는 사랑보다 미움이 하느님을 더 잘 섬깁니다.」

「내가 미워하는 것은 오로지 마귀뿐입니다, 도미니크 형제.」 프란체스코가 대답했다. 그 말을 끝내자마자 그는 자신이 그렇게 가혹한 말을 한 것에 대한 두려움에 사로잡혀 온몸을 부들부들 떨었다.

「아니, 아니에요.」 그가 덧붙여 말했다. 「나는 마귀조차 미워하지 않아요. 나는 곧잘 하느님 앞에 엎드려 속임수에 빠져 있는 형제를 용서해 주시도록 기도하곤 했어요.」

「누구 말입니까?」

「사탄 말이에요, 도미니크 형제.」

도미니크 형제는 큰 소리로 웃었다. 「하느님의 어린 양이여.」 그가 말했다. 「만일 내가 선택할 수 있다면 나는 하느님의 사자가 되겠어요. 사자와 양은 결코 어울릴 수 없지요⋯⋯. 그러니 안녕히 계십시오!」

그가 떠나려고 일어났다.

「안녕히 가세요, 도미니크 형제. 사자와 양, 사랑과 힘, 빛과 불, 선과 악, 이 모든 것이 하느님이라는 똑같은 산을 오르고 있다는 사실을 알아 두시기 바랍니다. 다만 그런 사실을 깨닫지 못하고 있을 뿐이지요. 미움은 그것을 모르고 있는 것이 확실합니다. 그러나 사랑은 그것을 알고 있는 것이 확실합니다. 이제 당신이 떠난다니, 나의 형제여, 당신에게 즐거운 비밀을 알려 드리겠습니다. 언젠가는 하느님께서 두 팔을 활짝 벌리고 서 계신 정상에서 모든 것이 서로 만날 것입니다. 하느님의 사자여, 우리가 저 높은 곳에서 다시 만난다면, 그리고 우리가 다시 만날 때 당신이 그분의 어린 양을 잡아먹지 않는다면 은혜로우신 주님은 정말 기뻐하실 것입니다!」

이번에는 프란체스코가 웃을 차례였다. 그는 손을 흔들며 불같이 사나운 수도사에게 작별 인사를 했다.

우리는 흰옷을 바람에 펄럭이며 강의 굽이를 따라 사라지는 그를 지켜보았다. 그리고 프란체스코가 나를 돌아다보았다. 그의 얼굴 전체에 미소가 퍼졌다.

「도미니크 형제는 우리들을 잡아먹고 싶었던 거예요.」 그가 말했다. 「그렇지만 그는 양들과 사자들이 합쳐 하나가 되는 〈심판의 날〉이 다가오고 있다는 걸 모르고 있어요. 그가 어떻게 알 수 있 겠어요?」

*

나는 나의 늙은 귀 뒤에 펜을 꽂고 글을 쓰고 있던 양피지 위에 엎드려 잠깐 쉬었다. 눈을 감고 우리가 거룩한 도시 로마에서 보냈던 모든 날들을 떠올렸다. 교회들과 미사를 집전하던 고위 성직자들, 하느님을 찬양하던 어린아이들, 하늘 한가운데서 우리를 태워 버릴 듯이 뜨겁게 내리쬐던 태양, 햇볕에 그을린 대지와 우리의 마음을 시원하게 식혀 주던 어느 날의 세찬 소나기를 나는 기억하고 있다. 프란체스코가 거룩한 사도들의 교회의 현관 아래 나와 함께 서서 황홀한 듯 눈을 크게 뜨고 비를 쳐다보며 대지의 냄새를 맡기 위해, 그 독특한 젖은 흙냄새를 들이마시기 위해 콧구멍을 벌름거리며 행복에 겨운 눈물을 흘리던 모습을 나는 기억하고 있다.

「하늘과 땅이 하나가 되고 있어요. 하느님과 인간의 영혼이 하나가 되고 있는 거예요.」 그가 나에게 말했다. 「레오 형제, 흙으로 덮인 저 대지 아래에서 씨앗이 물을 빨아들이듯 복음 속의 말들이 물을 빨아 먹는 게 느껴지지 않습니까? 그것들이 싹트는 것이 느껴지지 않습니까? 나는 내 안의 마음이 싱싱한 풀밭으로 덮여 있고 나의 정신에는 양귀비꽃이 가득 피어 있는 것을 느껴요.」

그렇게 많은 어려움을 겪은 후 드디어 교황의 거대한 옥새가 찍히고 양피지 가장자리에 실크 리본으로 막강한 열쇠 두 개를 매달아 놓은 〈회칙〉을 받아 들었을 때 우리가 어떻게 교황청인 라테라노 대성전 앞의 광장으로 뛰어 들어갔는지 그리고 두 명의 술주정뱅이들처럼 팔짱을 끼고 껑충껑충 뛰며 춤을 추기 시작했는지를 나는 기억하고 있다. 프란체스코는 보이지 않는 양 떼를 부르는 목동처럼 손가락을 입에 넣고 휘파람을 불었다.

그것은 얼마나 큰 기쁨이었던가! 인간의 마음은 아무것도 없는 무에서 창조하고 또 창조할 수 있는, 그 얼마나 큰 능력을 지녔던가!「이것이 바로 천국이에요!」내가 프란체스코에게 외쳤다.「그리스도께서 천국이 우리들 안에 있다고 하신 말씀이 맞아요. 굶주림이니 목마름이니 불행 같은 것은 존재하지 않아요. 오로지 인간의 마음만이 존재해요. 그것은 아무것도 없는 수레바퀴를 빙빙 돌려 빵도 만들어 내고, 물도 만들어 내고, 행복도 만들어 냅니다.」

우리가 휘파람을 불며 춤추고 있을 때 한 젊은 귀부인이 놀란 얼굴로 우리에게 다가왔다.

「당신들 무슨 일입니까?」그녀가 웃으며 물었다.「누가 당신들에게 술을 먹여 그토록 취하게 만들었습니까?」

「하느님입니다!」프란체스코가 손뼉을 치며 대답했다.「우리 주 그리스도는 큰 술통이에요. 이리 오세요. 그리고 우리와 함께 마셔요!」

「당신들은 어디서 오셨나요?」

「무(無)에서 왔지요, 부인.」

「어디로 가는 길입니까?」

「하느님께로요. 무로부터 하느님께 가는 길에 우리는 춤도 추고 울기도 합니다.」

이제 그 젊은 부인은 웃지 않았다. 그녀의 옷은 칼라 부분이 열려 있었다. 그녀는 자신의 드러난 목을 오른손으로 가리며 한숨지었다.「우리가 이렇게 하려고 태어난 것입니까?」

「그렇습니다, 부인. 춤추고 울며 하느님을 향해 가는 것입니다.」

「나는 야코파라고 해요. 귀족 그라티아노 프랑기파니의 아내입니다. 나는 지금까지 정말 행복하게 살았는데, 그것이 나를 부끄럽게 하는군요. 그리고 지금까지 정말 운이 좋았는데, 그것이 나를 두렵게 만드는군요……. 이렇게 많은 사람 앞에서는 당신과 이야기할 수가 없군요. 죄송하지만 우리 집으로 가시죠.」

그녀가 앞장서서 가고, 우리는 뒤에서 따라갔다.

이렇게 아름다운 귀족 부인이 클라라 다음으로 프란체스코의 가장 충실하고 소중한 여성 동지가 될 줄 그 누가 알았겠는가? 지나친 행복이 정직한 영혼을 참회의 눈물 속으로 몰아넣을 수도 있다는 것을 그 누가 알았겠는가?

「부끄럽습니다.」 우리가 그녀의 저택에 들어섰을 때 야코파 부인이 말했다. 「수많은 여성들이 아무것도 갖고 있지 못할 때 나는 모든 것을 갖고 있다는 것이 부끄럽습니다. 그것은 공평하지 못해요, 부당하죠! 만일 하느님이 공정하시다면 나에게 큰 재앙을 내리실 거예요. 제발 그렇게 하시기를 간청해 주세요. 내가 자유롭기만 하다면 맨발로 거리에 나가서 집집마다 구걸하며 다니겠어요. 하지만 나에게는 남편과 아이들이 있으니 족쇄를 차고 있는 셈이죠.」

프란체스코는 감탄스런 표정으로 그녀를 쳐다보고 있었다. 「당신은 사나이같이 용감한 영혼과, 남성적인 정신을 지니셨군요, 부인. 내가 당신을 자매라기보다는 야코파 형제라고 부르도록 해주십시오. 야코파 형제, 참고 기다리십시오. 당신이 자유로워져서 맨발로 구걸하며 다닐 날이 올 것입니다. 주님은 위대하십니다. 그분은 여자들을 측은하게 여기시므로 당신을 불쌍히 여기실 것입니다……. 그럼 안녕히 계십시오, 다시 만날 때까지!」

「언제요? 어디서요?」

「야코파 형제, 나의 내면의 목소리가 〈내가 죽는 그 무서운 시간에〉라고 말하는군요.」

그는 손을 들어 그녀를 축복했다.「그럼 그때까지!」

「왜 죽음에 대해 말하는 겁니까, 프란체스코 형제?」야코파의 저택을 떠나 고향으로 돌아가는 길에 내가 물었다.「제기랄! 우리는 아직도 이 세상에서 해야 할 수고를 다 하지 못했어요.」

프란체스코는 머리를 저었다.

「레오 형제, 우리가 기쁨의 절정에서 춤추고 휘파람을 불고 있을 때 나는 검은 대천사가 하늘로부터 내려오는 것을 보았어요. 나는 고갯짓으로 그에게 말했어요. 〈기다리세요, 조금만 더 기다려 주세요, 죽음 형제!〉그러자 그는 미소 지으며 공중에서 멈췄어요. 두려워하지 마세요, 레오 형제. 나는 죽을 때가 되면 죽을 거예요, 그 전도 그 후도 아니에요. 죽을 때가 되었을 때…….」

마치 구유로 돌아가는 말들처럼 서둘러 북쪽을 향해 가면서 우리는 발에 묻은 로마의 먼지를 털어 냈다. 가끔씩 물을 발견할 때마다 우리는 멈춰 서서 얼굴을 박고 물을 마셨다. 그런 다음에는 바위에 앉아 말없이 멀리 아시시 쪽을 바라보았다. 아시시가 가까워질수록 프란체스코의 얼굴은 어두웠고, 말하려고 입술을 떼는 것조차 더욱더 힘들어 했다. 다만 아이들이나 예쁜 야생화를 만나거나 나뭇가지에 앉아 우리를 엿보는 새를 만날 때면 그의 표정이 다시 밝아지곤 했다.

한번은 그가 이렇게 말했다.「이 세상에 꽃과 아이들과 새들이 있는 한 아무것도 두려워하지 마세요, 레오 형제. 모든 것이 잘될 거예요.」

우리는 걷고 또 걸었다. 상처투성이가 된 발에서는 피가 흘렀다. 더 이상 몸을 똑바로 가누기도 힘들었다. 게다가 항상 배가 고팠고 밤이면 얼어 죽을 정도로 추웠다. 아아! 구운 양고기 한 접시와 포도주 한 병만 있다면. 나는 계속 입맛을 다시며 중얼거렸다. 게다가 잠을 잘 수 있는 푹신한 침대가 있다면. 그렇다면 나는 정말로 열심히 하느님을 찬미하련만……. 그런 유혹을 뿌리치기 위해 아무리 머리를 흔들어 봐도 소용이 없었다. 접시와 술병과 침대가 계속해서 눈앞에 어른거렸다.

프란체스코는 그런 내 생각을 알고 있었다. 나에 대한 넘치는 동정심으로 그는 내 어깨 위에 부드럽게 손을 얹었다.

「사랑하는 레오 형제, 왜 그런지는 모르겠지만, 옛날에 나에게 내가 절대로 잊을 수 없는 얘기를 해주었던 어떤 위대한 은둔자 생각이 나는군요. 그 얘기를 듣고 싶으세요?」

「말하세요, 프란체스코 형제.」내가 시선을 아래로 내리며 대답했다. 혹시라도 그가 내 눈동자 속에서 접시와 술병과 침대를 볼까 두려웠기 때문이다.

「어느 날 길을 가던 사람이 그 성자의 한숨 소리를 듣고 멈춰서서 물었어요. 하느님의 성자시여, 당신이 원하는 것이 무엇입니까, 무엇 때문에 당신은 그렇게 한숨짓습니까?

〈찬물 한 잔 때문이라오〉라고 은둔자가 대답했어요.

〈그건 간단한 일이에요. 밤에 물병을 밖에 내놓으세요. 그러면 찬물을 얻을 수 있어요.〉

〈나도 그렇게 해본 적이 있다네. 하지만 그날 밤에 꿈을 꾸었지. 내가 천국의 바깥에 도착해서 문을 두드리고 있었던 것 같네. 안에서《거기 누구십니까》하고 묻는 소리가 들렸다네.《접니다. 테베의 파코미우스입니다.》그러자 그 목소리가 다시 들리더군.《돌아가십시오. 천국에 오는 사람은 찬물을 마시려고 밤에 물병을 밖에 내놓지 않습니다.》》」

나는 프란체스코의 발아래 엎드렸다. 「용서하세요, 프란체스코 형제. 나는 아직도 육신을 정복하지 못했어요. 계속해서 배고프고 피곤하고 추위를 느낍니다. 당신이 가는 곳이면 어디든 나도 갑니다. 그렇지만 어떤 때 내 마음은 당신을 따라가지 않고 교만해져서 저항합니다. 나는 천국의 문 앞에 있지만 그들이 문을 열어 주지 않습니다.」

「그렇게 낙담하지 마세요, 레오 형제.」 그가 나의 머리를 쓰다듬으며 말했다. 「두 다리로 단단히 서세요. 그리고 사탄이 당신을 올라타더라도 두려워하지 마세요. 대문은 열릴 것이고, 당신들 둘이 함께 들어갈 것입니다!」

「사탄도요? 그놈도 같이 들어간다고요? 그걸 어떻게 아세요, 프란체스코 형제?」

「내 마음이 활짝 열려 있고 모든 것을 받아들이기 때문에 나는 알 수 있습니다. 틀림없이 천국도 똑같을 것입니다.」

*

우리는 가파른 바위산 중턱에 자리 잡고 있는 작은 도시에 도착했다. 산 아래쪽에는 비와 햇볕과 세월로 인해 금세 무너져 내릴 듯한 낡은 집들이 있었고, 산꼭대기에는 종탑들과 긴 제비 꼬리 모양의 깃발로 장식된 성채가 있었다. 그곳 영주는 매들과 함께 살고 있었다. 아래쪽 평지에 있는 포도밭과 올리브나무 숲이 그 도시를 띠처럼 두르고 있었다.

「여기서 사흘 정도 쉬어 갑시다.」 프란체스코가 나를 딱하게 여기며 말했다. 「저기 올리브나무 숲 속에 조그만 수도원이 있군요. 하느님께서 레오 형제 당신을 불쌍히 여기셨나 봅니다.」

우리는 도시로 들어갔다. 농부들은 일을 마치고 집으로 돌아가고 있었고 막 해가 지려는 참이었다. 우리는 허물어진 교회의 마당에 자리 잡고 앉았다. 사방이 사이프러스나무로 둘러싸여 있었고 울타리는 달콤한 향기를 내뿜는 붉은 꽃들로 덮여 있었다. 마당 한가운데는 부드럽고 싱싱한 잎사귀들이 막 피어난 플라타너스가 서 있었고 나무뿌리 밑에서 샘물이 솟아 흘러가고 있었다.

프란체스코가 주변을 돌아보면서 깊은 한숨을 쉬었다. 「천국이 꼭 이럴 거예요.」 그가 말했다. 「그 이상은 바라지 마세요. 인간의 영혼을 위해 이 정도면 충분합니다. 충분하고도 남지요.」

새들이 시끄럽게 짹짹거리는 소리가 들리자 그가 위를 쳐다보았다. 참새 떼가 플라타너스를 향해 날아들고 있었다. 거기에는 그들의 둥지가 있었고 새들은 밤을 지내기 위해 집으로 돌아오고 있는 중이었다. 새들은 조그만 둥지로 들어가서 폭신한 가슴 털 속에 머리를 파묻고 잠을 청하기 전에, 나뭇가지에 모여 앉았다가 다시 마당 전체로 흩어지더니 즐겁게 여기저기를 둘러보았다.

프란체스코는 천천히 흐르는 물 쪽으로 걸어갔다. 거기에는 새들이 모여 있었다. 그가 손을 내밀어 새들에게 인사를 했다.

「레오 형제, 거기 그대로 있어요.」 그가 말했다. 「움직이지 마세요, 새들이 놀랄지도 몰라요. 나에겐 새에게 줄 모이가 없으니 하느님의 말씀을 먹여 새들도 사람들처럼 천국에 갈 수 있도록 해야겠어요.」

그러고는 새들을 향해 몸을 굽히고 두 팔을 벌린 채 설교를 하기 시작했다.

「새 자매들이여, 새와 인간의 아버지이신 하느님께서 너희들을 지극히 사랑하신다는 것을 너희들도 잘 알고 있겠지. 그렇기 때문에 너희들은 물 한 모금 마실 때마다 머리를 들어 하늘을 쳐다보며 하느님께 감사를 드리잖니. 그리고 아침에 너희들의 작은 가슴에 햇살이 비치면 너희들은 태양과 초록색 나무와 노래를 보내 주신 주님의 이름을 영광되게 하기 위해 이 나뭇가지에서 저 나뭇가지로 날아다니며 노래를 부르잖니. 게다가 그분이 노래를 들으실 수 있도록 그분께 좀 더 가까이 가기 위해 하늘 높이 날아오르지. 그렇지만 너희들이 둥지에 알을 가득 낳고 그것들을 부화시키려고 어미 새가 알을 품고 있으면 하느님은 너희들의 수고를 덜어 주기 위해 아버지 새가 되어 맞은편 나뭇가지에 앉아 노래를 부르신단다.」

　프란체스코가 설교하고 있을 때 비둘기 떼가 머리 위로 지나가다가 그의 달콤한 목소리를 듣고 그의 발 둘레에 내려앉았다. 작은 비둘기 한 마리가 그의 오른쪽 어깨 위에 올라앉더니 구구 울었다. 프란체스코는 더욱더 앞으로 몸을 기울였다. 그는 자신의 옷자락이 두 개의 날개인 양 계속 옷을 흔들었고 나이팅게일처럼 달콤한 목소리로 쩍쩍거리며 울었다. 그는 주변의 새들과 어울리고 싶어 하는 것 같았고, 그렇게 하기 위해서 커다란 참새가 되려고 애썼다.

　「참새 자매들아, 비둘기 자매들아, 하느님께서 너희들에게 어떤 선물을 주셨는지 생각해 보렴. 그분께서는 공중을 날 수 있도록 날개를 주셨고, 겨울철에 몸을 따뜻이 하도록 보드라운 털을 주셨지. 그리고 배고프지 않도록 땅에도 나무에도 여러 가지 먹을 것을 마련해 놓으셨지. 그리고 너희들의 가슴과 목을 노래로 가득 채워 주셨단다.」

　이제는 제비들도 날아와 우리들 맞은편 울타리 위에 그리고 교회 지붕 가장자리에 줄지어 앉았다. 날개를 접고 머리를 길게 뺀 채 열심히 듣고 있었다. 프란체스코는 제비들을 향해 인사를 건넸다.

「가냘픈 날개로 해마다 우리에게 봄을 실어다 주는 제비 자매들아, 어서 오너라. 비록 밖은 아직 춥고 비가 오지만, 비록 태양은 금빛 햇살을 잃었지만, 너희들의 마음은 한여름같이 따뜻하구나. 너희들은 눈 덮인 기와지붕 위에 앉아서 혹은 헐벗은 나뭇가지들 사이를 날아다니며 날카로운 부리로 겨울을 쪼아서 쫓아 버리는구나. 사랑하는 나의 제비들아, 심판의 날이 오면 너희들은 모든 날개 달린 것들 중 어떤 것보다도 먼저, 나팔을 부는 천사들보다도 먼저, 묘지로 날아가 비석 위에서 짹짹 울며 부활의 소식을 전하거라. 죽은 자들이 너희들의 노래를 듣고 무덤에서 밝은 세상으로 뛰어나와 영원한 봄을 맞이하게 하거라!」

제비들은 행복하게 날개를 쳤고, 비둘기들은 구구 울고, 참새들은 프란체스코에게 가까이 와서 그의 옷자락을 부드럽게 쪼기 시작했다. 그는 새들의 머리 위로 손을 내밀어 성호를 긋고 그들을 축복해 주었다. 그러고 나서 사방으로 손을 흔들어 새들에게 작별 인사를 했다.

「자, 저녁이 되었구나, 참새 자매들아, 비둘기와 제비 자매들아, 저녁이 되었으니 이제 가서 잠자도록 해라. 만일 은혜로운 하느님께서 너희들에게 꿈꿀 수 있는 능력을 주셨다면, 오늘 밤 너희들의 꿈속에서 커다란 제비처럼 너희들의 둥지 위를 날아가는 성모 마리아를 볼 수 있도록 해주시길.」

프란체스코가 얘기하고 있을 때 말을 탄 남자가 지나가다 멈춰서서 새들과 대화하고 있는 수도사를 보고 웃음을 터뜨렸다. 중년의 귀족인 그는 곤봉처럼 생긴 뭉툭한 코와 탐욕스럽게 매달린 입술에 얼룩덜룩한 옷을 입었고 머리에는 넓은 잎의 월계관을 쓰고 허리에는 행운을 부르는 상징으로 조그만 헝겊 원숭이를 매단 황금색 허리띠를 두르고 있었다. 그리고 어깨에는 류트가 매달려 있었다.

그 뒤에는 한 무리의 젊은 남녀들이 따르고 있었는데, 그들은 모두 머리에 담쟁이덩굴과 꽃으로 만든 관을 쓰고 있었다. 자기들의 우두머리가 멈추자 그들도 멈추어 큰 소리로 웃음을 터뜨렸다. 말 탄 사람의 얼굴은 빛나고 있었고, 그의 금발 머리는 석양의 마지막 햇빛을 받아 불타는 듯했다.

내가 울타리에 기대서서 젊은이들 중 한 사람을 손짓으로 부르자 그가 나에게 왔다. 내가 물었다. 「말 탄 저 양반은 누구십니까? 왕처럼 잘생겼군요.」

「저분은 굴리엘무스 디비니라는 분인데, 정말로 왕이십니다. 저분의 이름을 들어 본 적이 없습니까? 방금 로마에 갔다 오는 길인데, 그곳 신전에서 저분에게 월계관을 씌우고 〈노래의 왕〉으로 공포했습니다.」

「무슨 노래를 부르는데요?」

「사랑이오, 사랑을 노래합니다, 수도사님. 당신은 아마 한 번도 들어 본 적이 없으시겠죠, 그렇죠?」

그는 신나게 웃으며 동료들에게 돌아갔다.

그사이 말 탄 사람은 말고삐를 잡아 세우고 가만히 서서 비둘기들이 오는 소리와 그다음에 제비들이 오는 소리를 듣고 있었다. 그가 갑자기 웃고 떠드는 수행원들을 향해 「조용히 해」라고 화를 내며 소리쳤다.

프란체스코가 새들에게 작별 인사를 하고 마당을 가로질러 오려 할 때 그 〈노래의 왕〉이 말에서 내리더니 그에게 달려와 발 아래 엎드렸다.

「거룩한 사부님.」 그가 프란체스코의 피투성이 발에 입을 맞추며 외쳤다. 「나는 지금까지 눈이 멀어 있다가 이제야 시력을 되찾았고, 지금까지 죽어 있다가 이제야 무덤에서 살아났습니다. 나를 데려가십시오. 인간의 세상으로부터 나를 데려가 나의 영혼을 구해 주십시오! 나는 평생 동안 술과 여자의 아름다움을 노래해 왔습니다. 이제는 지쳤습니다. 내가 하느님의 영광을 노래할 수 있도록 데려가 주십시오. 나는 굴리엘무스 디비니라고 합니다. 로마의 멍청이들은 저를 〈노래의 왕〉으로 추대했습니다.」

이 말을 하자마자 그는 자신의 머리에서 왕관을 떼어 내 부숴 버렸고 월계수 잎은 마당에 뿌려졌다.

「이제 좀 진정되는군요.」 그가 말했다. 「이제 광대 같은 이 옷도 벗어 버리겠습니다. 나에게 수도복을 주십시오, 거룩한 사부님. 여기 제 허리에 두르고 있는 황금 허리띠도 벗어 버리겠습니다. 저에게 매듭 지은 허리띠를 주십시오.」

프란체스코는 몸을 구부려 그를 일으켜 세우고 그의 이마에 입을 맞추었다.

「일어서세요, 파치피코 형제. 이제부터 나는 형제를 파치피코라 부르겠어요. 당신이 이제 막 하느님의 평화 속으로 들어온 것을 기념하기 위해서죠. 나는 아직도 노래로 가득 차 있는 당신의 이마에 입을 맞춥니다. 이제까지는 이 세상을 노래했지만 앞으로는 이 세상을 지으신 창조주에 대해 노래하게 될 것입니다. 그 류트도 계속 가지고 다니면서 하느님께 봉사하는 신성한 도구가 되도록 하세요. 그리고 나의 파치피코 형제여, 이제 때가 오면 당신은 이 류트를 어깨에 메고 천국에 들어갈 것이며, 천사들이 당신 주변에 모여들어 새로운 노래를 가르쳐 달라고 청할 것이라는 사실을 알아 두기 바랍니다.」

젊은 남녀들이 흩어진 월계수 잎을 주우려고 달려왔다. 그들은 그 유명한 음유 시인을 쳐다보면서 그가 그저 하나의 새로운 게

임을 하고 있는 건지 아니면 정말로 마음을 바꿔 수도사가 되기로 결심한 것인지 갈피를 못 잡았다.

그렇지만 파치피코 형제는 돌아서서 그들에게 작별 인사를 했다. 「잘 가게, 나의 과거의 동료들이여. 이제 굴리엘무스 디비니는 죽었다네. 어서 가서 그를 땅에다 묻고 이 작은 원숭이도 그의 관에 넣어 함께 묻어 주게!」

그는 헝겊 원숭이가 달려 있는 황금 허리띠를 그들에게 던져 주었다. 「잘 가게.」 그가 반복했다. 「잘 가게, 우리는 다시 만나지 못할 걸세!」

젊은 남녀들은 놀라서 흩어졌고 우리 세 사람만 남았다. 프란체스코가 앞장서고 우리들은 올리브나무 숲 속에 있는 작은 수도원으로 갔다. 파치피코 형제는 가는 길 내내 노래를 불렀다.

「내 마음은 한 마리의 나이팅게일 새예요, 프란체스코 형제.」 그가 말했다. 「다른 새들과 함께 당신의 말을 들으러 왔다가, 당신의 말씀을 듣고 나서는 부리를 쳐들고 하늘을 향해 새로운 노래를 부르기 시작했어요.」

프란체스코가 웃었다. 「내가 세상에 새로운 광기를 불러오고 있군요, 파치피코 형제. 우리가 힘을 합치니 참 좋습니다. 우리의 형제가 된 것을 환영합니다.」

우리는 그 작은 수도원에서 사흘을 머무르며 체력을 회복했다. 처음 우리를 보았을 때 수도사들은 얼굴을 찌푸렸다. 프란체스코는 웃고, 파치피코는 류트를 켜고, 나는 거친 목소리로 새로운 형제를 따라 노래를 부르고 있었다.

「이봐요, 여기가 어딘 줄이나 아시오?」 수도원장이 소리쳤다. 「여기는 수도원, 주님의 집이란 말이오.」

「그러면 원장님께서는 우리들이 주님의 집에 어떻게 들어가야 한다고 생각하십니까, 울어야 하는 겁니까?」 프란체스코가 대답했다. 「하느님께서 외치십니다. 〈이제 그만 울어라. 한숨 소리도 싫고 슬픈 얼굴을 보는 것도 지쳤다. 내가 바라는 것은 땅 위에서 웃음소리를 듣는 것이다……!〉 파치피코 형제, 류트를 켜고 노래를 불러 하느님의 마음을 기쁘게 해드리세요.」

수도사들은 차츰 우리들에게 익숙해졌다. 프란체스코는 그들을 마당에 불러 모아 사랑, 가난, 천국에 대해 설교했다.

「여러분은 천국이 어떨 것이라고 생각합니까?」 그가 수도사들에게 물었다. 「황금과 날개로 가득 찬, 대리석 층계가 있는 거대한 궁전 같을까요? 아뇨! 아닙니다! 어느 날 밤 나는 꿈속에서 천국을 보았어요. 그곳은 사방이 완전히 초원으로 둘러싸여 있는 아주 작디작은 마을이었어요. 그 마을 한가운데, 가장 볼품없고 초라한 오두막집의 우물 옆에 동정녀 마리아와 똑같은 인간의 영혼이 있었고 하느님께 젖을 빨리고 있었어요……」

프란체스코가 말하는 동안 밤이 평화로이 우리들에게 내려왔고 하늘은 푸른 날개들로 가득 찼고 수도사들은 행복한 얼굴로 눈을 감고 낙원으로 들어갔다.

*

사흘이 되자마자 우리는 북쪽으로 향하는 여정을 다시 시작했다. 파치피코 형제의 노래 덕분에 여행이 한결 수월하게 느껴졌으며, 우리가 그것을 깨닫기도 전에 어느 날 저녁 사랑하는 아시시의 성채와 탑들이 눈에 들어왔다.

「반갑구나, 사랑하는 아시시여.」 프란체스코가 말하면서 손을 들어 올려 도시를 축복했다. 「주님, 제가 우리 형제들을 침착하게 대할 수 있도록 도와주십시오.」

우리가 포르티운쿨라에 도착할 무렵에는 해가 이미 졌다. 우리는 조용히 다가갔다. 프란체스코가 앞장서고, 파치피코와 나는 완전히 지친 몸으로 그 뒤를 따라갔다. 프란체스코는 불시에 도착해서 수도사들이 무엇을 하고 있는지 보고 그들이 뭐라고 말하는지 들어 보기를 원했다. 그러나 가까이 다가가다 말고 그가 멈췄다. 떠드는 소리와 웃음소리가 들려왔다. 지붕에서는 연기가 오르고 있었다. 형제들이 불 때는 습관을 들인 것이 틀림없었다. 게다가 고기 굽는 냄새가 우리의 코에 들어왔다. 그들이 요리를 하고 있었다!

「형제들이 잔치를 벌이고 있어요.」 프란체스코가 속삭였다. 「고기도 먹고 있어요.」

바로 그때 늙은 거지 한 사람이 나타났다. 멀리서부터 고기 굽는 냄새를 맡고 몇 점 얻어먹으려는 희망으로 달려왔던 것이다.

「형제여, 내 부탁 좀 들어줄 수 있겠습니까?」 프란체스코가 그에게 물었다. 「내가 안으로 들어가서 수도사들에게 인사할 수 있도록 당신의 모자와 지팡이와 동냥 자루 좀 빌려 주세요. 그것들은 곧 돌려 드리겠습니다. 부탁입니다. 하느님께서 당신께 갚아 주실 것입니다.」

「당신이 바로 사람들이 아시시의 프란체스코라 부르는 그 사람입니까?」

「네, 그렇습니다.」

「그럼 빌려 드리죠!」

프란체스코는 모자를 귀까지 푹 눌러쓰고 어깨에 동냥 자루를 메고, 지팡이에 의지해 포르티운쿨라의 문을 두드렸다.

「형제들이여, 그리스도의 이름으로 굶주림에 지친 가난하고 병든 늙은이를 불쌍히 여겨 주시오.」 그가 목소리를 바꿔 슬프게 사정했다.

「들어오시오, 노인 양반.」 형제들이 그에게 말했다. 「자, 불 옆에 앉아서 드세요!」

프란체스코가 머리를 숙인 채 등을 구부리고 들어갔기 때문에 아무도 그의 얼굴을 볼 수 없었다. 그는 수도사들에게 등을 돌리고 불 옆에 앉았다. 새내기 수도사가 그에게 수프 한 접시와 빵한 조각을 갖다주었다. 몸을 구부린 채 프란체스코는 불 속에서 재를 한 줌 집어다가 수프에 뿌린 다음 먹기 시작했다. 형제들은 즉시 그를 알아보았지만, 자신들이 고기를 먹고 잔치를 벌인다는 사실을 프란체스코에게 들킨 것이 너무나 부끄러워서 아무도 감히 내색하지 못했다. 그들은 목이 막혀서 도저히 식사를 계속할 수가 없었다. 그들은 접시 앞에 얼굴을 숙이고 곧 한바탕 난리가 휘몰아치기를 기다리고 있었다.

프란체스코는 수프를 두세 숟갈 뜨더니 접시를 내려놓고 수도사들을 향했다.

「형제들, 나를 용서해 주시오.」 그가 말했다. 「하지만 내가 들어와서 이렇게 풍요로운 음식 앞에 앉았을 때 나는 내 눈을 믿을 수가 없었소. 나는 스스로에게 물어보았어요. 이들이 과연 빈곤에 찌들어 집집마다 문을 두드리며 동냥하러 다니고 사람들로부터 성자로 대접받는 수도사들인가? 만일 그렇다면, 내가 그들의 교단에 들어가 안락한 생활을 즐기면 되지 않을까……? 따라서 그리스도의 사랑을 걸고 여러분이 아시시의 프란체스코라는 친절한 작은 거지의 겸손한 수도사 형제들인지 아닌지를 말해 주시오.」

형제들은 더 이상 참을 수가 없었다. 어떤 형제들은 울음을 터뜨렸고, 어떤 사람들은 겁에 질려 몰래 빠져나가 도망쳤고, 또 다른 형제들은 프란체스코의 발아래 엎드려 용서를 빌었다. 프란체스코는 계속 가슴 위로 팔짱을 끼고 있었는데, 과거에 하던 것과 달리 결코 형제들을 껴안기 위해 그 팔을 벌리지 않았다. 엘리아가 다가왔다. 그는 물론 울지도 않았고, 용서를 빌지도 않았다.

「이 많은 형제들이 안 보이십니까?」 그가 요구했다. 「당신이 없는 동안 수가 많이 늘었습니다. 손을 들어 그들을 축복해 주십시오.」

그러나 프란체스코는 가슴 위로 고개를 떨군 채 아무 말도 하지 않았다. 그를 둘러싸고 있던 수도사들이 근심스럽게 쳐다보았다.

엘리아가 다시 한 번 말했다.

「교황을 만나셨나요, 프란체스코 형제? 그가 옥새를 찍었나요?」

프란체스코는 손을 가슴으로 가져갔다.

「두 개의 열쇠가 달린 옥새가 여기 있습니다, 엘리아 형제. 조급해하지 마세요. 사정이 허락하면, 내일 말씀드리겠습니다. 지금은, 자 갑시다, 우리 모두 다 같이 성당으로 가서 주님께 간청하여 그분의 옥새도 찍어 받도록 합시다.」

다음 날 숲 속의 빈터에 수도사들이 모였다. 엘리아가 왔다 갔다 하며 빙 둘러앉은 형제들에게 작은 목소리로 은밀하게 얘기하고 있었다. 그의 체격은 거대했고 형제들 중에서 가장 컸다. 그 옆의 프란체스코는 전보다 더 작아지고 더욱 초라했다. 거의 눈에 안 보일 지경이었다. 주님, 저를 용서해 주십시오. 저는 그 사람을 결코 마음으로 소중하게 받아들일 수가 없습니다. 그의 시선에는 자부심과 탐욕이 가득하고, 그의 영혼은 포르티운쿨라가 너무 작고 가난과 사랑 때문에 압박감을 느낀다고 여기고 있습니다. 그의 영혼은 널리 뻗어 나가 이 세상을 친절로써뿐만 아니라 힘으로써 정복하고 말 탄 기사가 되어 천국에 들어가기를 원합니다. 그는 아시시의 친절한 작은 거지의 제자가 아니라 사나운 스페인 출신 선교사 도미니크의 제자가 되었어야 했습니다. 하느님께서는 왜 그를 우리에게 보내셨을까요? 주님의 숨은 의도가 무엇일까요? 서로 어울릴 수 없는 사람을 짝지어 놓기를 원하셨던 것일까요?

하루는 내가 용기를 내어 엘리아 형제에 대한 나의 생각을 프란체스코에게 말했다. 「어느 형제들의 집단에나 유다는 있게 마련입니다. 하느님께선 나를 거짓말쟁이라고 하실지도 모르지만 나는 그 사람이 우리들의 유다라고 생각합니다.」

「유다도 좋은 사람이에요, 레오 형제.」 프란체스코가 대답했다. 「그 사람도 그리스도의 종이며, 하느님께서 그를 배신자로 정하셨다면 그에게는 배신을 하는 것이 자신의 의무를 다하는 것이지요.」

그는 잠시 생각하더니 목소리를 낮추었다.

「구비오의 늑대를 기억하세요? 늘 양 떼의 우리에 들어와 양들을 죽이고, 마을을 망쳐 놓았지요. 나는 마을 주민들이 불쌍한 생각이 들어 늑대에게 하느님의 이름으로 더 이상 양을 잡아먹지 말라고 타이르려고 숲 속으로 들어갔어요. 내가 늑대를 부르자 그 녀석이 왔어요. 그런데 그 녀석이 뭐라고 대답했는지 아세요? 〈프란체스코 님, 프란체스코 님, 하느님이 정해 놓은 질서를 깨뜨리려 하지 마세요. 양은 풀을 먹고, 늑대는 양을 잡아먹고 사는 것이 하느님이 정해 준 운명이에요. 이유는 묻지 마세요. 그저 하느님의 뜻에 순종하고, 내가 배고플 때는 언제든지 양의 우리에 들어가도록 내버려 두세요. 거룩한 당신처럼 나도 이렇게 기도를 합니다. 《숲 속을 지배하시며 제가 고기를 먹도록 명하신 아버지시여, 당신의 뜻이 이루어질 것입니다. 제가 배불리 먹을 수 있도록 오늘의 일용할 양식인 양을 주십시오. 그러면 당신의 이름을 찬미할 것입니다. 그렇게 맛있는 양고기를 만드신 주님, 당신은 위대하십니다. 그리고 그날이 와서 제가 죽었을 때, 제가 부활한다면, 주님, 제가 잡아먹은 양들도 모두 저와 함께 부활하여 제가 다시 잡아먹을 수 있게 해주소서······!》 레오 형제, 이것이 늑대가 나에게 한 말이에요. 나는 머리를 숙이고 마을로 돌아왔어요. 하느님께서 왜 늑대가 양을 잡아먹도록 만드셨느냐고요? 레오 형제, 그것을 묻는 것 자체가 교만입니다!」

하지만 내가 어떻게 프란체스코 같은 마음으로 모든 것을 참고 용서할 수 있겠는가! 그날 엘리아 봄바로네가 형제들과 은밀하게 애기를 주고받는 것을 본 것만으로도 나는 분노와 두려움에 떨었다.

드디어 모든 형제들이 모이자 프란체스코가 평소 습관대로 가슴 위로 팔짱을 끼고 일어나 말하기 시작했다. 그의 목소리는 차분하고, 힘이 없고, 슬펐다. 가끔씩 그는 마치 구걸하는 것처럼 형제들을 향해 손을 뻗었다. 그는 자신이 어떻게 영원의 도시 로마에 들어갔는지, 어떻게 교황 성하를 만날 수 있었는지, 교황에게 무슨 말을 했고 교황이 뭐라고 대답했는지, 그리고 그가 어떻게 바닥에 엎드려 교황의 발아래에 회칙을 내놓았는지에 대해 쉬운 말로 자세히 설명하기 시작했다. 그리고 사흘 후, 틀림없이 하느님의 명에 의해, 교황이 옥새를 찍어 주었다고 말했다. 자 보시오, 여기에 그것이 있습니다! 프란체스코는 가슴으로부터 신성한 양피지를 꺼내 한 구절씩 또박또박 천천히 읽었고 수도사들은 무릎을 꿇고 귀 기울여 들었다. 그것을 다 읽자마자 그가 팔을 위로 뻗으며 무언가를 더 말했는데, 그것은 말하는 것이 아니라 기도를 하고 있는 것이었다.

「거룩한 가난 부인이여, 당신은 우리들의 큰 재산입니다. 우리를 떠나지 마옵소서! 우리가 항상 배고프게, 항상 춥게, 그리고 항상 머리를 뉠 곳이 없도록 해주시옵소서!

거룩한 정결 부인이여, 우리의 마음을 깨끗하게 해주시고, 우리의 가슴을 깨끗하게 해주시고 우리가 숨 쉬는 공기를 깨끗하게 해주옵소서! 포르티운쿨라와 우리들의 마음 주변에서 사자처럼 호시탐탐 우리를 노리고 있는 유혹을 뿌리칠 수 있도록 도와주시옵소서.

거룩한 사랑 부인이여, 하느님이 사랑하시는 맏딸이여, 당신을 향해 내 팔을 드노니 저의 기도를 들어주소서. 우리들의 마음을 넓혀서 선한 사람이든 악한 사람이든 모든 사람을 받아들이도록 해주옵소서. 야생이든 길들여진 것이든 모든 동물들을 받아들이고, 열매를 맺든 안 맺든 모든 나무를 받아들이고, 모든 돌들과 강과 바다를 받아들이게 하옵소서. 우리는 모두 형제입니다. 우리는 모두 같은 아버지를 가지고 있으며 우리가 택한 길은 우리 모두를 아버지의 집으로 다시 이끌어 줄 것입니다!」

그가 말을 멈췄다. 더 말하려고 했던 것 같았지만, 엘리아 형제가 화를 벌컥 내며 거대한 체구에서 김을 내뿜었고 이마에는 땀을 흘리고 있었다.

「다른 형제들에게도 말할 기회를 주세요, 프란체스코 형제.」 그가 천둥 같은 소리로 외쳤다. 「우리는 모두 하느님 앞에서 평등하고, 누구든지 자유롭게 의견을 말할 권리가 있습니다……. 형제들, 여러분은 프란체스코 형제가 교황의 인가를 받아 온 회칙에 대해 들었습니다. 그것이 맘에 드십니까, 아닙니까? 여러분 모두 한 사람씩 일어서서 기탄없이 의견을 말하도록 합시다.」

잠시 모두 침묵을 지켰다. 어떤 사람은 반대 의견을 말하고 싶지만 프란체스코에 대한 존경심 때문에 말을 못했고, 다른 사람들은 프란체스코가 읽어 준 내용을 잘 이해하지 못했기 때문에 아무 할 말이 없었다. 그리고 회칙에 동의하지만 어떻게 찬성 의견을 표현해야 할지를 모르는 나도 마찬가지였다.

드디어 실베스테르 신부가 일어섰다. 「형제 여러분.」 그가 한숨을 쉬며 말했다. 「여기선 내가 제일 연장자입니다. 그래서 감히 첫 번째로 일어섰고 의견을 말하겠습니다. 내 말을 잘 들어주십시오, 형제 여러분. 세상이 썩었습니다. 종말이 가까워지고 있습니다. 우리들이 세상 방방곡곡으로 퍼져 나가서 이 세상의 파멸을 알림으로써 사람들이 놀라서 회개하고 구원받게 합시다. 이것이 내 의견입니다. 그러나 하느님께서 깨우쳐 주시는 대로 행동하십시오.」

사바티노가 분노로 안색이 노랗게 변해 앞으로 뛰어나왔다. 「이 세상은 썩지 않았습니다.」 그가 날카롭게 외쳤다. 「영주들만이 썩었습니다. 생선에서도 가장 먼저 썩는 곳은 머리 부분입니다! 우리가 일어나 민중을 봉기하고 지배자들을 공격해야 합니다. 그들의 성을 불태우고, 비단옷을 불태우고 모자에 꽂고 다니는 깃털을 불태워야 합니다. 이것이야말로 진정한 십자가의 전쟁이며 성묘를 구하는 유일한 방법입니다. 그렇다면 성묘란 무엇입니까? 십자가에 매달려 있는 불쌍한 민중입니다. 민중의 부활, 그것이 바로 진정한 그리스도 부활의 의미입니다.」

「민중은 배고픕니다!」 불이 붙은 주니페르가 외쳤다. 「그들은 두 발로 서 있을 힘조차 없습니다. 그러므로 우선 그들이 힘을 회복하도록 먹여야 합니다. 그들은 자신들이 얼마나 억압받고 있는지조차 모릅니다. 그러므로 그들이 눈을 뜨게 해주어야 합니다! 프란체스코 형제, 이제 하늘의 왕국은 잠시 잊고 지상의 왕국에 관심을 갖는 것이 어떻겠습니까? 우리는 거기서부터 시작해야 합니다! ……여러분은 내 의견을 들었습니다. 여기에 서기 한 사람을 두어 모든 것을 기록하도록 해야 합니다!」

　그다음에는 베르나르도가 일어섰다.「형제 여러분.」푸른 눈에 눈물을 흘리며 그가 말했다.「우리가 인간들의 세상을 떠나도록 합시다. 이 시대의 지배자들에게 우리가 어찌 대항할 수 있겠습니까? 우리 다 같이 떠납시다. 광야로 나가 은신처를 마련하고 밤낮으로 정성껏 기도합시다. 기도만이 전능입니다, 형제들이여. 한 사람이 산꼭대기에 올라가 기도를 올리면 그 기도는 곧바로 산을 타고 내려와 도시로 들어가서 모든 죄인들의 마음을 깨우치며, 그와 동시에 하느님의 발밑까지 도달해 인간의 고통을 증언해 줍니다. 형제들이여, 재산이나 무기가 아니라, 오로지 기도로써 이 세상을 구할 수 있습니다.」

　그때 내가 말하려고 일어섰다. 나는 떠듬떠듬 몇 마디를 했으나 이내 혼란스러워 손바닥으로 얼굴을 감싸며 울음을 터뜨리고 말았다. 형제들 중 몇 명이 웃음을 터뜨렸지만 프란체스코는 나를 감싸 안아 그의 오른쪽 옆자리에 앉혔다.

　「다른 어떤 사람보다도 능숙하고 힘 있게 말했어요.」그가 말했다.「레오 형제, 나의 축복을 받으세요.」

　그가 일어서더니 습관대로 두 팔을 넓게 벌렸다.

　「사랑하시오! 사랑하시오!」그가 말했다.「전쟁이나 힘으론 안 됩니다! 베르나르도 형제, 기도만으로도 충분치 못합니다. 열심히 일하는 것이 필요합니다. 인간들의 세상에서 사는 것이 힘들고 위험하지만 그것을 피할 수는 없습니다. 광야에 가서 기도하는 것은 너무 쉽고 안이한 방법입니다. 기도는 기적을 일으키는 속도가 느립니다. 일하는 것이 더 빠르고, 더 확실하고, 더 힘듭니다. 사람이 사는 곳엔 어디나 고통과 질병과 죄악이 있습니다.

거기가 바로 우리들이 있어야 할 곳입니다. 나의 형제들이여, 우리는 문둥이들과 죄인들과 굶주린 자들과 함께해야 합니다. 누구든지 사람의 몸속 깊은 곳에는, 가장 거룩한 고행자조차도, 무섭고 더러운 벌레가 잠자고 있습니다. 몸을 구부려 그 벌레에게 이렇게 말하세요. 〈나는 그대를 사랑하노라!〉 그러면 그것은 날개가 돋아 나비가 될 것입니다……. 사랑이여, 나는 당신의 전능하심에 고개 숙여 경배합니다. 어서 오셔서 우리 수도사들에게 입을 맞추십시오. 어서 오셔서 당신의 기적을 이루십시오!」

프란체스코 형제가 말하고 있는 내내 엘리아 형제는 깔고 앉은 돌 위에서 몸을 비틀며 숨 막힐 듯 불안한 표정으로 자기네 일당을 향해 머리를 끄덕이며 신호를 보냈다. 마침내 그가 더 이상 참지 못하고 벌떡 일어섰다.

「여러분, 프란체스코의 말을 듣지 마십시오. 사랑만으론 충분치 못합니다. 전쟁이 필요합니다! 우리 교파는 투쟁적이어야 하며 형제들은 한 손에는 십자가를 들고 다른 손에는 전투용 도끼를 든 용감한 전사가 되어야 합니다. 성경에도 나와 있듯이, 도끼로 나무뿌리를 찍어 나쁜 나무는 모두 잘라 내어 불 속에 던져야 합니다. 이 세상의 힘 있는 자들을 정복할 수 있는 방법은 오직 한 가지, 그들보다 더 큰 힘을 갖는 것뿐입니다! 절대적 가난, 그런 것은 소용없습니다! 프란체스코 형제, 그 무슨 교만입니까? 그리스도 자신도 제자들로 하여금 신발과 지팡이와 보따리를 자유롭게 지니도록 하시지 않았습니까? 제자 중 한 사람은 지갑을 책임 맡아 형제들을 먹여 살리기 위해 지갑을 채우려고 애쓰지 않았습니까? 그런데 프란체스코 형제 당신이 감히 그리스도를 능가하려 할 수 있습니까? 부(富)는 가장 막강한 칼입니다. 이렇게 추하고 흉악한 세상에서는 무기 없이 살 수 없습니다. 우리의 우두머리는 어린 양이 아니라 사자가 되어야 합니다. 우리는 손에 성수 통을 드는 대신 채찍을 들어야 합니다. 프란체스코 형제, 아마도 잊고 있는 모양인데, 그리스도께서도 하느님의 성전에서 장사치들을 채찍으로 내쫓으셨어요⋯⋯. 전에도 말한 적이 있지만, 다시 한 번 말하겠습니다. 형제들이여, 전쟁을 합시다!」

대여섯 명의 젊은 수도사들이 벌떡 일어나 환호하며 엘리아를 높이 들어 올렸다.

「당신은 사자입니다.」 그들이 외쳤다. 「앞으로 나와 우리들을 이끌어 주시오!」

프란체스코는 지치고 창백한 얼굴로 나의 어깨에 손을 얹고 겨우 몸을 일으켰다.

「진정하시오, 나의 형제들이여.」 그가 괴로워하며 간청하는 목소리로 외쳤다. 「우리가 자신의 마음을 평화롭게 하지 못한다면 어떻게 이 세상에 평화를 이룩할 수 있겠습니까? 전쟁은 전쟁을 낳고, 그것은 또 다른 전쟁을 낳으므로 인간은 끝없이 피를 흘리게 될 것입니다. 평화! 평화입니다! 엘리아 형제, 당신은 그리스도께서는 어린 양이시며 그분 혼자 세상의 죄를 짊어지고 있다는 사실을 잊었습니까?」

「그리스도는 사자였어요, 프란체스코 형제.」 엘리아가 반박했다. 「그분 자신도 그렇게 말했어요. 〈나는 평화를 이루려고 온 것이 아니라, 칼을 가지고 왔다!〉」

수도사들은 마음의 동요를 일으켜 일어섰고 두 무리로 나뉘었다. 몇 명은 프란체스코를 둘러싼 채 울고 있었지만, 대다수는 엘리아를 둘러싼 채 웃음을 터뜨리고 있었다. 각자가 떠들어 대며 신이 나서 소리쳤다. 그때 실베스테르 신부가 가운데로 끼어들었다. 「형제 여러분.」 그가 말했다. 「사탄이 검은 염소의 모습으로 다시 우리들 사이에 나타났습니다. 공중에 그 염소의 푸른 눈이 보입니다!」

프란체스코는 자신을 둘러싸고 있는 수도사들을 헤치고 엘리아에게 가서 팔로 그의 허리를 안았다.

「엘리아 형제, 그리고 형제 여러분, 모두 잘 들으시오.」그가 말했다.「우리 형제들은 지금 시련을 겪고 있어요. 오늘 모임에서 들은 여러 가지 주장과 반박들을 마음속에 조용히 담아 두도록 하세요. 전쟁인가? 평화인가? 절대적인 고독 속에서의 기도인가……? 하느님의 충실한 안내자인 시간이 우리에게 올바른 길을 보여 줄 것입니다. 나의 형제들이여, 그때까지는 자신의 의무를 게을리 하지 마세요! 교황께서 우리에게 설교할 수 있는 특권을 허락해 주셨습니다. 온 세상의 길이 우리 앞에 뻗어 있습니다. 형제애로써 그것을 서로 나누어 우리의 여정을 시작합시다. 이곳의 우리들의 집은 너무 좁습니다. 포르티운쿨라는 너무 작습니다. 우리는 서로 팔꿈치를 부딪치며, 서로 헐뜯으며, 화를 내고 분노했습니다. 그 틈에 사탄이 들어왔습니다. 이제 탁 트인 곳으로 나가 넓은 길로 가세요. 두 사람씩 같이 여행하며 서로 용기를 주고 상대방에게 위로가 되도록 하세요. 그리고 어디서든지 사람들이 모여 있는 곳이면 걸음을 멈추고 영원불멸의 자양분인 하느님의 복음을 전하세요. 나는 하느님의 도우심을 받아 아프리카로 가겠습니다. 배를 구해 바다를 건너, 하느님께서 허락하신다면, 수많은 영혼들이 그리스도의 이름조차 들어 본 적이 없는 머나먼 이교도들의 땅으로 가겠습니다. 하느님께서 허락하신다면, 그들에게 그 이름을 전하겠습니다! 형제들이여, 주님의 이름으로 앞으로 나아가시오. 이 세상 끝까지 흩어져 나갔다가 후에 여기, 우리가 태어난 요람인 포르티운쿨라로 돌아와 우리들의 첫 번째 전도 여행에서 보고, 고

생하고, 성취한 것에 대해 서로 이야기를 나눕시다.

이제 흩어지십시오, 형제들이여, 나의 축복과 함께 이 세상 방방곡곡으로 떠나십시오. 온 세상이 모두 하느님의 땅입니다. 그 땅을 갈아 가난과 사랑과 평화의 씨를 뿌리십시오. 흔들거리며 쓰러져 가는 세상을 강건하게 하고 여러분의 영혼을 강건하게 하십시오. 그리고 여러분의 마음을 분노와 야망과 시기심보다 더 높이 들어 올리십시오. 〈나〉라고 말하기보다는 맹렬하고 탐욕스러운 짐승과도 같은 자기 자신을 하느님의 사랑 아래 굴복시키십시오. 〈나〉는 천국에 들어가지 못하고 문밖에서 울부짖을 뿐입니다. 우리가 헤어지기 전에 이제부터 내가 말하는 비유를 잘 들으십시오. 그것을 잘 기억하고, 그것을 통해 나를 기억하도록 하십시오. 나의 자녀들이여.

옛날에, 평생을 바쳐 완전함에 도달하고자 애를 쓴 고행자가 있었습니다. 그는 자기가 지닌 모든 것을 가난한 사람들에게 나누어 주고 사막으로 들어가서 밤낮없이 하느님께 기도드렸습니다. 마침내 죽음의 날이 다가와 그는 하늘에 올라가 천국의 문을 두드렸습니다. 안에서 〈거기 누구시오〉라고 묻는 목소리가 들려왔습니다.

〈접니다!〉 그 고행자가 대답했습니다.

〈여기는 두 사람이 있을 자리가 없습니다. 돌아가세요!〉 그 목소리가 대답했습니다.

고행자는 다시 세상으로 돌아와 가난, 단식, 끊이지 않는 기도, 울음 등 모든 고행을 시작했습니다. 두 번째로 운명의 시간이 왔고 그는 죽었습니다. 그는 또 한 번 천국의 문을 두드렸습니다. 〈거기 누구시오?〉 똑같은 목소리가 들려왔습니다.

〈접니다!〉 그 고행자가 대답했습니다.

〈여기는 두 사람이 있을 자리가 없습니다. 돌아가세요!〉

고행자는 다시 세상으로 떨어졌고 구원을 얻기 위해 전보다 더욱 치열하게 고행을 시작했습니다. 그는 백 살 노인이 되어 죽었고, 또다시 천국의 문을 두드렸습니다. 〈거기 누구시오?〉 그 목소리가 들려왔습니다.

〈당신입니다, 주님, 당신이에요!〉

그러자 즉시 문이 열려 그는 천국에 들어갔습니다.」

〈2권에 계속〉

옮긴이 **김영신** 1949년 서울에서 태어났다. 서울대학교 사범대학 영어교육과를 졸업하고 한국외국어대학교 통역대학원에서 문학 석사 학위를 받았으며, 미국 하와이 대학교 대학원에서 수학했다. 한국외국어대학교, 한양대학교, 서강대학교 등에서 강의를 했으며, TV 외화 번역 등 전문 번역가로 활동해 왔다. 옮긴 책으로는 수잔 올린의 『난초 도둑』 외에, 『마르크스』, 『어려운 대화』, 『클릭 이브속으로』, 『클릭 미래속으로』 등이 있다.

성자 프란체스코 ❶

발행일	2008년 3월 30일 초판 1쇄
	2016년 7월 10일 초판 3쇄
지은이	니코스 카잔차키스
옮긴이	김영신
발행인	홍지웅 · 홍예빈
발행처	주식회사 열린책들

경기도 파주시 문발로 253 파주출판도시
전화 031-955-4000 팩스 031-955-4004
www.openbooks.co.kr

Copyright (C) 주식회사 열린책들, 2008, *Printed in Korea.*
ISBN 978-89-329-0813-7 04890
ISBN 978-89-329-0792-5 (세트)

이 도서의 국립중앙도서관 출판예정도서목록(CIP)은 서지정보유통지원시스템 홈페이지 (http://seoji.nl.go.kr)와 국가자료공동목록시스템(http://www.nl.go.kr/kolisnet)에서 이용하실 수 있습니다.(CIP제어번호:CIP2008000505)